Marina Müller McKenna

Viele Brücken

–

Ein Fluss

Roman

2., überarbeitete Auflage 2019
Paperback
© 2016/2019 Marina Müller McKenna

Textpassagen aus dem Lied „Now" (Pitchford, Dean (CA)/ Nichols, Roger S.)
© 1983 Warner-Tamerlane Publishing Corp. (BMI), Body Electric Music (BMI), Almo Music Corp. (ASCAP) and Roger Nichols Music Inc. (ASCAP)
All Rights on behalf of itself and Body Electric Music administered by Warner-Tamerlane Publishing Corp. All rights reserved.
Umschlagfoto: Pixabay.com

Herstellung und Verlag:
BoD – Books on Demand, Norderstedt

ISBN: 978-3-7494-9789-8

Für Jean

„Now ..."

Im Radio des gerade gestarteten Autos erklang die unverwechselbare Stimme einer bekannten Sängerin mit diesem wunderschönen Lied, der letzten Aufnahme ihres viel zu kurzen Lebens. Ich erschrak beinahe vor dieser so unvermittelt gegenwärtigen Botschaft aus der Vergangenheit. Und vor dem offensichtlichen Zufall ...

Denn der vor meinem Wagen wild gestikulierende Mann riss mich mit seinem Geschrei aus meinen Gedanken.

„Now!"

Mit einem Ruck löste ich die viel zu fest angezogene Handbremse, mit der ich mein kleines Auto auf dem großen Schiff gegen alle Winde und Meereslaunen vertäut hatte.

Ich sah nochmals auf den einweisenden Decksmann, der es in all der Hitze und den Abgasen schaffte, mit Hektik und Schreien – aber auch routiniert – die unterschiedlichsten Fahrzeuge von den verschiedenen Ebenen so zu dirigieren, dass sie alle irgendwann reibungslos die eine vom Schiff führende Rampe herunterrollten. Dies war nichts für schwache Nerven. Ich war immer noch unentschlossen.

„Jetzt?"

„Now!"

Die ‚Erotókritos' schien unter dem Gewicht der sie verlassenden Tieflader, Busse und anderen verschiedenartigsten Vehikel gleichsam zu stöhnen. Das griechische Fährschiff, das den Namen einer kretischen Liebesballade trug, hatte mich von der hellenischen an die italienische Küste gebracht, wo ich nun erleichtert den dampfenden, heißen und mit Abgasen gefüllten Schiffsbauch verließ und die Räder meines Wagens die Schräge herunterrumpeln ließ. Sie berührten endlich den Boden Brindisis.

Hier war ich schon einmal durchgekommen: damals, auf dem langen Weg in einen neuen Lebensabschnitt, allerdings in entgegengesetzter Richtung. Das schien jetzt eine Lebenszeit her.

Brindisi empfing mich mit jeder Menge Sanddornbüsche, welche die Straßen säumten. So gut geleitet durch leuchtendes Gelborange erinnerte ich mich auch an den Zubringer, der vom Hafen weg in

7

Richtung der gut ausgebauten zweispurigen Nationalstraße führte, die mich nach Norden bringen sollte.

Wieder fuhr ich durch Apulien, diese südlich-sonnige, aber – zumindest in Nähe der Autobahnen – weitgehend hässlich verbaute Gegend am Absatz des italienischen Stiefels. Dies hier war Federico-Land; hier hatte sich der berühmte Stauferkaiser herumgetrieben, der diesen Teil Italiens so sehr liebte, wie er sein eigentliches Land, das zu regieren er die Pflicht hatte, weitestgehend mied: Nicht oft ging Friedrich II., der Barbarossa-Enkel, über die Alpen in den unwirtlichen Norden, ins Heilige Römische Reich deutscher Nation.

In Apulien hatte alles ein südliches Flair, wie auch – und noch mehr – auf Sizilien, seiner eigentlichen, selbst gewählten Residenz. Was hätte der Kaiser über die hässlichen Beton-Wohnsilos Brindisis und Baris gedacht, sähe er sie heute? Dies waren einmal ‚seine‘ Häfen, von hier aus startete er Kreuzzüge. In Brindisi konnte er aber dann wegen des Fiebers gar nicht erst in See stechen, seine Truppen wurden dahingerafft. Er selber entkam nur knapp dem Tod; der Papst exkommunizierte daraufhin den ‚Ketzerkaiser‘. Soviel zu Verständnis und Menschlichkeit der katholischen Kirche.

Ich fuhr Richtung Foggia und Pescara, wo ich ein Hotel für die Nacht suchen wollte. Noch lebendig vor meinem inneren Auge stand das bislang einzige italienische Hotel, in dem ich je übernachtet hatte. Das war vor mehr als zehn Jahren gewesen, in der Nähe des südlich von Brindisi gelegenen Lecce, am Rande der Nationalstraße.

Nie vergesse ich die Herberge, die ich erst bei Einbruch der Dunkelheit erreicht hatte. Keine Ahnung habend, wo ich war, wollte ich nur noch duschen, schlafen und zuvor – in Ermangelung eines Mobiltelefons – vom hauseigenen Apparat aus ein oder zwei Gespräche führen. Das Erstaunen war groß; nicht nur, als niemand an der Rezeption Englisch sprach, sondern noch mehr, als sich herausstellte, dass die einzige Leitung aus dem Hotel heraus kaputt war. Das ganze idiotische Hotel hatte keine Verbindung zur Außenwelt! Als ich fragte, ob draußen oder im Dorf ein Telefon sei, zuckten alle nur mit den Schultern: Nein! Was für ein Dorf denn?

Am nächsten Morgen dann sah ich, dass mein Hotel irgendwo im Nirgendwo gelegen war, weitab jeglicher Zivilisation, einzig mit der an ihm vorbeilaufenden Straße als Nabelschnur.

Nach einer beinahe schlaflosen Nacht, geschuldet einer stundenlang italienisch-lautstark im Treppenhaus streitenden Gruppe von Reisenden, verabschiedete ich mich damals vom Personal mit den Worten, ihr Haus werde mir als Hotel ‚Luna' in Erinnerung bleiben. Die Angestellten lächelten verlegen und etwas verunsichert. Ich war mir nicht sicher, ob sie die Anspielung verstanden hatten ...

Diesen Gedanken hing ich nach, während ich jetzt über unzählige Brücken und durch ebenso viele Tunnel fuhr und das Meer mich rechtsseitig begleitete.

Kurz hinter Pescara fand ich ein Bett für die Nacht; vor allem fand ich ein Telefon, das ich allerdings diesmal nicht brauchte. Wichtiger waren Komfort und vor allem Ruhe.

Frisch ausgeruht konnte ich am Morgen meine Fahrt fortsetzen. Ein ‚Navi' hatte ich nicht, habe niemals eins besessen. Entgegen landläufiger Meinung, wonach Frauen angeblich keine Landkarten lesen konnten oder sie gar in Fahrtrichtung hin- und herdrehten, las ich sie nicht nur gerne, sondern immer mit dem Norden nach oben weisend, auch wenn ich nach Süden oder Westen fuhr. Und jeglichem technischen Gerät traute ich sowieso nicht über den Weg.

Bald ließ ich die Fährstadt Ancona hinter mir. Zwischen Rimini auf der einen und dem Kleinstaat San Marino auf der anderen Seite wurde es nun zunehmend grauer und weniger mediterran. Die Straßen hatten Dellen, alles sah etwas verwahrlost aus. Rastplätze, wenn man mal welche fand, wirkten unordentlich und lieblos. Es gab keine Bänke zum Sitzen. Die Ortschaften waren mit Lagerhäusern verstellt. Da und dort mal ein schönes altes Gebäude, daneben eine dreckige Autowerkstatt. Halb verfallene aber dennoch bewohnte Farmhäuser standen in den Feldern.

Bei Bologna, schon auf der Querung von der Adriatischen zur Ligurischen See, landete gerade ein Flugzeug. Angesichts der Umgebung fragte man sich, was um Himmels willen Menschen hier wollten.

Um Modena herum kamen Obstplantagen ins Blickfeld und das berühmte Erzeugnis dieser Stadt in den Sinn: der *Aceto Balsamico di Modena*. Und Parmas Bezug zu Schinken sollte jedem bekannt sein. Aromatischer Essig und Schinken ... Ich war hungrig und wiederum müde und legte ein zweites Mal eine Pause ein.

Bei der Weiterfahrt hielt ich mich unterhalb der Lombardei und schlug von Piacenza den Bogen nach Genua, der mich endlich per Küstenstraße in die Nähe der französischen Grenze und dann weiter in die Provence bringen sollte. Ich mied bewusst die Alpentunnel weiter nördlicherer Über- beziehungsweise Unterquerungen.

Nun lag das Meer links von mir, und in verlockenden Blautönen schimmerte die Riviera di Ponente zwischen Palmen, Pinien und Tamarisken ...

Sofort hinter der Grenze zu Frankreich änderte sich das Straßenbild. Ich hatte eine nächtliche Rast auf einem der ersten Parkplätze eingelegt. Beim Morgenkaffee vom Campingkocher und nun in der Helligkeit konnte ich sehen, wie sauber, aufgeräumt und zweckmäßig dieser Platz eingerichtet war. So hatte ich das in Erinnerung. Vor mehr als einem Jahrzehnt kam ich weiter nördlich über Lyon zur italienischen Grenze. Von Calais bis zu den Alpen war mir seinerzeit aufgefallen, wie wunderbar die hiesigen Rastplätze gestaltet waren. Ein jeder hatte seine Individualität, aber allen gleich waren Sauberkeit, genügend Toiletten- und Duschräume, viele Sitzplätze und eine Menge Grün. Manche hatten sogar ausgedehnte Picknick-Bereiche und Spielplätze für die Kinder gehabt.

Auch waren mir die vielen Greifvögel aufgefallen, die man unaufhörlich über den riesigen Feldern mit ihren fruchtbar aussehenden Böden und den rollenden Landschaften voll von Weinreben entdecken konnte: Roter Milan, Habichte, Falken ... Waren die Felder eingezäunt, saßen die Tiere oft aufgereiht auf den Pfählen – wie Museumsstücke. Federico, auch bekannt als Spezialist in der Falknerei, hätte hier seine helle Freude gehabt.

Unbeschreiblich schöne Wolkenformationen wetteiferten seinerzeit mit den tiefen Wäldern darum, wie ferne Gebirgszüge zu wirken, und mittendrin gab es immer wieder unvermutete Schluchten, die sich mit sanften Hügeln abwechselten. Dazwischen luden kleine romantische Dörfer mit alten Gemäuern aus warmbraunen Mauersteinen und mit rotgedeckten Schindeldächern zum Anhalten ein. Damals war ich traurig, dass wegen des Zeitplans an Stopps und Besichtigungen nicht zu denken war. Jetzt war ich gespannt, wie die mir bislang unbekannte Landschaft des äußersten Südens mit dem jetzt wieder klar mediterran geprägten Licht und den bis zur Erschöpfung zirpenden Zikaden damit konkurrieren würde.

Blau ... Es ist so seltsam. Ich habe noch niemals einen so klaren Abendhimmel über Paris gesehen. Es ist schon fast dunkel, und dennoch leuchtet der gesamte Himmel in einer unbeschreiblich durchsichtigen, dunkelblauen Farbe. Warum geschieht das an diesem Abend? Soll das ein Zeichen sein? – Dabei ist es kalt, und ich beginne zu frieren. Von irgendwoher klingt eine Glocke. Es ist spät. Er wollte hier sein, er hatte es geschworen. Ich habe extra für ihn dieses Kleid angezogen. Es ist mein allerliebstes ... sein allerliebstes ... in der Farbe meiner Traurigkeit – blau. Unter mir fließt die Seine ... wohin wohl? Könnte ich ihr wohl folgen, ich würde es tun ... zum Meer ...

Blau. Wie Orpheus durch den Spiegel tauche ich durch die Oberfläche des Meeres in seine Tiefen. Das türkise Schimmern umfängt mich wie eine Begrüßung. Es scheint mich einzuschließen und gleichzeitig von allem anderen auszuschließen. Die Oberwelt gibt es nicht mehr. Während die Sonne Netze aus Licht über den sandigen Meeresboden unter mir flirren lässt, wird mein Atem augenblicklich ganz ruhig. Ich bin in meinem Element. Ich bin ganz bei mir. Mein Körper ist leicht und geschmeidig. Was mir an Land so schwer fällt, was mich belastet hat, ist wie weggeblasen. Ich schwimme in immer tieferes Wasser, immer intensiver leuchtet seine Farbe. Ich schwimme ruhig und mit bedachten Armbewegungen. Ab und zu tauche ich mit dem Kopf kurz auf. Die Zeit habe ich schon vergessen. Plötzlich, wie die Erinnerung an ein archaisches Vorleben, werde ich gewahr, dass ich mich in dem gleichen Rhythmus bewege wie die Meeresschildkröten, denen ich so oft zugeschaut hatte. Es erscheint mir so selbstverständlich, dass ich mich gar nicht darüber wundere. Ich sehe eine Muschel und tauche nach ihr. Sie rutscht weg und fällt in die Tiefe, für mich unerreichbar. Um mich herum ist plötzlich ein Schwarm kleiner Fische. Ganz ohne Scheu nehmen sie mich in ihre Mitte, machen mich beinahe zu einer von ihnen. Ich verliere jeden Gedanken an das Auftauchen. Ich möchte für immer hier bleiben. Als der Sauerstoff in meinen Lungen knapp wird, kommt das Bewusstsein wieder, dass ich kein Fisch bin. Ich drehe mich der Wasseroberfläche zu und schwimme rücklings nach oben. Das Sonnenlicht auf der anderen Seite des Spiegels kommt wieder näher. Und auf einmal sehe ich es tatsächlich: Die Unterseite der Wasseroberfläche spiegelt mich. Kurz vor dem Auftauchen sehe ich mich selbst. Ich sehe ... keine Schildkröte. Ich sehe: eine Frau, umgeben von Blau.

Es war dies die berühmte Côte d´Azur – die azurblaue Küste –, eine Namensschöpfung des ansonsten wohl eher weitgehend unbekannten Autors Stéphen Liégeard. Wie konnte der Jurist und Politiker beim Schreiben seines einzigen jemals veröffentlichten Werkes ahnen, dass er damit einen Begriff schuf, der heute für diesen Teil der französischen Mittelmeerküste weltweit benutzt wird?

Blaue Küsten waren mir nichts Unbekanntes. Ich kannte das unglaubliche Türkis, gemischt mit allen Schattierungen dieser so vielfältigen Farbe, aus meiner Wahlheimat Griechenland. Das dortige glasklare Wasser changierte in allen denkbaren – und oft unvorstellbaren – Varianten zwischen tiefblauer Tinte und frischweißer Milch. Niemals sah es gleich aus; jeder Tag, jede Stunde, jede Jahreszeit und das Wetter mischten die Farben stets neu und immer wieder überraschend. Ich habe nie begreifen können, wie etwas so Klares wie das Wasser des Ionischen Meeres solche Färbungen annehmen kann. Vom Himmel konnte es nicht kommen; für eine simple Reflexion war die farbige Strahlkraft des Meeres viel zu intensiv.

Ich liebte dieses Blau. Es war immer meine Farbe gewesen. Aber das war es nicht allein. Die Abenteuerlust ließ mich diesen südlichen Umweg nehmen, auch wenn mein Ziel viel weiter nördlich lag. Ich hatte ein Zwischenziel; etwas, das auf dem Weg lag. Auch das hatte etwas mit der Farbe des Himmels zu tun: Es war die einzigartige Quelle der Sorgue in Fontaine-de-Vaucluse. Dieser wunderbare Ort lag wie ein azurfunkelnder Diamant in der Landschaft Südfrankreichs; er rief mich geradezu, und ich wollte ihn sehen ...

Ich hegte seit langem eine große Sehnsucht nach Frankreich. Es war eine stille, ruhige Sehnsucht; keine mich treibende, wie die nach Griechenland und das östliche Mittelmeer es seinerzeit gewesen war.

Mein eigentliches Ziel aber war Paris. Das klang sehr banal und beinahe enttäuschend normal. Aber für mich hatte es einen Grund, und der lag in meiner Vergangenheit. In einer Vergangenheit allerdings, die nicht zu meinem aktuellen Leben gehörte.

Seit ich denken kann, hatte ich eine Aversion gegen Reisen in Großstädte. Aber nach Paris wollte ich schon immer. Nicht wegen Eiffelturm oder Louvre, Champs Élysées oder Arc de Triomphe – nein, es zog mich mit Macht an eine bestimmte Brücke, den Pont Neuf, und dort an eine bestimmte Ecke, an die ich mich klar und deutlich zu erinnern glaubte. Es musste aber Jahrhunderte zurück liegen. Ich entsinne mich in diesem Zusammenhang an eine Frau, die ich in diesem anderen Leben wohl gewesen war; auch an ein blaues Kleid und daran, dass Französisch nicht meine Muttersprache gewesen sein konnte. Irgendetwas musste dort passiert sein. Aber im jetzigen Leben war ich wirklich noch niemals in Paris gewesen!

Wer war diese Frau, welche Rolle hatte sie in der Existenz meiner Seele gespielt? Das wollte ich ergründen; deshalb unternahm ich diese lange, lang geplante Fahrt zurück in die Vergangenheit. Jetzt, da mein griechisches Lebenskapitel abgeschlossen war und alle Zeichen noch einmal – vielleicht ein letztes Mal in meinem jetzigen Dasein – auf einen Neuanfang deuteten.

Zufälle ... Wäre ich doch nur in eine andere Familie geboren worden. Hätte ich vielleicht eine oder zwei ältere Schwestern gehabt, denen die Bürde der Politik auferlegt worden wäre ... Ich hätte bleiben können in meinem Land, vielleicht ein normales Leben führen – was immer das ist, normal. Vielleicht wäre ich auch in ein Kloster gesteckt worden. Möglicherweise wäre ich so arm geboren worden, dass ich gar kein Leben gehabt hätte ... – wer weiß? Ach, es ist müßig zu spekulieren, was hätte sein können. Tatsache ist, dass ich in meine Familie und in diese Umstände hineingeboren wurde. Ein Zufall bestimmt nun mein ganzes weiteres Schicksal.

Zufälle. Man sollte manche Worte wirklich hinterfragen. Das Wort Zufall verbinden wir mit etwas völlig aus dem Zusammenhang, unkoordiniert Geschehendem, das eben nur durch Glück zu einer bestimmten Lebenssituation passt. Dabei sagt es der Begriff doch schon: Zu-Fall – etwas fällt einem zu. Und es steht zu vermuten, es fällt einem eben nicht im landläufigen Sinne zufällig zu, sondern mit Bedeutung und ausgestattet mit Wichtigkeit. Manche nennen es auch Synchronizität. Dinge laufen zeitgleich aufeinander zu, miteinander ab oder auch voneinander weg. Wenn man auf sein Leben zurückschaut, dann fällt einem auf, wie alles – auch das einstmals Unerwünschte – sich in eine Kette von Kausalitäten eingereiht hat und zu einem einzigartigen Weg verschmolzen ist, von dem man nicht umhin kann zu denken, dass er aus irgendeinem Grunde genau so gewesen sein musste. Manche Schicksalsschläge scheinen uns zu ereilen, um aus ihnen zu lernen. In Wirklichkeit geschieht alles – große Katastrophen, schöne Dinge und kleine Ärgerlichkeiten – um daran zu lernen und zu wachsen. Leider kann man das, wenn es geschieht, meist nicht wahrnehmen. Manchmal kommt die Erkenntnis später im Leben, manchmal erst Leben später. Wer weiß denn schon, wo er wäre, wenn die Dinge nicht so geschehen wären wie sie es sind?

Hinter St. Raphaël, bei Fréjus, verließ ich das Meer zu meiner Linken und bog von der Küstenstraße nach Westen in Richtung Aix-en-Provence ab. Das ersparte mir den Umweg über Toulon und Marseille – am Meer hatte ich mich jetzt sowieso sattgesehen. Ich vermied bewusst die ‚La Provençale' genannte Autobahn und zog, meinem Naturell entsprechend, die mal nördlich, mal südlich um diese herum mäandernde, gemächlichere Nationalstraße vor. Ein fast goldbraunes Licht kolorierte jetzt die Landschaft entlang dieser Strecke.

Hier in der Provence wollte ich meinen Stopp einlegen und dann über Lyon mich langsam der Hauptstadt nähern. Ich weiß nicht, was mich ritt. Ich hätte gut und gerne in der Sicherheit gut ausgebauter Straßen noch einen weiteren Touristenort, Avignon, ansteuern und mich dann auf relativ kurzem Weg nach Osten meinem Etappenziel nähern können. Hinter Aix aber verließ ich die Nationalstraße und tauschte sie gegen weitaus weniger befahrene, dafür aber schmalere und gewundenere Verkehrsadern ein. Meine Idee war, mich schon jetzt Richtung Norden zu wenden und mich über den Gebirgszug des Luberon zur angestrebten Quelle durchzuschlagen. Übernachten wollte ich in einem kleinen Ort nördlich von Fontaine-de-Vaucluse und der es umgebenden grünen Höhenzüge.

Gebirgsstraßen wie diese hier waren mir nicht unbekannt. Es gab eine frappierende Ähnlichkeit dieses Kalksteingebirges mit den Bergen der griechischen Insel, auf der ich die letzten Jahre gelebt hatte, und die Windungen, Steigungen und Haarnadelkurven erzeugten in mir sofort ein Gefühl von Vertrautheit. Ich genoss ohne Eile den Sonnenschein des sich neigenden Tages sowie die vielen wechselnden Szenerien und Ausblicke.

Plötzlich und wie aus dem Nichts geschahen auf der scheinbar autoleeren Straße gleich mehrere Dinge, die mich nicht nur aus dieser inneren Verfassung rissen, sondern mich auch aus Zeit und Raum herausnahmen. Der Film war angehalten worden und lief – zumindest in der Erinnerung – von diesem Punkt an in Zeitlupe ab.

Zuerst kam aus der vor mir liegenden Linkskurve mit stark überhöhter Geschwindigkeit ein Auto entgegen, das sich nicht nur zur Hälfte auf meiner Fahrbahnseite befand, sondern zudem auch noch schlingerte und sichtlich Schwierigkeiten hatte, nicht gänzlich aus der Bahn und direkt in meine Spur geschleudert zu werden. Es setzte etwas ein, was ich schon ein-, zweimal in meinem Leben erfahren hatte: Ich wurde, nach Sekundenbruchteilen des Erschreckens, absolut ruhig und reagierte nur noch rein intuitiv. In, wie ich meinte, Seelenruhe bremste ich langsam ab und schlug mich auf die äußerste rechte Seite. Glücklicherweise verfehlte mich der Wahnsinnsfahrer zu meiner Linken um gefühlte Millimeter. Als ich mich gerade fragte, wann der rote Wagen endlich zum Stehen kommen würde, war ich auch schon um die Kurve herum und befand mich in der nächsten unerwarteten Situation, denn vor mir bot sich ein weiteres Schreckensbild. Ein weißer Kleinwagen hatte offenbar nicht so viel Glück wie ich gehabt und sich so überschlagen, dass er nun direkt vor mir auf dem Dach lag. Gott sei Dank war ich nicht mehr sehr schnell, und zudem gab es rechts und bergseitig der Straße einen schmalen aber ausreichenden Streifen zum Anhalten.

Während ich ausstieg, hatte ich immer noch die Idee im Kopf, gleich würde der Verursacher dieses chaotischen Ereignisses zu uns stoßen und mir helfen herauszufinden, was mit den Passagieren des weißen Wagens geschehen war. Aber nach all dem Räderkreischen und Motorengeheul war nun eine gespenstische Ruhe um mich, und auch andere Fahrzeuge waren nicht in Sicht.

Ich lief zu dem verunglückten Auto und schaute – immer noch ruhig, aber mit allem rechnend – hinein. Es befand sich nur eine Person im Wagen, ein offenbar älterer Mann, und ohne Zweifel war er bewusstlos – oder Schlimmeres.

Jetzt erst setzte Panik ein. Natürlich hatte ich noch genau in Erinnerung, was ich in der Fahrschule und im Erste-Hilfe-Kursus gelernt hatte, aber das war jetzt ganz weit weg. Mir kamen komischerweise detaillierte Szenen aus diversen Filmen und Fernsehserien in den Sinn: verzweifelte Herzmassagen und Mund-zu-Mund-Beatmungen, dramatische Luftröhrenschnitte und die alberne Frage, wie genau die stabile Seitenlage nochmal ging und ob der Tank jetzt gleich explodiert. Das spielte sich in meinem Gehirn ab, während mein Körper ohne zu denken das Notwendige und in dem Moment Richtige tat: Ich bekam die Tür auf, den Sicherheitsgurt irgendwie geöffnet und den Mann mit der Kraft der Verzweiflung, jedoch offenbar ohne jegliche Verunsicherung hinsichtlich des Zustands seiner Wirbelsäule, herausgezogen.

Er atmete noch. Ich brachte ihn wegen eventuell notwendiger Herzmassage nicht in die Seitenlage, vergewisserte mich aber, dass er Luft bekam, und begutachtete seine äußeren Wunden. Er blutete im Gesicht und am Arm, schien aber keine größeren äußeren Verletzungen zu haben.

Mittlerweile war nun doch jemand eingetroffen. Eine Frau hatte ihr Auto hinter meinem geparkt und sah mich mit erschrocken aufgerissenen Augen an. Ich rief ihr zu, sie solle von ihrem Handy aus die Ambulanz anrufen, was sie aus ihrer Starre löste und zur Jackentasche greifen ließ. Dann wandte ich mich wieder dem Mann zu, der jetzt zu sich zu kommen schien und leise stöhnte. Ich redete beruhigend auf ihn ein, strich ihm die blutverschmierten Haare aus dem Gesicht und hoffte, er würde – sofern er es überhaupt konnte – mein Kauderwelsch aus leidlichem Französisch und gutem Englisch verstehen.

Ich rief der Frau und einem ebenfalls jetzt neben ihr stehenden weiteren Fahrer zu, Warndreiecke aufzustellen, damit nicht noch Schlimmeres passiert. Der verletzte Mann neben mir versuchte sich zu bewegen, sprach aber nicht, und ich setzte meine verbalen Beruhigungen fort.

Es schienen mir erst fünf Minuten seit dem Unfall verstrichen zu sein, und so war ich sehr erstaunt, als ich das Signal einer Ambulanz näherkommen hörte und wenig später schon professionelle Hilfe vor Ort war. Wiederum nur Minuten später traf die Polizei ein, riegelte die Unfallstelle ab und sorgte für die Regelung des spärlichen Autoverkehrs auf der anderen Fahrbahnseite.

Mittlerweile hatten die Notfallärzte die Versorgung des Verletzten übernommen, und ich hatte mich etwas abseits auf einen größeren Stein gesetzt. Nun erst kam ich richtig zu mir und machte mir klar, wie dicht ich an einem wirklich schweren Unfall vorbeigeschrammt war. Ich sah mich nach dem Auto um, das offenbar dies alles hier verursacht hatte; in meinem Kopf war gar kein Platz für die Vorstellung, der Fahrer hätte einfach die Flucht ergriffen und uns unserem Schicksal überlassen. Aber ich sah keinen roten Wagen. Die Sanitäter bemühten sich unterdessen bereits, den anderen Fahrer auf eine Trage zu heben. Über all dem schien, als sei nichts geschehen, eine nachmittägliche Sonne von einem unwirklich blauen Himmel ...

Eine männliche Stimme riss mich aus meinen Gedanken.

„Sind Sie in den Unfall verwickelt gewesen? Haben Sie das Opfer gefunden?"

Ich schaute auf. Zu meiner Linken stand ein Mann mittleren Alters, der sich nun auswies.

„Inspektor Lagarde", sagte er, während er mir eine Dienstmarke hinhielt. Offenbar sah er nun auch das Blut an meinen Händen und meiner Kleidung. „Sind Sie verletzt?"

„Nein!" Ich musste mich erst fassen, wollte aufstehen; dabei versagten mir beinahe die Beine.

„Oh, Madame, langsam! Ich glaube, die Rettungshelfer werden Sie erst einmal überprüfen!"

„Nein, schon besser, es ist wirklich nichts", versuchte ich zu beschwichtigen. „Das ist nicht mein Blut, das ist von dem Fahrer dort drüben ..." Ich schaute zu dem Sanitätswagen hinüber. „Wie geht es ihm?"

Der Inspektor stützte mich. „Ich glaube, es ist keine Lebensgefahr." Er begleitete mich zu einer zweiten Ambulanz; in die erste wurde gerade der Mann verladen. „Es kann Schock sein!"

Ich schaute ihn erstaunt an.

„Ich meine, bei Ihnen, Madame. Es kann Schock sein. Monsieur hier hat es schon schlimmer erwischt. Er wird ins Hospital gebracht. Ihnen empfehle ich das auch ... – Haben Sie gesehen, was geschah?"

„Ja, natürlich. Der Idiot hätte mich auch beinahe gerammt."

Ein Sanitäter begann, mir das Blut abzuwischen und eine Blutdruckmanschette anzulegen.

„Aber gesehen ..." – ich versuchte mich zu erinnern – „gesehen habe ich nicht viel." Ich fühlte mich beinahe schuldig. Bis auf die Farbe rot hatte ich eigentlich nichts gesehen; alles ging zwar gefühlt so langsam und doch so schnell. „Es war ein rotes Auto, es sah luxuriös aus. Aber mit Automarken kenne ich mich nicht aus ..."

Lagarde sah mich geduldig an. „Sie sagen, *der* Idiot, also war es ein Mann?"

„Nun ... ja ... zumindest glaube ich das. Es war eine Zehntelsekunde, ein Gefühl ..."

Der Inspektor nickte beschwichtigend. „Macht nichts. Kommen Sie erst einmal zu sich. Wir werden das Auto untersuchen." Er wandte sich dem Nothelfer zu. „Madame begibt sich mit Ihnen ebenfalls in die Klinik."

„Was ist mit meinem Wagen?" fragte ich entgeistert.

„Den bringen wir zu Ihnen. Keine Aufregung, Madame. Wie es aussieht, haben Sie das Richtige getan. Wir müssen sehen ..." Damit wandte er sich in Richtung Unfallwagen.

Die erste Ambulanz mit dem verletzten Mann fuhr mit eingeschalteten Sirenen los, während mich der Sanitäter zum Hinlegen auf die Trage des zweiten Krankenwagens nötigte. Dabei fühlte ich mich eigentlich wohl, jedenfalls fehlte mir nichts. Aber offenbar hatten Proteste keinen Sinn, und so fügte ich mich in das, was geschah.

In meiner Erinnerung dauerte die Fahrt nicht sehr lange, jedenfalls erschien sie mir nicht länger als zehn oder fünfzehn Minuten – aber das konnte täuschen. Denn wie ich da so lag, war ich auf einmal doch seltsam matt, und mir wurde erneut etwas schwindelig. Erstaunt nahm ich wahr, wie ein völlig durchgeplanter und bis eben noch ganz normal scheinender Tag sich plötzlich in eine ganz andere Richtung gewendet hatte ...

In der Notaufnahme des Hospitals maß man wieder meinen Blutdruck, fragte mich nach Verletzungen oder Schmerzen und meinem Namen, gab mir eine Injektion, schloss mich an etwas wie ein EKG-Gerät an und hängte mich an einen Tropf. All diese Maßnahmen erschienen mir seltsam fehl am Platz.

Plötzlich fühlte ich mich unendlich erschöpft und nickte ein wenig ein, wobei ich in kurzen Abständen immer wieder die kühle Hand einer Schwester an meinem Puls spürte, welche offenbar die Aufgabe hatte, mich nicht aus den Augen zu lassen.

Man sagte mir, dass ich eine Nacht lang hierbleiben würde. Nun gut, warum auch nicht. Ich war jetzt ehrlich müde und wollte nur noch ausruhen. Plötzlich erschien es mir verlockend, dass mir alles aus der Hand genommen wurde: mein Auto, ein Bett für die Nacht, was soll's – ich hatte ja Zeit, war nicht in Eile. Niemand wartete auf mich. Man schob mich irgendwann – so bekam ich es halb im

Erschöpfungsschlaf noch mit – in einen Raum, in dem das Fenster offen stand. Von draußen drangen Vogelstimmen an mein Ohr und wiegten mich noch tiefer ein.

Wehrlos. Ich bin wie lebendig gefangen. Ich kann sehen und wahrnehmen, riechen und hören, fühlen ... aber nicht reagieren. Wenn ich es versuche, dann verändert es nichts. Die Dinge sind beschlossen. Ich bin zwar die Älteste, habe aber nichts zu sagen. Mein jüngerer Bruder hat bestimmt. Ich werde dazu gar nicht gehört. Ich werde nicht wahrgenommen. Man behandelt mich wie ein Möbelstück, das man verschenken kann. Wie etwas, das nicht zu denken und zu fühlen in der Lage ist. Aber meine Sinne erfassen alles. Nur ich – ich bin gar nicht wirklich da.

Wehrlos. Ein Blitz trifft meine Augen. Ich bin irgendwo und kann mich nicht erinnern, wo das sein mag. Das Licht erhellt kurz einige Bäume, ich sehe ihre Blätter. Es macht keinen Sinn. Ich will mich bewegen, aber es geht nicht. Wieder ein Licht. Ich bin hellwach, aber mein Körper scheint nicht zu reagieren. Wer bin ich überhaupt? Was mache ich hier? – Minuten verstreichen, in denen ich mich weder erinnern noch bewegen kann. Langsam, ganz langsam fällt mir wieder ein, wo ich mich befinde: in Frankreich; kurz hinter der Grenze, ganz in der Nähe von Calais. Ich sitze in einem Auto am Rande der dunklen Autobahn. Ich hatte geschlafen. Die Lichtblitze kommen von anderen, vorbeifahrenden Autos. Ich bin auf dem Weg nach Griechenland ... auf dem Umzug. Ich bin ... Ich bin wach ... mein Körper ist wieder da, er hört wieder auf mich ...

Ich kam von ganz weit her, aus einem Raum ohne Töne und Zeit. Irgendein Geräusch holte mich da heraus, nagelte mich aber auf halbem Wege fest. Es war das Geräusch einer geöffneten und wieder geschlossenen Tür – soviel erkannte ich.

Ich war völlig desorientiert. Ich konnte zwar denken, mich aber nicht bewegen, und ich wusste weder wer noch wo ich war und warum. Während ich mühsam zu ergründen versuchte, was hier eigentlich los war, nahm ich Sonnenlicht wahr und eine Person im Raum, die sich über mich beugte und mich anzusehen schien.

Es dauerte wohl einige Minuten, für mich jedoch eine unendlich sich dehnende Zeit, bis ich mich wieder einordnen konnte.

„Was ist ... was ist los? Was war das?"

Der Mann, der mich aufmerksam beobachtet hatte, war augenscheinlich Arzt. Jetzt lächelte er. „Madame, guten Morgen. Sie hatten wohl etwas, das man *Schlafparalyse* nennt. Die Erschöpfung kann einen minutenlangen Erinnerungsausfall bewirken und man kann sich nicht bewegen. Wir beobachten manchmal so etwas nach einem psychischen Trauma oder einem extremen Stress-Erlebnis ..." Er schaute auf den Monitor neben mir. „Sonst aber geht es Ihnen offenbar gut. Wie fühlen Sie sich?"

„Ja ... besser, denke ich." Nun konnte ich mich wieder normal bewegen. „Das war eine überaus merkwürdige Erfahrung."

Ich setzte mich auf. Jetzt erst bemerkte ich noch eine weitere Person, die nahe bei der Tür stand. Ich erkannte den Inspektor vom Vortag.

„Bonjour, Madame" sagte dieser nun und trat näher an das Bett heran. „Ich freue mich, dass es Ihnen gut geht." Er warf dem Arzt einen Blick zu, worauf dieser den Raum verließ.

„Wie geht es dem anderen Fahrer?" wollte ich wissen.

„Nun, er hat einige Verletzungen, aber er wird wieder genesen. Wir haben sein Auto untersucht. Man hat rote Farbe gefunden – wie Sie sagten. Leider hat man den Verursacher noch nicht ausfindig gemacht."

„Das tut mir leid!" entgegnete ich.

„Ja, deshalb muss ich Ihnen noch einmal Fragen stellen, an was Sie sich erinnern können. Jedes Detail ist wichtig."

Ich wusste nicht, wie ich dem Mann helfen konnte. Meine Erinnerung war blank, heute noch mehr als gestern unmittelbar nach dem Unfall. Das sagte ich ihm. Offenbar ließ er sich aber davon nicht beeindrucken.

„Madame, was haben Sie für Pläne? Ich würde Sie gerne etwas zum Bleiben bewegen."

„Naja, ehrlich gesagt, so richtig in Eile bin ich nicht. Aber mein Ziel ist eigentlich die Hauptstadt. Das heißt, ich wollte mir auf dem Weg dorthin noch Fontaine-de-Vaucluse und die Umgebung anschauen ..." – weiter kam ich nicht.

„Das ist doch *fantastique*!" Inspektor Lagarde, dessen Name mir gerade wieder eingefallen war, jubelte geradezu. „Sie bleiben hier für ein Weilchen und werden unsere schöne Landschaft genießen. Wohnen können Sie im Hotel in der Nähe der Gendarmerie."

„Also ..." ich wollte etwas einwenden, mir fehlten aber die Argumente. Dann fiel mir ein zu fragen, wo ich eigentlich sei.

„Sie sind in Carpentras, Madame, und bitte bleiben Sie uns noch zur Verfügung. Es ist wichtig. Wir tolerieren solche Verursacher von Unfällen nicht. So können wir Sie noch weiter befragen, vielleicht fällt Ihnen noch irgendetwas ein. Oder wir kriegen den Kerl, und dann brauchen wir Sie vielleicht als Zeugin ... Außerdem ..." Er schien zum alles entscheidenden Argument ansetzen zu wollen, aber ich winkte ab.

„Schon gut. Ich lege ein paar Tage hier ein."

„Schön, Madame. Ich meine, ich kann Sie nicht zwingen, aber es hat noch einen anderen Grund. Die Leute hier werden Ihnen sehr dankbar sein."

„Die Leute? Welche Leute? Warum?"

Lagarde wurde beinahe etwas feierlich. „Sie können es vielleicht ja nicht wissen, aber der Mann, den Sie gerettet haben, ist hier sehr bekannt und beliebt."

„Ich habe niemanden gerettet. Ich habe ganz normal erste Hilfe geleistet – so gut ich konnte, meine ich. Das würde doch eigentlich jeder tun ..."

„Nun, Madame, offenbar doch nicht. – Jedenfalls, wir haben jetzt eine große Fahndungsaktion. Ich danke Ihnen ganz persönlich. Wenn Sie erlauben, lasse ich Ihnen im Hotel ein Zimmer reservieren. Hier ist meine Karte, hintendrauf der Name des Hotels, und das hier ist Ihr Autoschlüssel. Am Wagen ist alles in Ordnung. Er ist vor dem Hospital geparkt."

Damit ging Lagarde zur Tür. „Ich sehe Sie dann im Laufe des Tages im Präsidium? Damit wir Protokoll machen können. Die Leute im Hotel werden Ihnen erklären, wo die Gendarmerie ist."

Nur Minuten, nachdem der Beamte mein Zimmer verlassen hatte, tauchte eine Oberschwester auf, überreichte mir ein Attest über die Behandlung und die Entlassungspapiere und verabschiedete mich äußerst freundlich aus ihrer Obhut.

Ich suchte mein Auto und fand es geparkt gleich am Ausgang der Klinik. Als ich es öffnete, fand ich auf dem Fahrersitz einen Stadtplan von Carpentras. Darauf eingezirkelt war die Gendarmerie in Nähe des Bahnhofs sowie, ziemlich im Zentrum, ein nahegelegenes Hotel.

Ich fuhr dorthin. Es war ein hübscher Bau mit blauen Fensterläden, gelegen inmitten kleiner Geschäfte und Cafés und mit einem Blick auf stattliche Bäume, die eine belebte Straße säumten.

Es stellte sich heraus, dass bereits ein Zimmer auf meinen Namen gebucht worden war, und es lag nach hinten heraus. Der Inspektor hatte wirklich an alles gedacht.

Ich machte mich frisch, nahm in einem der umliegenden Bistros einen Kaffee und eine Kleinigkeit zu essen und machte mich dann zu Fuß auf den Weg zur Polizeistation. Sie lag etwas außerhalb des Zentrums in einer sich lang streckenden Avenue. Links lag das Bahnhofsgelände, rechts kleinere Häuser mit Vorgärten und einige Gewerbegrundstücke. Die Sonne schien, es war angenehm warm und der Fußmarsch tat mir gut.

Die Gendarmerie befand sich in einem eher hässlich wirkenden grauen Block. Ich fragte am Eingang nach dem Inspektor und erfuhr, dass er nicht im Hause war und vermutlich auch heute nicht mehr käme. Wenigstens konnte ich einen Termin für den folgenden Morgen machen und hatte nun den Nachmittag frei für mich selber. Was sollte ich tun?

Die Stadt hatte einige Sehenswürdigkeiten: eine Kathedrale, ein altes Stadttor und einen römischen Ehrenbogen, der zu klein war, um Triumphbogen genannt zu werden. Am interessantesten aber fand ich das Wappen dieses Ortes, das wie nichts anderes meine gegenwärtige Situation auf den Punkt brachte: Zwei Nägel, sogenannte Passionsnägel, waren mit einer Kette – ähnlich einer Trense – verbunden. Ich war hier angenagelt, sozusagen an der Kette; meine Fahrt hatte mittels eines heftigen Zuges an meiner Trense einen jähen Halt erfahren ...

Ich lachte angesichts der nur halbherzig empfundenen Dramatik meiner Situation. Eigentlich gefiel es mir hier, ich genoss die Sonne und den Zwang zum Nichtstun. Ich wollte das Beste daraus machen.

Am späten Nachmittag kehrte ich zum Hotel zurück und legte mich bei geschlossenen Fensterläden aufs Bett. Ich wollte nur ein, zwei Stunden ausruhen und dann noch einmal aufbrechen, um Carpentras bei Nacht zu erleben. Aber die Erschöpfung der vergangenen reichlich vierundzwanzig Stunden war noch immer in mir, und so fiel ich in einen langen und traumdurchwirkten Schlummer.

Gestrandet, im eigenen wie in einem fremden Land. Durch das Schicksal wie mit Ketten an dieses mir zugedachte Leben gebunden. Durch Politik und Macht festgenagelt. Auch wenn ich mich ja dazu bereit erklärt habe, aus scheinbar freiem Willen. Ich bin im Korsett der Interessen anderer Menschen gefangen und kann nirgendwo hin. Keine Hoffnung auf Änderung. Ich sehe niemanden, der mir ein Freund wäre. Niemand, dem ich mich erklären könnte. Wer würde mir zuhören? Wer würde denn überhaupt sehen, dass dies mir zutiefst zuwider ist? Es ist niemand in der Nähe, der auf meiner Seite ist ...

Gestrandet. Festgehalten. In Ketten und mit Nägeln am Fortkommen gehindert. Ich versuche, mich zu befreien, aber es gelingt mir nicht. Ich versuche zu laufen, aber es geht so langsam vorwärts, als wären meine Beine schwer und zusätzlich in dickem Schlamm gefangen, der jede Bewegung fast unmöglich macht. Wenigstens will ich sehen, wo ich bin, aber auch das wird mir verwehrt. Meine Augen kann ich kaum öffnen, bleiern lasten meine Lider über den Augäpfeln. – Dann rufen, schreien ... aber dem geöffneten Mund entströmt nichts. Wozu auch, es ist ja doch niemand in der Nähe, der hören oder gar helfen könnte ...

Auf einmal aber gerät etwas in Bewegung. Ich kann mich freischwimmen. Plötzlich ist der Sumpf, der Schlamm – alles was mich festhielt – wie weggespült. Ich befinde mich im Fluss, in doppeltem Sinne. Ich schwimme nicht mehr, ich tauche durch klares Wasser und lasse mich einfach von der starken Strömung mitziehen. Erst als ich alle Gegenwehr aufgegeben habe, wird mir bewusst, dass ich auch atmen kann, hier unter Wasser. Es geht ganz leicht und ist ein schönes Gefühl, ich muss es nur wollen. Ich fühle mich, als hätte ich niemals vorher etwas anderes getan als unter Wasser zu atmen. Ich schaue nach oben und sehe helles Sonnenlicht und an den Rändern des Gewässers saftig grünes Gras. Ich muss dem Fluss folgen, es hat eine lebenswichtige Bewandtnis ...

Es war kurz vor acht Uhr morgens, als ich aus dem Schlaf, aus meinen nächtlichen Bildern, auftauchte. Was ich im Traum erlebt hatte, war so realistisch gewesen, dass es bei mir blieb wie ein reales Erlebnis und in den Tag hineinwirkte.

Ich duschte, nahm ein schnelles Frühstück und machte mich dann in der Morgensonne auf den Weg zur Gendarmerie. Dort war ich um zehn Uhr mit Inspektor Lagarde verabredet.

Er empfing mich mit ausgesuchter Höflichkeit.

„Madame, wie geht es Ihnen? Gefällt Ihnen das Hotel?"

„Oh ja, es ist alles sehr gut, vielen Dank. Haben Sie den Fahrer des roten Wagens schon gefunden?"

Der Inspektor zog bedauernd die Schultern in die Höhe und wies auf einen Stuhl, auf dem ich Platz nahm.

„Leider noch nicht. Wir haben ja gar keine Angaben, zum Kennzeichen zum Beispiel. Sie können sich wirklich nicht daran erinnern?" Er setzte sich mir gegenüber und schaute mich mit gespanntem Gesichtsausdruck an.

„Nein, wirklich nicht. Man schaut doch nicht auf das Kennzeichen, wenn einem gerade aus einer Kurve ein Auto entgegenfliegt ..."

„Schon gut, Madame. Machen Sie sich keine Sorgen. Er muss ja gefunden werden können. Wir nehmen Kontakt zu allen

Reparaturwerkstätten auf ... Mittlerweile würde ich gerne Ihre genauen Personalien aufnehmen, wenn Sie nichts dagegen haben." Ich reichte ihm meinen Pass, und er notierte sich meinen Namen auf einem Formblatt.

„Ariane ... ein schöner Name", bemerkte er. „Und wo wohnen Sie, Madame Ariane?"

„Im Moment eigentlich nirgendwo."

Der Inspektor sah erstaunt auf.

„Nirgendwo? Wie meinen Sie das?"

„Naja, ich bin sozusagen auf der Durchreise. Ich habe die letzten zwölf Jahre in Griechenland gelebt, auf einer der Inseln. Mein Mietvertrag ist ausgelaufen und ich habe ihn nicht verlängert. Ich habe meine Sachen eingelagert und bin jetzt auf dem Weg nach Paris ..."

„Wollen Sie dort wohnen?" unterbrach mich Lagarde.

„Nein! Ich habe da etwas zu tun ... etwas Persönliches. Danach wollte ich entscheiden, ob ich in Frankreich bleibe oder nach Griechenland zurückkehre."

„Sehr interessant! Eine Weltenbummlerin ... Haben Sie keine Familie?"

„Nein, niemanden mehr. Ich habe mein gesamtes Leben sehr unabhängig gelebt."

„So, da muss ich also gar nicht so ein schlechtes Gewissen haben, dass ich Sie hier aufhalte ... und als Adresse nehmen wir dann das Hotel."

„Bitte, gerne. Es gefällt mir hier." Ich staunte selber über mich, als ich das sagte. Aber es stimmte, mich trieb nichts. Ich hatte keinen festen Zeitplan. Zum ersten Mal im Leben begann ich das wirklich zu akzeptieren – und sogar zu genießen.

„Darf man fragen, wovon Sie leben, Madame Ariane?" holte mich der Inspektor aus meinen Gedanken.

„Nun ... ich habe eine kleine Rente, und außerdem schreibe ich Bücher und male auch ein bisschen. Nicht dass das Letztere mich ernährt, aber es ist meine Arbeit."

„Soso, eine globetrottende Künstlerin! Da passen Sie ja zu dem Mann, dem Sie vorgestern geholfen haben. Ich erwähnte es? Er ist auch ein Künstler. Er ist sehr bekannt hier in der Gegend ... Monsieur Marville."

„Marville, der Bildhauer? Den kenne ich ... ich meine, ich habe über ihn gelesen und Bilder seiner Werke gesehen." Plötzlich hatte mein Leidensgenosse vom Unfall einen Namen.

„Ja. Er hat großes Glück gehabt. Es scheint ihm nichts Schwerwiegendes passiert zu sein. Was nichts an der Fahrerflucht ändert. Er hätte auch tot sein können, oder es hätte einen Folgeunfall geben können ... Haben Sie denn gar nichts von dem Fahrer gesehen?" Wieder schaute mich mein Gegenüber durchdringend an.

„Doch, ich habe den Fahrer, sagen wir, im Augenwinkel wahrgenommen. Es war mit Sicherheit ein jüngerer Mann, so in den Dreißigern. Er hatte, wenn ich mich nicht irre, dunkle kurze Haare. Aber weiter ..."

Der Inspektor winkte ab. „Das ist ja schon etwas. Würden Sie ihn wiedererkennen?"

Ich zögerte etwas. „Vielleicht ..."

„Nun, dann werden wir sehen. Bitte fühlen Sie sich hier in Carpentras wohl. Hier haben Sie nochmals meine Nummer." Wieder reichte er mir seine Karte. „Rufen Sie an, wenn Sie etwas benötigen oder wenn Ihnen noch etwas einfällt. Wir melden uns ansonsten in zwei, drei Tagen wieder bei Ihnen." Damit kam er um den Tisch herum. Ich stand auf und gab ihm die Hand.

„Merci, Madame."

„Guten Tag, Inspektor."

Dann stand ich wieder vor der Tür des hässlichen grauen Gendarmerie-Gebäudes.

Mir kam die Idee, am Nachmittag den Mann im Krankenhaus zu besuchen, diesen Monsieur Marville. Ich ging zurück ins Zentrum von Carpentras und suchte eine Buchhandlung. Dort fragte ich nach einem Buch oder einen Bildband über den Künstler und – et voilà! – natürlich hatten sie einen, der mir von der Verkäuferin mit Stolz im Gesicht verkauft wurde.

„Wussten Sie, dass er hier in der Gegend lebt?" fragte sie, als sie mir das Wechselgeld aushändigte.

„Ja, das weiß ich!"

In ihrem Gesicht drückte sich eine gewisse Befriedigung aus und sie wünschte mir noch einen schönen Tag.

Dann besorgte ich in einem Blumenladen einen Strauß Sonnenblumen. Sie erschienen mir irgendwie geeignet für einen Mann.

Als ich dann allerdings am frühen Nachmittag ins Krankenhaus ging, erfuhren meine Pläne einen Rückschlag. Monsieur Marville war laut Auskunft der Stationsschwester bereits am Vormittag entlassen worden. Auf meine erstaunte Reaktion hin erklärte sie mir allerdings, dass er auf eigenen Wunsch und gegen den Rat der Ärzte gegangen sei.

„Wissen Sie, er kann sehr stur sein", sagte sie. „Er hat sicher noch erhebliche Schmerzen von den gebrochenen Rippen und Prellungen. Aber er wollte unbedingt wieder in seine gewohnte Umgebung. Es tut mir sehr leid." Sie lächelte. „Sie waren doch die Frau, die ihm geholfen hat?"

Ich wehrte ab. „Naja ..." Mir wurde das langsam unangenehm. Jeder hätte das doch gemacht, fast jeder ... also der Kerl, der uns in diese Situation gebracht hatte, natürlich nicht; und ich wollte jetzt wirklich, dass man ihn ausfindig machte.

Ich bedankte mich bei der Schwester und fuhr zurück in mein Hotel. Die Sonnenblumen standen nun auf meinem Tisch, und ich blätterte in dem neu erworbenen Buch.

Alain Marville war ein ungewöhnlicher Bildhauer, seine Skulpturen waren kraftvoll und zogen einen unweigerlich in ihren Bann. Sie strotzten vor Phantasie und hatten mich schon vor vielen Jahren, als ich zum ersten Mal Fotos von ihnen gesehen hatte, fasziniert und sogar zu einem oder zwei Bildern angeregt. In den vergangenen Jahren war es allerdings ruhiger um ihn geworden; immerhin befand er sich nun am Ende seines siebten Lebensjahrzehnts. Die Bildhauerei ist eine Kunst, die Kraft erfordert und auch den Körper beansprucht. Sicher war nun der Unfall mit den schmerzhaften Prellungen und sogar Brüchen eine Sache, auf die er hätte verzichten können. Ich erinnerte mich meines eigenen, vor vielen Jahren erlebten, schweren Treppensturzes und der wochenlangen Schmerzen im Bereich der Rippen und des gesamten Brustkorbs. Ich beneidete den Mann nicht. Allerdings wusste ich auch, dass das eben seine Zeit braucht und kein Krankenhaus daran etwas ändern kann. Schmerztabletten kann man auch zuhause nehmen ...

Als es dämmerte, ging ich noch einmal aus, um etwas zu essen und Carpentras am Abend zu sehen.

Als ich zurückkehrte, wartete im Hotel eine Überraschung. Der freundliche Portier hatte eine Nachricht für mich. Es habe, so sagte er, Monsieur Marville angerufen. Er habe vom Krankenhaus erfahren, dass ich ihn heute besuchen wollte, und er bedaure, dass er nicht mehr da war. Er würde mich aber gerne treffen, und zu diesem Zwecke lade er mich in sein Haus ein. Wenn ich nichts dagegen hätte, würde mich morgen Vormittag ein von ihm bestelltes Taxi am Hotel abholen.

Mich freute diese Einladung sehr, denn nun würde ich den Künstler kennenlernen. Natürlich sagte ich zu; das heißt, ich brauchte nichts weiter zu tun. Der Portier ließ mich wissen, dass die Sache als abgemacht galt, wenn er nicht zurückrufe. Mit Vorfreude auf den nächsten Morgen ging ich gut gelaunt zu Bett.

Das Neue erwartet mich bereits kurz hinter der Landesgrenze. Schon auf halbem Wege in mein neues Leben will man sicherstellen, dass ich nicht mehr fortlaufen kann. Als hätte ich je diese Wahl gehabt. Mein zukünftiger Gemahl empfängt mich mit vornehmer Höflichkeit. Eine kleine höfische Gruppe ist Zeuge unseres ersten Treffens. Noch in dieser Nacht gibt es eine stille kleine Zeremonie, die mich – Elinora – für immer verändert. Ein Akt, der mich für immer an den Menschen bindet, dem ich nur aus Gehorsam gegenüber meiner Familie und für das Schicksal und das Glück unserer Länder folge. Aber wie schon mein Hauslehrer immer sagte: Liebesehen scheitern in aller Möglichkeit wohl leichter als Ehen der Vernunft.

Das Neue kommt mir schon im Traum entgegen. Es fühlt sich an wie ein Sommermorgen vor Sonnenaufgang, ebenso verheißungs- wie erwartungsvoll. Es ist wie das Überschreiten einer Grenze. Man weiß nicht, was der Tag bringt, aber man freut sich darauf. Man ist ohne Plan und gerade deshalb gespannt auf das kommende Unerwartete. Man kann träumen, die Phantasie spielen lassen und sich in Gedanken zurücklehnen. Auf diesem Nullmeridian der Ereignisse ist alles möglich ...

Wie versprochen stand am nächsten Morgen um elf Uhr das Taxi vor dem Hotel. Der Fahrer begrüßte mich freundlich, öffnete wie ein guter Chauffeur die Tür des Wagens und ließ mich einsteigen. Dann bereitete er mich auf eine etwa zwanzigminütige Fahrt vor.

Ich erfuhr, dass Monsieur Marville in einem kleinen Dorf südöstlich von Carpentras lebte. Wir fuhren durch die sonnige Landschaft der provenzalischen Region Vaucluse, und ich verliebte mich mit jeder Minute mehr in die Landschaft. Es war so ganz anders, als selber zu fahren: Nun konnte ich ungehindert schauen, und ich sog die Eindrücke regelrecht auf.

Das Dorf Lagnières lag auf einem Hügel und war teilweise noch von einer Mauer umgeben, die den Ort wohl in früheren Zeiten beschützt hatte. An manchen Stellen drängten sich die braunen Häuser mit den roten Ziegeldächern dicht aneinander, dann wieder gab es große Bäume und ebene Stellen, an denen sich größere Gärten ausbreiten konnten. Darin hatte man wegen des vielen Grüns nicht den Eindruck, höher gelegen zu sein, während man von weniger bewachsenen Stellen einen Blick in die umgebende, tiefer liegende Gegend hatte.

Wir hielten an einem großen Tor zu einem Anwesen etwas oberhalb im Ort. Der Fahrer verabschiedete sich höflich und meinte, Monsieur werde ihn anrufen, wenn ich wieder zurückwolle. Ich machte mich auf den kurzen Weg zum Haus.

Am Eingang empfing mich eine ältere Dame, die offenbar schon auf mich gewartet hatte und wohl die Haushälterin war. Sie lächelte mich an und bat mich einzutreten. Es war ein Gebäude, das so ganz anders war, als ich mir ein provenzalisches Haus vorgestellt hatte. Aber wie hatte ich es mir eigentlich vorgestellt?

Tatsache ist, dass alles so war, wie es richtig erschien – wie nur diese Landschaft es hervorgebracht haben konnte. Über eine Art Terrasse kam man durch verglaste Türen unmittelbar in einen großen hellen Raum mit einem Fußboden aus Steinplatten, mit Rundbögen und hoher Holzdecke. Die Wände waren pastellfarben-beige verputzt und durch ein Fenster, hoch in einer der Mauern, strömte zusätzliches Sonnenlicht herein. Unter diesem Fenster standen eine riesige Couch und ein Tisch; darüber hinaus gab es außer Kerzenständern, einem großen Sessel, einem Holzstuhl und einem riesigen Kamin nicht viel in diesem Raum. Die Außenwände des gesamten Gebäudes waren dick und hielten die größte Hitze davon ab, ins Innere zu dringen, selbst wenn die großen Flügeltüren offen standen. Offenbar war dieser Teil des Hauses als Sommerraum gedacht.

Ich wurde durch einen kurzen Flur in einen weiteren Raum geführt, der etwas niedriger ausfiel und keine Holzdecke besaß. Hier gab es wiederum eine große Sitzecke um einen niedrigen Couchtisch herum, der wohl aus sehr altem Holz gefertigt war. Wunderschöne alte Möbel und Vitrinen schmückten den Raum; es gab einen hohen Armstuhl und im anderen Teil des Zimmers einen als Arbeitsecke eingerichteten Bereich. Ein schmiedeeiserner Leuchter hing von der Decke. Dieser Teil des Hauses hatte eindeutig viel mehr Dekoration und Artefakte zu bieten als der vorherige. Auch hier gab es wieder einen etwas kleiner ausgefallenen, aber immer noch riesigen, Kamin. In einer alten Holzvitrine war Geschirr ausgestellt. Alles war mit Geschmack und Liebe arrangiert. Auf dem Tisch stand in einer Tonvase ein großer Blumenstrauß, daneben befand sich eine riesige Schale mit Obst.

Ich war so fasziniert, so beschäftigt mit der Wahrnehmung des Hauses, dass ich erst jetzt den Hausherrn bemerkte, der in einem Lehnstuhl saß und mich und mein Staunen ruhig beobachtete. Als sich endlich unsere Blicke trafen, stieß er ein freudiges, halb lachendes „Häh ..." aus und versuchte aufzustehen, aber die alte Dame eilte zu ihm und nötigte ihn zurück auf seinen Sitz.

Er lächelte bedauernd. „Willkommen! Es tut mir leid, aber ich bin wohl noch nicht soweit. Die gute Thérèse haben Sie schon kennengelernt? Sie ist die Seele des Hauses – und nun auch meine Krankenschwester." Er wies mir einen Platz auf einem zweiten Stuhl zu, aber ich war noch viel zu beschäftigt mit all den Eindrücken.

„Ein schönes Haus haben Sie ...", sagte ich. Dann schaute ich dem Mann das erste Mal direkt in die Augen. Ja, es war das Gesicht, das ich gesehen hatte in diversen Kunstprospekten, nach dem Unfall und nun auch in meinem neu erworbenen Buch.

Alain Marville war trotz seines Alters alles andere als ein alt erscheinender Mann. Er machte im Gegenteil einen kraftvollen, beinahe noch jugendlichen Eindruck. Man konnte ahnen, dass er zeitlebens ein sehr gut aussehender und sportlicher Mann gewesen sein musste. Er hatte volles weißes Haar, das er etwas länger trug, und einen Bart. Aus einem offenen Gesicht musterten seine wachen Augen alles, was vor sich ging, mit Interesse und einem beinahe stechenden Blick. Er lachte offenbar viel; dabei sah man seine tadellosen Zähne, und dieses Lachen war einfach gewinnend.

Ich schaute auf seine Hände, seine Werkzeuge sozusagen. Sie waren kräftig und sahen ebenfalls nicht wie die Hände eines Mannes seines Alters aus. Seine Stimme hatte ein ungewöhnliches Timbre; sie war nicht sehr tief und wirkte doch sehr männlich, ruhig und sanft.

„Wollen Sie sich nicht setzen? Bitte ... Ich habe mich noch gar nicht vorgestellt, aber Sie wissen sicher schon, wer ich bin ..."

Er schaute mich gespannt an. Jetzt erst fiel mir ein, dass ich ja noch den gestern gekauften Strauß Sonnenblumen in der Hand hielt. Ich reichte sie ihm. „Mein Name ist Ariane, Monsieur Marville, und ich freue mich sehr über Ihre Einladung."

„Oh, bitte seien Sie nicht so förmlich, nennen Sie mich Alain. Ich muss Ihnen so sehr danken für das, was Sie für mich getan haben ..."

Mittlerweile hatte ich mich gesetzt. Thérèse hatte die Blumen an sich genommen und verschwand nun für einen Augenblick, vermutlich um eine Vase zu suchen.

„Ich bitte Sie. Ich habe es schon dem Inspektor gesagt, es war selbstverständlich. Wie geht es Ihnen?"

„Ich kann mir immer noch nicht vorstellen, wie Sie mich aus dem Wagen gezogen haben ... Nun ja, die Ärzte schimpfen auf mich. Aber gegen gebrochene Rippen, Blutergüsse und Abschürfungen haben die auch keine Wundermittel. Und ich hielt es nicht mehr aus im Hospital. Ich brauche meine gewohnte Umgebung."

Die Haushälterin kam wieder, diesmal mit den Blumen in einer bauchigen Vase auf einem Tablett, gemeinsam mit Gebäck und Kaffee. Wieder lächelte sie mich an. Ich lächelte zurück und sagte mehr zu ihr als zu meinem Gastgeber: „Bei der Umgebung kann ich das mehr als verstehen!"

„Monsieur Alain hat großes Glück gehabt!" ließ sich nun Thérèse vernehmen und schenkte Kaffee ein.

„Auf jeden Fall danke ich Ihnen, Ariane. Wer weiß, was hätte geschehen können, wären Sie nicht hinter mir gefahren und hätten Sie nicht so besonnen reagiert. Sie waren mein Schutzengel ..."

Thérèse nickte zu den Worten Marvilles und zog sich, nachdem sie das Backwerk und den Kaffee auf einem kleinen Beistelltisch arrangiert hatte, zurück.

Da saß ich nun also mit dem Mann, dem Künstler, dem ich ohne den Unfall niemals begegnet wäre. Eigentlich hätte die Situation eine peinliche sein müssen: zwei Fremde, deren Leben sich nur an einem winzigen Punkt berührt hatten; dazu mein mehr als leidliches Französisch. Und dennoch war es eine angenehme Erfahrung. Die Unterhaltung fiel mir nicht schwer und ich fühlte mich seltsam aufgehoben hier in diesem Haus, das ich noch vor zehn Minuten nicht gekannt hatte.

„Wo kommen Sie eigentlich her? Was führt Sie in unsere Gegend?" wollte er wissen.

Ich erzählte von meiner Durchreise, von meinem eigentlichen Reiseziel, meinen gegenwärtig etwas im Unklaren schwebenden Wohnverhältnissen. Er hörte aufmerksam zu und das einzige, was sich etwas seltsam anfühlte, war zu beobachten, wie der Mann sich bemühte, ganz still zu sitzen − und wie er bei jeder kleinen Bewegung schmerzhaft zusammenzuckte. Ich konnte so mitfühlen, und er bemerkte mein Mitgefühl. „Wissen Sie, im Moment ist das Sitzen in diesem Stuhl die weitaus schmerzärmste Variante. Beim Liegen weiß ich nicht, wie ich es anstellen soll, dass es nicht mörderisch weh tut ...“ Ich konnte das so nachfühlen und erzählte ihm von meinem Treppensturz.

Wir wurden unterbrochen, denn die Haushälterin kam mit Bedauern im Blick in den Raum und meldete den Besuch von Inspektor Lagarde. Der folgte ihr auf dem Fuße und war offenbar überrascht, mich ebenfalls hier anzutreffen.

„Oh, Madame Ariane, Sie hier? Sehr schön, und wie geht es Ihnen, Monsieur Marville?“

Alain machte eine Geste, die seinem Zustand gerecht wurde, und bot dem Inspektor ebenfalls Kaffee an, den Thérèse einschenkte.

„Nun, ich hoffe, Sie haben gute Neuigkeiten.“

„Leider nicht, Monsieur. Der rote Wagen samt Fahrer ist unauffindbar ... bis jetzt. Sie müssen noch Geduld haben.“ Er nahm einen Schluck aus der Tasse und wandte sich dann mir zu.

„Wenn wir nicht eindeutige Bremsspuren sowie die rote Farbe an Monsieur Marvilles Wagen hätten und dazu seine Aussage, man könnte beinahe denken, es hat möglicherweise gar keinen ‚Geisterfahrer‘ gegeben ...“ – dabei zwinkerte er mir verschwörerisch zu. Ich fand diese Bemerkung zugegebenermaßen ein wenig unpassend. Ungerührt fuhr der Inspektor fort. „Leider ist Ihr Auto ein Totalschaden, Monsieur. Wir haben es jetzt freigegeben, und Sie können Ihre Versicherung benachrichtigen, um es begutachten zu lassen. Hier ist die Adresse, wo Sie die Versicherungsleute hinschicken müssen.“ Er legte einen Notizzettel auf den Kaffeetisch.

Marville wollte abwinken, jedoch endete diese Geste wiederum in einem schmerzverzerrten Gesicht.

„Madame hat sich bereiterklärt, ein paar Tage bei uns zu bleiben, zur Identifikation, falls wir den Fahrer doch noch finden.“ Mit diesen Worten erhob sich der Inspektor.

Plötzlich hatte ich eine Eingebung. „Sagen Sie, kommen hier eigentlich immer gleich höhere Beamte, wenn ein Verkehrsunfall geschieht?“

„Oh nein", lachte Lagarde, „soviel Personal haben wir nicht. Es war reiner Zufall. Wir kamen gerade von einem Ortstermin eines anderen Vorfalls, als der Notruf kam. Wir waren einfach nur in der Nähe ... – so kommt man unversehens zu noch mehr Arbeit."

Er zog die Schultern hoch, aber er lächelte, als er das sagte.

„Ich werde Sie über alle Einzelheiten informieren – sofern sie sich ergeben. Haben Sie noch einen schönen Tag – Monsieur Alain, Madame Ariane ... Au revoir!" Damit entschwand der Inspektor in Begleitung Thérèses so schnell, wie er gekommen war.

Alain sah mich an. „Ärgern Sie sich nicht über seine Bemerkung – er wollte witzig sein. Es war etwas taktlos ..."

„Schon gut!" beschwichtigte ich. „Aber Ihr Auto, jetzt haben Sie keins mehr."

„Das ist nicht schlimm. Es war ein altes Modell. Im Moment steht mir der Sinn sowieso nicht nach Fahren. Die Schmerzen einerseits, aber auch so steckt mir der Salto mit meinem Wagen zu tief in den Knochen. Ich glaube, ich nehme erst einmal eine Auszeit, was Automobile anbelangt." Jetzt zeigte er wieder sein breites, sympathisches Lächeln.

Ich lächelte auch und knabberte an einem wunderbar luftigen Gebäckstück.

„Die sind gut, nicht wahr? Die hat Thérèse gebacken, sie ist eine Meisterin darin."

„Ja, das ist sie ..."

„Sagen Sie, wo wohnen Sie jetzt eigentlich?" wollte Marville wissen.

„Im Hotel Central, in Carpentras – Sie hatten doch dort angerufen ..."

„Anrufen lassen!" unterbrach er mich. „Ich habe mir den Namen des Hotels nicht gemerkt ... Sagen Sie, wollen Sie nicht für die Zeit, in der Sie hier meinetwegen Ihre Fahrt unterbrechen, bei mir wohnen? Nicht, dass Sie dieses Angebot falsch auffassen. Aber wir haben hier massig Platz. Das ganze Haus steht praktisch leer. Außer mir wohnt hier keiner ..."

Mit dieser Offerte, die so gerade heraus kam, überraschte er mich. Ich setzte die Kaffeetasse ab und hätte mich beinahe am Gebäck verschluckt.

„Was ist mit Ihrer Haushälterin?" war die erste Erwiderung, die mir einfiel.

„Thérèse? Die wohnt nicht hier, sondern mit ihrem Mann, der auch im Garten hilft, lebt sie ein paar Minuten die Straße runter im Dorf. Sie kommt nur tagsüber. Eigentlich wären sie schon alt genug, ihre Rente zu genießen, aber die beiden können ohne die tägliche Arbeit gar nicht mehr leben, und so sind sie noch hier – für mich ein Glück ... Also, was ist, würden Sie den Vorschlag annehmen?"

Ich zögerte. Das Angebot klang reizvoll. Ich fühlte mich schon jetzt seltsam wohl in diesem Haus, auch in der Gegenwart dieses Mannes. Es schien, als würde ich ihn seit ewigen Zeiten kennen. Es war fast gespenstisch.

Marville hatte mein Nachdenken aufmerksam verfolgt und hakte nun ein. „Nicht dass Sie etwas Falsches denken! Ich will Sie nicht als Pflegerin hier haben. Sie haben so viel für mich getan ... Nur, ein bisschen Gesellschaft könnte natürlich nicht schaden. Wo Sie herkommen, wo Sie hingehen, all das interessiert mich. Ich ... ich habe das seltsame Gefühl, dass wir uns bereits gut kennen ... irgendwie ..."

Ich konnte es nicht fassen, dass der Mann, den ich bis vor einer halben Stunde nur aus Büchern und Prospekten kannte, nun genau das aussprach, was auch ich fühlte.

„Nun ... es ist verlockend. Wenn es Sie wirklich nicht stört, dann nehme ich gerne dieses Angebot an." War das wirklich ich, die das sagte? Es musste wohl so sein.

„Das ist wunderbar! Ich freue mich. So kann ich mich auch revanchieren." Er machte eine Bewegung zur Tür hin, biss zischend die Zähne zusammen und rief dann tapfer nach seiner treuen Seele.

„Thérèse, bitte kommen Sie. Madame Ariane wird ein paar Tage bei uns wohnen."

Die alte Dame gesellte sich sichtlich erfreut zu uns. „Wie schön! Es wird Ihnen gefallen, Sie werden das Gästezimmer im ersten Stock beziehen!" Diese ganze Szene, wäre sie nicht so spontan gewesen, schien wie aus einem Drehbuch.

„Moment bitte! Ich muss erst zurück nach Carpentras, meine Sachen und vor allem mein Auto holen."

Mein Einwand wurde akzeptiert und mein Einzug für den kommenden Morgen festgelegt – mit großer Freude auf allen beteiligten Seiten.

Ich blieb noch etwa eine halbe Stunde und verabschiedete mich dann von meinem neuen Hausherrn. Thérèse begleitete mich, nachdem sie das Taxi gerufen hatte, zum Tor und konnte sich nicht verkneifen, mir nochmals zu sagen, wie sehr sie sich über meinen Aufenthalt freue, „vor allem für Monsieur!"

Wie in Trance erlebte ich die Rückfahrt, überwältigt von der Gastfreundschaft und den seltsam vertrauten Gefühlen, die in mir zirkulierten.

Den Nachmittag verbrachte ich mit dem Abheben von Geld, dem Betanken meines Autos, einigen notwendigen Besorgungen und dem Packen meines eher spärlichen Reisegepäcks. Dann legte ich mich hin und sann lange diesem traumhaften Besuch am Vormittag nach. Irgendwann schlief ich ein.

Ankommen. Endlich in Paris. Hier also soll meine Zukunft stattfinden. Zuvor aber werde ich in einer Kathedrale endgültig in meinen neuen Stand versetzt. Ich trage ein Kleid aus purpurnem Samt. Man reicht mir die Insignien, man verneigt sich vor mir. Später, draußen, jubeln die Menschen mir zu. Ich blicke in die Menge. Es ist wie ein Blick von einer Bühne. Die Leute, die mich angaffen, wissen nicht, was ich sehe – nur einen dunklen leeren Raum – und dass ich nur spiele, sie zu sehen. Und mich selber: ich spiele, dass es mich gibt. Ich muss sein, was sie in mir sehen. Da hilft nichts. Man hat mich erhöht und gleichzeitig gefangengesetzt. Mein Wappen, das ich jetzt führe, trägt die Lilie in seinem Schild. Der mächtige Mann an meiner Seite, der mein Gemahl ist, scheint sich jedoch für mich nicht mehr sonderlich zu interessieren. Für meine Sicherheit sorgt ab jetzt eine kleine private Garde unter dem Kommando eines Hauptmanns. Die erste Nacht in meiner neuen Rolle verbringe ich allein in einem viel zu großen Palast. Vor der Tür zu meinen Gemächern steht die Wache. Hinter meinen Augen wohnt eine zu tiefe Erschöpfung, als dass ich wirklich schlafen könnte.

Ankommen. Ich habe noch niemals in meinem Leben so viele Nächte hintereinander so tief und ungestört geschlafen. Ich träume von einer Gegend im Sonnenuntergang, durch die ich fahre. Ein eigenartiges Gefährt ist es, das mich da trägt: Es ist kein Auto; es ruckelt gemächlich wie eine Kutsche, aber auch Pferde sind nicht zu sehen. Vor mir tut sich ein Panorama auf, das mir seltsam vertraut vorkommt. In der Ferne, am Horizont, sieht man schemenhaft die Türme einer Stadt; davor aber liegt offene Landschaft und in ihr eine Erhebung, ein Hügel. Auf diesem Hügel ist ein kleines verträumtes Dorf, mit Häusern und hier und da unterbrochen von grünen Gärten und einigen hohen Bäumen. Über all dem wölbt sich der immer röter werdende Abendhimmel und taucht alles in ein unwirkliches Licht. Die Stadt am Horizont verliert sich aus meinem Blickfeld; ich sehe nur noch das Dorf, zu dem ich gelangen will. Am Eingang des Dorfes ist ein Schild. Ich kann die Buchstaben darauf nicht lesen, jedoch erkenne ich neben dem Namen des Ortes das Abbild einer Lilie ...

Wie immer gegen acht Uhr wachte ich erfrischt, allerdings auch etwas desorientiert, auf. Hatten dieser Besuch gestern, dieses Gespräch und die Einladung, wirklich stattgefunden oder hatte ich nur geträumt? Aber neben dem Bett stand die gepackte Tasche, also musste es wahr sein.

Ich wollte das Hotelzimmer bezahlen, aber der Portier sagte mir, es sei schon alles geregelt. Falls der Inspektor anrufen sollte, so wollte er ihm meinen neuen Aufenthaltsort mitteilen.

Mit dem Auto war ich schnell aus der Stadt. Ich nahm mir Zeit; ich musste zugeben, auch ich war noch etwas verunsichert von dem nunmehr vier Tage zurückliegenden Unfall. Auch fehlte mir die Ortskenntnis. Ich brauchte etwa dreißig Minuten, bis ich vor dem Tor des Anwesens Marvilles ankam. Ich parkte den Wagen und trug meine Sachen zum Haus.

Wieder war Thérèse sofort zur Stelle, so als habe sie nur auf mich gewartet. Sie machte ein Zeichen, dass ich ruhig sein sollte. „Monsieur schläft in seinem Stuhl!" flüsterte sie. „Er hat die ganze Nacht nicht schlafen können. Der Ärmste ..."

Wir schlichen uns am Wohnraum vorbei in den ersten Stock, und die gute Seele des Hauses zeigte mir mein Zimmer. Wenn das alles hier ein Traum war, dann ging er jetzt zweifellos weiter.

Es war ein großer und heller Raum, der zum Garten hinaus lag und ein großes Fenster besaß, durch das Sonnenlicht auf die pastellgrün und terrakotta gestrichenen Wände fiel. Der blumige Stoffbezug des so originellen wie bequemen Klappstuhls korrespondierte mit dem Bettüberwurf und sorgte so für eine heitere Atmosphäre. Diese wurde noch durch einen leichten Baldachin über dem Bett unterstrichen, dessen schleierartiger cremefarbener Stoff sich in der zum Fenster hereinströmenden Luft leicht hin- und herbewegte. Auf dem niedrigen Tisch standen in einer Vase die herrlichsten Rosen, und ein riesiger alter Holzschrank sowie ein großer quadratischer Spiegel rundeten die Ausstattung ab.

Gleich neben dem Raum war ein Gästebadezimmer gelegen.

„Wenn Sie mögen, machen Sie sich frisch und gehen dann ein wenig in den Garten." Thérèse nahm mir die Tasche ab und stellte sie auf den Tisch. „Haben Sie Hunger?"

„Nein danke!" Ich war so fasziniert von dem, was ich sah, dass Essen im Moment sicher das Letzte auf meiner Liste war.

„Nun, draußen im Garten sind Liegestühle. Fühlen Sie sich einfach wie zu Hause."

„Haben Sie vielen Dank! Ich komme schon zurecht." Ich nahm die Hand der alten Frau und drückte sie.

„Nichts zu danken!" Und schon war sie verschwunden.

Ich nahm den guten Rat an und ging erst einmal unter die Dusche, denn es war mittlerweile schon sehr warm geworden. Dann packte ich aus und nahm mein Marville-Buch, mit dem ich mich hinunterschlich. Im Haus war es sehr ruhig, nur die Geräusche der Zikaden drangen durch die offenen Fenster und Türen. Ein leiser Luftzug ging durch die Räume.

Der hintere Garten lag angenehm im Schatten. Die Rückseite des Gebäudes war geprägt durch schöne Fenster mit pastellgrünen Fensterläden. Dahinter standen zwischen dem um das Haus führenden gepflasterten Weg und der angrenzenden Wiese zwei große Bäume. Das Licht der Sonne fing sich in den Blättern und warf Schattenspiele auf die warmbraune Hauswand. Eine kleine Treppe aus drei Stufen am anderen Rand der Wiese führte zu einer Erhebung und war von verschiedenartig bepflanzten Tontöpfen gesäumt. Auf der Erhebung befand sich ein kleiner Teich. Den Abschluss bildete eine niedrige Mauer, aus der ein Brunnen Wasser ausspie, das mit murmelndem Glucksen erst in eine darunterliegende Schale und dann direkt in das von Seerosen beinahe zugewachsene Gewässer floss. Auf der gegenüberliegenden Seite stand an einer hohen Mauer ein riesiger Lorbeerbaum. Er war ganz von einer blau blühenden Trichterwinde überwuchert, wodurch unter den ausladenden Ästen des Baumes eine Art Kathedrale entstanden war, in der es geheimnisvoll und schattig war.

Ich legte mich in einen der auf dem Rasen stehenden Liegestühle und las mich in dem Buch über meinen jetzigen Gastgeber fest.

Zwischen uns lagen fünfzehn Jahre. Geboren wurde er vor etwas weniger als sieben Jahrzehnten im Westen Frankreichs. Er hatte einen berühmten mittelalterlichen Berufs- und gleichzeitig Namensvetter, was eigentlich nahelegen würde, dass er selber unter einem Künstlernamen bekannt wurde. Das Buch sagte dazu nichts aus. Marvilles Arbeiten standen an den verschiedensten Plätzen über die Welt verteilt; seltsamerweise jedoch nicht hier in seinem eigenen Garten, wo ich auch das eine oder andere Stück vermutet hätte. Arbeitete er überhaupt noch? Wo war sein Atelier? Was hatte es mit dem Namen auf sich? Ich hatte viele Fragen ...

Thérèse holte mich aus meinen Gedanken, als sie in den Garten kam und mir sagte, dass Monsieur jetzt aufgewacht sei und schon nach mir gefragt habe. Ich ließ das Buch auf dem Stuhl liegen und ging mit ihr hinein ins Haus.

Marville saß wie gestern in seinem hohen Lehnstuhl, der ihm beim Sitzen eine willkommene Stütze bot. Als er mich sah, stieß er wieder ein freudiges „Häh ..." aus – wohl so eine Art Gewohnheit. „Wie unhöflich von mir. Ich bekomme einen Gast und verschlafe deren Ankunft!" sagte er bedauernd.

„Oh, Monsieur Marville ..."

„Alain, bitte!"

„Okay, Alain ... Sie hatten schlecht geschlafen, hörte ich. Es ist doch nur zu verständlich ... Hören Sie. Ich habe gestern noch einige Besorgungen in Carpentras gemacht. Ich habe Ihnen etwas aus der Apotheke mitgebracht."

Er lachte. „Wie, wissen Sie mehr als diese Quacksalber? Gibt es ein Zaubermittel?"

„Nun, vielleicht kein Zaubermittel. Aber etwas, um den Körper im Kampf gegen die Verletzungen und Schmerzen zu unterstützen. Kennen Sie die Homöopathie?"

„So etwas habe ich bisher noch niemals gebraucht", sagte er durchaus freundlich. „Aber was immer es ist, ich werde es probieren. Ich vertraue Ihnen, mein Schutzengel. – Wollen wir nicht zuerst etwas Leichtes essen? Thérèse hat eine Sommersuppe gemacht, kommen Sie ..."

Damit erhob er sich mühsam und unter Schmerzen, und ich beeilte mich, ihn zu stützen so gut es ging. Langsam gingen wir in Richtung der Terrasse, wo die Haushälterin einen Tisch mit Speisen hergerichtet hatte. Mit Mühe nahm Alain Platz, schaute mich dankend an und forderte mich auf, zuzugreifen. Gemeinsam aßen wir zu dritt eine wunderbare kalte Tomatensuppe mit kross geröstetem Brot.

Ich fragte mich, wo der Mann der alten Dame war, da er nicht mit am Tisch saß und ich ihn bis jetzt auch noch nicht getroffen hatte. Als ob er meine Gedanken lesen konnte, sagte Alain unvermittelt: „Übrigens, den Mann unserer famosen Köchin werden Sie auch noch kennenlernen. Er ist heute zum Kauf von Pflanzen für den Garten unterwegs und kommt wahrscheinlich erst am Abend zurück. Ein Freund ist mit ihm nach Avignon gefahren."

„Ich würde Sie gerne etwas entlasten, wenn es Ihnen nichts ausmacht!" sagte ich in Thérèses Richtung.

„Oh, das können Sie, Madame", erwiderte diese erfreut und ohne Umschweife. „Ich zeige Ihnen gerne die Küche und die angrenzenden Wirtschaftsräume. Wir müssen schauen, wo Ihre Talente liegen." Auf diese Bemerkung hin ruhten Alains Augen neugierig und erwartungsvoll auf mir. Das machte mich etwas verlegen.

„Nun ... ich kann gut kochen, auch einkochen. Ich bin handwerklich geschickt, außerdem schreibe und male ich."

„Na, dann passen Sie ja hierher!" meinte die alte Frau.

Alain lächelte wieder, als hätte gerade eine große Enthüllung stattgefunden. „Sie müssen ihr alles zeigen, nur nicht mein Atelier, das möchte ich Ariane selber zeigen."

„Oh, Sie haben eins, hier? Ich hatte mich schon gefragt, ob Sie noch arbeiten", nahm ich den Faden auf.

„Arbeiten kann man das nicht mehr nennen. Ich lebe von vergangenem Ruhm. Ich mache noch kleinere Skulpturen dann und wann. Aber keine Bildhauerarbeiten in Stein mehr ... und nun sowieso nicht ..." Er schaute wieder ein wenig bedauernd. „Der Körper lässt es einen wissen, wenn es genug ist."

„Das kann ich gut verstehen. – Ich muss sagen, ich bin zutiefst gerührt von der Selbstverständlichkeit und dem Vertrauen, mit dem Sie mich hier aufnehmen."

Wieder ließ Alain sein „Häh..." hören. Dann sagte er ein wenig nachdenklich: „Wissen Sie, manches weiß man auf Anhieb. Vor allem, dass mit zunehmendem Alter nur noch der Moment zählt. Wenn man jung ist, hat man alle Möglichkeiten. Aber man kann nicht genießen, denn man hat noch keine Erfahrung mit der Vergänglichkeit aller Dinge. Im Alter muss man Gelegenheiten ergreifen und festhalten. Auch und gerade wenn sie sich in solchen unwillkommenen Ereignissen wie gebrochenen Rippen darbieten. Nichts geschieht aus Zufall, alles hat etwas zu bedeuten."

„Der Meinung bin ich allerdings auch", erwiderte ich, und wie zur Besiegelung einer Abmachung ließ Alain mich wieder sein bezauberndes Lächeln sehen.

Gewöhnen. Hier spricht keiner meine Sprache. Und deren Sprache ist nicht meine. Ach, würde ich mich doch nicht so fremd fühlen! So empfindet vermutlich eine schöne aber nutzlose Truhe, die nur ihrer Äußerlichkeiten wegen erworben wurde – und weil man sie vielleicht einmal brauchen könnte. Bis dahin steht sie unbeachtet und leer in irgendeiner Ecke. Ich aber will etwas zu tun haben und weiß, dass ich von Nutzen sein kann. Nur versteht das hier im Augenblick wohl niemand.

Gewöhnen. Mit den Zeiten ändern sich auch die Plätze, an denen das eigene Leben stattfindet. Es ändern sich die Menschen, die einem diese Orte heimisch machen. Wie schnell man sich doch an neue Gegebenheiten gewöhnt. Sicher ist die Kommunikation ein Teil der Integration, und wenn nur zwischen den unvermeidlichen Fehlern der Wille dazu sichtbar wird, sich in einer gemeinsamen Sprache zu unterhalten. Am wichtigsten jedoch ist das Gefühl, gebraucht zu werden und eingebunden zu sein.

Wieder hatte ich, diesmal in meiner ersten Nacht in dem neuen gastlichen Haus, wie in Morpheus´ Armen geschlafen. Mein zweiter Tag hier begann mit dem Vergnügen, durch Thérèse nun auch mit den restlichen Räumen des Anwesens bekannt gemacht zu werden. Allen voran das Herz des Hauses und der Stolz von Besitzer und Köchin: Die Küche.

Wenn im gesamten Gebäude die Zimmer nicht gerade klein waren, so musste sich auch die Küche in dieser Hinsicht nicht verstecken. Es war ein phantastischer Raum mit zwei großen Fenstern und darunter einem riesigen Arbeitstisch. Gegenüber befand sich wieder eine große Feuerstelle, und rechts und links von ihr standen alte Regale und Vitrinen mit wunderbarem Steingutgeschirr, Krügen, Tontöpfen, Gläsern und Körben. In der Mitte gab es einen riesigen massiven Esstisch, auf dem eine Obstschale stand. Von der hier relativ niedrigen Holzdecke hing eine Pendellampe über dem Tisch. Über dem Herd hingegen hingen Kupferkasserollen in allen Größen, auch Kannen aus diesem Material, und ich dachte nur an all das Putzen, das notwendig sein musste, um diese Gegenstände so glänzend zu erhalten. Ich war in diesen Dingen schon an wesentlich kleineren Kupfergerätschaften gescheitert. Höhepunkt der Küche war für mich eine große alte Waage mit Schalen und Haken für Gewichte, die sich an der Tür zu einer Kammer befand.

Wie sich herausstellte, war dies so etwas wie eine Vorratskammer, und auch hier bot sich, trotz aller Zweckmäßigkeit, wieder ein pittoresker Eindruck, der jedem gemalten Stilleben zur Ehre gereicht hätte. In Kisten und großen Körben am Boden wurden Kartoffeln, Trockenblumen und Werkzeuge gelagert; darüber in den Regalen standen Marmeladengläser, Konserven und auf einer Seite eine Reihe von Gartenschuhen und sogar ein Paar Stiefel. Von der Decke schließlich hingen Zöpfe aus Zwiebel- und Knoblauchknollen.

Ein lautes Geräusch ließ mich umdrehen. Ein älterer Mann war durch die nach draußen in den Küchengarten führende Tür hereingekommen. Er stellte eine Kiste mit verschiedenen Kräutern auf den Tisch in der Mitte, nahm seine Mütze ab, wischte sich mit dem Handrücken über die Stirn und sagte zu Thérèse gewandt: „Wohin willst du die haben, altes Mädchen?"

Sofort eilte sie zu ihm, nahm entsetzt die Kiste wieder auf und drückte sie ihm in die Hände. „Nicht doch auf den Tisch damit, Martin!"

Dann erinnerte sie sich meiner Anwesenheit und wandte sich zu mir herum, verlegen lächelnd wie ein junges Mädchen beim ersten Tanzball. „Das ist Martin, mein Mann. – Das ist Madame Ariane, die Monsieur Alain nach dem Unfall aus dem Auto gerettet hat."

Ich wollte dem Mann die Hand reichen, aber er hatte ja mit der Kräuterkiste alle Hände voll. So nickte ich ihm nur zu und er nickte zurück. Ebenfalls verlegen grinsend ging er zur Tür und sagte: „Na, dann werde ich sie mal in den Garten bringen ..."

Ich hielt ihm die Tür auf und schaute bewundernd auf die verschiedenen Töpfe. Offenbar gefiel ihm, dass die von seiner Frau so wenig beachteten Pflanzen nun doch noch eine Würdigung erfuhren.

„Wenn Sie mögen, helfe ich Ihnen beim Pflanzen", sagte ich.

„Warum nicht? Wenn meine Liebste hier sagt, wo genau sie die hinhaben will ..." erwiderte er belustigt und ein wenig neckend.

„Ich wässere auch gerne morgens die Töpfe ..." Ich bekam beim Anblick der Kräuter wirklich Lust zum Gärtnern.

„Erstmal werden Sie hier mit der Küche vertraut gemacht, Madame. Das Pflanzen schafft der alte Esel schon noch alleine." Als sie das sagte, blitzte aber der Schelm aus den Augen der Haushälterin. Man spürte, dass die beiden Alten sich trotz sicherlich langer Ehe – oder vielleicht gerade deshalb – immer noch sehr liebten.

„Ich mache alles, was Sie sagen, Thérèse", entgegnete ich. „Aber unter einer Bedingung: Bitte nennen Sie mich nicht immer Madame. Ich bin Ariane. Auch für Sie, Monsieur Martin!" Das letzte rief ich dem gerade in den Garten entschwundenen Mann hinterher.

„Wenn Sie wollen!"

„Ja, bitte!"

Dann zeigte sie mir alles, was ich wissen musste: wo die einzelnen Geschirre standen, wie man den Herd bediente, was für Gerätschaften es gab. Ich spürte, dass die Frau ohne Worte begriffen hatte, dass ich nicht zur Erholung hier wohnen, sondern ein Teil des Haushalts sein wollte. Es hatte niemals in meinem Leben in meiner Natur gelegen, mich bedienen zu lassen. Immer hatte ich Teil der Welt sein müssen, in der ich mich aufhielt, egal wie exotisch sie gewesen war.

Thérèse schien das zu verstehen. „Wissen Sie, ich möchte nicht unhöflich erscheinen, Sie sind hier Gast. Aber es ist wirklich eine große Hilfe, dass Sie hier sind und abends und nachts auch nach Monsieur Marville sehen können. Ich bin nicht mehr die Jüngste, und normalerweise bin ich nur vom Morgen bis zum frühen Nachmittag hier im Haus."

„Aber ja, das ist doch gar kein Problem. Sie müssen mir nur sagen, was zu tun ist." Ich war froh, dass hier alles so selbstverständlich und unprätentiös ablief. Gerne nahm ich der alten Dame die zusätzliche Belastung ab, die durch den Unfall und seine Folgen entstanden war.

Mittlerweile war jetzt auch der Hausherr wach. Im Moment schlief er in einem extra aufgestellten Bett im Erdgeschoss. Während er sich auf eigenen Wunsch hin ohne Hilfe, aber sehr langsam, anzog und für den Tag zurechtmachte, bereiteten wir in der Küche das Frühstück zu.

An diesem Vormittag bat Alain mich um meine Gesellschaft. Er wollte mehr über mich erfahren.

„Sie haben den guten Geist des Gartens, Martin, schon getroffen? – Übrigens, geben Sie ihm Ihre Autoschlüssel, Ariane. Er wird den Wagen an einer besseren Stelle im Anwesen parken."

„Gerne. Ich wusste ja nicht ..."

„Schon gut. Nun erzählen Sie ein wenig. Wo haben Sie bis jetzt gelebt?" Dabei schaute er mich wieder mit dem ihm eigenen Lächeln und dieser entwaffnenden Offenheit an.

„In Griechenland. Auf einer Insel. Ich war niemals für den Norden gemacht, hatte immer ein Verlangen nach dem Süden. Die Insel war der Test."

Alain nickte verstehend. „Und, wie ist er ausgegangen?"

„Der Test? Gut! Ich liebe das Mittelmeer."

„Dennoch waren Sie auf dem Weg nach Paris."

„Ja ... aber nur, um dort etwas zu suchen. Ich hatte bewusst diese Route gewählt. Übrigens wollte ich an dem Tag, als der Unfall geschah, nach Fontaine-de-Vaucluse."

„Häh ..." – da war es wieder! – „das ist ein wundervoller Ort. Wenn Sie etwas Geduld mit mir haben, würde ich Sie gerne dorthin begleiten. Ich war schon seit Jahren nicht mehr dort."

„Sicher, gerne!" antwortete ich.

„Sie müssten Chauffeur spielen!"

„Nichts lieber als das!"

„Ich freue mich!" Um seiner Freude Ausdruck zu verleihen, machte Alain eine heftige Bewegung, die er sogleich bereute.

Um ihn schnell abzulenken, brachte ich seinen Namen zur Sprache. „Darf ich Sie etwas fragen, Alain? Ist Ihr Nachname Marville ein Künstlername?"

„Wieso fragen Sie das?" Jetzt schaute er mir interessiert in die Augen.

„Sie testen mich? Natürlich weiß ich um Ihren berühmten Namensvetter, der auch Bildhauer war!"

„Soso!" – er lachte – „Nein, Ariane. Es ist kein Künstlername. Meine Mutter hatte einen etwas abwegigen Humor und hegte gleichzeitig für meinen Bildhauerkollegen eine große Bewunderung. Sie müssen wissen: Meine Mutter stammte aus Burgund. Als Kind war sie oft in der Chartreuse von Champmol. Sie schwärmte für Jean de Marville, der dort ja einige Arbeiten ausgeführt hatte. Als sie meinen Vater traf, der ebenfalls den Namen Marville trug, war das für sie wie ein Zeichen. Ihr war klar, dass sie einen Sohn haben wird, der in die Fußstapfen dieses Künstlers treten würde. Und wissen Sie, was sie tat? Als ich geboren wurde, gab sie mir den Namen Jean-Alain. Alain war mein Großvater – diese Konzession musste sie machen ..." Wieder lachte er, bevor er fortfuhr. „Mir war es ja am Anfang egal, sie drängte mich auch nicht. Sie meinte, es würde sowieso geschehen – wie eine sich erfüllende Weissagung."

Alain bedeutete mir, dass er gerne etwas Wasser aus der Karaffe auf dem Tisch hätte, das ich ihm brachte.

„Und, wie hat sie sich erfüllt?" drängte ich ihn, weiterzuerzählen.

„Nicht auf direktem Wege. Ich studierte Architektur. Ich malte als Hobby. Die Liebe zur Bildhauerei kam erst viel später, auf Umwegen. Aber am Ende hatte meine Mutter Recht behalten. Nur legte ich im Alltag den von ihr bevorzugten Vornamen ab und benutzte stattdessen ausschließlich meinen zweiten Namen Alain. Ich wollte schließlich nicht für größenwahnsinnig gehalten werden!" Ein vorsichtiges aber breites Lachen krönte diese seltsame Geschichte.

„Übrigens: Schauen Sie einmal dorthin ..."

Ich guckte in die angegebene Richtung und entdeckte ein Bild an der Wand. Genauer gesagt war es ein gerahmtes, offenbar sehr altes Foto. Ich ging näher heran und sah, dass es selber benannte, was darauf zu sehen war: SAINT-JEAN-LES-MARVILLE – Vue genérale.

Die sepiafarbene Aufnahme zeigte ein vor leicht hügeligen Feldern liegendes Dorf.

„Das ist Marville", sagte Alain. „Das ist der Ort, von dem man vermutet, dass mein mittelalterlicher Namens- und Berufskollege von dorther stammt. Genau weiß man es nicht." Die Häuser schienen dicht gedrängt zu stehen; eine Straße kam von links ins Bild und wand sich in derselben Richtung wieder aus dem Foto heraus, nachdem sie mittels einer Brücke einen kleinen Fluss gequert hatte. Bäume säumten die Straße, und rechts ragte ein kleiner Kirchturm zwischen den Dächern auf. Der Fotograf hatte die Aufnahme entweder von einem Hügel oder vom Dach eines Hauses aus gemacht, denn im Vordergrund wölbte sich eine üppige Baumkrone ins Foto.

„Die Ortschaft Marville liegt im Norden Frankreichs, nahe der Grenze zu Belgien und Luxemburg." Alain war nun doch unter Stöhnen aufgestanden und hinter mich getreten. Von dort betrachtete er über meine Schulter hinweg ebenfalls die Darstellung eines Ortes, der wohl mit seinem Namen, nicht aber mit ihm selber zu tun hatte. „Jean de Marville kann ja nicht eindeutig zugeordnet werden. Manche sagen auch, er war Flame. Bekannter ist, dass er in Dijon dann eine Bildhauerwerkstatt aufbaute."

Langsam ging er wieder zu seinem Stuhl und setzte sich vorsichtig. „Und Sie? Ich meine, haben Sie nur diesen einen Namen?"

„Ich ... Ich hatte immer nur einen Namen. Allerdings rief meine Mutter mich oft bei einem Kosenamen, *Nini*. Fragen Sie mich nicht, wie sie darauf kam ..." ich hielt kurz inne. „Also, mit anderen Worten: Bei mir war *nomen* nicht *omen*!"

„Häh ..." rief Alain, „ich sehe das anders. Sie sind aus Griechenland ..." Er sah mein Kopfschütteln. „... okay! Sie *stammen* nicht von da, aber Sie *kommen* jetzt aus Griechenland. Und Sie heißen Ariane. Ariadne. Die mit dem Faden ... Wer weiß, ob Sie nicht die Führerin aus dem Labyrinth sind."

Nein, das wusste ich nicht. Im Moment war ich selber eher verwirrt darüber, wohin es mich so unvermittelt verschlagen hatte. Den Faden hatte ich einigermaßen verloren und kein Verlangen, ihn allzu schnell wiederzufinden ...

Eine eigene Welt. Wieder habe ich eine Begegnung mit dem Hauptmann, der mich und meine kleine Welt beschützen soll. Er flößt mir Respekt ein; er ist sehr mannhaft und unbeirrt. Mir gegenüber versucht er vergebens, demütig zu wirken. Ich sollte die Selbstbewusste sein und Autorität zeigen. Innerlich jedoch zittere ich. Ich halte mich an meinem Stundenbuch fest. Um ihn nicht anschauen zu müssen, senke ich den Blick und betrachte den Umschlag des Breviers. Es war mir noch niemals wirklich aufgefallen, wie prächtig es eigentlich ist: Auf braunem Leder ist ein goldenes Kreuz eingeprägt, in dessen Mitte sich ein Edelstein in blutroter Färbung befindet. In den vier Quarts prangen als Symbol für die vier Evangelien jeweils unterschiedlich gefärbte Schmucksteine. Um sie herum windet sich kunstvoll verschiedenes Getier, das ebenfalls in Gold hervortritt. Alles wird gerahmt von einem mit vielen kleineren bunten Edelsteinen besetzten Schmucksaum. Als ich wieder aufschaue, wendet der Hauptmann sofort und untergeben seinen Blick von mir. So hatte er mich denn die gesamte Zeit lang wohl aufs Genaueste beobachtet. Als ich mir dessen bewusst werde, spüre ich, wie mir das Blut ins Gesicht steigt.

Eine eigene Welt. Wie kann ich nur innerhalb so weniger Tage mich so zuhause fühlen in einer Umgebung, die mir noch vor einer Woche gänzlich unbekannt war? Wie kann ich die Gegenwart von Menschen genießen und als beinahe selbstverständlich betrachten, die mir bis vor drei Tagen noch völlig fremd waren? Der unverhohlene Blick dieses Mannes, sein offenes Interesse, seine direkten Fragen, das bedingungslose Angenommensein – alles scheint wie ein Wunder und doch so normal, als habe ich mein ganzes Leben lang darauf hingelebt.

Thérèse ließ mich wissen, sie habe Monsieur schon sehr lange nicht mehr so aufgeblüht erlebt, „... und das trotz seiner immer noch starken Schmerzen!"

Martin ließ mich wissen, ihm sei ein kleines Wunder geschehen, denn als er in den morgendlichen Garten kam, waren die

Topfpflanzen gewässert und die verblühten Rosenköpfe geschnitten. Er könne sich das – und dabei zwinkerte er mit einem Auge – nicht erklären. Er habe übrigens das Auto hinterm Atelier geparkt.

Alain, der wie immer erst gegen zehn Uhr in Erscheinung trat, ließ mich wissen, er habe das erste Mal seit dem Unfall wieder in länger zusammenhängenden Etappen geschlafen, was er auf meine homöopathischen Kügelchen zurückführe.

Mit anderen Worten: Es war ein guter Tagesanfang.

Und es wurde besser, denn heute sollte sich ein weiteres Geheimnis lüften. Der alte Martin hatte das Stichwort gegeben: *Atelier*. Irgendwo musste es sein, und ich wollte es sehen.

Nach dem Frühstück erklärte Alain, dass er sich – mit Hilfe eines Stocks – stark genug fühle für eine kleine Führung über das Anwesen. Und wie sich herausstellte, kannte ich davon wirklich nur einen Teil.

Seitlich vom Haus, vor Blicken versteckt, erstreckte sich ein weiterer Bereich des Gartens. Er war annähernd naturbelassen und mit Bäumen und Gehölzen bestanden. Wenn man durch eine Reihe Büsche trat, stand man auf einer Lichtung, von wo ein Weg direkt zu einem kleinen Haus mit einer Veranda und großen Fenstern führte. Es schien allerdings, als sei hier in letzter Zeit nicht viel Bewegung gewesen, denn auf dem zum Häuschen führenden Pfad wuchs einiges Unkraut.

Alain ging langsam und auf seinen Stock gestützt, was ihm allerdings offensichtlich nicht viel an Schmerzen ersparte, denn er stoppte immer wieder, um tiefe Luftzüge zu holen. Jedes Mal, wenn ich besorgt in seine Richtung schaute, zeigte er ein tapferes Lächeln und nickte, wie um sich selber zu ermutigen.

Endlich waren wir an der Tür angekommen, die nicht verschlossen war. Offenbar war man hier in der Gegend nicht sehr besorgt um Einbrecher.

„Hier ist es", sagte Alain, „mein Atelier!"

Er öffnete und ließ mich zuerst eintreten.

Es war nur ein einziger großer Raum, in dem einzelne, zum Teil abgedeckte Werke sowie mehrere kleinere Tonmodelle standen. An den Wänden waren unzählige Zeichnungen und einige Ölstudien befestigt. In der Mitte gab es einen riesigen Tisch mit allen Sorten von Werkzeugen sowie Stiften, Pinseln und Farben.

„Nun, es ist ein bisschen eingestaubt. Ich habe lange nichts gemacht!" Er nahm ein Tuch von einem Stuhl und setzte sich vorsichtig, während er mich auf einen weiteren Stuhl, der noch abgedeckt war, hinwies. Aber an Hinsetzen dachte ich jetzt nicht.

Ich ging lieber umher und betrachtete all die unterschiedlichen Objekte. Ich studierte die Zeichnungen und erkannte in den meisten die Handschrift des Meisters, den unverwechselbaren Stil seiner Figuren. Auf dem Tisch lag ein Stapel Skizzen und Farbstudien, und ich holte mir mit einem Blick zu Alain die Erlaubnis, darin zu blättern.

Auf einer der Studien war eine Katze zu sehen. „Das ist Rosalie", sagte er. „Sie werden sie noch kennenlernen. Sie lebt mit uns, aber im Moment hat sie gerade Babys irgendwo im Garten und macht sich deshalb rar."

Es war aber die Art, wie er die Katze gemalt hatte, die mich interessierte. Das Tier hatte, wie ich es oft auch bei seinen Skulpturen gesehen hatte, sehr direkt schauende, durchdringende Augen. Sie erinnerten in der Tat an Alains Augen, wenn er einen forschend und durchdringend anschaute. Aber auch das war es noch nicht ganz, was mich wirklich fesselte. Ich hatte diese Katze schon einmal gesehen. Sie war mir vertraut, und es war beinahe unheimlich: Ich hatte sie ebenfalls gemalt. Ich hatte eine Katze gemalt, die mir in Traumbildern erschienen war, und es war ganz und gar nicht typisch gewesen für die Art, wie ich normalerweise Katzen darstellte ...

Alain holte mich abrupt aus meinen Gedanken. „Sie sagten, Sie malen auch? Wenn Sie mögen, die Farben sind noch alle gut. Es ist noch gar nicht so lange her, dass ich sie gekauft und auch noch benutzt habe."

Ich drehte mich herum und lächelte ihn an. „Ich würde sehr gerne etwas probieren. Dieser Garten, diese Umgebung sind so anregend. Ich habe zuhause alles eingelagert und nichts mitgenommen, mit Ausnahme einer einzigen Skizze ..." Weiter kam ich nicht. Von draußen ließ sich Martins Stimme vernehmen.

„Monsieur Alain! Monsieur Bertrand ist hier! Soll ich ihn zu Ihnen ins Atelier oder ins Haus schicken?"

„Bitte Martin, nicht hierher!" Alains Stimme klang kräftiger als er aussah. „Bitte schicken Sie ihn ins Haus, wir kommen gleich!" Damit erhob er sich, und ich half ihm beim Aufstehen.

„Das hier ist nichts für fremde Augen – auch wenn Bertrand ein guter Freund ist." Dabei lachte er.

„Nun, vielleicht ist Ihnen nicht aufgefallen, dass Sie gerade eine Fremde hier in dieses geheime Reich eingelassen haben." Eigentlich versuchte ich nur mehr, ihn von seinen Schmerzen abzulenken mit meiner Konversation, aber er drehte sich beinahe ruckartig zu mir herum und schaute mich mit festem, ernstem Blick an.

„Sie sind keine Fremde! Sie verstehen das … verstehen mich!" Dann, als sei nichts geschehen, zeigte er wieder sein so gewinnendes Lächeln.

Wir gingen langsam zum Haus zurück. Im Sommerraum wartete bereits ein Mann, der um einiges jünger war als Alain.

Als er den Hausherrn hereinschleichen sah, wollte er hinzueilen, aber ich bedeutete dem Mann, dass wir alles im Griff hätten.

„Verzeih, Alain, ich konnte ja nicht wissen … Ich komme gerade aus Paris zurück, da erzählt mir Julie, was geschehen ist."

Alain hatte nun auch wieder genug Luft zum Reden.

„Mach dir keine Gedanken, Bertrand. Es sieht schlimmer aus, als es ist. – Darf ich dir meinen guten Engel vorstellen, Madame Ariane. Der hier mit dem schuldbewussten Gesicht ist mein guter alter Freund und Hausarzt Bertrand."

Ich nickte dem Mann zu, und er erwiderte den Blick.

Bertrand war in etwa in meinem Alter, trug kurzes, grau meliertes Haar und einen Moustache. Er hatte ein offenes, freundliches Gesicht und unternehmungslustig funkelnde Augen.

Ich hatte das Gefühl, die beiden Männer wollten unter sich sein, und daher entschuldigte ich mich.

„Wollen Sie vielleicht einen Kaffee oder Tee?" fragte ich im Gehen.

„Oh Madame, bitte bleiben Sie doch …"

„Unsinn, Ariane wird dir einen Kaffee machen, wie du ihn magst. Der Löffel muss drin stehen! Fragen Sie Thérèse bitte nach Kuchen, Ariane?" Alain wollte offenbar wirklich mit seinem Freund unter vier Augen reden.

Ich zwinkerte ihm zu, „Geht klar!" – und verschwand dann in Richtung Küche.

Die Gelegenheit war günstig. Nachdem ich den beiden Männern Kaffee und Gebäck gebracht hatte, ging ich auf mein Zimmer. Nicht, dass ich nicht an allem, was diesen geheimnisvollen und doch so offen erscheinenden Menschen Marville betraf, interessiert gewesen wäre – und das schloss auch seine Freunde mit ein –, aber im Moment hatte ich etwas viel Brennenderes für mich zu klären. Ich musste die einzige Skizze auspacken und studieren, die ich von all meinen Zeichnungen mitgenommen hatte – bewusst mitgenommen hatte. Denn es ging um den Zweck meiner Reise.

Jetzt allerdings ging es mir mehr um jene geheimnisvolle Katze aus dem Atelier des Künstlers. Ich rollte die sorgsam in einer Papprolle verstaute Zeichnung auseinander, auf der alle meine Ideen und Hinweise gespeichert waren, die ich je zum Thema Paris, zu meinem großen Drängen auf die berühmte Seine-Brücke, zu Papier gebracht hatte. Nun, hier war sie: Die Katze saß, gezeichnet, auf einer Art Säulengeländer und schaute auf eine seltsame Weise aus dem Bild heraus. Das heißt, sie schaute mit beinahe basiliskisch blickenden Augen zugleich auf eine neben ihr stehende Frau im blauen Kleid wie auch auf den Betrachter, und dennoch schien ihr Blick gleichzeitig seltsam entrückt an allem vorbei in die Ferne zu gehen.

Es war aber auf jeden Fall die Zwillingskatze jenes geheimnisvollen Tieres, das Alain porträtiert hatte und dessen Studie ich im Atelier gesehen hatte. Die Ähnlichkeit war einfach unheimlich.

Wer war diese Katze? Ich war mir nicht sicher, ob ihr Name wirklich ‚Rosalie' war ...

Träume und Realitäten. Manchmal weiß man nicht, woran man ist. Man erwacht nach einem tiefen Schlaf und weiß nicht mehr, was Wahrheit ist und was nur Traumbild. Aber immer auch haben mich

Bilder begleitet, die nicht aus nächtlichen Phantasien zu stammen scheinen: Sie fühlen sich an wie lange vor meiner Zeit Erlebtes. Die Erinnerung scheint von der Zahl darüber hinweggegangener Jahre getrübt und nur noch schemenhaft. Gelegentlich jedoch holt irgendetwas sie wieder aus der Vergangenheit hervor und ins Bewusstsein, oft nur für einen Augenblick. So als öffne sich der Vorhang einer Bühne, nur um sich gleich wieder zu schließen. Für einen kurzen Moment weiß ich es, sehe es und spüre es sogar. Wenn es mir doch nur jemand erklären könnte.

Träume und Realitäten. Solange ich denken kann, begleiten mich Bilder, von denen ich nicht weiß, welcher Kategorie sie zuzuordnen sind. Sie kommen und gehen. Manchmal bedarf es nur eines Wortes oder eines bestimmten Namens, eines Geruchs oder einer vertraut wirkenden Situation – und eine Realität, die ich in diesem Leben nie erlebt habe, steht klar und deutlich vor mir. So schnell wie sie kam, ist sie auch wieder fort. Die Bilder aber bleiben, wie ein Wissen aus Urtiefen; wie kurze Episoden aus dem langen Lebensbuch der Seele. Ich bin mir sicher, dass man es eines Tages beweisen und erklären können wird.

Wie zum Zeichen, dass sie sich ihrer Rolle in dem mich seit einer Woche umgebenden Mysterium sehr wohl bewusst war, erschien die erwähnte Hauskatze am nächsten Morgen an der Tür zwischen Küche und Garten. Sehr zur Freude Thérèses, die sich vor Verzückung über das Wiederauftauchen des Tieres kaum fassen konnte.

Rosalie schien generell zutraulich zu sein, und selbst mir – einer Fremden – gegenüber zeigte sie nur wenig vorsichtige Scheu. Langsam und eher bedächtig als ausgehungert nahm sie die von der Haushälterin dargebotenen Leckereien und schien sie wie etwas sehr Außergewöhnliches zu genießen. Um sie war eine Art Verwunderung, und ein Wunder hatte sie ja auch erlebt: das der Mutterschaft. Stolz glänzten die Zitzen an ihrem Bauch.

Natürlich sah diese junge Katze nicht aus wie jene auf meiner Zeichnung oder das Tier auf Alains Studie. Das einzige, was stimmte, war die Fellfarbe: Wie auf beiden Bildern war die Original-Rosalie rot getigert und hatte überdies ein sehr schönes, beinahe samtiges, Fell.

Aber in jeder anderen Weise war sie eben ein ganz normaler Vertreter ihrer Art mit ganz normalen, sehr lieben und wachen Augen.

Das änderte jedoch nichts an meinem Erstaunen angesichts der Ähnlichkeit der beiden künstlerischen Versuche, und ich wollte dem so schnell wie möglich auf den Grund gehen.

Es war wieder Sonntag, sieben Tage nach dem Autounfall.

Wie schnell diese Woche vergangen war, und davon war ich erst ein paar Tage hier bei Alain und in seinem liebenswerten Haushalt zu Gast. Dennoch erschien es mir wie Ewigkeiten. Mein Leben hatte sich schon jetzt drastisch verändert.

Ich war im Banne dieses Mannes und seiner Welt. Da gab es gar keinen Zweifel. Mir fiel ein Lied aus meinen jungen Jahren ein, damals die Musik in einem sehr beliebten französischen Jugendfilm.

Ich traf dich überraschend, mir war nicht klar dass mein Leben sich für immer verändern würde ...

Nun, es war wohl überraschend, aber kein Zufall gewesen, dessen war ich mir ganz sicher. Ich hatte schon zu viele dieser ‚Zufälle' erlebt, um noch an sie zu glauben. Es schien mir ein Plan zu sein, der sich – verborgen vor unserem intellektuellen Wissen – auf wundersame Weise entfaltete und unsere Leben auf sehr nachhaltige Art lenkte.

Was dieses tägliche Leben hier im Haus anging, so hatte ich bereits eine Routine, und die ließ mich noch vor dem zumeist recht spät eingenommenen Frühstück in den Garten gehen, um Martin ein bisschen zu helfen. Nicht, dass der Mann darauf angewiesen gewesen wäre; aber er schien die Gesellschaft beim morgendlichen Wässern und Zupfen zu genießen. Ich hatte meine alte griechische Gewohnheit wieder aufgenommen und kümmerte mich um alle Topf- und Kübelpflanzen. Nebenbei entfernte ich die verblühten und welken Teile. In Griechenland war das die einzige Möglichkeit gewesen, ein gutes Wachsen und Blühen zu gewährleisten. Auspflanzen in freies Gelände – seien es Blumen oder auch Gemüse gewesen – waren mir immer misslungen. Im überheißen Sommer war jede Wassergabe ans Land ein sprichwörtlicher Tropfen auf den heißen Stein gewesen. Wenigstens konnten Töpfe und Pflanzschalen die Pflege- und Wassergaben besser für sich verwerten, und das dankten sie einem auch.

Nach dem Frühstück fragte ich Alain, wie er sich fühle. Zweifellos hatte er immer noch Schmerzen, aber er konnte jetzt besser damit umgehen.

„Ich würde Ihnen gerne etwas erzählen", sagte ich, „würden Sie mit mir in den Garten gehen? Martin könnte Ihren Stuhl vom Wohnraum hinausstellen, damit Sie dort besser sitzen können."

Alain sah mich interessiert an. „Häh ... gerne! Ich freue mich ... wissen Sie, ich bin neugierig, aber ich wollte warten, bis es Ihnen recht ist, mir einiges zu erzählen."

Er schien meine Idee also zu mögen.

Wir gingen in den Garten und nahmen Gläser, etwas Wasser und frisch gepressten Zitronensaft mit. Offenbar war es nicht nötig, Thérèse zu sagen, dass wir nicht gestört werden wollten. Sie schien es ganz automatisch selbst zu wissen, denn sie zwinkerte mir verständnisvoll zu und machte sich dann wieder an ihre Arbeit.

Wir setzten uns auf die Wiese zwischen den Bäumen, wo uns Martin neben den Stühlen auch einen kleinen Tisch hingestellt hatte. Man konnte leise das angenehme Plätschern des Wassers hören.

Alain saß aufrecht und aufmerksam in seinem Lehnstuhl und betrachtete nun mit unverblümtem Interesse, wie ich aus den mitgebrachten Zutaten eine einfache Limonade herstellte und ihm dann sein Glas reichte. Dabei trafen sich unsere Blicke. Ich fühlte mich für eine Sekunde wie gelähmt; es war, als sog dieser Mann mich mit seinem Blick geradezu an sich und als könnte ich mich von dieser Anziehung nur sehr schwer lösen. Um es ehrlich zu sagen, ich hätte in seine Augen wie in einen kühlen und doch wärmenden Teich versinken, dort bleiben können, so vertraut schien mir das Ganze, so wenig Fremdheit verspürte ich.

Es schien, auch er genoss irgendwie diesen Moment, dann lachte er sein breites Lachen und brach damit den Bann.

„Nun, meine schöne geheimnisvolle Ariane aus Griechenland, was wollten Sie mir enthüllen?"

Ich nahm einen Schluck und stellte mein Glas ab.

„Hören Sie, ich habe Ihnen noch nicht erzählt, warum ich auf dem Weg nach Paris bin."

„Nun, Sie haben mir überhaupt noch nicht viel erzählt ... Und um es gleich vorweg zu sagen: Sie sind mir auch keinerlei Erklärung schuldig!" Sein interessierter Blick schien allerdings zu dem Gesagten in direktem Gegensatz zu stehen.

„Sie haben recht, und Sie haben unrecht. Ich denke schon, dass Sie wissen sollten, wer der Mensch ist, dem Sie so freundlich Tür und Tor geöffnet haben. Das alleine ist es aber nicht. Denn mittlerweile hat sich durch den Unfall vor einer Woche und mein Hiersein eine ganz neue Dimension in Sachen Paris-Reise ergeben."

Alain hatte ebenfalls sein Glas abgestellt und schien jetzt ganz Ohr zu sein. Ich nahm also meinen Mut zusammen und begann.

„Erst einmal die Vorgeschichte: Solange ich denken kann, habe ich eine Art Hellsichtigkeit besessen. Schon als kleines Mädchen wusste ich von wildfremden Menschen auf Anhieb, was mit ihnen los war; ob sie zum Beispiel krank waren oder unglücklich verliebt ... Auch hatte ich eine Art, Eindrücke zu verarbeiten; zum Beispiel Musik oder Zahlen in Farben oder geometrischen Formen zu erleben. Heute weiß ich, dass man das *Synästhesie* nennt. Ich dachte mir nichts dabei. Ich dachte, es ginge jedem so. Allerdings wurden die Eingebungen mit wachsendem Alter immer lästiger und unerwünschter. Und dann bekam ich mit, dass ich mit meinen Fähigkeiten nicht die Regel, sondern eher eine Ausnahme war. Ich wollte es am liebsten loswerden."

„Was Sie da erzählen, habe ich schon von anderen hellsichtigen Menschen gehört", sagte Alain nachdenklich. Offenbar betrachtete er das, was ich sagte, nicht als Spinnerei.

„Ja, ich wollte es abschalten, irgendwie. Ich beschäftigte mich mit diesen Dingen, um sie beherrschen zu lernen. Als junge Erwachsene gelang mir das auch. Ich kann es jetzt sozusagen steuern. Jedoch haben mich niemals die regelmäßig aber unwillkürlich kommenden, sehr realistischen Träume verlassen. Das sind keine normalen Träume. In ihnen erfahre ich Dinge, die ich als absolut stimmig empfinde und die aus einem anderen Leben zu stammen scheinen. Nach dem Erwachen kann ich sie nie wieder vergessen, und sie werden in meinem Gedächtnis wie eine reale Erinnerung gespeichert."

Der Mann neben mir schaute, als könne er es nicht erwarten, mehr zu hören.

„Es gab immer wiederkehrend ein Bild in mir, das von einer Frau stammte, welche ein blaues Kleid trug und an einer bestimmten Stelle auf einer Seine-Brücke – ich glaube, dem Pont Neuf – im historischen Paris stand. Ich wusste, sie war eine Fremde in Frankreich, eine Ausländerin, und sie war unglücklich."

„Wie interessant. Und wie lange ging das so?"

„Nun, es geht über viele Jahre, eigentlich Jahrzehnte. Das Bild, das Gefühl, wurde immer klarer. Auch das Bedürfnis, irgendwann im Leben einmal dorthin zu reisen, um der Sache auf den Grund zu gehen. Was ich dort zu finden hoffe, weiß ich selbst nicht ..."

„Und dorthin waren Sie nun unterwegs, und mein dummer Unfall hat Sie von all dem abgebracht."

„Nein, das glaube ich nicht. Ich werde es tun ... irgendwann. Aber hören Sie, die Geschichte ist noch nicht zu Ende."

Alain nahm wieder die gespannte Haltung eines interessierten Zuhörers ein.

„Vor einiger Zeit traf ich eine Frau, die mir auf Anhieb sympathisch war. Sie machte Energie- und Heilarbeit und hatte die Gabe, mit Leichtigkeit in früher gelebte Leben von Menschen zu schauen. Ich erzählte ihr von meinem Verlangen nach dem Pont Neuf – nicht mehr – und ob sie mir etwas dazu sagen könne. Sie meinte ohne zu Zögern, sie sehe mich dort stehen, in einem früheren Leben. Ich trug ein blaues Kleid und sei an dieser Stelle in die Seine gesprungen. Obwohl ich vor dem Sprung fest entschlossen gewesen sei, hätte ich es beim Eintauchen in das kalte Wasser des Flusses schon bereut, konnte mich aber, trotz aller Versuche zu schwimmen, nicht mehr retten. Meine nach Art der damaligen Mode vielen langen Röcke hätten sich mit Wasser vollgesogen und mich nach unten in die Tiefe gezogen."

Ich schaute, wie die Geschichte auf Alain wirkte. Er nahm sie mit ernster Miene auf und nickte mir zu.

„Ich war trotz meiner eigenen Erfahrungen mit Spiritualität skeptisch. Neben dem Gesagten machte die Frau übrigens noch einige andere Voraussagen für die nahe Zukunft, die auf der einen Seite konkret und sehr detailliert, andererseits aber angesichts der bestehenden Umstände absolut unsinnig und unwahrscheinlich waren. Sie trafen alle auf den Zeitpunkt genau und präzise ein."

Die Gesichtszüge meines aufmerksamen Zuhörers zeigten Erstaunen. „Und, wie ging es weiter?"

„Nun, leider ging meine neue Freundin sehr bald zurück in ihre englische Heimat, aber was sie mir gesagt und enthüllt hatte, wirkte nach. Ich hatte in mich, in meine Seele, hineingelauscht; hatte plötzlich auch intensive bildliche Träume. Nun kamen immer mehr Informationen an die Oberfläche, so wie Luftblasen in einem Teich oder Moor aufsteigen, an der Oberfläche zerplatzen und ihren lange eingeschlossen gewesenen Inhalt freigeben." Ich trank einen Schluck Limonade. „Plötzlich kam mir ein Bild in den Sinn. Ich nahm ein Blatt Papier und skizzierte wie unter Zwang das Gesicht einer fremden, doch vertraut wirkenden Frau aus einer anderen Zeit. Sie stand vor der Seine, den Pont Neuf im Hintergrund; neben sich eine in einem Traumbild gesehene, seltsam entrückt schauende, Katze. Auch der Blick der Frau war entrückt, beinahe erschrocken. Um den Hals trug sie ein Medaillon mit dem Porträtbildnis eines Mannes. Ihr Tuch wurde von einer Brosche in Form der französischen Lilie gehalten. Sie trug ein blaues Kleid."

„Das ist interessant. Hat Ihnen das Skizzieren des Bildes weitere Dinge enthüllt?" fragte Alain sichtlich beeindruckt.

„Ja, einen Namen. Ich habe über dieses Bild meditiert, bin schamanisch gereist. Dabei heraus kam der Name Elinora. – Aber um gleich den Wind aus den Segeln zu nehmen: Bis jetzt habe ich keine Elinora gefunden, die zeitlich irgendwie in die Geschichte hineinpassen würde ... Es könnte natürlich eine historisch ganz und gar unbedeutende Frau gewesen sein. Aber die Abstammung aus einem anderen Land, die Robe, die Brosche und mein Gefühl sagen mir, dass es eher eine Frau war, die in die Geschicke der französischen Politik verstrickt gewesen sein musste."

Mein Gesprächspartner schien mich und meine Geschichte absolut ernst zu nehmen. „Ich bin sehr beeindruckt. Da haben Sie eine große Detektivarbeit vor sich. Ich wünschte, ich könnte mit Ihnen gehen, nach Paris, und Ihnen helfen ..."

„Nun, Alain, Sie sind ohne es zu ahnen schon Teil der Detektivarbeit geworden."

„Wie das?"

„Die Katze!"

Alain schaute verständnislos. „Was meinen Sie, Ariane?"

An Stelle einer Antwort nahm ich meine mitgebrachte Skizze zur Hand und entrollte sie. Alain sah fasziniert und zugleich erstaunt auf die gesamte Zeichnung, vor allem aber auf die Darstellung im rechten unteren Viertel, auf den geheimnisvollen felinen Begleiter einer unbekannten Frau vor einer Brücke.

Er wollte etwas sagen, ließ es aber sein und schaute stattdessen weiter auf jedes Detail. Dann sah er mich endlich an.

„Unglaublich!"

„Ja, unglaublich. Das dachte ich auch, als ich gestern in Ihrem Atelier die Katzenstudie sah."

„Ich habe keine Erklärung dafür. Die Studie ist von vor ein paar Jahren. Und es war übrigens nicht, wie ich gestern sagte, unsere Rosa; die war damals noch gar nicht auf der Welt. Es war ein sehr stolzer, älterer Kater. Dieser rotgetigerte Tausendsassa hatte jede Katze in Lagnières – und Rosalie ist vermutlich eine seiner Töchter. Sie sieht aus wie er, nur ein wenig kleiner."

„Nun, das erklärt es! Ich hatte immer das Gefühl, meine Skizzenkatze sei ein Kater. Warum, weiß ich nicht." Wieder fiel ein kleines Puzzleteilchen für mich auf seinen Platz. „Was ist aus dem Kater geworden?"

„Oh!" Alain schaute jetzt etwas traurig. „Er hatte einen Unfall, eine große Wunde im Gesicht, irgendetwas war geschehen. Es wurde eine Infektion. Wir wollten dem Burschen mit Antibiotika helfen, und eine Weile lang schien es zu wirken. Die Wunde schloss sich. Er konnte jedoch nie mehr wieder richtig fressen. Vielleicht wollte er so nicht weiterleben, jedenfalls war er eines Tages weg."

„Wie schade!"

„Ja … aber dann war auf einmal Rosalie hier und blieb bei uns, als hätte sie Bett und Logis auf Lebenszeit hier gebucht." Er lachte.

„Sie lieben Tiere …"

„Ja, besonders Hunde – und natürlich Katzen. Sie haben mich immer wieder angeregt zu verschiedenen Arbeiten. Aber damit sind wir wieder bei unseren beiden rätselhaften Katzen … wie lässt sich das erklären?" Alain schaute mich fragend an.

„Das eben will ich herausfinden. Ich glaube, Sie sind mir nicht ohne Grund vor die Kühlerhaube gerutscht." Ich stand auf, denn mittlerweile war es Zeit für das Mittagessen und Alains Medikamente.

Er schien sich noch nicht von dem seltsamen Zufall lösen zu können. „Da kommt eine völlig Fremde in mein Leben und in mein Haus, für die ich ein völlig Fremder bin, und dann stellt sich heraus, dass wir beide dasselbe Tier porträtiert haben."

„Zumindest das Gleiche!" warf ich ein.

„Und wie finden wir heraus, was hinter dem Mysterium steckt?" Ich half Alain beim Aufstehen. „Mein lieber unbekannter Fremder, seien Sie sicher: Man kann dem Universum vertrauen. Wer immer unsere Lebenswege zusammengebracht hat, wird über kurz oder lang auch für eine plausible Erklärung sorgen."

Dann gingen wir, untergehakt und sehr langsam und nachdenklich, zum Haus.

Entscheidungen. Ich habe einen Entschluss gefasst. Ich will mich nicht mehr beklagen über mein Schicksal. Ich will es annehmen und leben. Nicht, weil mir nichts anderes übrig bleibt, sondern weil ich es so will. Schluss mit der Traurigkeit.

Entscheidungen. Mancher Herausforderung kann man auch begegnen, indem man sie umgeht – aber weiter bringt einen das nicht. Im Grunde kommt man also nicht darum herum, sich zu entscheiden. Eine jede Entscheidung für etwas ist auch gleichzeitig immer eine Entscheidung gegen alle anderen Möglichkeiten. Dessen muss man sich immer bewusst sein. Jeder Schritt in eine Richtung, zu dem man sich entschlossen hat, zieht andere Schritte nach sich. Am

Ende entsteht eine Kette von Kausalitäten, die sich durch die Zeit zieht und die wir ‚Lebensweg' nennen. Oft sind uns die Weggabelungen gar nicht so bewusst; manchmal aber spüren wir, wenn eine alles entscheidende Wendung bevorsteht, die wir anstoßen oder auch verhindern können. Und in manchen seltenen Fällen spüren wir, wie irgendeine Macht, ein Engel vielleicht, die Fäden in der Hand hält und uns führt und begleitet.

Am nächsten Morgen stand ein Termin für Alain im Krankenhaus an. Man hatte ihn nur unter der Auflage entlassen, dass er sich eine Woche später dort wieder vorstellen würde. Natürlich hatte ich es übernommen, ihn nach Carpentras zu fahren. Noch bevor wir beide widerwillig – weil viel zu früh – ein kleines Frühstück zu uns nehmen konnten, das Thérèse uns aufgenötigt hatte, klingelte das Telefon. Die Haushälterin gab uns Zeichen sitzen zu bleiben und ging den Anruf beantworten.

„Ich glaube, Sie werden heute in Carpentras gleich zwei Fliegen mit einer Klappe schlagen", waren ihre Worte, als sie in die Küche zurückkam.

„Wieso?" Alain schaute sie ebenso erwartungsvoll an wie ich.

„Nun, Monsieur, das war Inspektor Lagarde. Es scheint, er hat den Unfallverursacher gefunden. Sie sollen beide in der Gendarmerie vorbeikommen, wenn Sie im Krankenhaus fertig sind." Thérèse schenkte Kaffee nach. „Ich habe ihm gleich gesagt, Sie seien noch nicht belastbar. Und er solle es kurz machen."

„Häh ...", lachte Alain, „die gute Seele. Sie beschützt mich in allen Lebenslagen."

Thérèse zog die Augenbrauen hoch.

„Seien Sie unbesorgt", fuhr Alain fort, „ich habe ja heute Ariane bei mir, die zweite Amazone, die mich verteidigen wird!"

„Das will ich hoffen! Passen Sie gut auf ihn auf!"

Ich verschluckte mich beinahe am Kaffee. „Natürlich werde ich das!"

Wenig später saßen wir nach einem von Stöhnen und Ächzen begleiteten Einstieg in meinem Wagen und fuhren in Richtung Carpentras. Ich lenkte vorsichtig und versuchte, jede schnelle

Richtungsänderung und jedes Schlagloch zu vermeiden. Alain schien die Fahrt trotz der Schmerzen sichtlich zu genießen, immerhin war er seit einer Woche nicht aus seinem Haus herausgekommen.

Ich spürte seinen Blick auf mir ruhen, aber ich konzentrierte mich auf das Fahren.

Endlich begann Alain ein Gespräch.

„Sie malen sehr gut, jedenfalls nach dem zu urteilen, was ich gesehen habe."

„Ich habe es niemals studiert", erwiderte ich, „es ist alles selbst angeeignet."

„Oh, schlummernde Talente werden auf die vielfältigsten Arten geweckt. Manche lernen es durch Studium, andere durch Beobachtung. Manchmal geschieht es durch ein Ereignis, einen Schock oder einen Traum."

„Wie ich ja schon erzählt habe, Träume spielten schon immer eine große Rolle bei mir." Während ich das sagte, blieben meine Augen auf die Straße konzentriert.

„Auch Sie scheinen interdisziplinär zu sein", meinte Alain.

Da wir die Serpentinen vom Dorf hinunter hinter uns gelassen hatten und uns nun allein auf einem geraden Straßenabschnitt befanden, erlaubte ich mir einen kurzen fragenden Blick auf meinen Beifahrer.

„Nun, viele Künstler sind interdisziplinär", erläuterte Alain. „Manche kommen zum Beispiel über das Malen auf die Bildhauerei oder umgekehrt; oder sie haben noch weitere Begabungen, beispielsweise im Bereich der Musik. Viele Schauspieler widmen sich neben ihrer Arbeit der bildenden Kunst oder der Musik."

„Ja, das ist mir aufgefallen. Ich denke, es geht um das Ausdrücken und gar nicht so sehr um die Art und Weise, wie man das, was in einem ist, ausdrückt."

„Das haben Sie richtig gesagt. Man ist nicht *nur* Maler oder Sänger, Schauspieler oder Komponist ... oder Bildhauer. Wenn das so wäre, wäre es ein Lohnjob. Künstler müssen einfach irgendwie aus sich heraus; es ist ihre Art zu leben ..."

„... und sie haben gar keine Wahl, nicht wahr?" ergänzte ich.

„Genau!"

„Tja, ich male und schreibe. Aber alles nur mehr oder weniger dilettantisch."

„Dilettantisch im umgangssprachlichen Sinn würde ich das nicht nennen. Könnte ich mehr sehen?"

„Naja, wie ich sagte, alles ist in Griechenland eingelagert. Allerdings ... ich meine, ich habe bei Ihnen keinen Computer gesehen. Es gibt eine Webseite, auf der die meisten meiner Arbeiten zu besichtigen sind."

„Oh, eine vernetzte Amazone. – Wenn Sie mir helfen? Ich besitze so einen Kasten; Bertrand hat ihn mir vor etwa einem Jahr geschenkt, komplett mit Internet. Ich kam damit nicht klar, und jetzt steht alles verstaubt in irgendeiner Ecke."

„Wenn Sie mögen – und ich es kann ... gerne!"

Ich spürte, wie Alain diese Art von Gesprächen genoss. Deshalb fasste ich mir ein Herz, um das anzusprechen, was mich seit gestern zunehmend beschäftigte.

„Man sagt doch ... dass Hundebesitzer ihren Tieren zu ähneln beginnen ..."

„Wie kommen Sie jetzt darauf!"

„Nun, meine Erfahrung ist, dass auch Kunstwerke das tun. Ich meine: ähneln. Oft bringt doch der Künstler eigene Wesensmerkmale in seine Werke ein."

„Ach, das meinen Sie ... ja, das ist wohl wahr. Man kennt das von großen Meistern. Bei Leonardo zum Beispiel meint man in vielen von ihm skizzierten Männern oder auch Knaben Ähnlichkeiten mit seinen eigenen Gesichtszügen zu erkennen. Das geschieht sicher unbewusst."

„Gut, aber ich will hier auf etwas sehr Spezielles hinaus. Ist Ihnen bewusst, dass der von Ihnen porträtierte Kater Ihre Augen hat? Er hat keine typischen Katzenaugen; er schaut so, wie Sie einen anschauen."

Innerlich duckte ich mich ein wenig, denn ich erwartete Protest. Stattdessen blieb Alain sehr ruhig und sagte nach einer kurzen Weile des Nachdenkens: „Das ist eine interessante Beobachtung."

„Es wäre mir nicht aufgefallen, hätte ich nicht meinen Kater ebenso gemalt. Ich meine, ich habe viele Tierporträts gemalt und

64

weiß, wie Katzenaugen naturalistisch dargestellt werden. Aber dieses Tier schaut mit Menschenaugen."

„Häh ... Wissen Sie, ich habe darüber noch niemals wirklich nachgedacht. Tatsache ist, dass meine Skulpturen selten übertrieben naturalistisch sind. Ich habe immer vereinfacht, meine Phantasie spielen lassen und versucht, das Wesentliche zu erfassen und dann meine Interpretation zu geben ..."

„... wofür ich Sie immer bewundert habe. Ich dagegen kann mich für gewöhnlich nicht von der Vorlage lösen, muss alles so realistisch wie möglich ausarbeiten, auch wenn ich dem technisch überhaupt nicht gewachsen bin."

„Wissen Sie was? Wir werden bei Gelegenheit eine kleine Tour zu meinen in der Gegend aufgestellten Werken machen. Ich habe meine *Kinder* lange nicht gesehen. Sie sind ja wie meine Kinder. Die im Ausland werde ich nicht mehr besuchen können, aber die in der Umgebung ... würden Sie das mit mir machen?"

Mittlerweile waren wir in Carpentras angekommen. Ich konzentrierte mich jetzt wieder auf den Weg zum Hospital und fand ihn auch. Als ich das Auto vor der Klinik abstellte, wandte ich mich Alain zu.

„Es wäre mir eine große Freude, alle erreichbaren Werke von Ihnen zu besuchen. Sehr gerne ... aber wir wollen damit noch ein wenig warten. Der heutige Tag wird schon noch strapaziös genug werden."

Wie erwartet ergab die Untersuchung im Krankenhaus nichts Neues. Alains Rippenbrüche und Abschürfungen verheilten langsam und schmerzhaft, die Blutergüsse waren durch ein überaus künstlerisch anmutendes Spektrum von Farben gewandert und die Prellungen entwickelten sich ebenfalls erwartungsgemäß. Wie er mir anschließend berichtete, habe er die positive Wirkung meiner homöopathischen Kügelchen auf Schmerzverarbeitung und Schlaftiefe gerühmt, was natürlich bei den Medizinern ein wohlwollendes, aber nicht sehr überzeugtes Lächeln hervorgerufen hatte: *Naja, wer dran glaubt ...*

Anschließend machten wir uns auf den Weg zur Gendarmerie, wo uns der Inspektor erwartete und freudig begrüßte.

„Ah, Madame ... Monsieur! Ich freue mich, Sie zu sehen"

„Wir freuen uns auch." Alain setzte sich auf einen angebotenen Stuhl, während ich stehen blieb. „Wie wir gehört haben, sind Sie fündig geworden?"

„Oh ja!" Lagarde lief um seinen Tisch herum und drückte eine Taste an seinem Telefon. „Wir hatten sehr viel Glück. Wir konnten einen Mann festnehmen, der sein Auto gestern zur Reparatur geben wollte. Gegenwärtig werden die Lackproben analysiert."

„So wissen Sie also noch nicht schlüssig, ob Sie den Richtigen haben?" wollte ich wissen.

„Nun, der Mann handelte sehr verdächtig. Eine reguläre Streife hat ihn bemerkt, als er gestern Abend seinen Wagen gerade bei einer Werkstatt nach Geschäftsschluss in die Garage fahren wollte. Der Kerl hat wohl gedacht, nach einer Woche fahnden wir nicht mehr nach ihm, und er lässt das sozusagen schwarz von einem Bekannten reparieren. Die Schäden an seinem Auto korrespondieren mit denen an Ihrem Wagen, Monsieur Marville."

„Dann braucht ja nur noch der Labortest zu stimmen ..."

„... und um ganz sicher zu gehen, wollen wir auch noch die Gegenüberstellung mit Madame Ariane." Dabei sah der Inspektor mich an.

„Gerne, aber Sie wissen, ich kann mich nicht genau erinnern", warf ich ein.

Der Inspektor lächelte. „Genau, Madame, daher habe ich mit meinen Kollegen überlegt, dass wir eine Gruppengegenüberstellung machen wie sonst eigentlich bei schweren Kriminalfällen üblich."

In diesem Moment kam ein Mitarbeiter Lagardes ins Zimmer und signalisierte, dass alles bereit sei. Der Inspektor wies mir den Weg in Richtung Tür, während er weitersprach. „Wir werden Ihnen fünf Männer zeigen, und Sie entscheiden, ob Sie sich festlegen können."

„Und wenn ich es nicht kann?"

„Machen Sie sich keine Sorgen. Dann haben wir immer noch die Indizien und den hoffentlich positiven chemischen Test. Das muss dann reichen. Allerdings gäbe das die Möglichkeit, dass der Fahrer behauptet, er sei gar nicht selber am Steuer gewesen."

Nun mischte sich noch einmal Alain mit ruhiger Stimme in das Gespräch. „Gehen Sie doch einfach und versuchen Sie es, Ariane. Mehr kann man von Ihnen nicht verlangen."

„Sehr gut, Monsieur." Lagarde begleitete mich zur Tür und drehte sich noch einmal zu Alain um. „Bitte warten Sie hier einen Moment, wir sind in wenigen Minuten zurück."

Ich kannte das aus Filmen; jetzt stand ich mit mehreren Beamten in einem Raum vor einer Scheibe, und auf der anderen Seite standen fünf junge Männer. Ich versuchte, mir den Tag des Unfalls wieder ins Gedächtnis zu rufen. Ich versetzte mich in mein Auto, sah die Szene vor meinem geistigen Auge. Dann ging im Raum hinter der Scheibe das Licht an.

In diesem Moment passierte etwas völlig Unerwartetes. Wie von einem Magneten angezogen blieben meine Augen an einer Person haften, ohne überhaupt auf die anderen zu schauen. Gleichzeitig trat Schweiß aus allen meinen Poren und mir wurde schwindelig. Lagarde, der neben mir stand, machte eine Bewegung. Jemand brachte mir sofort einen Stuhl. Ich setzte mich und man brachte mir Wasser.

„Geht es Ihnen nicht gut, Madame? Sollen wir abbrechen?"

„Nein!" wehrte ich ab. Ich stand wieder auf. Nun betrachtete ich den Mann ausgiebig. Ja, das war das Gesicht. Das war es, was ich im Bruchteil einer Sekunde wahrgenommen hatte im Fenster des mir entgegenschleudernden Wagens. Es waren die dunklen Haare, der Ausdruck, alles ... Der Mann, dessen bodenloser Egoismus für Alains viele Schmerzen verantwortlich war ... Ich hatte es ganz nach hinten gedrängt, hatte es nicht wissen wollen. Auch der Schock war ganz weit weg gewesen und kam jetzt erst, ausgelöst durch den Verursacher, wirklich an die Oberfläche. Wie gut der Organismus sich im rechten Moment zu schützen weiß und doch nichts vergisst.

„Es ist Nummer vier!" sagte ich, nachdem ich noch einen Schluck Wasser getrunken hatte. „Kein Zweifel."

„Gut, Danke!" Damit führte mich Lagarde aus dem Raum und gab einem Kollegen Anweisung, das Notwendige zu tun.

„Wir werden ein Protokoll machen, das Sie noch unterschreiben müssen. Damit haben Sie uns sehr geholfen."

Zurück im Raum des Inspektors setzte ich mich nun auf den Stuhl, der neben dem von Alain stand. Er schaute mich fragend an. „Ich habe ihn erkannt!" war alles, was ich sagte.

Fünf Minuten später kam der Assistent mit dem Protokoll, das ich las und unterschrieb. „Was wird nun geschehen?"

„Das wird der Staatsanwalt entscheiden. Der Delinquent ist kein Ersttäter. Wir hoffen, wir können ihm eine wirksame Strafe verabreichen."

„Das hoffe ich auch", sagte ich erleichtert.

„Oh, Madame, jetzt bekommen Sie wieder Farbe. Sehr schön. – Da wir Ihre Aussage vor Zeugen haben, möchten wir Ihnen herzlich danken. Nun können Sie endlich Ihre Reise fortsetzen. Sie werden Paris mögen! Es war schön, dass wir Sie hier als Gast hatten, und ich hoffe, es hat Ihnen gefallen." Inspektor Lagarde schien mich jetzt mit demselben Eifer wieder auf meinen Weg bringen zu wollen, mit dem er noch vor einigen Tagen versucht hatte, mich hier festzuhalten.

Alain erhob sich. „Danke, Inspektor, und lassen Sie uns wissen, wenn wir noch irgendwie gebraucht werden."

Auch ich bedankte mich, wir verabschiedeten uns, und dann war alles vorbei.

Wir standen auf der Straße vor der Gendarmerie und gingen langsam zum Auto.

„Nach Hause?" wollte ich wissen, nachdem wir eingestiegen waren.

„Ja, nach Hause ..." Alain klang niedergeschlagen. Dann fragte er. „Was war denn? Wie ist es Ihnen denn bei der Gegenüberstellung ergangen? Sie waren so blass, als Sie wiederkamen."

„Der Schock kam erst heute richtig, mit einer Woche Verspätung, weiter war es nichts. Ich habe einfach alles noch einmal durchlebt." Ich startete das Auto und fuhr langsam an.

Mein Beifahrer wirkte indessen weit weg in Gedanken.

„Ja, der Schock ... den hatte ich auch, als der Kommissar sagte ... Ariane ..." plötzlich drehte er sich zu mir, so heftig und offensichtlich schmerzhaft, dass ich sofort stoppte und ihn ebenfalls ansah.

„Ariane, bitte, geh doch noch nicht ... Ich meine, bitte bleiben Sie noch ..."

Ich tat so, als hätte ich seinen Wechsel vom *Sie* zum vertraulichen *Du* und zurück nicht bemerkt.

„Was meinen Sie, Alain? Wo soll ich nicht hingehen?"

„Nach Paris, bitte. Ich habe mich schon lange nicht mehr so wohl gefühlt wie in Ihrer Gesellschaft. Wir hatten doch noch gar keine Zeit, uns richtig kennenzulernen." Er schien aufrichtig verzweifelt.

Ehrlich gesagt, die so leichthin wie abrupt gemachte Äußerung des Inspektors in seinem Büro hatte auch mich irgendwie unvorhergesehen getroffen. Ich stellte den Motor wieder aus.

Alain sprach unbeirrt weiter. „Ich möchte nicht, dass Sie es falsch verstehen. Es ist gut für mich gesorgt. Ich habe so meine gesundheitlichen Probleme. Meine Augen werden immer schlechter. Ich hatte zeitweise auch leichte Depressionen. Aber Thérèse und Martin, auch Bertrand und seine Frau, sie alle kümmern sich um mich. Besonders, seit ich nicht mehr arbeite. Sie alle sind gut zu mir. Aber Sie, Ariane, sie *tun* mir gut ... und ich würde Sie gerne noch um mich haben, zumindest bis es mir besser geht."

Jetzt legte ich meine Hand auf seine und schaute ihm gerade in die Augen. „Alain, solange Sie mich haben wollen, bleibe ich gerne Ihr Gast. Paris läuft nicht weg."

„Meinen Sie das wirklich?" Sein Gesicht hellte sich auf.

„Ja, wirklich. Es ist ja auch ein nicht ganz uneigennütziger Wunsch von *mir*, hier zu bleiben. Denn ich bin auch neugierig auf Sie." Jetzt drückte ich seine Hand und ergänzte mit entschiedenerer Stimme, wie um der Situation eine andere Note zu geben: „Und ich gehe sowieso nicht, bevor wir herausgefunden haben, was es mit dem geheimnisvollen Zwillingskater auf sich hat ... – Darf ich jetzt den Motor wieder starten und weiterfahren?"

Alain nahm meine Hand und küsste sie – überglücklich ...

Alltag. Ich gewöhne mich wohl langsam in mein neues Leben. Hätte ich nicht meine gute Seele Bebée ... Sie ist bei mir, seit ich die Heimat verließ, und ist mir ans Herz gewachsen. Beinahe eine treue Freundin, ist sie mehr als eine Zofe oder Kammerfrau. Sie spricht die eine Sprache so gut wie die andere und kann vermitteln. Sie weiß, wie es in meinem Herzen aussieht und hilft mir, wo sie kann. Ich stelle mich in unserem Umgang nicht höher als sie, und sie dankt es mir mit Zuneigung und Vertrauen. So lerne ich denn mit ihrer Hilfe die ungewohnten Worte und die tausend Dinge im Palast, die mir noch fremd sind.

Alltag. Wie lange eigentlich hatte ich das nicht? Schon früh in meinem Leben konnte man von einem Familienleben, wie man es sich vorstellte, nicht mehr sprechen. Ich hatte keine Geschwister, und der Vater war beinahe nie da. Ich war immer irgendwie mir selber überlassen und war sehr glücklich damit. Denn so konnte ich meinen Gedanken und Phantasien nachgehen. Aber das Unvermögen, ein geregeltes Leben zu führen, ist mir geblieben; genauso wie der Hang zum Herumstreifen. Erst jetzt, da ich älter werde, beobachte ich an mir, dass mir das Wurzelfassen an einem Ort Spaß zu machen beginnt. Es macht mir nichts aus, gefragt zu werden, ob ich noch verweilen möchte. Und ich habe Verbündete, die mir diese Entscheidung leicht machen und mich unterstützen.

Am Tag nach diesem bedeutsamen und irgendwie auch weichenstellenden Montag gab es zwei Veränderungen im Haus.

Alain, der bis jetzt auf dem Behelfsbett im Erdgeschoss geschlafen hatte, zog wieder in sein Schlafzimmer im ersten Stock, das neben meinem gelegen war. Er fühlte sich, so sagte er, fit genug, um zweimal am Tag die Treppe zu bewältigen.

Und Thérèse nahm mich am Morgen in der Küche zur Seite, um mit mir über ihr in der letzten Woche wesentlich länger gewesenes Arbeitspensum zu reden.

„Wissen Sie, Madame Ariane, ich habe gestern Abend gehört, dass Sie noch bleiben wollen. Sie haben mir schon in der vergangenen Woche sehr geholfen, und vor allem haben Sie Monsieur Marville trotz aller Widrigkeiten so aufgeheitert, wie wir ihn in den letzten Jahren nicht mehr erlebt haben."

„Es war mir ein Vergnügen; ich fühle mich hier selber sehr aufgehoben", entgegnete ich.

„Ja, und ich wäre Ihnen dankbar, wenn ich jetzt meine Stunden wieder so reduzieren könnte, dass ich nicht mehr so lange am Abend hierbleiben muss."

„Aber natürlich, Thérèse ..."

„Ich muss Ihnen noch sagen, dass normalerweise einmal in der Woche Madame Brunet kommt, um im Haus sauberzumachen – wir haben es letzte Woche allerdings wegen der Ereignisse ausfallen lassen." Die Haushälterin schaute mich an, als seien der Unfall und die damit verbundenen Turbulenzen ihre eigene Schuld gewesen.

„Meine Domäne ist das Kochen für Monsieur. Ich bin ja nun auch nicht mehr die Jüngste, und ich besorge diesen Haushalt gerne. Aber Martin muss sich demnächst einer kleinen Operation unterziehen und braucht dann ein bisschen Pflege zuhause."

„Ich hoffe, nichts Schlimmes?"

„Oh nein", wehrte die alte Dame ab, „etwas für ältere Männer ziemlich Normales. Machen Sie sich keine Sorgen!"

„Bitte machen Sie sich keine Sorgen. Ich kann hier sehr gut den Haushalt schmeißen. Immerhin sind wir nur zwei Personen – und eine Katze." Ich lachte. „Für den Garten lässt sich Hilfe organisieren." Dann nahm ich ihre Hand. „Und Sie kommen, wann immer sie mögen ..."

Auf einmal erschrak ich.

Ich verhandelte hier einen Haushalt, der gar nicht meiner und in dem ich nur zu Gast war. Ich tat das mit einer Selbstverständlichkeit, die mich erstaunte, offenbar aber Thérèse überhaupt nicht. Allerdings bemerkte sie sofort mein plötzliches Zögern. Deshalb erwiderte sie schnell: „Wir machen es so! Monsieur wird sowieso damit einverstanden sein. Er ist immer dankbar, wenn ihm diese Dinge abgenommen werden."

„Sind Sie sicher? Ich meine, müssten wir ihn nicht erst fragen?"

Thérèse lachte. „Wir fragen ihn nicht, wir tragen es ihm so vor. In Ordnung?"

„In Ordnung!"

So wurde es gemacht. Natürlich war der Hausherr mit allem einverstanden, was wir ihm unterbreiteten.

Die folgende Woche brachte eine Routine in mein neues Leben, die erholsamer nicht sein konnte.

Morgens um acht Uhr kam Thérèse, um das Frühstück und ein bisschen Ordnung im Haushalt zu machen. Als Erstes allerdings tranken sie und ich in der Küche einen Kräutertee, und wir schwatzten ein wenig. Vor dem Frühstück wässerte ich mit Martin den Garten und die Blumentöpfe.

Rosalie erschien gegen neun Uhr für Ihr Futter. Alain stand wie immer um zehn Uhr auf, und dann nahmen wir alle vier gemeinsam die erste Mahlzeit des Tages ein. Martin, der im Moment nicht schwer heben konnte, ging gegen Mittag nach Hause, während ich abwusch, vielleicht etwas kochte oder buk und Thérèse zur Hand ging, die noch irgendetwas Leichtes für zwischendurch zauberte. Gegen zwei Uhr ging auch sie nach Hause, und im Laufe des frühen Nachmittags aßen Alain und ich das Vorbereitete – meistens eine Suppe oder einen Salat. Zwischen drei und sechs Uhr am Nachmittag taten wir, was wir wollten. Meist legte sich Alain hin und ich las im Garten oder schrieb. Auch hatte ich mir auf Alains ausdrückliche Erlaubnis hin einige Ölfarben und kleinere leinenbespannte Rahmen ausgesucht und versuchte, einige der vielen landschaftlichen Eindrücke ins Bild zu setzen.

Allerdings war ich beim Malen unkonzentriert. Lieber streifte ich durch den Garten und manchmal auch durchs Dorf. Es war Ende Juli; der Sommer jagte spürbar seinem triumphalen Höhepunkt zu.

Lagnières war ein Ort wie aus einer entschwundenen Ära – und ich fand es besonders zur Siestazeit schön, wenn die meisten Menschen sich hinter kühlenden Mauern aufhielten und es bis auf das wahnsinnige Sägen der Zikaden nicht viele andere Laute gab. Selbst die Hunde bellten in der Mittagsglut nicht.

Es gab im Ort einen kleinen Krämerladen, aber der war um diese Tageszeit schon geschlossen. Eidechsen huschten an Steinmauern entlang in ihre Verstecke, die Vögel hatten schon längst einen mittäglichen Ruheplatz in der Kühle von mit Efeu durchwucherten Gärten gefunden, und mich umgab einzig das unglaubliche Sonnenlicht und die siedende Wärme eines frühen Nachmittags. Wer mich von hinter den geschlossenen Fensterläden möglicherweise beobachtete, musste mich für eine Verrückte halten. In jedem Falle mussten sie wissen, dass ich keine Einheimische war. Was sie nicht wissen konnten war, dass ich mit südlichen Sommern wohl vertraut war.

Es gab auch schattige Plätze. Einige waren im Ort; mein Lieblingsplatz aber war an einem Bach etwas unterhalb des Dorfes, wo es zu den Schaf- und Ziegenweiden und weiter zu einigen Weingärten ging. Alain hatte mir erzählt, dass er sich nach heftigen Regenfällen und besonders im Frühjahr zu einem Fluss auswachsen konnte. Ich liebte es, dort zu sitzen und nachzudenken oder aber nach besonders schön geformten Steinen zu suchen.

Wenn ich allerdings die Nachmittage lesend im Garten verbrachte, dann meist auf der kleinen erhöhten Terrasse, wo das Wasser des Brunnens glucksend in den Seerosenteich floss.

Gegen Ende der Woche gesellte sich die stolze Mutterkatze Rosalie zu mir. Sie lag in einigem Abstand entspannt im Gras und ließ ihre blanken Zitzen am Bauch sehen. Noch hatten wir die Babys nicht entdecken können; sie lagen irgendwo versteckt im Untergebüsch. Während sich die Katze intensiv und ausgiebig leckte und gelegentlich zu mir herüberschaute, sprach ich leise zu ihr. „Hey, kleine *Maman*, wo sind deine Babys? Wie viele hast du? ... Du behältst deine Geheimnisse für dich, nicht wahr? ... Willst mir auch nichts über deinen Vater erzählen ..."

Sie leckte sich weiter; auf einmal sah sie mir direkt ins Gesicht, verharrte. Sie schien zu überlegen ... Dann stand sie auf, streckte sich und trollte sich gemächlich davon.

Gewöhnlich ging ich um sechs Uhr abends ins Haus und schaute nach Alain. Der war meistens schon lange wach und las ebenfalls. Ich machte Abendbrot. Nach dem Essen räumte ich die Küche auf und setzte mich dann zu Alain in den großen Wohnraum, wo wir uns bei einem Tee oder Wein noch unterhielten oder einfach jeder seinen Gedanken oder Ideen nachhing.

Alain ging gegen zehn Uhr ins Bett; ich machte mich meist erst nach Mitternacht auf den Weg zu meinem Zimmer. Bis dahin saß ich oft und gerne noch auf der Terrasse am Haus und schaute stundenlang in die Nacht, lauschte dem Zirpen der Grillen und bewunderte je nach Phase den Mond.

Es war ein schönes, einfaches und sehr in sich ruhendes Leben.

Annäherung. So kann man es wohl nennen. Mein Gemahl stattet mir an diesem Abend einen seiner seltenen Besuche ab und behandelt mich wie immer kühl, aber liebenswürdig. Ich weiß es ja, dass er seine Mätresse mir vorzieht, und ich bin es ihm eigentlich auch nicht böse. Wir sind viel zu verschieden und hegen wohl eher Respekt voreinander. Dennoch teilt er heute mit mir nicht nur das Bett, sondern sogar einige Gedanken über seine politischen Ambitionen und Pläne. Er scheint an meiner Ansicht dazu interessiert zu sein. Sollte er vielleicht einsehen, dass ich mehr für das Land tun kann als nur mit ihm verheiratet zu sein? Allerdings geht auch diese Begegnung wie gewohnt schnell vorbei. Es bleibt natürlich auch den mich umgebenden Damen nicht verborgen, und nachdem ich wieder alleine bin, berichtet mir Bebée, dass vor meinen Gemächern gerade der Hauptmann meiner Garde seinen Platz zur Nachtwache eingenommen hat. Ich werde einen unruhigen Schlaf und wilde Träume haben ...

Annäherung. Siesta, die hohe Zeit des Tages, mit ihrer sämtliche Aktivitäten tötenden Hitze, die alles zum Erliegen bringt. Jegliches, das berührt wird, ist sofort nass – besonders Papier. Also kein Schreiben, kein Lesen, möglichst auch nur wenig bewegen. Dieser Herausforderung kann man nur in verdunkelte Räume entfliehen. Die halb geschlossenen Läden lassen einzig das atemlose Konzert der Zikaden ins Zimmer. Die Hitze – und die damit unweigerlich einhergehende Unfähigkeit, irgendetwas zu tun – wirkt auf ihre Art anregend, und so stellen sich Gedanken ein, die sich mit der Phantasie vermischen. Manchmal kommen mit dem Schlaf schwere, bedeutsame Träume; kühne Pläne, eine leise Annäherung an das eigene Sehnen und Wünschen ...

Die Beziehung untereinander im Haus – zwischen mir und Alain, aber auch zu den anderen und sogar zum gelegentlich vorbeischauenden Freund Bertrand – war etwas, das sich schwer beschreiben ließ. Allmählich erschien es mir so, als wäre es niemals anders gewesen. Es lag eine Selbstverständlichkeit in allem, die mich berührte, aber auch beruhigte.

So weit ich zurückdenken kann, war ich stets hektisch gewesen; sogar in den Jahren, in denen ich alleine gelebt hatte. Hier hing eine heitere Unaufgeregtheit über dem gesamten Haushalt. Generell wurden keine großen Worte gemacht. Es war, wie es war. Es mutete an, als würden wir alle – und besonders Alain und ich – plötzlich auf einer gemeinsamen Schiene durch unser Leben reisen.

Einige Vorlieben von Alain sowie die generelle Richtung der Haushaltsführung hatte ich mir in der ersten Woche schon bei Thérèse abgeschaut. Die leichte mediterrane Küche lag mir sowieso, nicht zuletzt war ich sie aus Griechenland gewöhnt. Aber auch generell war Alain ein unprätentiöser Esser und mochte alles, was ich abends auf den Tisch brachte.

Er belächelte mich auch nicht, als ich eines Nachmittags einen Obstteller machte und ein eigens mitgeführtes Behältnis dazustellte, mit dessen Hilfe man die Apfelspalten mit Zimt bestäuben konnte. Ich hatte ja nicht viel Persönliches mitgenommen. Wie schon gesagt: Alle meine Bilder waren gemeinsam mit dem Haushalt eingelagert. Ich führte lediglich die eine Pariser Skizze mit mir, dann mein Tagebuch – und den Zimtstreuer. Das war etwas, das mir sehr lieb geworden war. In Griechenland hatte man diesen Minispender eigens für Milchreis, aber auch für Cappuccinos und andere Gelegenheiten, bei denen man etwas mit dem dort so beliebten Kanela-Pulver verfeinern konnte. Und da der kleine Glascontainer nur halb so groß wie ein Salzstreuer war und mit seinem halbrunden domartigen Streuaufsatz einer griechischen Kuppelkirche ähnelte, war er mir ein lieber und praktischer Reisebegleiter. Salz, übrigens, hatte ich auch immer dabei.

All das wurde von Alain wohlwollend zur Kenntnis genommen, und die rohen Apfelstücke mit Zimt schmeckten ihm. Und auch alles andere, was ich ihm vorsetzte.

Oft taten wir unsere Dinge ohne viele Worte, und das tat mir gut. Die Grundverständigung lief auf einer beinahe telepathischen Ebene ab. Wenn wir aber ins Gespräch kamen, war es tiefgreifend und mit Leidenschaft, egal zu welchem Thema.

Alain war trotz seines Alters ein anziehender, außerordentlich ansehnlicher Mann. Er berührte mich mit seiner ganzen Persönlichkeit sehr tief und ausgesprochen emotional. Es schien, als kannten wir uns seit Jahrhunderten.

Am Nachmittag eines dieser Tage war ich wie so oft zum Fluss gelaufen, der nun – Anfang August – wieder nur ein Bach war, und hatte Steine gesammelt. Es waren ein paar sehr hübsche dabei, darunter ein schöner runder, der vorne flach abgebrochen war. Seine Bruchstelle sah aus wie behauen und zeigte eine beinahe grafische Darstellung, die an einen Baum erinnerte. Man konnte es besonders gut erkennen, wenn der Stein nass war, und so beschloss ich, ihn für den Gartenteich mitzunehmen.

Es war erst halb fünf, als ich nach Hause kam. Ich legte den Stein auf die kleine Terrasse und ging nach oben. Die Sommerhitze, die seit Wochen in den hohen Dreißigern gewesen war, hatte mich müde gemacht. Auch Alain schlief offenbar.

Ich ließ meine Zimmertür angelehnt, um einen Luftzug zu haben, legte mich angezogen aufs Bett und schloss die Augen. Nach ein paar Minuten hörte ich ein Geräusch. Ich schaute auf und sah, dass Alain im Raum stand. Er schien verwirrt.

„Ich ... Verzeihen Sie, ... ich konnte nicht schlafen." Damit wandte er sich zum Gehen.

„Nein, bleiben Sie. Habe ich Sie geweckt?"

Alain drehte sich wieder um. „Nein ... Ich hätte wirklich nicht in Ihr Zimmer kommen sollen, Ariane. Verzeihen Sie nochmals!"

Wieder wollte er gehen, aber ich sagte nur: „Bitte, bleiben Sie doch." Ich machte eine einladende Handbewegung. „Kommen Sie, setzen Sie sich zu mir."

Tatsächlich setzte er sich, zögernd.

„Es ist sehr heiß heute", sagte er.

„Ja, wir sind alle ein bisschen aus dem Tritt. Man kann nachts nicht gut schlafen und nun am Tage auch nicht." Ich schaute ihn an und legte meine Hand auf seine. Irgendwie wusste ich jetzt genau, was ich tun musste. In jeder anderen Situation wäre es verfänglich gewesen, aber hier und jetzt schien es mir das einzig Richtige.

„Kommen Sie, Alain, legen Sie sich zu mir. Das Bett ist breit genug."

Tatsächlich legte er sich jetzt auf die andere Seite des Doppelbettes. Ich ließ meine Hand auf seiner und streichelte ihn ganz sachte.

So lagen wir, beide auf dem Rücken, auf einem Bett in einem sommerlich lichtdurchfluteten Raum. Alains Atem wurde ganz ruhig, auch ich wurde ganz ruhig. Nie zuvor wäre es denkbar gewesen, dass sich eine solche Situation so richtig angefühlt hätte. Langsam glitt ich in den Schlaf, die Hand des Mannes an meiner Seite weiter haltend. Dieser Schlaf war leicht wie eine Feder und doch tief und voll von einer wunderbaren Geborgenheit und glücklichen Traumfetzen.

Als ich erwachte, war es nach sechs Uhr. Das Sonnenlicht hatte sich, wie zu dieser Zeit üblich, schon weitgehend aus dem Raum zurückgezogen und spiegelte nur noch mittelbar, durch die Blätter der Bäume gefächert, als orangene Lichtflecken auf der Wand. Alain neben mir schlief immer noch, sein Atem ging tief und gleichmäßig.

Ich drehte mich zu ihm herum und beobachtete ihn, seine wunderbar warmen, entspannten Gesichtszüge, sein weißes Haar, den ebenso weißen Bart, die buschigen Augenbrauen. Und ich vergegenwärtigte mir, wie sein Gesicht sich stets veränderte, während er sprach. Es strahlte Jugend und Lebenslust aus, und das breite, fast verwegene Lächeln des ansonsten reifen Mannes gab ihm eine unvermutete Festigkeit.

Ich wusste eigentlich nichts über diesen Menschen, kein Stück aus seinem Privatleben, nichts über seine Lieben und Vorlieben. Über die Jahre hinweg hatte das eine oder andere geschrieben gestanden, aber das gab nicht viel her. Es war auch davon die Rede, dass er in seinem Leben Männer geliebt habe. Ich hatte immer die besten Freundschaften, die tiefgehendsten Beziehungen, zu Männern dieser Art gehabt. Es war aber auch überhaupt nicht wichtig. Hatte nicht auch ich schon Frauen geliebt? Was sagte das aus – außer dass es eine große Liebesfähigkeit in uns gab? Es war vielleicht kein Zufall, dass es immer die kreativen Menschen zu sein schienen, die sich auch in allen anderen Bereichen weiter öffnen und Horizonte überschreiten konnten.

Alain regte sich, und ich streichelte nun wieder ganz leicht seine Hand. Er öffnete die Augen und versuchte wohl, sich zu erinnern, wo er war.

„Guten Abend, Monsieur ... Sie haben geschlafen!"

„Häh! Und wie! Wie haben Sie das gemacht?"

„Zauberwerk! Und magischer Zimt!"

Er lachte und drehte sich zu mir. „Danke, Ariane!"

Jetzt sah es aus, als ob er nach Worten suchte. Er schloss kurz die Augen und schien einem Gedanken nachzugehen. Dann schaute er mich an. „Ariane, ... ich habe ... einen Wunsch. Eigentlich – ich habe drei Wünsche ..."

„Ich bin aber keine Fee ... und auch, trotz Zauberzimt, keine Magierin!"

„Diese Wünsche sind einfach zu erfüllen!"

„Lassen Sie hören!"

„Nun ... erstens möchte ich, dass wir gemeinsam nächste Woche nach Fontaine-de-Vaucluse fahren ..."

Ich nickte. „Gebongt!"

„ ... zweitens möchte ich", dabei sah er mir mit seinem zwingenden Blick direkt in die Augen, „dass wir nicht mehr ‚Sie' zueinander sagen ..."

„Jaaa ..."

„... und drittens möchte ich wirklich, irgendwann, wenn du nach Paris fährst, bei dir sein. Ich möchte deine Stelle auf dem Pont Neuf sehen."

Ich schaute ihn lange und forschend an. „Ich werde zwar den Feenrat dazu noch befragen müssen, aber ich denke, diese Wünsche werden sich erfüllen lassen."

Dann strich ich ihm einige Haare aus dem Gesicht und küsste ihn auf die Stirn. „Besiegelt!"

„Besiegelt!"

Der Tag war gekommen. Die Farben von Alains Blutergüssen und Abschürfungen waren deutlich fahler geworden, und seine

Schmerzen bewegten sich schon einige Tage im gut erträglichen Bereich.

Wir packten mit Thérèses Hilfe einen kleinen Imbiss für die Fahrt und begaben uns dann auf den Weg. Dabei fuhren wir von Lagnières in südwestliche Richtung und mieden bewusst die gebirgige Gegend um den Mont Ventoux.

Ich repetierte in meinem Kopf, was ich von dem Département Vaucluse, in dem wir uns befanden, wusste. Es hatte die Ordnungsnummer 84 unter den französischen Départements, was mir eine sehr sympathische Zahl war, und war nach unserem heutigen Ziel, dem Ort Fontaine-de-Vaucluse, benannt. Mont Ventoux war mit 1912 Metern seine höchste Erhebung. Das viergeteilte Wappen des Départments zeigte unter anderem, in einem Geviert, die goldene Lilie – Symbol des französischen Königshauses.

Fontaine-de-Vaucluse selbst war ein Dorf in der Nähe einer grünen Schlucht, an deren Ende der Fluss Sorgue entsprang. Es war gleichzeitig Frankreichs größte Quelle. Eigentlich war es ein von mehr als zweihundert Meter hohen Felsen umgebenes Quelloch, das die Sorgue speiste; selber gespeist aus allem, was in diesem Gebiet aus Regen und Schneeschmelze versickerte.

Naturgemäß gab es im Sommer nicht so viel Wasser, und der Pegel war relativ niedrig. Die eigentlich wasserreichen Zeiten waren im Frühjahr und Herbst. Jedoch konnte man auch jetzt die Schönheit des Quellsees bewundern: seine tiefblaue, in allen Schattierungen des Türkis spielende Farbe und seine Klarheit. Und man ahnte seine bisher unergründete Tiefe, die bei über dreihundert Metern liegen musste, jedoch bislang nicht bis ins Letzte erforscht werden konnte.

Für mich viel wichtiger war, dass mich dieses blaue Gewässer an ein anderes erinnerte, das es auf der Insel gegeben hatte, auf der ich die letzten Jahre gelebt hatte. Es war allerdings keine Quelle im eigentlichen Sinn; sein Wasser kam von der anderen Seite der Insel, wo Meerwasser in tiefen Felsschlünden verschwand und dann unterirdisch, unter einer Bucht und einem Gebirge, Richtung Osten floss. Dabei sammelte es in den Gesteinsschichten Frischwasser und kam schließlich in einer Höhle wieder an die Oberfläche. Da diese

Höhle bei einem Erdbeben ihr Dach eingebüßt hatte, konnte man den See im Licht der Sonne betrachten und seine smaragdene, tiefe Klarheit bewundern.

Ich liebte diesen Flecken Erde und hatte ihn oft als gedanklichen Ausgangspunkt für das schamanische Reisen gewählt. Man konnte in seiner Vorstellung in alle drei Anderswelten aufbrechen. Mit den in der Höhle nistenden Tauben ging es aus der riesigen Öffnung zum Himmel in die Obere Welt, mit den im See lebenden Aalen konnte man dem Wasser in tiefe unterirdische Labyrinthe und in die Untere Welt folgen, und wenn man sich in der Mittleren Welt eine Information holen wollte, so musste man nur gedanklich auf die kleine Insel im Höhlensee klettern.

Alain war ebenso schweigsam wie ich, solange wir in das Wasser schauten und die Farben auf uns wirken ließen. Erst als wir wieder im Ort waren und in einem Restaurant Platz genommen hatten, begann er das Gespräch.

„Woran hast du gedacht, Ariane?"

„Ich musste an meine Insel denken. Wir hatten da etwas sehr Ähnliches. Es war immer ein inspirierender Platz für mich gewesen – ein Kraftort. Es ist auch dieses Blau."

„Die Farbe magst du besonders, nicht?"

„Ja! Diese Höhle mit ihrem klaren Wasser … Aber auch Itháki, die Insel des Odysseus: Es war die schönste Insel, die ich je besucht habe. Sie liegt wie ein Smaragd eingebettet im schillernden Türkis der Ionischen See. Der Wind, das Sonnenlicht und die Strömungen färben einzelne Bereiche des Wassers in den verschiedensten Blautönen, wie ein grünlich-azurner Achat in verzaubertem Licht."

Eine nicht mehr ganz junge Kellnerin erschien und unterbrach unser Gespräch für die Bestellung. Nachdem Alain für uns beide Kaffee geordert hatte, lächelte sie ihn freundlich an und sagte im Weggehen: „Sofort, Monsieur Marville!"

Ich schaute Alain fragend an. „Kennst du sie?"

„Häh … sie muss mich noch von früher her kennen. Ich war noch vor einigen Jahren öfters hier. Ich habe diesen Ort auch immer als etwas sehr Besonderes erlebt."

„Wenn du magst und wir den Computer in Gang gesetzt haben, zeige ich dir, wie ähnlich sich die beiden – französische Quelle und griechische Höhle – sind. Und wie auch das Blau um Odysseus´ Insel herum in dieses Schema passt."

„Oh ja, ich vergaß!" Alain tippte sich an die Stirn. „Ich habe Bertrand angerufen. Er wird morgen mit seiner Frau zum Kaffee kommen. Dann könnt ihr ja mal das Ding angucken."

„Na, vom Angucken alleine wird das auch nicht gehen. Ich habe keine Ahnung von Technik. Für mich sind die meisten technischen Geräte einfach *black boxes*; Hilfsmittel, von denen ich nur weiß, was ich eingeben muss, um ein bestimmtes Ergebnis zu bekommen – *wenn* sie funktionieren."

„Mach dir keine Gedanken, Bertrand ist ein Spezialist." Alain blinzelte in die Sonne. „Ich war es, der den Kasten nicht anschließen mochte. Wofür auch. Allerdings jetzt ..."

Schon wurde der Kaffee serviert, wieder mit einem freundlichen Lächeln.

Als die Bedienung außer Hörweite war, sagte ich zu Alain: „Entweder sie ist eine Kunstliebhaberin, oder du hast einen ausgesprochenen Schlag bei Frauen."

Er lachte wieder sein breites, lautes, mitreißendes Lachen. „Ich will dir sagen, was es ist. Sie sehen mir einfach alle an, wie gut es mir geht, wie ich die Tage wieder genießen kann – dank deines Hierseins."

Er verteilte wieder einmal seine Komplimente, wie kleine Stückchen Schokolade; jedoch schien es mir jedes Mal, als ob es eigentlich unbewusste Versuche der Rückversicherung waren.

Wir tranken still unseren Kaffee und genossen den frühen Nachmittag und das ganz besondere Licht. Irgendwie störten uns nicht einmal die Touristenströme in unserem Einssein mit der Landschaft. Ich fühlte mich wohl in der Begleitung von Alain. Er war es, der mir ein Glücksgefühl gab.

Als wir am Abend von unserem Ausflug zurückkehrten, stand die Sonne schon tief über dem Horizont und hatte im abendschattigen Garten nur noch kleine orangefarbene Flammentupfen aus Licht zurückgelassen. Wir hatten immer noch nicht sehr viel mehr gesprochen an diesem Tag. Aber Alain sah ich zum ersten Mal so gelöst und in sich ruhend, wie ich mich selber fühlte. Und zum Abendbrot, mit einem Glas Wein, gab es das wieder heimgebrachte Imbisspaket von Thérèse. Köstlicher, schöner, konnte der Ausklang eines solchen Tages nicht sein.

Freundschaft. Habe ich so etwas überhaupt jemals gehabt? Jemand wie ich kann wohl keine Freunde haben. Als Kind war ich dazu da, so schnell wie möglich ins heiratsfähige Alter zu kommen. Gefährtinnen oder Schwestern hatte ich nicht. Mein jüngerer Bruder konnte mir kein Freund sein. Wohl aber mein älterer Bruder, den ich jedoch so früh verlor. Später war ich nur noch von politischem Interesse. Mein Bruder schaute irgendwie auf mich herab; ich tat, was er wollte, sicher aus Liebe zu ihm. Aber Freundschaft? ... Alle anderen schauten zu mir auf. Eine schwierige Position.

Freundschaft. Das war mir immer wichtig. Immer hatte ich Freunde, schon von jüngster Kindheit an. Und stets gab es ganz besondere, sehr wichtige Bezugsmenschen. Ob sie in meinem Alter waren oder auch in einigen Fällen wesentlich älter, ob es Jungs oder Mädchen waren – ganz egal. Die Herzen mussten im gleichen Takt schlagen. Ich kann von mir sagen, dass ich immer Freunde hatte, für die ich und die für mich durchs Feuer gegangen wären. Später erst, als die Liebe in mein Leben trat, wurde mir bewusst, wie wichtig eine stabile Freundschaft auch in Herzensangelegenheiten ist. Oft verbrennt die ursprüngliche Verliebtheit an der ersten lodernden Leidenschaft wie eine Papierlaterne. Und wenn da kein dauerhaftes, tragfähiges Gerüst ist, dann bleibt am Ende nur noch die Asche.

Es war eine recht kleine Welt, in der Alain lebte. Die künstlerisch aktiven Jahre waren vorbei, Ruhm und Anerkennung bezogen sich auf vergangene Zeiten. Eine Familie im eigentlichen Sinn hatte er nicht. Seine Haushälterin und ihr Mann, Bertrand und seine Frau als Freunde, die Zugehfrau sowie ein paar Bekanntschaften im Dorf – das war sein kleiner Kreis.

Offenbar hatte er nie wirklich ausschweifend gelebt und sein Geld, das er mit großen Aufträgen in seinem viele Jahrzehnte umspannenden Künstlerleben verdient hatte, gut und auf Dauer angelegt. Sein Lebensstil war, abgesehen von dem Haus und dessen geschmackvoller Einrichtung, eher bescheiden gewesen.

Von Bertrand, der wie angekündigt am nächsten Tag mit seiner Frau Julie erschien, erfuhr ich, dass deren Freundschaft bereits seit mehr als vierzig Jahren bestand, seit Alain Bertrands Eltern in einer Notlage finanziell unter die Arme gegriffen und dann auch das Medizinstudium des einzigen Sohnes finanziert hatte. Überhaupt sei das Haus, das er um diese Zeit herum gekauft hatte, immer ein offenes gewesen und jeder, der Hilfe oder Rat brauchte, war willkommen. Alain war wohl immer dann verschwenderisch gewesen, wenn es darum ging, jemandem zu helfen. Allerdings war der Besucherstrom in den letzten Jahren dünner geworden. Die Freunde waren nun alt oder schon tot, so wie auch Bertrands Eltern.

Julie war Bertrands zweite Frau; die *Richtige*, wie er erklärte. Sie hatten sich auf einer Vernissage, einer Ausstellung zu Alains Skulpturen und Projekten, kennengelernt. Sie hatte Kunst studiert und lebte nun mit ihrem eher handwerklich begabten Mann in einem Nachbarort, wo sie Bücher schrieb und malte.

Julie war nicht sehr groß und sehr schlank, was sie mit ihren kurzen Haaren beinahe wie ein Mädchen erscheinen ließ.

Beide hatten mich freundlich begrüßt und dann mit Alain und mir Kaffee getrunken, bevor Bertrand und ich uns ins Haus begaben, um dort den Computer zum Laufen zu bringen. Währenddessen blieb Julie mit Alain auf der Terrasse sitzen und fachsimpelte leidenschaftlich mit ihm. Ich war mir beinahe sicher, dass sie dabei auch hoffte, etwas Näheres über mich zu erfahren.

Auf der anderen Seite schien es unumgänglich, dass Bertrand mir gegenüber die Rede auf Alains gegenwärtigen Zustand brachte. Wie jedermann zuvor konnte er es sich nicht verkneifen, über die kürzlich vor sich gegangenen Veränderungen im Wesen des Freundes zu sprechen. „Wissen Sie eigentlich, wie viel lebenslustiger und optimistischer Alain in letzter Zeit ist? Und das trotz all der Schmerzen nach dem Unfall."

„Ich weiß es natürlich nicht, denn ich kenne ihn erst seit dem Tag, als es passierte", erwiderte ich. „Aber es fällt mir relativ schwer, ihn mir anders als so vorzustellen, wie ich ihn kenne."

„Oh, da irren Sie sich aber!" Während Bertrand das sagte, verband er die verschiedenen Komponenten des Computers, die ich zuvor entstaubt hatte. „Das hier" – er deutete auf den PC – „war ein Versuch, ihn abzulenken. Das hat leider nicht funktioniert – bis jetzt!"

„Was war denn der Auslöser für seine Depressionen?" wurde ich jetzt doch mutiger zu fragen.

„Nun, das Alter, sicherlich. Die schwindende Sicht. Man sieht es nicht, aber seine Augen lassen deutlich nach. Eine Brille will er aber nicht tragen ..." Er lachte, dann wurde er wieder ernst. „Eigentlich fing es an, als sein guter Freund und ... Partner ... Didier starb. Das ist mehr als zehn Jahre her, und es war der Anfang vom Ende seines Schaffens." Er verband den Stecker mit der Steckdose und drehte sich dann zu mir herum.

„Ich hatte mir schon so etwas gedacht!" antwortete ich schnell, um nicht den Eindruck zu erwecken, dass diese Information mich in irgendeiner Weise befremdet hätte.

„Wissen Sie, Ariane, Alain und Didier waren ein Paar, das sich gegenseitig künstlerisch und menschlich befruchtet hat. Sie waren bei weitem nicht immer zusammen. Jeder hatte seine Projekte und Ideen zu verwirklichen. Aber sie liebten sich. Und sie machten kein großes Theater darum. Nach relativ kurzer Zeit hatte man es sogar hier im Dorf akzeptiert." Er wischte sich die Hände an einem Tuch ab und drückte den Hauptschalter. „Et voilà!" Der Computer begann hochzufahren. „Das Betriebsprogramm ist bereits installiert. Alles sollte funktionieren. Können Sie damit umgehen?"

„Aber natürlich!" Nur weil ich nicht wie sonst jedermann ständig online war, war ich noch lange keine totale Analphabetin in Sachen Computer. Das sagte ich Bertrand, allerdings: „ ... nur solange das Ding funktioniert! Wenn es versagt, dann brauche ich Rat und Hilfe!"

„Die haben Sie! – Aber ungewöhnlich ist es schon, ohne Laptop zu verreisen", bemerkte er nachdenklich.

„Nicht, wenn Sie mich besser kennen. Ich will mir die Reise nicht durch Technik verstellen. Ich bin da altmodisch, bevorzuge Bleistift und Tagebuch und vielleicht eine Fotokamera. Ich bin niemals mit PC gereist. Nennen Sie mich einen Dinosaurier!"

Bertrand lachte. „Ich nenne Sie einen Glücksfall für uns und unseren Freund Alain. Kommen Sie jetzt, die Bedienung dieses Kastens können Sie unserem technischen Dickschädel ja dann später beibringen. Ich wette, es ist noch Kuchen und Kaffee da." Dabei zwinkerte er mir spitzbübisch zu, und ich musste nun auch lachen. Den Rest des Nachmittags genoss jeder von uns vieren auf seine ganz eigene Weise.

Damit war aber nun mein Drang nach Neuerungen geweckt. Eigentlich war an dem Haus, dem Garten und den vielen uns umgebenden Dingen nichts auszusetzen. Trotzdem hatte ich noch zwei Ideen, die – aus der Not beziehungsweise den Gegebenheiten heraus – in mir Gestalt annahmen. Denn es war immer noch Hochsommer und sehr heiß, und den Mittagsschlaf machte ich gerne im Garten. Dort gab es aber keine Dusche, nur einen Gartenschlauch. Und im Liegestuhl konnte ich schlecht schlafen, weil ich darin nicht gerade liegen konnte und zunehmend unter Rückenschmerzen litt.

So machte ich aus der Not eine Tugend und aus meinen Ideen und Entdeckungen einen Plan, der zusätzlich noch dazu dienen sollte, Alain von meinem Entschluss zum Bleiben zu überzeugen. Am nächsten Morgen, nachdem ich ihn ein wenig ins Internet ausgeführt und dabei auch meine Webseite und meine Bilder gezeigt hatte, tastete ich mich vorsichtig an das Thema heran.

„Ich habe einen Verbesserungsvorschlag."

„So? Bis jetzt dachte ich, mein momentanes Leben sei perfekt!" Dabei lachte er.

„Nun, nichts ist so gut, dass es nicht noch verbessert werden könnte. Es betrifft die Gartendusche."

„Aber wir haben keine Gartendusche!"

„Eben! Das gerade ist aber etwas, mit dem ich bis vor kurzem an heißen Sommertagen immer gelebt habe. Die Situation ist die: Der Bach ist zu kalt, das Meer ist zu weit weg und der Gartenteich zu klein." Wir lachten beide. „Man kann natürlich auch den Schlauch nehmen ... aber so eine Gartendusche ist schnell montiert und mit einem Regenduschkopf der pure Luxus."

Alain drohte mir lächelnd mit dem Finger. „Das hat man davon, wenn man durchreisende Damen bei sich aufnimmt. Im Nu bauen sie einem das ganze Haus um!"

„Das genau ist es. *Ich* werde es *selber* machen. Es ist ganz einfach. Ich habe schon eine Stelle ausgemacht, gleich am Atelier, wo man von vorne nicht gesehen werden kann. Dort ist ein relativ selten genutzter Wasseranschluss."

„Soso, du hast also schon alles geplant. Nun, ich bin kein Freund von kaltem Wasser. Aber wenn du es magst, wird Martin dir helfen. Mit anderen Worten", dabei sah Alain mich jetzt ganz ernst an, „ich habe nichts dagegen. Mach nur!"

„Danke – da ist aber noch etwas."

„Wie, noch ein Wunsch?" Alain gab sich jetzt gespielt empört. Offenbar machten ihm solche Wortwechsel Spaß.

„Ja. Ich habe ein altes metallenes Tagesbett im Atelier entdeckt. Es ist in keinem guten Zustand und wird offenbar nicht genutzt ..."

„Und das soll jetzt unter die Dusche?" Alain steigerte sich ins Necken hinein.

„Nein, natürlich nicht. Es soll unter einen Schleifblock und dann unter Pinsel und Farbe. Ich könnte mir das Bett sehr gut im Garten auf der Wiese vorstellen. Als ... eben als Tagesbett!"

Ich sagte Alain nicht, dass solch ein Bett im Garten schon immer mein Traum gewesen war, seit ich etwas Ähnliches vor Jahren in einem Foto-Bildband gesehen hatte. Jetzt aber versprach das alte Bettgestell außer der Erfüllung eines lang gehegten Wunsches vor allem Urlaub für meine Wirbelsäule, wenn es erst einmal mit einer schönen harten Matratze und mit Kissen und Decken ausgestattet war. Es hatte das Potential, zum Hingucker im Garten zu werden.

„Nun, Madame, bedienen Sie sich. Das alte Bett sollte eigentlich auf den Schrott, nur meine Faulheit hat es noch dort belassen, wo du es gefunden hast."

„Schrott! Ich werde mir jetzt sofort in der Stadt alles Notwendige besorgen. Vielleicht hilft mir Bertrand beim Heraustragen. Frag nicht

Martin, der soll nicht schwer heben! Ich mach das schon. Und dann wollen wir mal sehen, wer sich am Ende darum drängelt, dort seine Siesta zu halten."

„Ich sehe den Veränderungen in meinem Haushalt mit Spannung entgegen." Dabei schaute der Mann mich mit seinem typischen Lachen an. Die Idee hatte auf ganzer Breite gewirkt.

Zuhause. Das war in meinem Heimatland. Irgendwie war ich ein halber Knabe, als ich klein war. Und weil ich lange als nicht so wichtig galt, konnte ich mich relativ frei bewegen. Man ließ mich in die Gärten, und manchmal konnte ich sogar ganz alleine in ein nahes Wäldchen ausreißen, wo ich mich mehr als im Schloss meiner Eltern zuhause fühlte. Kam jemand, versteckte ich mich, und bis heute weiß wohl niemand, was ich als Kind so alles trieb. Erst in späteren Jahren wurde mir das Zuhause immer enger; mit immer neuen Regeln, die es zu lernen galt, und immer mehr Beschränkungen. Denn jedes Gelernte schien mir eine neue Fessel anzulegen, die mir den Raum verengte. Und schließlich durfte ich mich nicht einmal mehr verlieben, obwohl es da jemanden gegeben hatte. So wurde mir mein eigenes Zuhause fremd.

Zuhause. Viele haben dafür eine ganz bestimmte, eng gefasste Definition. Oft ist es die Heimat, auch das Elternhaus; in jedem Fall ein gewesener oder aktueller Lebensmittelpunkt. In erster Linie aber ist es immer ein Gefühl. Schon als Kind habe ich meine Gefühle ausgetestet. Vielleicht war es mir daheim zu eng. Ich ging in die Wälder. Ich war mit meinen besten Freunden oder auch nur mit mir selber und meiner Phantasie dort zuhause. Später hat sich die Heimat, mein Land, mein Lebensumfeld geändert. Ich selber änderte mich. Ich ging fort von zuhause und habe nicht nur einmal lernen dürfen, dass sich immer wieder neue Orte finden, wo das Herz vor Anker gehen kann. Und die alte Heimat kann dann manchmal zu etwas werden, das nur noch in der Erinnerung existiert.

Es war Montag, und das war der Tag für Martins operativen Eingriff. Thérèse musste ihn am Morgen nach Carpentras bringen und hatte für die nächsten Tage Urlaub, obwohl sie das nicht wollte. Ich hatte mich für die Fahrt angeboten, aber ganz die Hausdame die sie war, bestand sie darauf, dass ich bei Alain blieb. Nun hatte Bertrand den Transport übernommen. Ich hatte ihn mit einem Zettel für Einkäufe versehen, auf dem all die Dinge standen, die ich für die Verwirklichung meiner Vorhaben benötigte.

Gegen halb zehn gewahrte ich im Garten vor dem Küchenfenster einen kleinen Jungen mit einem Korb unterm Arm. Ich öffnete die Tür und fragte ihn, wer er sei und was er wollte. Er hatte dunkles Haar und war etwa zehn oder elf Jahre alt. Er wirkte verlegen und beantwortete meine Frage nicht. Vielmehr fragte er nach Thérèse. Die sei heute nicht da, sagte ich.

Daraufhin gab er mir mit den Worten „Sagen Sie, dass die Hennen wieder legen!" den Korb und machte sich aus dem Staub.

Ich sah, dass in dem Korb acht Eier ganz unterschiedlicher Farbe lagen: zwei weiße, drei hell- und drei dunkelbraune.

Als Alain wach war und zum Frühstückstisch kam, erzählte ich ihm von meiner morgendlichen Begegnung.

„Oh, das war Doudou!"

„Doudou?" Ich schaute Alain fragend an. „Er erscheint mir für einen solchen Namen etwas zu groß."

„Nun, mit dieser Ansicht wirst du in dem Jungen einen Freund haben. Er ist der jüngste Sohn der Brunets hier aus dem Dorf – du hast doch Madame Brunet getroffen? Sie kommt einmal die Woche hierher zum Saubermachen. Er war das Nesthäkchen, alle nannten ihn nur Doudou. Und das klebt jetzt an ihm."

„Das wird er nicht mögen. – Und nein, ich habe Madame Brunet leider noch nicht getroffen. Er brachte übrigens Eier."

„Ja, die Familie hat einen kleinen Hof. In der ersten Sommerhitze der letzten Wochen haben die Hühner nicht genug gelegt. Die Eier sind köstlich! Nicht wie vom Supermarkt." Dabei köpfte Alain eines der beiden weichgekochten Exemplare wiedererwachter hühnerischer Legelust.

Während er mit sichtlichem Appetit löffelte, unterbreitete ich ihm meine Pläne für den Tag. Die Dusche sollte heute schon fertig werden und das Bett, das ich gestern abgeschmirgelt hatte, würde seinen Rostschutzanstrich bekommen. Morgen würde ich es lackieren und dann eine möglichst wetterfeste Matratze und Bettzeug kaufen.

Nachdem ich die Küche in Ordnung gebracht hatte, setzte ich mich in den Garten, um auf Bertrands Rückkehr zu warten. Plötzlich hörte ich nahebei ein seltsames Mauzen; so gar nicht, wie es die Katzen normalerweise tun. Ich kannte dieses beinahe gurrende Geräusch: Es war der Milchruf der Katzenmütter.

Rosalie, die sich bisher immer nur alleine gezeigt hatte, saß jetzt wie selbstverständlich unter einem Busch und rief ihre Babys. Und sie kamen: drei muntere Katzenkinder – eines rot-weiß getigert wie sie, zwei schwarz-weiß gefleckte – trollten sich aus einer Ecke des Gartens, wo sie vermutlich still gewartet hatten, zu ihrer Mutter. Jedes fand seine angestammte Zitze. Wieder war ich fasziniert von der Selbstverständlichkeit, mit der die übervorsichtige Katzenmutter wusste, wann sie ihre Kinder das erste Mal den mit ihr lebenden Menschen präsentieren konnte. Sie tat das so souverän, wie sie es in den vergangenen Wochen verstanden hatte, ihren Nachwuchs vor allen Blicken versteckt zu halten, auch wenn das bedeutet hatte, die Verstecke viele Male zu wechseln.

Bertrand kam gegen zwei Uhr am Nachmittag zurück und hatte Thérèse im Schlepptau. Auf meinen fragenden Blick hin meinte er nur: „Sie ließ es sich nicht ausreden, hierher zurückzukommen."

Weiter kam er nicht, denn nun erläuterte mir die Haushälterin, dass ihr Mann sowieso erst gegen vier Uhr am Nachmittag operiert werden würde, heute dann sowieso keinen Besuch mehr empfangen dürfe und sie im Moment nichts für ihn tun könne. Währenddessen jedoch benötige Monsieur Marville ihre Hilfe viel mehr. Ich lächelte milde; ich hatte sie durchschaut. Sie wollte sich ablenken, und ich ließ sie gewähren.

„Aber morgen früh fahren wir in die Stadt", legte ich fest, „kein Widerspruch!"

Sie nickte mir dankbar zu und ging in die Küche. Sie würde etwas zu tun finden, da war ich mir sicher.

Mittlerweile hatte Bertrand die mitgebrachten Sachen ausgepackt, die ich zum Atelier brachte. Die beiden Männer setzten sich in den Garten zum Kaffeetrinken und Reden. Nun hatte ich genug Zeit, meine Regendusche zu installieren und dann das vorbereitete Bett gegen Rost zu behandeln.

Wieder einmal hatte jeder im Haus ganz ohne Aufhebens seine Nische gefunden, sich mit dem zu beschäftigen, was ihm im Moment am wichtigsten war: Rosalie kümmerte sich um ihren Nachwuchs, Thérèse kümmerte sich um den Haushalt und darum, ihre Nervosität in den Griff zu bekommen; Alain war für den Freund da und dieser für Alain, und ich arbeitete an der Erfüllung meiner bescheidenen, aber sehr wichtigen Träume.

Drei Tage später war es geschafft; die Welt hatte sich an winzigen Punkten wieder ein ganz klein wenig verändert. Martin war mittlerweile nach seinem kleinen Eingriff aus der Klinik entlassen, Thérèse hatte, erstmalig seit ihrer Anstellung, einen Urlaub von ihrer Aufgabe im Haus für diese Woche akzeptiert, die Katze war jetzt immer mit ihren drei Jungen irgendwo im Garten anzutreffen und brachte sie sogar manchmal zum Fressnapf mit – und ich hatte meine luxuriösen Ergänzungen zum sommerlichen Leben fertiggestellt.

Es war Mitte August. Der Unfall lag einen Monat zurück, und doch schien es schon viel länger her zu sein. Die Sommerhitze war noch einmal zurückgekehrt und nun wohl auf ihrem Höhepunkt; die Tage verbrauchten sich in der Glut. Ich aber hatte wieder einen Platz im Garten, der mich zu jeder Zeit vom Schwitzen erlöste. Meine Gartendusche war an einer versteckten Stelle hinter einem hohen Busch und war ganz einfach aus einem Schlauch, einem Rohr und einem Regenduschenaufsatz aus dem Baumarkt zusammengebaut.

Noch stolzer als darauf war ich auf das frisch gestrichene Tagesbett, das jetzt auf dem Rasen hinterm Haus sein zweites Leben begann. Die Aussicht auf kühles Nass und erholsamen Gartenschlummer brachte automatisch wieder Erinnerungen an die letzten Sommer in Griechenland zurück. Und an eigentlich nicht so glückliche Kindertage …

Als Kind war ich einmal schwer krank gewesen und erholte mich nur langsam. Wochenlang musste ich im Bett liegen. Weil es ein schöner Sommer war, hängte meine Familie für mich ein metallenes Bettgestell an Ketten zwischen zwei kräftige Gartengehölze. An die mit dieser Zeit verbundenen starken Schmerzen erinnere ich mich nicht mehr. Woran ich mich aber entsinnen kann: Als es mir schon besser ging und ich mit dem Bett ein wenig schwingen konnte, ließ ich vorsichtig den am glasklaren Himmel stehenden Morgenstern zwischen dem Laub auf und ab hüpfen. In meiner sentimentalen Rückschau verklären sich diese erzwungenen Tage von Fieberträumen zwischen Fliederbäumen – welche eigentlich Holunderbüsche waren – zu einem schönen Tagtraum voller Licht, einem Sommermärchen.

Alain hatte sich am Vormittag meine Arbeit angesehen und konnte seine Anerkennung nicht verhehlen. „Du hast es wirklich schön gemacht, das Bett. Es sieht aus wie neu."

„Das war mein Ziel. Und du wolltest es tatsächlich auf den Schrott werfen." Ich drohte ihm zum Spaß mit dem Finger. „Man kann die Matratze im Winter hereinnehmen und das Gestell mit einer Plane abdecken."

„Sehr schön. Allerdings werde ich mich wohl niemals eiskalt duschen." Der Gedanke daran schien ihn zu schütteln.

Ich legte mich längs auf die Matratze und spürte die feste Unterlage, die meine Wirbelsäule gerade liegen ließ und mir gut tat.

„Normalerweise wärmt sich das Wasser genügend an. An heißen Tagen kann es, wenn der Schlauch lang genug ist und in der Sonne liegt, beinahe kochend herauskommen. Man kann also erst warm und dann kalt duschen. Ich habe es immer sehr genossen; vor allem, weil man es eben *nicht* regulieren kann."

Jetzt kamen mir wieder die Bilder und Gefühle von der Insel vor mein geistiges Auge. Alain, der es sich nun halb liegend, halb abgestützt, ebenfalls auf dem Bett bequem machte, hörte aufmerksam zu. „Du bist ein Sommermensch, nicht wahr?" fragte er.

„Ja, richtig. Mich hat es schon immer in den Süden gezogen. Mir tat und tut Wärme gut. Griechenland kam mir in vielerlei Hinsicht entgegen." Ich fühlte mich zurückversetzt in mein voriges Leben. „Sicher ahnst du, wie schön es dort ist. Wenn es am Morgen auf der Erde noch dunkel ist, die Gräser taufrisch und feucht in einer kargen

Landschaft stehen. Der Himmel ist schon seltsam hellblau und klar und das schattige Meer ruhig. Und dann gehst du einen steinigen Weg hinauf zu den Hügeln, wo irgendein Kirchlein oder Tempel in der Höhe wohl schon die Sonne aufgehen sieht, die dir noch verborgen ist. Dann, plötzlich, kommen mit dem Sonnenlicht die Farben; du spürst plötzlich die Hitze, dein Körper wird warm und die Zikaden setzen ein …" In Gedanken war ich jetzt an diesem Ort. „Und dann gehst du nach Hause, in deinen Garten, und du lässt dir das herrlich kühle Wasser über deinen heißen Körper rinnen. Es ist, wie wenn es nach einem langen, schwülen Tag endlich regnet. Es trifft dich wie ein Sommerregen, du lässt es dir über den Puls, Armbeuge und Fesseln rinnen – es ist eine ganz und gar neue und unbeschreibliche Art von Luxus. Es ist, als ob das Wasser auch dein Inneres berührt. Klatschnass und gelöst gehst du in deine Welt und den Alltag zurück, ein wenig klarer in deinen Gedanken …"

Alain schaute mich fasziniert an. „Du beschreibst es wirklich so, dass man es erleben möchte!"

„Was hindert dich? Man muss es nur tun – und das Besondere im Alltäglichen sehen."

„Es klingt so einfach."

„Es *ist* einfach! Man kann es lernen." Ich setzte mich auf.

„Und dieses Bett, deine Dusche – die scheinen auch, neben ganz praktischen und schönen Dingen, Symbole und Synonyme für etwas anderes zu sein."

„Ja, das Wasser, das ist doch ganz klar unser Element, schon aus der Zeit vor der Geburt. Und das Bett ist Schutz, aber auch ein Ort des sich Öffnens. In Betten öffnen wir uns unseren Albträumen, unseren Ängsten und Befürchtungen, den Krankheiten und oft sogar dem Tod; aber auch dem geliebten Menschen, der Sexualität, unseren Träumen, der Heilung … und im Schlaf verlässt die Seele den Körper. Das Bett ist unser Ort des Grundvertrauens, so scheint es mir."

Alain sah mich an, legte sich dann neben mich lang hin und blinzelte in den blauen Himmel. Ich tat dasselbe, und so kam es, dass Doudou, als er erneut vorbeikam um einige Eier abzuliefern, zwei nicht mehr ganz junge Menschen träumend auf einem Bett mitten im Garten vorfand ...

Gemeinsamkeit. Immer wieder habe ich diesen Traum. Ich spüre jemanden, der ganz nahe ist, aber ich kann ihn nicht sehen. Er steht hinter mir, wie ein Schatten. Ich liebe ihn, und ich glaube, es ist mein älterer Bruder, der so jung starb und mich alleine zurückließ – das nächste Kind in der Familie, das nun geopfert werden sollte. So gesehen hätte ich ihn sowieso verloren ... Aber er ist bei mir, so oft, in meinen nächtlichen Bildern und Gefühlen. Er erscheint mir wie ein Engel, mit seinem für unsere Familie so ungewöhnlich gelockten, blonden Haar. Es ist die reinste vorstellbare Liebe, eine tiefe Verbindung. Ist es das, was die Mystiker Extase nennen? Es fühlt sich an, als verbinde man sich mit der anderen Seele und gleichzeitig mit sich selbst und mit Gott, der die Quelle von allem ist. Ein goldener Faden scheint sich von dort durch die Seele zur eigenen Mitte zu spannen, die gleichzeitig das Zentrum des Kosmos ist.

Gemeinsamkeit. Ich habe wieder einen Traum. Er ist intensiv und realistisch wie die meisten meiner Träume. Es ist einer von jenen, die ich nicht vergessen kann. Ich halte jemanden, in Liebe, in einer Situation wo er mich braucht. Zwischen uns ist ein tiefes Gefühl der Verbundenheit. Ich weiß instinktiv, wer es ist. Es ist ein Mann. Es ist aber nicht einfach ein Geliebter. Ich spüre zwar eine beinahe erotische Anziehung, aber gleichzeitig weiß ich, dass es mein Bruder ist. Wir liegen ineinander eingekuschelt, wie um uns gegenseitig gegen die Welt abzuschirmen; in etwas, das wie ein kleiner Pool ist, in dem sich angenehm warmes Wasser befindet. Wir liebkosen uns und wollen immer zusammen bleiben. Dann kommt plötzlich eine Gruppe von Leuten mit einer Maschine und starken Kabeln und holen ihn von mir fort. Sie sagen, dass sie ihn holen, weil er angeblich ,anders' ist. Ich weiß, dass sie ihm wehtun. Ich suche ihn überall erfolglos und bin sehr traurig. Nach dem Erwachen frage ich mich, ob es nicht eine Reflexion aus den Tagen vor unserer Geburt sein könnte: Ein Zwillingsbruder, von dem ich nur nichts erinnern kann; wir beide behütet im Fruchtwasser in unserem einzigen gemeinsamen Raum, den wir je hatten. Gab es vielleicht einen solchen Bruder? Man hörte schon von im Fötusstadium absterbenden Zwillingen, von deren Existenz selbst die Mutter niemals etwas ahnte. Hatte mein Bruder schon in einem so frühen Stadium eine Seele, und spüre ich ihn deshalb so intensiv? Ich darf in dieser Begegnung, die sich zwischen Halbschlaf, Halbwachheit und Traum abspielt, jene große Seelenliebe spüren und genießen, die ich bis jetzt nur ganz selten erleben durfte. Auch Menschen, die dem Tod am nächsten gewesen sind, berichten oft von diesem überwältigenden Gefühl des wortlosen Sich-Verstehens, des Einsseins und des Friedens. Jene alles beherrschende, bedingungslose Liebe ist so, als sei man der Quell und werde gleichzeitig von außen davon eingehüllt.

Die Zeit flog dahin, ohne dass man es recht bemerkte. Ich war jetzt meilenweit weg von meinem früheren, hektischen, immer nach Terminplan lebenden Ich. Selbst das Rätsel um die geheimnisvolle Katze hatten wir in Gedanken erst einmal auf kommende, kühlere Zeiten verschoben.

Wiederum waren zwei Wochen vergangen und der Sommer hatte seinen Zenit überschritten. Wir waren sommersatt und beinahe ein wenig sonnenmüde.

Martin hatte sich erholt und kam wieder regelmäßig, um nach dem Garten zu sehen. Dabei wurden natürlich auch die diversen Veränderungen kritisch unter die Lupe genommen. Die Dusche an sich wurde mit Lob bedacht, mein Vorhaben des kalten Duschens allerdings als zu abwegig abgetan – wofür hatte man denn im Haus komfortable Bäder mit fließend warmem Wasser? Das romantische Tagesbett, für das Thérèse sich hellauf begeisterte, war für ihn Frauenkram; ungeachtet der Tatsache, dass man mittlerweile in unbeobachteten Momenten sogar schon den Hausherrn darauf hatte liegen sehen.

Schmerzen vom Unfall waren kaum noch ein Thema für Alain, jedoch schien er ähnlich wie ich unter Schlafstörungen zu leiden. Während es bei mir einen handfesten Grund hatte, konnte ich nicht verstehen, warum es immer öfter geschah, dass in seinem Zimmer –

trotz seines frühen Zubettgehens – nun beinahe regelmäßig bis tief in die Nacht das Licht brannte.

Seit die Nächte etwas kühler geworden waren, hatte ich meine alte Gewohnheit wieder aufgenommen, mit einer Tasse warmer Milch ins Bett zu gehen. Als ich eines Abends weit nach Mitternacht mit dem Getränk in der Hand in mein Zimmer gehen wollte, sah ich durch die angelehnte Tür von Alains Raum wieder Licht. Ich dachte gar nicht nach, klopfte einfach leise an und ging, als ich nichts hörte, hinein.

Jetzt erst wurde mir bewusst, dass ich noch nie in diesem Zimmer gewesen war. Es war beinahe doppelt so groß wie mein Raum und hatte im Gegensatz zu diesem einen großen Kamin und schwere Vorhänge. Der absolute Mittelpunkt aber war das riesige doppelte Holzbett. Es musste das größte sein, das ich je gesehen hatte. Eigentlich war es eher eine Landschaft als ein Bett.

In dieser Landschaft saß Alain aufrecht, durch Kissen im Rücken gestützt, mit einem Buch in den Händen, das er nun sinken ließ. Ich war so sprachlos über den Anblick, der sich mir bot, dass ich im ersten Moment gar nichts sagen konnte. Alain schaute mich zunehmend belustigt an, wie ich da, die Tasse in der Hand und barfuß im leichten Morgenmantel, in der Tür stand.

Schließlich brach er selber den Bann. „Willkommen in meinem Reich! Schön dass du mich besuchst!"

Jetzt war es mir beinahe peinlich, dass ich einfach hereingekommen war. Aber Alain lächelte es, wie immer, einfach weg.

„Ich ... äh, ich meine ... ich habe Licht gesehen und mir Gedanken gemacht. Du hast auf mein Klopfen nicht geantwortet ..."

„Soso, da verlassen mich wohl nun auch langsam nach den Augen die Ohren", entgegnete er.

„Kannst du nicht schlafen?" wollte ich wissen.

„Du hast es erfasst. Ich kann in letzter Zeit nur noch sehr wenig schlafen. Wohl das Alter, auch Gedanken über dies und das."

„Also, ich hätte da etwas ..." Ich trat an sein Bett und reichte ihm meine Tasse.

„Zaubertrank?"

„Ja, etwas Ähnliches. Mir hilft es enorm. Und wenn das nicht mehr hilft, habe ich auch noch Kügelchen."

„Dann lass es uns probieren. Komm ..." mit einer Geste lud er mich ein, um das Bett herumzugehen und mich dort auf der freien Seite zu ihm zu setzen. Was heißt frei: Hier hätten vier Personen bequem Platz gehabt. Allerdings zögerte ich ein wenig. Nun hatte mich doch eine Art Ehrfurcht erfasst.

„Na komm schon!" ermutigte mich Alain. „Du willst doch sehen, ob es auch bei mir wirkt." Damit nahm er einen großen Schluck Milch aus der Tasse und reichte sie mir dann zurück.

Auch ich nahm einen Schluck und gab sie ihm dann wieder.

Ich hatte den Eindruck, für ihn waren alle diese neuen Dinge wie ein kleines Abenteuer, eine Reise ins Unbekannte.

Währenddessen hatte Alain eines der vielen Kissen für mich zurechtgerückt, und ich lehnte mich nun etwas entspannter in dieser riesigen Traum-Arche zurück. Dieses Bett war wie ein eigener kleiner Planet, der im Universum des Hauses existierte; Schutzzone und Rückzugsort im wahrsten Sinne des Wortes. Ich fühlte mich hier nicht als Fremdkörper. Es war Alains Ausstrahlung, die das möglich machte, und ein Verstehen, das sich in den letzten Wochen zwischen uns aufgebaut hatte.

Wir teilten uns die Tasse Milch Schluck für Schluck und sprachen kein Wort. Irgendwann hatte ich das Gefühl, die Arche segelte mit mir davon, auf einem großen fremden Ozean; mit einem Kapitän an Bord, den ich nicht wirklich kannte. Aber ich vertraute dem Schiffsführer blind, und die unbekannten Wasser, ihre Wellen und Tiefen, fürchtete ich nicht.

Als ich erwachte, graute gerade der Morgen. Erst wusste ich nicht, wo ich mich befand, dann nahm ich Alains regelmäßigen Atem neben mir wahr. Déjà vu! Wieder waren wir nebeneinander eingeschlafen wie zwei verirrte Kinder in einer Höhle, sich gegenseitig beschützend; wie vor ein paar Wochen schon einmal in meinem Zimmer an jenem sommerheißen Nachmittag.

Aber jetzt war es kühl und noch halb dunkel; ich trieb mit meinen Gedanken auf diesem Bett durch Raum und Zeit und wagte nicht, mich zu rühren.

Als ich das nächste Mal aufwachte, war es gegen neun Uhr, und nun war es Alain, der reglos auf der Seite lag und mich mit intensivem Blick beobachtete.

„Oh, guten Morgen. Es tut mir leid …", stammelte ich.

„Häh … was tut dir leid? Dass du Geheimnisse vor mir hast?"

„Nein, dass ich … ich hätte in mein Bett gehen sollen, aber … Was für Geheimnisse eigentlich? Was meinst du?" Ich setze mich auf.

„Nun, wie du das machst, Frau Zauberin. Ich habe wie ein Murmeltier geschlafen. Du brauchst nur in meiner Nähe zu sein, und ich werde ganz ruhig. Du gibst mir Kügelchen und ich habe weniger Schmerzen. Milch, und ich kann einschlafen."

Obwohl Alain das ganz freundlich gesagt hatte, fühlte ich mich beinahe schuldig. „Ich weiß nicht – oder, vielleicht weiß ich es doch. Es ist der Schmerz, vielleicht, und meine Art, damit umzugehen."

Nun setzte sich auch Alain aufrecht hin und rückte sein Kissen zurecht. Dann schaute er mich mit großen fragenden Augen an. „Was für ein Schmerz, wovon redest du?"

„Von mir!" Auf einmal wurde mir bewusst, wie wenig wir wirklich voneinander wussten. Wir hatten in den Tag hineingelebt wie selbstverständlich, uns nicht hinterfragt, und es war auch gar nicht nötig gewesen. Jetzt aber war ich dem Mann neben mir eine Erklärung schuldig.

„Ich bin krank, Alain. Ich werde – hoffentlich – nicht daran sterben, und es ist auch nicht ansteckend. Aber es ist degenerativ und sehr, sehr schmerzhaft."

„Das wusste ich nicht!" Er war ehrlich bestürzt.

„Wie auch?" versuchte ich zu beschwichtigen. „Jedenfalls hat mich das in all den Jahren zu einer Spezialistin gemacht: in Sachen Erkrankung, besonders aber hinsichtlich Dauerbeschwerden und Schlafdefizit. Vor allem dafür, einen Weg zu finden, damit umzugehen."

„Wie hast du das gemacht?"

„Nun, erst einmal habe ich den Schmerz als meinen Begleiter akzeptiert – keinen netten Begleiter, aber einen treuen. Einen, der sich nicht zur Ruhe setzen wird, mir aber durchaus auch etwas mitteilen will." Ich lachte, als ich hinzufügte: „Eigentlich lebe ich seit rund dreißig Jahren damit; kein Partner hat das je geschafft!"

„Du sagst das so …"

„… so wie jemand, der es lange üben konnte! Es ist zum Teil auch eine Sache der Einstellung." Ich suchte nach einer Umschreibung. „Schmerz ist eine physische Erfahrung, … Leiden hingegen ist, *wie* man damit umgeht. Nicht umsonst heißt es im Englischen *pain and suffering* – Schmerz *und* Leiden."

„Darüber habe ich noch nie nachgedacht!"

„Die meisten denken darüber nicht nach. Man kann leiden wollen, dann tut es weh. Wer vor Schmerz davonläuft, erlebt nur größere Schmerzen. Man kann es andererseits auch einfach annehmen … Ein gutes Beispiel dafür ist der Geburtsschmerz. Er ist sehr elementar, aber die wenigsten Frauen würden sagen, sie leiden."

Alain sah mich einigermaßen verblüfft an. „Und wie kann man das für sich umsetzen?"

„Man hängt einfach, wie beim Hochsprung, die Toleranzlatte ein wenig höher. Im Alltag geht das. In Krisenzeiten jedoch merkt man, dass es nicht unendlich so geht und ab einem bestimmten Punkt am Ende immer nur ein Wegdrücken ist."

„Was ist mit Medikamenten?"

„Was, wenn man die nicht verträgt? Auf Dauer geht das sowieso nur schwer. So besann ich mich auf unsere Selbstheilungskräfte und unterstützende alternative Methoden. Also auf meine Kügelchen – die Homöopathie – sowie auf Meditation, Entspannung und natürlich auch auf die abendliche Tasse warmer Milch."

Jetzt lächelte Alain wieder. „Die hilft nachweislich!"

„Ja, und auch Ablenken von den Einschlafstörungen: im Bett sitzen, lesen … einfach das Positive sehen und damit arbeiten."

„Das mache ich auch, viel lesen. Aber selbst wenn mich normalerweise keine Schmerzen plagen, die Müdigkeit will einfach nicht kommen."

Ich schaute ihn an. „Bei mir ist es eine Frage, wie lange der Körper den Schmerz vor Müdigkeit nicht wahrnimmt. Man sollte ja denken, dass langsam absterbende Nerven immer weniger wehtun, aber das Gegenteil ist der Fall. Nach dem Aufwachen muss ich mich regelmäßig und mühsam durch einen Urwald aus überall im Körper wütendem Schmerz hindurchkämpfen zu einem Plateau, von dem aus ich den kommenden Tag wieder wahrnehmen kann. Nach und nach erarbeite ich mir dann die Kraft zum Aufstehen und zu den ersten kleinen Schritten. Man kann es vergleichen mit einer Wohnung nach einer wilden Party: Morgens ist alles unaufgeräumt und chaotisch. Ich brauche einige Zeit, um all die Schmerzherde gedanklich wieder in ihre Schubladen einzuordnen. Danach wird es besser."

„Nun, Schmerzen sind eine komische Sache", meinte Alain nachdenklich, „man kann sie nicht sehen. Fast jeder kann mitfühlen. Aber wissen, wie es sich wirklich anfühlt …"

„… das kann keiner, der es nicht selber erlebt!" beendete ich seinen Satz. „Aber wer gar keinen Schmerz empfindet, lebt noch viel gefährlicher."

„Das glaube ich auch. Im Übrigen: Jetzt, wo ich das von dir weiß, denke ich, dass sich deine Haltung dem Problem gegenüber auch positiv auf mich übertragen hat. Das ist also dein Geheimnis."

„Ich bin ganz ruhig, Alain. Ich weiß, dass ich ohne meine Erkrankung niemals nach Griechenland gegangen, auch vielleicht niemals hierher gekommen wäre. Nichts geschieht ohne Grund. Ohne Schmerz wäre mein Leben total anders verlaufen. Man darf ihn nicht kultivieren, aber auch nicht verteufeln. Einmal habe ich gelesen, dass man den Schmerz umarmen sollte, damit er sich verwandelt … damit wir uns wandeln, vom Opfer zum Schöpfer der eigenen Realität. Schmerz will uns etwas sagen."

„Dann", sagte Alain nachdenklich, „sollten wir endlich lernen, hinzuhören."

Und das tat er auch, als ich ihm nun die ganze Geschichte meiner Krankheit erzählte.

Spätsommer. Ich erleide schlaflose Nächte und unruhige Tage. Ich kann keine Minute mehr verbringen, ohne an diesen einen bestimmten Mann zu denken. Einzig das, was mir seit jeher vertraut ist, verschafft mir ein wenig Frieden. So ist es mit diesen Tagen des ausgehenden Sommers: Sie erinnern mich an meine Kindheit. Wenn es langsam schon dem Herbst zugeht, dann ist die schönste Zeit. Ich gönne es mir dieser Tage, oft und lange Spaziergänge in den Gärten zu unternehmen. Das Licht ist golden und noch von einer Kraft, die so viel verspricht. Die Wärme hüllt noch ein, und die Natur scheint für die Ewigkeit gemacht. Wir wissen, dass es so nicht bleiben wird, dass allzu schnell all unsere Träume und Wünsche herniedersinken werden wie das welke Laub. Aber noch lassen wir uns täuschen.

Spätsommer. Ich mag diese Spätsommertage – klar, noch kräftig warm, aber die Morgen schon kühl. Die Luft ist leicht und gesättigt und erwärmt mit steigendem Sonnenstand langsam die Haut. Am Morgen steht die Sonne tief und lässt die Struktur flacher Steine stärker hervortreten. Das schräg einfallende Licht macht Konturen frischer und kräftiger. Im Walddickicht ist es jetzt kühl und schattig. Auf der Lichtung aber, wo sich die neblige Luft sichtbar bewegt, bricht das seidige Sonnenlicht noch durch die Baumreihen und lässt den Altweibersommer im goldgelben Gewand tanzen. Abends dann wirken die Schatten gealtert und müde. Etwas wie Trauer schwingt schon mit, eine Ahnung von Herbst.

Von diesem Tage an, als ich das erste Mal auf so ungewöhnliche Weise sozusagen die Nacht und das Bett mit Alain geteilt hatte, fühlte ich mich nicht mehr wie Ariadne mit dem Faden. Ich fühlte mich – auch in Anlehnung an die Quelle in Fontaine-de-Vaucluse – beinahe wie die Grottennymphe, welche dem unterirdischen See auf meiner nun fernen griechischen Insel seinen Namen gab. Jene erste Nymphe *Melissa* hatte sich auf Kreta um den jungen Gott Zeus gekümmert, ihm Ziegenmilch und vor allem Honig gegeben. *Melissa* war im Griechischen die Honigbiene, *meli* der Honig; wenn man aber an die beruhigende Wirkung dachte, fiel einem auch die *Melisse* ein.

Diese beruhigende Wirkung hatte nun – Umkehrung der griechischen Mythologie im modernen Alltag – die Milch auf Alain gehabt, und so ergab es sich, dass es zum Ritual wurde. Jeden Abend vor meinem Zubettgehen brachte ich zwei Tassen der einschläfernden Flüssigkeit nach oben in sein Zimmer, wo wir entweder still den Ausklang des Tages genossen oder aber meistens noch über irgendein Thema in ein Gespräch gerieten. Ich weiß nicht, was Alain mehr gut tat; aber der Eindruck drängte sich auf, dass diese Gespräche ihn genauso ‚nährten' und beruhigten wie der Trank.

Es war, dachte ich bei mir und sprach es dann auch aus, wie eine einstmals bekannte Fernsehsendung: das philosophische Quartett. Nun, hier hatten wir – jetzt wurden meine Gedanken etwas albern – ein *vielo*sophisches Duett im Bett. „... oder: eine philosophische Insel, treibend auf einem Meer von Wünschen, Träumen und Illusionen!" proklamierte ich schließlich sehr pathetisch, womit mir die gedanklichen Pferde nun endgültig durchgingen.

„Häh!" – das war Alains Reaktion auf meine wirren Ideen, aber er mochte das Herumalbern sehr.

Wir hatten es lange nicht erwähnt, aber irgendwann mussten wir auf das uns verbindende Mysterium zurückkommen. Alain startete das Gespräch eines Vormittags beim Anblick von Rosalie, deren Jungen sich rasch entwickelten und nun regelmäßig auf dem Rasen im Garten herumtollten.

„Wie weit bist du denn mit deinen Nachforschungen über die geheimnisvolle Katze gekommen?" wollte er wissen.

„Eigentlich gar nicht weit. Wo soll ich denn da auch ansetzen? Ich war bis jetzt ja damit beschäftigt, mich an mein neues Leben zu gewöhnen und es zu genießen ..." Ich lächelte ihn an und bekam ein zufriedenes „Häh!" zurück.

„Ich habe allerdings", besann ich mich, „vor ein paar Tagen dem Namen nachgeforscht, der mir in Verbindung mit der Frau auf der Brücke immer wieder im Kopf herumschwirrt."

„ Äh, diese ... Leonore?"

„Elinora", korrigierte ich Alain.

„Ah, ja! Elinora! Ein ungewöhnlicher Name!"

„Eigentlich nicht", hielt ich dagegen. „Wusstest du, dass dieser Name aus der alten französischen Provinz *Occitanie* kommt, genauer: aus dem Provenzalischen? Ursprünglich war es *Aliénor,* und eine Reihe nobler Damen des Hochmittelalters trugen ihn. In modernen Zeiten stammen Namen wie Nora oder Nelli davon ab."

„Oh, Madame haben geforscht! Wo hast du das gefunden?"

„Im Internet, Monsieur. Auch wenn moderne Technik nicht immer ein Segen ist, in den richtigen Händen und zum richtigen Zweck kann sie durchaus sehr hilf- und lehrreich sein."

Wieder einmal hatten wir eines dieser kleinen Scheingefechte, die wir beide so liebten. Alain setzte sich nun aufrecht in seinen Stuhl und meinte: „Ich höre!"

„Nun, da wäre erst einmal Eleanor von Aquitanien, die im zwölften Jahrhundert lebte. Auf sie führt man den Namen oder zumindest seine Bekanntheit zurück. Zuvor lebte im elften Jahrhundert eine Eleanor von der Normandie."

„Damit sind wir noch zweihundert Jahre vor meinem Namensvetter de Marville", warf Alain ein.

„Ja, und es wird nicht besser, denn die nächste, Eleanor von Provence, lebte im dreizehnten Jahrhundert, war Ehefrau vom englischen Henry III. und Mutter Edwards I. Am nächsten der Zeit unseres wackeren Steineschmiedes kommt Eleanor von Anjou, die in der ersten Hälfte des vierzehnten Jahrhunderts lebte. Das ist aber alles nicht von Belang, denn unsere Brücke in Paris wurde ja erst 1578 begonnen und bis 1607 daran gebaut."

„Und du bist dir sicher, dass es diese Brücke ist?"

„Solange ich nichts anderes habe, weisen alle Informationen darauf hin. Allerdings gibt es eine Kandidatin, die sehr vielversprechend für die Identität unserer Elinora wäre, hätte nicht auch sie die Brücke um einige Jahre verpasst: Eleanor von Kastilien. Man nannte sie übrigens auch Eleanor von Österreich. Allerdings starb sie schon 1558."

„Oh, wie schade!"

„Ja, schade", nahm ich den Faden auf, „denn sie hatte alles, was zu meinen ‚Erinnerungen' passt: Sie war Ausländerin, wurde in eine ihr fremde Rolle und ein aufgezwungenes Leben geschubst, meisterte es äußerlich mit Glanz, innerlich aber sicher mit einiger Zerrissenheit; sie trug die Insignien des französischen Königshauses, war wohl auch anfangs der Sprache nicht umfassend mächtig und wurde sicherlich von ihrem Ehemann Franz I., der offen mit einer Konkubine lebte, nicht geliebt."

„Nun, vielleicht ist es auch eine völlig andere Frau. Vielleicht lässt du dich zu sehr von dem Namen leiten. Namen können täuschen." Alain war aufgestanden und ging um den Stuhl herum, auf dessen Lehne er sich nun stützte. „Guck zum Beispiel mich an. Mein Name ist, wenn es nach meiner Mutter ginge, Jean Marville. Es ärgerte sie, dass wir keinen Adelstitel und das damit einhergehende *de* im Namen hatten. Ich selber nenne mich Alain. Und als Kind" – jetzt lachte er – „da nannte ich mich, wie um Maman eins auszuwischen, *Alain Marville de Frais.*"

„De Frais?"

„Ja – *von der Frische*! So wie: der Neue! Es war ein Spaß, ich konnte sie damit wirklich ärgern; vor allem, weil es eigentlich keinen Sinn machte und nicht so elegant klang, wie sie es gerne gehabt hätte."

„Deine arme Mutter!"

„Ach, sie hat nicht allzu sehr gelitten. Schließlich wurde ich am Ende ja doch noch berühmt … womit wir wieder bei der berühmten Dame von der Brücke wären. Was wollen wir jetzt machen?"

„Ich warte einfach ab", sagte ich, „das hat sich immer als hilfreich erwiesen. Und achtsam sein, auf alles. Ich bin auf dem richtigen Weg. Ich bin mir sicher: Die Informationen und Zeichen werden kommen."

„Ich bewundere dein Vertrauen in das Universum."

„Worin sollten wir sonst vertrauen? Das Schicksal wollte, dass ich es herausfinde. Hätte es mich sonst über den Luberon geschickt und deinen Weg kreuzen lassen? Hätte es uns zwei die gleiche Katze porträtieren lassen? – Na also!"

Damit stand auch ich auf und wollte ins Haus gehen, um Rosalie, die von ihren drei Kindern umtollt wurde und dabei uns beide von unter dem Busch zu beobachten schien, eine Katzennascherei zu holen. Alain hielt mich zurück und sah mir, wie so oft, direkt und tief in die Augen, als er sagte: „Ich werde ab sofort meine Achtsamkeit schärfen. Ich möchte unbedingt das Rätsel mit dir lösen."

Frühherbst. Ich habe mir eine neue Freiheit gegönnt. Mit Hilfe meiner guten Bebée konnte ich mich so verkleiden, dass mich niemand erkennen kann, und sie hat mir einen Weg gezeigt, unentdeckt aus dem Palast zu gelangen. So konnte ich zum ersten Mal völlig allein durch die Stadt laufen und freie Luft atmen. Mir schlug das Herz bis zum Halse, aber meine Seele jubilierte. Die Menschen, die mich sahen, beachteten mich nicht. In ihren Augen war ich eine einfache Frau, die sich keine Kutsche leisten kann. Die klare Luft des frühen Herbstes strömte in meine Lungen und machte sie weit. Ich ging bis zum Fluss und schaute ins Wasser, auf dem schon einige gelbe Blätter trieben.

Frühherbst. Der Himmel ist morgenhellblau und klar, aber schon sind die Morgen kalt und die Luft frisch und wie Kristall. Die Sonne legt sich braunwarm um die Baumstämme und in das schattige, leicht graue grün der Oliven. Es ist der schönste Farbkontrast, den ich kenne. Nein, kein Kontrast: ein Zusammenfließen. Genauso schön wie die Abende nach dem Sonnenuntergang, wenn sich die Bäume bizarr, schwarzbraun, vor dem bläulichen, im Zenit schon tiefblau-dunklen und am Horizont orangegold schimmernden Himmel abzeichnen. Die Tage sind dominiert von einer großen Sonne, die mit ihrer beinahe morgendlichen Helligkeit den ganzen Tag hindurch darüber hinwegtäuscht, dass die Dunkelheit früh am Abend und schnell kommt. Es ist ein kurzes Aufflammen von Schönheit vor dem unaufhaltsamen Ende des Jahres. Es ist allerdings auch eine Zeit der Fülle.

Unmerklich war der Sommer in den Herbst gerutscht. Ich fand Freude an den wieder kühleren Nächten mit ruhigerem Schlaf und ausgeglichenen Träumen, und an den Tagen mit intensiveren Farben und Gegensätzen.

Ich fand auch Spaß an der Arbeit in der großen Küche. Die nun tiefer stehende Sonne schickte ihre Strahlen immer öfter für einige Zeit des Tages direkt durch die Fenster und belebte das braune Holz der Regale und Vitrinen. Man konnte wirklich von einem ‚goldenen Herbst' sprechen.

Nun waren noch einmal alle möglichen Früchte einzukochen; Marmeladen brodelten in kupfernen Töpfen. Ich konnte mich von der Wahrheit der Behauptung überzeugen, sie würden dadurch viel besser gelieren. Und die Regale barsten fast unter der Last der Gläser. Wie immer machte ich meine Salate und vor allem die ganze Auswahl an mittelmeerischer Küche, die ich aus Griechenland mitgebracht hatte.

Regelmäßig presste ich die unablässig reif werdenden Zitronen aus und genoss es, das aus ihrer Schale spritzende Öl zu inhalieren. Es war so viel besser als jedes in der Apotheke gekaufte ätherische Öl. Und aus der Aloe rührte ich eine Creme.

Das einzige Problem hatte ich dieses Jahr mit der sonst so geliebten Quitte. Sie war eine harte und dennoch lieblich duftende und geheimnisvolle Frucht, die ich in früheren Jahren gerne im Ofen gebacken oder zu Gelee verkocht hatte. Dieses Jahr aber wollte ich Chutney aus ihr machen, und da verweigerte sie sich mir. War sie am Ende beleidigt, weil ich nicht ihrem Aroma alleine vertraute, sondern ihr Zwiebeln, Essig und allerlei Gewürze beigab? Jedenfalls verlor sie im Chutney ihre Eleganz, wirkte eher bräsig und hielt am Ende nicht, was sie versprach. Sie machte dem elegant-würzigen Feigenchutney, das ich einige Wochen zuvor gekocht hatte, keine Konkurrenz – mich aber machte sie wütend angesichts der vielen unnützen Arbeit.

Alain hatte eine große, schwere Küchenmaschine im Schrank, die aber gewöhnlich nicht benutzt wurde. Sie war laut, und er hasste den Krach. So wurde alles mit der Hand und mit Hilfe der vielen, zum Teil ebenfalls alten, Küchenutensilien sowie mit viel Schweiß hergestellt.

Einzig für den oft von mir zubereiteten Hummus holte ich, Thérèses strafenden Blickes gewahr, das Ungetüm aus dem Schrank und achtete, dass ich es nicht anstellte, bevor ich den Besitzer des Gerätes im Garten oder anderweitig außer Hörweite wusste.

105

Es gelang aber in den wenigsten Fällen, das Unterfangen gänzlich geheimzuhalten. Irgendwie musste Alain den sechsten Sinn haben, denn er liebte das frische, mit Zitronen und Koriander, Petersilie, Chillie oder Paprika abgerundete Kichererbsenmus. So schlenderte er, sobald der Motor der Maschine ausgeschaltet war, wie zufällig durch die Hintertür herein und tauchte seinen Finger in die würzige Speise, um ihn genüsslich abzulecken. Dabei hatte ich selbst noch gar nicht abgeschmeckt, also tat ich es ihm gleich. In meinem Rücken spürte ich das Kopfschütteln der Haushälterin. Wenn es jetzt nach Alain gegangen und Löffel oder Gabel greifbar gewesen wäre, hätte sich der frische Hummus in Windeseile erheblich reduziert. Aber ich war schnell genug, einen Deckel auf die Schüssel und das ganze in den Kühlschrank zu tun, und Thérèse schob ihren Hausherrn mit den Worten, das sei für den Abend, aus der Küche. Dennoch konnte sie sich, halb im Spaß und halb im Ernst, bei ihrer Rückkehr die Bemerkung nicht verkneifen: „Was stellen Sie das noch kalt? Jetzt, wo alle schon ihre Finger drin hatten, wird es sich sowieso nicht lange halten!"

„Dann müssen wir es eben schnell aufessen!" entgegnete ich. Aber sie lachte schon.

An einem dieser späten Abende auf der Bett-Insel kam Alain auf ein Thema zu sprechen, das ihn aus nachvollziehbaren Gründen in den vergangenen Jahren wohl sehr beschäftigt hatte.

„Ariane, was denkst du über den Tod?"

Er hatte gerade an seiner Tasse genippt und sah mich jetzt an, als habe er mich gerade gefragt, was wir morgen kochen wollten. Diese Haltung gefiel mir. Deshalb spielte ich das Spiel mit.

„Ach, lass uns lieber über etwas anderes reden. Wie wäre es ... mit Kernphysik?"

„Kernphysik?" Er schaute mich sehr verwirrt an. „Aber darüber weiß ich absolut gar nichts!"

„Eben!"

„Wie ... eben?"

„Naja, was qualifiziert dich oder mich, über den Tod zu philosophieren? Weißt du etwas, was ich nicht weiß?"

„Häh!" Er begriff, was ich meinte. „Und deshalb willst du mit mir darüber nicht reden?"

„Doch, genau so wie über Kernphysik. Der Tod, was ist das denn? Worüber reden wir denn hier?"

Jetzt hatte ich ihn in der Ecke. Er konnte nur mit den Schultern zucken.

Auf einmal fühlte ich mich schuldig; ich wollte nicht den Eindruck erwecken, dass ich das Thema, das mich selber brennend interessierte, abwürgen wollte. Deshalb hörte es sich nun versöhnlich an, als ich sagte: „Ich wollte es nicht ins Alberne ziehen."

„Das dachte ich auch nicht", erwiderte er.

Ich musste jetzt in ernsthaftere Gewässer segeln, deshalb sagte ich, was mir zuerst zum angesprochenen Thema einfiel; ein Satz, der es wohl auf den Punkt brachte.

„Weißt du, jemand hat einmal gesagt: ‚Das, was wir über den Tod *nicht* wissen, ist viel unvorstellbarer als das, was wir wissen'."

„Das ist schön gesagt – aber es ist mir zu theoretisch!" Alain wollte offenbar auf etwas anderes hinaus. Aber er blieb durchaus versöhnlich. „Tod hat immer etwas mit Verlust zu tun. Der Verlust des Anderen, der Verlust des Selbst. Er ist in meinen Augen eine Kränkung. Es ist wie eine Beleidigung … eine Beleidigung gegen meine Intelligenz."

„Ich weiß genau, was du meinst. Eigentlich ist der Tod eine Zumutung. Ich habe es auch immer so empfunden. Es ist … wie soll ich es sagen? Es ist so, als habe man mir alles dies – das Leben und damit auch dessen unvermeidliches Ende – aufgebürdet, aber man vertraut mir nicht das letzte Wissen an, das mich befähigt, damit wirklich umzugehen. Es ist wie ein unbekanntes, kompliziertes, aber doch auch dringend benötigtes Haushaltsgerät ohne jegliche Gebrauchsanweisung …"

„Ja", sagte Alain, nachdenklich jetzt, ohne auf den Vergleich in irgendeiner Weise zu reagieren. „Leider macht man sich, sofern man ein normal langes Leben leben darf, erst dann darüber Gedanken, wenn man die Zielgerade zu sehen glaubt."

„Und das ist wahrscheinlich etwas, was uns über Jahrtausende verbindet. Und auch etwas, das nie vergeht. Ich meine, die

Menschheit hat aus heutiger Sicht so vieles gemeistert: Mondlandung, Internet, das Atom, die meisten Krankheiten ... Und doch: Wenn wir uns der ultimativen Wahrheit stellen, versagt unser alles erklärendes System. Eine wirkliche Beschreibung des Todes entzieht sich uns noch immer – beinahe vollständig!" Jetzt wurde auch mir auf einmal diese Ungeheuerlichkeit wirklich bewusst.

Auch wenn eigentlich ich diejenige war, die von einem älteren Gesprächspartner erwarten konnte, irgendetwas Hilfreiches zu erfahren, war ich es nun, die nach einem Lichtschein suchte; nach etwas, womit ich ihn gedanklich aufbauen konnte. Mir fiel plötzlich die Weihnachtsbotschaft ein. *Fürchte dich nicht!* Das hieß, in meiner Übersetzung: *Vertraue!* Das war immer meine schwerste, bislang nicht bis zur Vollendung praktizierte Lektion. Es war sozusagen meine Lebensaufgabe.

Aber wo soll das Vertrauen sich verankern? Weil ich Alains fragenden Gesichtsausdruck sah, wagte ich einen Vorstoß.

„Ich habe immer versucht, mich an die Naturwissenschaft zu halten. Das Gesetz von der Erhaltung der Masse und der Energie ..." Ich sah das skeptisch verzogene Gesicht meines Gegenübers, so fügte ich schnell hinzu: „Übersetzt heißt das: Niemand fällt ins Nirgendwo, und nichts fällt aus der Welt – ich denke, das kann ja auch gar nicht anders sein ... oder?"

„Das ist es eben. Wir wissen es ja nicht."

„Aber ist es denn nicht so, dass wir den Tod erfinden müssten, wenn es ihn nicht gäbe? Ich meine, wir reden hier jetzt nicht übers Sterben. Das wäre eine ganz andere Diskussion. Aber der Tod ... Ohne ihn hätten wir keine Kinder, keine jungen Hunde, keine Katzenbabys ... wir hätten nichts. Es gäbe kein Leben."

Alain sah nachdenklich aus. „So habe ich das noch gar nicht gesehen. Der Tod nicht als Scheitern, sondern als Voraussetzung von allem. – Wenn ich es mir recht überlege, könnte ich mir ein ewiges Leben auch nur sehr schwer vorstellen. Was es im Überfluss gibt, wird nicht mehr als kostbar empfunden; Dinge und Erlebnisse würden beliebig sein, weil unendlich wiederholbar." Jetzt zeigte er wieder sein unnachahmliches Lächeln. „Wie unterschiedlich die

Dinge plötzlich aussehen, wenn man sie aus einer anderen Perspektive betrachtet."

„Ja, nicht den Tod vom Leben aus, sondern das Leben von dessen Ende aus besehen."

„Mir fällt noch etwas anderes ein. Die Schönheit, die oft damit einhergeht, dass etwas vergeht. Die Farben des Herbstes oder ... die Agaven. Ihr ganzes Leben bestehen sie aus ihren dickfleischigen Blättern. Einmal jedoch entwickeln sie einen Stamm, ein imposantes Gewächs aus ihrer Mitte ..."

„... das einem Phallus sehr ähnlich ist und mit Sicherheit die Assoziation von Fruchtbarkeit in uns auslöst ..."

„... ja, und dieser Stamm entfaltet sich, wird ein unsagbar schönes Gebilde, öffnet sich, wird zur Blüte. Dann, langsam, verblüht sie, der Stamm fällt, trocknet ab. Die Pflanze stirbt. Aber an ihrem Fuß haben sich schon ihre ‚Kinder' gebildet. Die Agave lebt vielfach in ihnen weiter, bis auch sie – nach vielen Jahren – diesen Weg des Sich-Entfaltens, der einzigen Blüte ihres Lebens und des Sterbens gehen."

„Das stimmt. Mich beeindrucken diese Pflanzen auch immer mit ihrer Direktheit, mit der sie diese Verbindung von Blüte und Tod zur Schau stellen. Vielleicht darf man einfach nur keine Angst haben, sich nicht fürchten. Alles Negative kommt aus der Furcht."

„Du meinst, nur wer keine Furcht vor dem Tod hat, hat auch keine Furcht vor dem Leben?" Alain hatte meine Hand genommen und drückte sie nun leicht.

Ich konnte nicht anders als den Druck wie zur Bestätigung zurückzugeben, bevor ich sagte: „Ich weiß es nicht. Ich weiß nur, dass Leben oft den größeren Mut erfordert ..."

Mut. Allen Mut musste ich damals zusammennehmen, als eine alte Frau mir aus der Hand las. Ich hatte es nicht wissen wollen, aber doch trieb mich die Neugier. Und dann: Was sah sie, das sie mir nicht sagte? Sie verlor sich im Ungewissen. Es hätte jeden betreffen können. Ich schaute ihr in die Augen. Das war keine Scharlatanin. In ihrem Blick sah ich, dass sie etwas zurückhielt, was sie sah; dass sie tiefer blickte in das Leben, das erst vor mir lag. Fand sie es klug, mich unwissend zu lassen?

Und was sollte mir der eine, rätselhafte Satz? Ich solle niemals vergessen, dass es viele Brücken gebe, der Fluss aber immer derselbe sei ...

Mut. Das Leben erfordert ihn. Auch den Mut, sich auf sich selbst einzulassen. Die spirituelle Reise ist etwas, das uns allen gemeinsam ist, auch wenn jeder Mensch individuell an einem anderen Punkt auf diesem Weg steht. Der Prozess kann immer ins Stocken geraten. Das Leben hat eine Eigenart, von den wirklich wichtigen Dingen mittels nur scheinbar wichtiger Dinge abzulenken. Es kann aber auch zu einem kreativen Verweilen kommen; beispielsweise wenn man in sich eine bestimmte Fähigkeit entdeckt und bewusst eine Weile – manchmal ein Leben lang – in diesem Zustand bleibt, um ihn auszuloten. Man steigt ja manchmal auch während einer Zugfahrt aus – oder um. Man mag auf einmal eine Clairvoyance, eine Hellsichtigkeit oder Hellfühligkeit, an sich entdecken. Man kann eine bestimmte Art der Meditation entwickeln oder in einer kreativen Idee gefangen sein. Es könnte sich als Abkürzung erweisen. Es kann ein Umweg sein. Aber niemals wird es ohne Grund geschehen. Irgendwann dann nimmt man die Reise wieder auf.

Obwohl der Herbst eigentlich schon mit voller Macht eingefallen war, schenkte er uns plötzlich noch einmal ein paar beinahe sommerlich warmblaue Tage. Bertrand hatte angerufen und uns eingeladen, mit ihm und seiner Frau eine Tour ans Meer zu machen. Wir freuten uns über diesen unverhofften Ausflug.

Bertrand brachte uns nach einer relativ langen und nicht immer landschaftlich schönen Fahrt in eine Gegend, die er sehr liebte. Und man konnte sehen, warum das so war. Der Küstenstreifen um Sainte-Croix herum war geprägt von Badebuchten, azurblauem Meer, felsigen Abschnitten und dem leuchtenden Grün der Kiefern.

Wir machten an verschiedenen Stellen Rast, immer wieder Rücksicht nehmend auf Alain und vor allem Julie, die seit einiger Zeit Probleme mit den Gelenken hatte. So ergab es sich, dass wir am Nachmittag bei einem Strandcafé stoppten. Nach dem Kaffeetrinken holten Bertrand und ich uns bei den beiden anderen die Erlaubnis zu einem kleinen Spaziergang. Diese wurde uns mit einem großzügigen

Winken nur zu gerne erteilt, und wieder einmal bestätigte sich meine Vermutung, dass Julie und Alain es liebten, über diverse Dinge miteinander zu diskutieren.

Ich stieg mit Bertrand hinunter zu einer in türkisem Blau schimmernden Bucht. Unter uns ragten einige Felsen aus dem Meer. Das Wasser sprang wellenweise daran in die Luft und die Gischt formte Vorhänge aus weißem Licht.

Lange standen wir und schauten, bevor Bertrand andächtig sagte: „Dieses Blau fehlt im Leben, wenn man es nicht um sich hat!"

Ich schaute ihn an und nickte zustimmend. Er aber schien weit weg, als er jetzt seiner ersten Bemerkung einen weiteren Gedanken hinterherschickte. „Das Meer hatte schon immer eine enorme Anziehungskraft auf mich. Der physische Körper hat ein instinktives Verlangen nach Wasser und Schwerelosigkeit, vermutlich als Erinnerung an das Leben als Embryo im Fruchtwasser."

Jetzt riss er sich aus seiner Verzückung und wandte sich mir zu. „Das ist ein schöner Tag, Ariane. Ich freue mich, dass Sie und Alain mitgekommen sind. Wie geht es Ihnen?"

„Mir? Oh, mir geht es wunderbar. Ich weiß gar nicht, wie ich zu solch schönen Eindrücken, zu einem so wunderbaren Aufenthalt in dieser Landschaft komme."

„Es wird schon alles seinen Grund haben. Wie geht es übrigens mit dem Computer?"

„Gut! Stellen Sie sich vor: Alain sitzt manchmal davor und spielt damit herum. Das ist mehr, als ich erwartet hatte. Er probiert, und nur so lernt man."

„Ja, Lernen aus Fehlern und Erfolgen. – Sagen Sie, Ariane", dabei hatte er sich auf einen steinernen Vorsprung gesetzt, „was haben Sie eigentlich in Ihrem Leben so gemacht?"

„Ich? Nun, ich habe viele Dinge getan. Ich war allerdings die meiste Zeit meines Lebens unterwegs mit Touristen. Außerdem schrieb und malte ich – aber das wissen Sie ja bereits. Ich habe mich auch mit den Affären der Seele befasst und mich mit Wahrsagerei beschäftigt ..."

„Oh, eine *diseuse de bonne aventure*!" rief er aus. „Können Sie mir aus der Hand lesen?"

„Das ist so typisch! Sogar Sie, Bertrand, von dem ich dachte, Sie stünden als Arzt mit beiden Beinen fest im Physikalischen, also im Greifbaren …"

„Aber Madame, warum regen Sie sich so auf?" Er lächelte schelmisch, als er das sagte. „Glauben Sie mir, ich bin kein typischer Doktor. Im Übrigen sagten Sie doch selber, Sie seien eine Wahrsagerin."

„Ja, und *Sie* reagieren wie alle anderen auch und fragen sofort, ob ich aus der Hand lesen kann. Dem liegt ein grundsätzlicher Irrtum zugrunde."

„Und der wäre?"

„Ein guter Wahrsager – jemand, der wirklich clairvoyant ist – liest immer in seinem *Gegenüber*, in dem Menschen. Die Karten, die Handlinien, der Kaffeesatz, die Kristallkugel – das sind, wenn es ernsthaft betrieben wird, alles nur Hilfsmittel. Sozusagen die Lesebrille."

„Das ist interessant!" gab Bertrand zu. „So habe ich es noch nie betrachtet."

„Darf ich Sie etwas fragen?" Ich spürte, dass mein Gesprächspartner mich ernst nahm. „Das, was Sie eben über das Wasser und unser Verhältnis zu ihm gesagt haben, die Faszination und das Verlangen danach … Ob unsere Faszination mit Glanz und Klarheit der Edelsteine oder edler Metalle vielleicht auch etwas zu tun hat mit der Erinnerung beziehungsweise der Sehnsucht der Seele nach dem Licht, dem Glanz und der Klarheit, die sie sozusagen im ‚Jenseits', in der Nähe der Quelle von allem, erlebt hat?"

„Ich kann es nicht ausschließen."

„Sie finden meine Gedanken also nicht abwegig?"

„Nein. Wir sind doch alle auf der Suche. Es heißt, so las ich neulich, wir leben in einer *spirit grazing society*, also wie ich es übersetze, in einer Gesellschaft, die nach geistigem Futter für die Seele strebt. Nicht nur nach körperlichem Futter, das uns kurzfristig Befriedigung verspricht oder uns bloß am Leben erhält."

Ich fühlte mich verstanden. „Mir ist auch aufgefallen, dass es in unseren ‚modernen' Zeiten immer mehr Information, aber immer weniger wirkliches Wissen gibt – und nicht viel an Weisheit. Das ist es aber, wonach die Menschen hungern. Das zu vermitteln, darin habe ich immer meine Aufgabe als spirituelle Beraterin gesehen."

„Das ist nicht so weit weg von meiner Auffassung." Nun war Bertrand wieder aufgestanden, und wir wanderten langsam auf einem schmalen Pfad weiter entlang der Bucht. „Sehen Sie, ich bin – dank Alains großzügiger Unterstützung – Arzt geworden; Internist und praktischer Hausarzt. Ich habe mich ein Leben lang bemüht, immer auch die Seele zu kurieren und nicht nur den Körper. Es ist ganz einfach, auch im täglichen Leben: Wenn die vordergründigen Sinne zurücktreten, können sich die feineren, subtilen Sinne für die Dinge entfalten und schärfer werden. Das kann man trainieren, und es kommt Kranken wie Gesunden zugute."

Ich war dankbar, dass wir dieses Gespräch führten, und so froh, dass Alain einen so umfassend denkenden Mann seinen Freund nennen konnte.

Als hätte er meine Gedanken gelesen, drehte er sich, da wir hintereinander gingen, zu mir um und meinte: „Es ist natürlich immer wichtig, auch die richtigen Menschen an seiner Seite zu haben."

„Das ist Ihnen hervorragend gelungen, man kann das sehen!" erwiderte ich, auf Julie anspielend.

„Ihnen aber auch – und Alain!" gab er zurück. „Ohne Liebe ist das ganze Leben nichts. Die Liebe ist das eigentliche Licht, nach dem wir streben. Und um die Erinnerung an Liebe geht es ja auch im Mutterleib ..."

Ohne es zu merken, hatten wir in unserem kurzen Gespräch vom Licht und dem Blau des Meeres über die Wahrsagerei bis hin zu Heilung und Liebe einen großen Kreis beschrieben, innerhalb dessen sich wohl die gesamte Sehnsucht der Menschheit bewegte. Noch ehe ich aber diesen Gedanken zu Ende denken konnte, blieb Bertrand noch einmal stehen, drehte sich mir zu und fragte „Kennen Sie Goethe, den deutschen Dichter? Ich komme immer wieder auf ihn zurück."

„Na klar kenne ich Goethe!"

„Na dann kennen Sie auch die letzten Zeilen eines seiner Gedichte: ‚… *und doch, welch Glück geliebt zu werden, und lieben, Götter, welch ein Glück!* '"

„Ja", sagte ich, während wir langsam wieder zurückgingen, „wirklich: Welch ein Glück!"

An diesem Abend, nach dem wunderschönen Tag am Meer, waren wir erst spät nach Hause gekommen. Wir waren so müde, dass wir weder etwas aßen noch, wie gewohnt, uns im Wohnraum oder auf Alains philosophischem Bett zusammenfanden. Er war sofort hinaufgegangen und hatte sich wohl hingelegt; ich hingegen hatte im Garten eine kalte Dusche genommen und mich dann, eingewickelt in eine Decke, auf das Tagesbett gelegt, um von dort noch eine Weile in die Sterne zu schauen.

Als ich wieder erwachte, konnte ich mich nicht erinnern, ob ich überhaupt noch meinen Blick auf das Firmament gerichtet hatte. Ich musste sofort eingeschlafen sein. Nun war es rabenschwarze, kühle Nacht. Ich schlich mich im dunklen Haus die Treppe hinauf. Auch in Alains Raum brannte kein Licht und alles war ruhig. So ging ich in mein Schlafzimmer und legte mich dort aufs Bett, wo ich sofort wieder einschlief.

Am nächsten Morgen erwachte ich erst gegen elf Uhr. Eine ungewöhnliche Zeit für mich! Alain musste längst aufgestanden sein. Ich ging hinunter in die Küche, wo ich Thérèse hantieren hörte. Wenn ich nicht gewusst hätte, dass es in dieser liebenswürdigen alten Dame nicht einen einzigen hinterhältigen Gedanken gab, hätte ich geglaubt, dass sie ein wenig grinste, als sie mir betont fröhlich ein „Bonjour, Madame!" entgegenschmetterte.

„Ist Monsieur Alain nicht hier?" fragte ich.

„Oh, ich glaube, er ist spazieren gegangen. Wollen Sie einen Kaffee?" Damit hielt sie mir schon die Kanne hin.

„Gerne!" Ich holte mir eine große Tasse und sie goss ein. „Ich muss mich entschuldigen!" sagte ich schuldbewusst.

„Wofür denn, Madame?" Thérèse schaute mich fragend an.

„Für mein langes Schlafen natürlich. Sie mussten alles alleine machen …"

„Ach, das ... Monsieur hatte auch nur einen Kaffee als Frühstück. Er schien fröhlich und gelöst."

„Wissen Sie denn, wo er hinspaziert ist?"

„Nein Madame. Vielleicht ist er beim Schäfer – es ist so ein schöner Tag. Er ist sicher bald zurück! Ich habe schon ein kleines Spätfrühstück vorbereitet ..."

Da ich sah, dass es im Moment wirklich nichts für mich zu tun gab, zog ich mich mit meinem Kaffee nach draußen zurück.

Es dauerte nicht lange, und ein gut aufgelegter Alain kam zu mir auf die Terrasse. „Hier!" sagte er und reichte mir einen Stein.

„Wo hast du den gefunden?" wollte ich wissen.

„Am Fluss. Er sieht aus wie du."

Ich betrachtete den Stein. Wirklich, er ähnelte in den Umrissen einer Frauenfigur in einem langen Rock. Dort, wo das Herz sich befinden würde, war ein kleines Loch.

„Ein Hühnergott!" sagte ich.

Alain sah mich verständnislos an.

„Wir nennen es Hühnergott, man findet viele am Baltischen Meer." erläuterte ich. Dann blinzelte ich schelmisch zu ihm hoch: „Und so siehst du mich nun? Da, wo das Herz sein sollte, ist nichts? Bin ich in deinen Augen herzlos?"

Er lachte sein breites Lachen. „Nein, nicht *herzlos*. Und nicht *nichts*. Das Herz dieser Kieseldame ist *eben nicht* aus Stein, wie das so vieler anderer Menschen. Sie ist im Herzen offen, wie du ... Man kann in das Loch hinein- und durch das Loch hindurchschauen, auf etwas Schönes."

So poetisch hatte ich das Loch nicht interpretiert; diese Sichtweise rührte mich.

Ich hatte eine Idee. Barfüßig wie ich gerade war lief ich die Treppe hinauf in mein Zimmer, wo ich in der Tasche noch einige Lederbänder hatte. Der Stein wurde an ein Band geknotet und hing, als ich wieder auf die Terrasse trat, um meinen Hals.

„Der bleibt jetzt für immer hier und soll mich an diesen Tag erinnern!"

Ich träume. Immer wieder geht mir sein Name im Kopf herum, seit ich ihn hörte. Der Name meines Hauptmanns; derselbe Name, den mein älterer Bruder trug. Ich fühle mich in der Mitte zwischen dem Reich der Lebenden und dem der Toten. Beide sind mir Heimstatt, aber nur nach einem sehne ich mich. Kann es ein Zufall sein? Gottes Hand stellt mir einen Menschen in mein Leben, der alles verschüttet Geglaubte wieder in Bewegung bringt. Und dabei ahnt dieser tapfere Mann, der nur seinen Dienst tut, in keiner Weise, wie er meine Phantasie beflügelt mit seiner bloßen Anwesenheit.

Ich träume. Ich fahre im Auto durch eine sonnige Landschaft. Kurz zuvor muss es noch geregnet haben, denn in den Büschen und Bäumen glitzern die Tropfen. Der Himmel ist noch bedrohlich blaugrau, wie nach einem abziehenden Gewitter. Die Berge stehen klar und deutlich vor dieser unwirklichen Kulisse, die ich oft nach langen, heißen Sommern auf der griechischen Insel erlebt hatte. Mein Autoradio ist an, aber es rauscht nur. Ich biege in einen schmalen Seitenpfad ein, der sich durch Schafweiden und Olivenhaine schlängelt. Die Straße ist gerade breit genug, dass zwei Autos aneinander vorbeipassen, und führt durch einen zweigeteilten Friedhof. Links und rechts hinter einer Mauer sind Gräber aus Marmor. Die meisten sind nach griechischer Art mit Bildern der Verstorbenen versehen, viele mit einem brennenden Öllicht darauf oder in einem schützenden Verschlag. In Griechenland nennt man ein Grab ‚táphos‘, jedoch hatte ich auf manchen auch schon das Wort ‚oíkos‘ gelesen. Es war hier eine Bezeichnung für die Familienlinie, aber generell war es eine Bezeichnung für Heimstatt, Haus oder Haushalt. Das fällt mir jetzt ein. Hier wohnen also die Toten, und ich fahre mitten durch ihre Nekropolis hindurch. Ich jedoch bin am Leben. – Plötzlich geht das Radio auf Empfang; mich umfängt eine bekannte Stimme mit einem ebenso vertrauten Lied: „Now" ...
The winds might blow through me but I don't care.
There's no harm in thunder if you are there.
Der Wind mag durch mich hindurchwehen, ich mach mir nichts draus. Wenn du da bist macht mir auch Gewitter nichts aus ...

„Wann beginnt eigentlich das Bewusstsein. Was denkst du?"
Ich kam, als ich das fragte, wie fast jeden Abend mit einer Tasse in jeder Hand zu Alains Zimmertür herein. Der schaute erstaunt von seinem Buch hoch, das er nun schloss und zur Seite legte.

„Wie kommst du auf diese Frage? Was meinst du mit Bewusstsein?"

Ich lachte. „Entschuldige. Ich meine natürlich das Bewusstsein für sich selber. Ab wann man weiß, wer man ist." Ich reichte ihm sein Getränk und setzte mich dann, wie immer, auf ‚meine' Seite vom großen Bett. „Ich habe gerade überlegt, dass ich eine durchgehende persönliche Identität – wenn man es so nennen will – etwa seit meinem vierten Lebensjahr empfunden habe. Allerdings gibt es Einsprengsel von Erinnerung, die weiter zurückliegen müssen. Aber da habe ich mich noch nicht als *Ich* empfunden."

Alain hatte einen ersten, tiefen, genüsslichen Schluck aus der Tasse genommen, bevor er mir antwortete. „Nun, ich denke, ich habe mich in etwa mit drei Jahren als Individuum empfunden. Gemocht habe ich mich allerdings nicht. Weder damals noch später als Jugendlicher hatte ich ein hohes Selbstbewusstsein. Ich denke, es hat zu sehr die väterliche Komponente gefehlt, an der ich mich hätte orientieren können."

„Sieh an, bei mir war das genauso. Obwohl – oder weil – ich eine Tochter war, hat auch mir der Vater gefehlt. Für einen Jungen muss es noch viel schlimmer gewesen sein."

„Mit Sicherheit! Bedenke das oftmals komplizierte Verhältnis zwischen Müttern und Söhnen!"

„Na, zwischen Müttern und Töchtern geht es aber auch manchmal ganz schön haarig zu", entgegnete ich.

„Was willst du damit sagen: dass es am Ende ganz egal ist, ob man Junge oder Mädchen ist? *Mon Dieu*, warum nur hat mir das keiner vor sechzig Jahren gesagt, mein Leben wäre anders verlaufen!"

Wir lachten beide laut über diese späte Erkenntnis.

„Jetzt aber mal ernsthaft", meinte Alain, „ich hatte wirklich große Komplexe; und je mehr meine Mutter, die ja recht bald die

Maßgebende in meinem Leben war, mir sagte, wie außergewöhnlich ich sei, umso weniger glaubte ich es."

„Ich hatte immer das Gefühl dafür, wer ich war, egal was meine Mutter sagte. Das einzige, mit dem ich wirklich zu kämpfen hatte, war mein Körperbild. Damit bin ich erst seit relativ kurzer Zeit wirklich im Frieden. Früher dachte ich immer, ich *bin* mein Körper. Heute weiß ich, dass der Körper etwas ist, was ich *habe*. Mittlerweile ist es mir egal, was andere über mich denken." Ich hielt einen Moment inne, bevor ich hinzufügte: „Ich zum Beispiel finde mich … schön."

„Ich finde dich auch schön."

„Das ist etwas anderes. Ich finde dich ja auch schön!"

„Das finde ich nicht. Ich finde mich nicht schön."

„Aber *ich* finde *mich* schön! Verstehst du nicht? *Du* musst *dich selber* lieben. Alles andere ist unwichtig …"

„Ah, jetzt verstehe ich. Wenn ich dich also nicht schön fände …"

„… dann wäre es keine Katastrophe mehr für mich. Das wäre dein Problem, nicht meins."

„Häh! Wie raffiniert …"

„Und außerdem", fügte ich hinzu, „hätte ich ja immer noch meine schöne Seele."

Alain, dessen Blick nun nachdenklich verträumt auf mir ruhte, sagte ganz ruhig: „Wenn ich dich bis hierhin richtig verstanden habe, dann *hast* du keine schöne Seele, sondern du *bist* eine!"

„Bravo!" lobte ich ihn.

„Weißt du, das ist so wahr, dass es mich beinahe wie ein Schlag trifft, dass man sich dessen so selten bewusst wird. Man stellt ja auch als Künstler eigentlich immer die Seele dar. Man sucht in den äußeren Zügen das Abbild des Inneren. Es ist eben *nicht* wahr, dass Aussehen keine Rolle spielt und nur die inneren Werte zählen. Das Innere scheint immer durch und manifestiert sich auf Gesichtern und in der gesamten Gestalt."

„Ja, und auch mit Worten bringt man das Innere nach außen. Wir tun es ständig, häufig unbewusst. Beispielsweise ist es so, dass das, was man über einen anderen sagt, immer viel mehr über *den* preisgibt, *der es sagt.*"

„Das habe ich noch nie so gesehen – aber … es stimmt."

„Ja, es ist ein gefährliches Pflaster, zum Beispiel über andere herzuziehen. Es ist verräterisch!"

„Du hast das Zeug zum Prediger!" lachte Alain. *„Tue niemandem, was du nicht willst, dass man es dir antut …"*

„Das ist sehr weise, denke ich. Man sollte mehr vergeben, vor allem sich selber." Ich setzte meine kleine Milchtasse auf dem Nachttisch ab.

„Man sollte lieben, vor allem sich selber!" hörte ich Alain sagen.

Wir lehnten uns zurück in die Kissen und, wie so oft bei diesen Gesprächen, begannen wir ein langes Schweigen miteinander, das irgendwann im Schlaf endete.

Ich erwachte aus einem tiefen, langen Traum.

Es gab immer wieder Phasen in meinem Leben, in denen ich sehr intensiv träumte. Meist war das gegen Ende eines langen, lichtreichen Sommers, wenn die Nächte – so wie jetzt auch – wieder kühler wurden. Ich hatte es mir dann immer so erklärt, dass das Licht sich den Sommer über in Körper und Seele akkumuliert hatte und nun, mit wieder tieferem und ungestörterem Schlaf, intensivere Träume erzeugte.

Allerdings fiel mir erst jetzt auf, dass Alain beinahe nie schnarchte. Wirklich: Die Abwesenheit dieses sonst so verbreiteten Phänomens wurde mir erst heute wirklich bewusst.

In den Jahren, in denen ich mit jemandem zusammengelebt hatte, war ich sehr schnell zu der Überzeugung gelangt, dass getrennte Schlafzimmer einer der Grundpfeiler einer glücklichen Partnerschaft sind. Nun hatten wir, Alain und ich, schon so oft quasi das Bett geteilt, ohne ein Liebespaar zu sein … Ich schüttelte, über mich selber lächelnd, den Kopf.

Alain erwachte fast zeitgleich mit mir. Er war immer beinahe übergangslos wach und setzte sich schnell auf.

„Was hast du?" wollte er wissen.

„Ach – ich lächele über einen Traum … Seit einiger Zeit habe ich wieder sehr farbige, facettenreiche Träume. Manchmal sind sie bizarr, meistens aber sehr realistisch."

„Ich träume auch sehr viel; häufig von Dingen, die früher geschahen, und sie sind oftmals sehr verzerrt. Jedenfalls nicht sehr realistisch."

Jetzt setzte ich mich ebenfalls auf. „Schreibst du deine Träume auf?"

„Daran habe ich nie gedacht."

„Ich tue es. Ich finde es hilfreich. Manchmal sieht man, nach einer Zeit, einen roten Faden. Träume wollen einem etwas sagen."

„Mir haben sie manchmal weitergeholfen, wenn ich mit irgendeiner Arbeit nicht weiterkam. Ich habe sozusagen ‚drüber geschlafen'."

„Das meine ich! Manchmal kommen Lösungen aber auch ohne sichtbares Problem. Im Moment habe ich Träume, die mich mit dem Gefühl zurücklassen, sie wollen mir irgendeine Information geben, mir etwas zeigen. Leider kann ich mich dann oft nicht daran erinnern. Aber das kann man wirklich trainieren, wie sein Gedächtnis."

„Ich sollte es probieren!"

„Ja – übrigens, beim Lesen meiner Tagebücher wurde mir im Nachhinein erst klar, dass ich vor vielen Jahren auch unseren geheimnisvollen Kater geträumt hatte. Das war, als auch die Bilder von der Frau auf der Brücke hochkamen."

Ich stand auf, während Alain sein Buch zur Hand nahm und noch, wie gewohnt, ein wenig lesen wollte. Es war ein relativ schmales Bändchen. Ich schielte auf den Titel, ‚Halbtagsgedanken'.

„Halbtagsgedanken?" fragte ich, die beiden leeren Nachtmilchtassen in der Hand.

„Ja, mal gut am Vormittag, mal gut für den Nachmittag." Er lachte. „Nein, man kann es immer lesen. Es sind einfach Gedichte."

„Oh!"

„Ja, sie inspirieren mich. Manchmal finde ich Gedichte hilfreich. Sie sind, wenn sie gut sind, wie Skulpturen."

„Siehst du, so habe ich Gedichte noch nie gesehen! – Ich gehe dann mal runter …"

Halbtagsgedanken … Wie poetisch konnte dieser Mann sein … und was bewegte ihn?

Kreativität. Mein Gatte pflegt und bewundert die Künste und schart Künstler und Musiker um sich. Ich bewundere diese Menschen, sie scheinen getrieben von anderen Dingen als wir oder die einfachen Leute, die ganz andere Sorgen haben. Oft ist es nur Lebensunterhalt, aber zuweilen trifft man einen wahren Künstler. Diese Menschen haben keine Wahl. Es scheint, sie müssen das sein, zu dem sie bestimmt sind. Es gibt gar keinen anderen denkbaren Weg für sie. Es geht für die wahren Sucher auch nicht als erstes um Geld, Ruhm oder Ehre – das sind für sie höchstens angenehme Erscheinungen am Rande. Das eigentliche Ziel aber ist die Erfüllung ihrer selbst. Dabei bauen sie auf ihre innere Stimme, nicht darauf, was für sie als Weg vorgezeichnet wurde, was von ihnen erwartet wird oder was die Furcht und die Vorsicht vermeintlich gebieten. Wenn die innere Stimme antwortet, der Plan einen Widerhall findet, dann wissen sie, sie haben Kontakt mit dem Höchsten.

Kreativität. Für mich ist das wie Atmen. Vieles habe ich mir selber angeeignet. Nur das Schreiben habe ich richtig gelernt. Wenn man das Talent hat, etwas zu schaffen – und den Drang, es auch zu tun –, dann bahnt sich der Weg unweigerlich. Dann ist es auch egal, ob man der Mode entspricht. Wer wirklich malen, bildhauern oder schreiben will, ja muss, der tut es in erster Linie für sich. Es ist wie eine Schwangerschaft. Es reift in einem heran. Egal wie lange dieser Prozess braucht – Tage oder gar Jahre –, man ist wie eine Schwangere in Gedanken immer irgendwie bei dem, was sich da entwickelt. Manchmal ist es vermeintlicher Stillstand, manchmal wie ein Rausch; immer aber ist es ein ganz natürlicher Vorgang, der Zeit braucht und Raum. Wenn man dem stattgibt, wird es eine mitunter schwere, im Ergebnis aber glückliche Geburt. Am Ende ist es aber immer Gott, oder die Quelle, oder Alles das ist ... oder wie immer man es nennen will, das sich im Schreiben – wie im Malen und in allem anderen – ausdrückt. Ich glaube, viele Künstler fragen sich beim Anblick ihrer Werke, ob wirklich sie es waren, die das geschaffen haben. Und tatsächlich: In Wahrheit ist der Künstler immer ein Instrument Gottes.

Bertrand war wieder einmal zu Besuch. Es war ihm erlaubt, Alain in seinem Atelier zu besuchen, in dem dieser sich in letzter Zeit wieder öfter aufhielt. Dieses Mal war ich es, die wohl keinen Zutritt hatte. Jedenfalls hatte Alain mich nicht dazu eingeladen, und ich akzeptierte das. Ich hoffte, er habe wieder irgendeine künstlerische Arbeit aufgenommen.

Etwa eine Stunde später kam Bertrand alleine zurück zum Haus und machte, als ich ihn zu einem Kaffee in der Küche einlud, geheimnisvolle Andeutungen.

„Wo haben Sie Alain gelassen?" fragte ich ihn.

„Er kann noch nicht kommen. Er hat noch zu tun."

„So? Er ist in den letzten Tagen immer wieder im Atelier und gibt nichts davon preis."

Bertrand nahm einen Schluck und setzte seine Tasse ab. „Ich bin nicht befugt, darüber zu reden. Aber glauben Sie mir, ich freue mich. Er ... nun, er arbeitet wieder. Das ist eine gute Sache."

„Na, dann will ich nicht weiter fragen und mich ebenfalls nur freuen."

Bertrand schaute in seinen Kaffee, als er auf ein anderes Thema kam. „Ariane, ich möchte mit Ihnen noch einmal über das Spirituelle reden. Wir hatten uns ja neulich am Meer darüber unterhalten." Nun schaute er mich direkt an. Offenbar hatte ihn das Thema seitdem beschäftigt.

„Sie sind also wirklich offen dafür?" war meine erste Reaktion.

„Ich meine, Sie als Arzt, Sie haben ja möglicherweise auch so ihre Erlebnisse oder Ihre Auffassungen davon. Mich würde wirklich interessieren, was Sie über das *Danach* beziehungsweise das *Dahinter* denken ..."

„Mit dem *Danach* meinen Sie das Jenseits? Nun, ich denke nicht, dass wir eines Tages tot umfallen, und das war dann alles. Aber wenn Sie mich fragen, wie ich es mir vorstelle ..." Er zuckte mit den Schultern.

„Was wollen Sie also wissen?" Nun hatte auch ich mich mit meinem Kaffee zu ihm an den großen Küchentisch gesetzt.

„Wie soll ich beginnen? ... Was Sie neulich sagten, das war so weit weg von dem, was ich gewöhnlich immer über das Thema höre.

Es war wie eine Art materialistische Sicht auf ein immaterialistisches Thema."

„Das ist für mich der einzige Weg, die Sache zu betrachten. Sehen Sie, Bertrand, augenscheinlich vertrauen sich in diesem kleinen Biotop hier die Menschen wirklich bedingungslos, ohne sehr viel voneinander zu wissen. Sie wissen zum Beispiel nicht, dass ich in einem atheistischen Haushalt mit einem beinahe marxistischen Weltbild aufwuchs."

„Oh! Nein, das erstaunt mich dann doch. Wie sind Sie dann in die Spiritualität geraten?"

„Geraten bin ich gar nicht!" Ich lachte. „Ich habe die Dinge einfach so gesehen, wie sie sich mir darstellten, frei nach dem Motto: *Es ist, was es ist.* Und um mich war – Spiritualität. Ich hatte Eindrücke und Einsichten, die Isaac Newton nicht hätte erklären können. Ich hatte Ahnungen, Erscheinungen, eine Art geistige Führung. Da dies alles da war, in einer ansonsten durchaus ideologisierten Welt, nahm ich es für mich als Realität."

„Interessant. Und dann bauten Sie es aus?"

„Das musste ich nicht, das geschah von ganz alleine. Ich musste es nur zu beherrschen lernen. Das war, als ich begann, mich mit dem Kartenlegen zu beschäftigen ..."

„... von dem Sie neulich sagten, es sei nur ein Hilfsmittel!"

„Genau! Es gibt so vieles. Man muss nur seine Frequenz darauf einstellen. Es gibt geistige Führer und himmlische Helfer. Es gibt Menschen, die wie aus dem Nichts auftauchen und nach Erfüllung ihrer Aufgabe genauso wieder aus unserem Gesichtsfeld verschwinden. Auch Tiere ... Es gibt Seelenhunde und Glückskatzen. Ich habe es selber erlebt ... – Wollen Sie noch?"

Bertrand hielt mir seine leere Tasse hin, ohne seinen Blick von mir zu wenden, und seine Augen forderten mich auf, weiterzureden.

„Nun, zum Beispiel: Es gab vor vielen Jahren eine Katze, deren Aufgabe es offensichtlich war, mich mit meiner allerbesten Freundin zusammenzubringen. Als das vollbracht war, ging sie von uns. Eine andere Katze tauchte auf, als meine Hündin schwer krank war, und umsorgte diese mit Hingabe. Sie ging sogar jeden Tag mit uns beiden spazieren und hielt dabei immer Körperkontakt. Als die Hündin starb, war die Katze verschwunden. Sehen Sie – im Prinzip verbindet sogar Alain und mich eine Katze …" Als ich das aussprach, wurde mir erst bewusst, dass es sich wirklich wie ein sich wiederholendes Muster darstellte.

„Und an Zufälle glauben Sie nicht?"

Ich schob Bertrand einen Teller mit Gebäck hin. „Ich glaube an Synchronizitäten – ich weiß, das ist ein fürchterlich gespreiztes Wort. Aber das Wort Zufall ist mit falschen Vorstellungen besetzt. Alles, was höchst unwahrscheinlich erscheint und dennoch geschieht, bezeichnen wir als Zufall! Also wäre ein Zufall etwas, was eigentlich nicht sein kann, aber trotzdem ist. Sehen Sie, wie verkehrt das ist? Ich denke in Gleichzeitigkeiten, und die sind oft recht planvoll, wenn man sie vom Ergebnis her betrachtet."

„Nun", er drehte einen Keks in seiner Hand hin und her, „ich denke, dass wir noch eine Zeit erleben werden, in der die von den Materialisten so hoch gehaltene Wissenschaft uns mit Hilfe der Quantenmechanik echte Beweise für einige dieser Phänomene liefern wird. Nicht nur auf der Ebene von Quanten, sondern im ganz alltäglichen Leben." Damit schob er sich den Keks in den Mund.

„Das denke ich auch. Von daher schließen sich Wissenschaft – beispielsweise Quantenphysik oder Biologie – und Spiritualität nicht aus. Vielmehr erklären sie sich gegenseitig, und so schließt sich letztendlich der Kreis auf die eleganteste Weise. Im Übrigen glaube ich auch nicht, dass unser Gehirn irgendeinen Gedanken, irgendeine Idee produziert. Für mich ist das Gehirn nicht die Quelle, sondern der Empfänger, der Prozessor, für Bewusstsein. So wie ein Computer. So wie ich auch – diese Diskussion hatte ich neulich mit Alain – nicht mein Körper *bin*, ich *habe* ihn nur … so wie ich ein Auto habe."

Bertrand lachte. „Viele sehen das anders. Und die meisten behandeln widersinnigerweise ihren Körper nicht halb so gut wie ihr Auto."

„Das ist wahr. Aber wenn wir begreifen, dass wir hier etwas besitzen, was wir feinabstimmen können – Körper *und* Gehirn – könnte jeder viel mehr Signale aus anderen Schwingungsebenen empfangen und danach handeln. Es wäre wie das Einstellen eines Radioempfängers auf eine andere Frequenz. Gerüche übrigens können ebenfalls spirituelle Botschaften aussenden." Das Letzte hatte ich gesagt, weil Bertrand gerade an einem der von Thérèse gebackenen luftigen Backstücke roch, die er so mochte. Er grinste wie ein ertappter kleiner Junge, während er hineinbiss.

„Es gibt", fuhr ich fort, „jedenfalls in meiner erlebten Realität, diese Zwischen- und Erkenntniswelten. Ich bekomme meinen Zugang zu ihnen mittels Meditation und auch durch den Schamanismus."

Durch das Fenster sah ich nun Alain sich dem Haus nähern, also stand ich auf und brühte frischen Kaffee.

„Da würde ich gerne noch einmal einhaken. Das würde Julie sicher auch sehr interessieren …"

„Gerne!" Damit nahm ich Milch und Zucker aus dem Schrank und stellte einen großen Kaffeepott, Alains Lieblingstasse, dazu.

„Worüber wird gesprochen?" Alain machte einen gespielt mürrischen Eindruck, als er das fragte, während er sich an den Tisch setzte.

„Nun, auf keinen Fall über abwesende Hausherren!" antwortete ich und zwinkerte Bertrand dabei zu.

„Jedoch über sehr mystische Dinge …", ergänzte dieser.

Alain nahm einen großen Schluck aus seiner Tasse und schaute dann fragend von ihm zu mir. „Na?"

„Ist geheim! Streng geheim! So wie einiges hier im Haus!"

„Hm. Meuterei in meinem Reich?"

„Nein. Wir lernen nur vom Meister!" entgegnete ich. „Das heißt, sofern er uns in die Karten gucken lässt."

Meine Hoffnung, irgendetwas zu erfahren, wurde nicht erfüllt. Alain schaute nur vielsagend zu Bertrand und trank seinen Kaffee.

Wenigstens Bertrand fühlte sich bemüßigt, die Unterhaltung fortzuführen. „Jedenfalls freut es mich, dass der Meister offensichtlich wieder schöpferisch geworden ist."

„Ja, ich habe wieder einen Faden gefunden. Er war mir für lange Zeit verloren gegangen." Alain setzte die Tasse ab und schaute jetzt nachdenklich aus dem Fenster in den Garten. „Wisst Ihr, wirklich glücklich kann nur sein, wer ein Ziel im Leben hat. Mein Ziel war immer, etwas zu schaffen. Die Kunst, egal in welcher Form sie sich mir darbot, war und ist mir so wichtig wie Wasser oder Brot. Ich bin froh, dass ich mich in dieser Hinsicht wiedergefunden habe."

Ich sah eine Chance, noch einmal nachzuhaken. „Und darf man wissen, was genau du gefunden hast, das dich so fesselt?"

Alain holte sich aus seinen Gedanken wieder zurück an den Tisch und schaute mich jetzt mit einem feinen Lächeln an. „Das, liebe Ariane, ist noch ein Geheimnis."

„Nun", Bertrand machte sich bereit, seine Rolle in dem Disput zu spielen, „*ich* weiß ja Bescheid!"

„Und du wirst schön still sein, mein Lieber", drohte Alain.

„Jetzt habt ihr mich aber wirklich neugierig gemacht!"

Unfassbar. Da waren plötzlich zwei Männer im Raum, und sofort taten sie sich gegen mich zusammen. Eben noch war Bertrand im ernsthaften Gespräch mit mir gewesen, und nun bildete er eine Allianz mit Alain. Und es kam noch frecher. Bertrand, der nun Oberwasser hatte, setzte eins obendrauf: „Ich dachte, Sie beherrschen die Hellsichtigkeit, Madame Ariane? Dann müssten Sie doch alles herausfinden können!"

„Häh!" kommentierte Alain begeistert.

Das war's! Mit gespielter Empörung entzog ich den beiden ihre leergetrunkenen Kaffeetassen, schloss das Gebäck weg und ließ sie in der Küche sitzen. Im Hinausgehen sagte ich: „Ich werde jetzt Julie anrufen und mit ihr vereinbaren, wann wir uns zum Voodoo-Puppen-Bauen verabreden. Zwei Modelle dafür haben wir ja …"

Als ich die Küche verließ, begleitete mich aus zwei Männerkehlen ein lautes Lachen, das mich im Innern sehr, sehr glücklich machte.

Neue Ufer. Plötzlich ist es, als sei ich mitten in meiner auferlegten Begrenzung zu neuen Ufern unterwegs. Ich brenne innerlich und äußerlich, wenn er mich nur anschaut. Das ist selten genug, denn Blicke zwischen dem Hauptmann meiner Garde und mir würden auffallen. So werfe auch ich ihm nur ganz selten versteckte Blicke zu. Manchmal, wenn ich vorgebe nachzudenken, betrachte ich aus dem Augenwinkel seine kräftige Gestalt, seine Arme. Ich träume mich dorthin, weg von meiner Einsamkeit und in seine Umarmung.

Neue Ufer. Zwischen wieder frei und nicht mehr frei. Diesen Sommer war ich frei. Schon frei vom Noch und noch frei vom Schon. Für einen kurzen Moment hatte ich wirklich alle Anker gelichtet, abgelegt, bin einfach losgesegelt. Jetzt sehe ich ein fremdes Ufer, neu und verlockend. Und ich fühle, dass es mich unwiderstehlich anzieht. Schon schiele ich wieder nach dem Anker ... Denn mein Herzschlag ist wie ein vorausschauendes Logbuch – sein Takt führt mich in eine bestimmte Richtung, und ich frage diesmal nicht, warum.

Es war nicht lange nach diesem Treffen am Küchentisch, dass Julie und Bertrand von Alain zum Essen eingeladen waren. Immerhin hatte ich nun schon mehrere tiefgreifende Gespräche mit seinem Freund und Arzt geführt, Julie allerdings bis auf ein paar Belanglosigkeiten am Kaffeetisch noch nicht wirklich kennengelernt.

Also verbrachten Thérèse und ich den Vormittag in der Küche mit Vorbereitungsarbeiten, während Alain sich im Atelier befand. Gegen Mittag, als Martin wie gewöhnlich nach Hause ging, ließ ich auch die Haushälterin gehen und wünschte ihr noch einen schönen Tag. Sie lächelte und erwiderte den Wunsch, denn sie wusste natürlich, was mein Motiv war.

Ich hatte den Ehrgeiz, das Essen im Wesentlichen selbst zuzubereiten. Für den Braten wollte ich den gerade frisch erworbenen Römertopf einweihen; eine Gerätschaft, die ich Zeit meines Lebens stets mit Begeisterung zum Kochen und Schmoren benutzt hatte. Es sollte Rinderrouladen geben. Das war hier in der Gegend kein so übliches Gericht.

Allerdings sah ich beim Auspacken des von Thérèse besorgten Rindfleisches, dass man in der *boucherie* die Scheiben trotz detaillierter Anweisungen falsch geschnitten hatte. Sie waren viel zu schmal. Es war sehr schwierig, einigermaßen an Rouladen erinnernde Rollen zu formen, die die Füllung auch bei sich behalten konnten.

Nach dem Kampf mit den kulinarischen Elementen, als alles angebraten und im Ofen war, machte ich erst einmal Ordnung in der Küche.

Inzwischen war Alain hereingekommen und hatte sich hinter mich an den Küchentisch gesetzt. Ich spürte seinen Blick, aber ich drehte mich nicht um und wusch weiter ab. Ich wusste, er beobachtete mich jetzt. Und er wusste auch, dass ich es wusste. Es war wie ein Spiel.

Ich hantierte weiter. Irgendwie genoss ich diese Nähe, die keiner Erklärungen bedurfte, keiner Kenntnisnahme, keiner Billigung ... Diese Nähe war einfach da, so wie der Tag war oder das Haus, in dem wir lebten.

Irgendwann wurde ich fertig mit meiner Arbeit. Alains durchdringender Blick war auf mich fixiert, und er ließ sich auch nicht dadurch beirren, dass ich mich nun langsam umdrehte und ihn ebenfalls ansah.

Er hatte noch immer den weißen Kittel an, den er stets im Atelier trug und gewöhnlich auch dort auszog, bevor er zurück ins Haus kam.

Jetzt saß er dort am Tisch, und ich vergaß, dass ich noch vor einer Zehntelsekunde vorhatte ihn zu fragen, ob er einen Kaffee haben wollte.

Über einem roten Hemd trug er den Kittel halb offen und mit hochgekrempelten Ärmeln, die seine Unterarme freigaben. In diesem Moment überkam mich zum ersten Mal ein Gefühl, das sich von allem anderen, was ich bisher für diesen Mann empfunden hatte, unterschied. Ich schaute auf diese festen, muskulösen Arme, auf die sehr männlich wirkende Behaarung und die kraftvollen Hände. Alain sagte gar nichts, sein Blick durchbohrte mich beinahe, und ich konnte nicht anders als dazustehen und ihn anzustarren.

Es war ein Moment wie in der Zeit gefroren, wie für die Ewigkeit festgehalten und unendlich lang. Ich sah mich, sah uns beide dort in der Küche, so wie jemand uns gesehen hätte, der gerade zur Tür hereingekommen oder zum Fenster hineingeschaut hätte. Ich betrachtete die Szene, deren Teil ich ja war, aus allen möglichen Blickwinkeln von außen, und gleichzeitig fühlte ich sie im tiefsten Innern meiner Seele und meines Herzens.

Ich weiß nicht, wie lange wir so verharrten, aber irgendwann war es vorbei. Ich schloss die Augen, atmete tief ein und wieder aus und löste mich mit einem Ruck aus der Starre. Es war nichts geschehen. Alles war geschehen.

Bis zum Nachmittag, bis Bertrand und Julie eintrafen, blieben wir, jeder für sich, ein jeder wortlos.

Es war beinahe Zeit für das Erscheinen unserer Besucher. Ich öffnete den Deckel des Bratgeschirrs und schaute mir das Ergebnis mit pessimistisch gefärbter Spannung an. Wie gesagt, das Fleisch war falsch geschnitten, die Rouladen als solche eigentlich misslungen. Aber als nur zehn Minuten später alles wieder im Römertopf lag, dazu die nun fein abgelöschte Soße mit den notweise von Hand angeschwitzten Zutaten, die schon vor dem Kochvorgang herausgefallen waren – da sah es aus, als hätte es so sein müssen.

Natürlich scharwenzelte Monsieur, der sich leise in die Küche geschlichen hatte, nun um den Topf herum. Es hätte nicht viel gefehlt, dass sein Finger wieder wie zufällig darin gelandet wäre. Aber so anziehend der Duft auch war, die von der Terrakottakeramik ausgehende Hitze hielt ihn Gott sei Dank davon ab. So musste ich mich nicht umdrehen und ihm auf die Finger klopfen. Über den Vorgang vom frühen Nachmittag indes wurde zwischen uns kein Wort verloren.

Als sie eintrafen, überreichte mir Bertrand einen riesigen Strauß Blumen und Julie eine Flasche besten *Vinaigre de Cassis*. Den kannte ich bereits von früher und liebte ihn: von allerbester Qualität; dick, cremig und beinahe dazu geeignet, dass man ihn als Soße zu Vanilleeis hätte reichen können. Er verdiente eigentlich überhaupt nicht die in der Erinnerung an die einfache Haushaltsvariante unangenehm sauer aufstoßende Bezeichnung ‚Essig‘.

Wir aßen meine Rouladen und tranken dazu einen sehr guten Rotwein, den Alain ausgewählt hatte. Niemandem fiel das Koch-Malheur vom Nachmittag in der Küche auf. Sie dachten, es musste so sein.

Als wir vom Tisch aufstanden und zur Sitzecke in den Wohnraum wechselten, legte Alain, der als Letzter von uns vieren hinter mir ging, plötzlich ganz sachte seine Hand zwischen meine Schulterblätter, wie um mich zu führen. Er hatte das noch nie getan, und so schnell die Hand kam, war sie auch wieder verschwunden. So war ich mir am Ende gar nicht mehr sicher, ob es wirklich geschehen war.

„Ich könnte platzen, so viel habe ich gegessen." Julie ließ sich mehr auf die Couch fallen, als dass sie sich setzte. „Das war wirklich köstlich!"

Ich wusste, dass sie das ehrlichen Herzens sagte und nicht nur aus Höflichkeit; dennoch konnte ich den Impuls nicht unterdrücken, eine abwehrende Handbewegung zu machen und zu sagen: „Und dabei war es gar nicht gut gelungen ..."

„Mein Gott", mischte Bertrand sich ein, „Frauen tun es immer wieder: Du machst ihnen ein Kompliment, und sie relativieren es."

„Häh!" meinte Alain, der gerade jedem einen Cognac eingoss, während ich die Kaffeetassen füllte. „Das ist wahr. Man erwähnt, wie gut ihnen ein Kleid steht, und sie sagen, es sei ja nichts Besonderes und sie hätten es im Schlussverkauf für einen Zwanziger mitgenommen!"

Ich setzte die Kaffeekanne ab und schaute Alain an. „Wo hast du denn diese Art Erfahrungen her?"

„Na, ich habe mein Leben ja auch in Teilen mit Frauen zugebracht. Im Moment lebe ich sogar mit zweien von ihnen. Thérèse ist auch nicht gegen dieses Abwiegeln gefeit!"

Ich protestierte. „Von mir wirst du so eine Bemerkung aber nicht gehört haben. Von mir hörst du höchstens, ich sei zu fett."

„Und von mir", hakte jetzt Julie wieder ein, „wirst du hören, ich finde mich zu klein, zu dünn, zu flach."

„Siehst du? Seht ihr?" Bertrand, der auf der Kante des Sofas saß, richtete sich auf und wirkte nun beinahe wie ein Papagei auf seiner Sitzstange. „Das ist das verzerrte Körperbild von beinahe fünfzig Prozent der Bevölkerung. Soll ich euch mal sagen, was eine Frau in Wirklichkeit unattraktiv macht?" Julie und ich schauten ihn gespannt an. „Es ist ihre negative Ausstrahlung, wenn sie ihren Körper nicht annehmen kann."

„Ich als Künstler kann nur sagen, ich lebe von der Vielfalt der menschlichen Erscheinung!" sagte Alain sehr besonnen, und dabei erhob er das Glas.

„Darauf trinken wir!" meinte nun auch Bertrand.

Was konnten wir zwei Frauen da noch dagegenhalten? Eigentlich hatten uns unsere männlichen Begleiter ja ein schönes – wenn auch verstecktes – Kompliment gemacht, gepaart mit einem durchaus einsehenswerten Argument. So prosteten wir den jeweils anderen zu, und uns zwinkerten wir zu, während wir beide unhörbar mit dem Mund das Wort ‚MÄNNER!' formten.

Überhaupt hatte ich im Verlauf des Abends genug Gelegenheit, Julie näher kennenzulernen, und wie so oft bei solchen Begegnungen stellten wir viele Gemeinsamkeiten in unseren Ansichten fest. Sie war eine Künstlerin und verstand sich daher auch sehr gut mit Alain. Ich wagte es nicht, meine Gemälde als Kunst zu bezeichnen, aber sie wischte das einfach weg mit der Bemerkung: „Wir alle sind nicht mit Pinsel und Meißel in der Hand geboren worden. Und Universitäten alleine haben noch keine großen Maler oder Bildhauer hervorgebracht." Sie teilte meine Meinung, dass allzu oft nur der Zufall oder die Mode ein Objekt preislich in die Höhe trieben, und alle vier waren wir der Ansicht, ein blaues Quadrat auf weißem Grund sei eben das – ein blaues Quadrat auf weißem Grund. Und das, egal ob es von einem berühmten Mann – seltener einer berühmten Frau – oder von einem Dreijährigen stammte.

„Einzig dem Elefanten würde ich einen speziellen Marktwert zugestehen", dozierte ein schon etwas angeheitert wirkender Bertrand.

„Welchem Elefanten?" wollte ich wissen, und Julie fügte halb im Ernst, halb lachend hinzu: „Bertrand, du wolltest dich beim Trinken zurückhalten!"

Der beachtete den Einwurf seiner Frau nicht, sondern antwortete mir: „Na, eben jedem Elefanten, der ein blaues Quadrat malt. Oder auch einem Affen – egal! Man hört ja immer wieder davon."

„Du willst uns bildende Künstler jetzt nicht wirklich in eine Reihe mit Affen und Elefanten stellen", lachte Alain.

„Nein." Jetzt wurde Bertrand wieder ernst. „Aber ich denke, es wäre jetzt Zeit, nicht wahr?" Dabei zwinkerte er Alain zu.

„Zeit wofür?" Ich schaute zu Julie, die ihrerseits mit den Schultern zuckte. Aber die beiden Männer waren bereits nach draußen gegangen. Kurz darauf kamen sie herein und transportierten dabei eine Art Tablett, auf der sich ein verhüllter Gegenstand befand. Sie stellten das Ganze auf einen kleinen, an der Wand stehenden Tisch.

Gespannt rückten Julie und ich auf unseren Sitzen nach vorn.

Nun stellte sich Bertrand neben Alain und verkündete die Neuigkeit. „Ihr müsst wissen, dass den Meister die Muse geküsst hat. Er hat die Arbeit wieder aufgenommen. Nun, es ist zwar nichts in Stein Gehauenes, aber er hat sich eines neuen Materials angenommen und eine Plastik geschaffen. Wohlgemerkt, es ist das erste Werk seit einigen Jahren. Und das will er euch heute vorstellen."

Auf dieses Stichwort hin kam Alain zu mir, nahm meine Hand und zog mich von meinem Sitz hoch.

„Ariane, ich möchte, dass du es enthüllst."

Ich schaute kurz zu Julie, die mimisch andeutete, dass auch sie keinen blassen Schimmer hatte.

Dann ging ich zu dem Tischchen. Bertrand hatte noch einmal die Gläser gefüllt und reichte mir meines. Ich stellte es neben dem verhüllten Objekt ab und hob vorsichtig das Tuch an.

Zum Vorschein kam eine wundervolle Statue. Es war, etwa in Lebensgröße, die Katze – unsere Pariser Katze. Es war nicht Rosalie, es war ihr vermeintlicher Vater. Es war der Kater von der Skizze aus Alains Atelier, mein Kater vom Pont Neuf; das Tier, das ich im Traum gesehen hatte.

Ich war gerührt. Ich wusste nicht, was mich mehr bewegte: diese wunderschöne Skulptur mit dem schon so vertrauten, typischen Menschenblick oder die Tatsache, dass Alain, angeregt durch unsere verrückte gemeinsame Geschichte, wieder kreativ geworden war.

Julie war nun auch aufgestanden und betrachtete begeistert das Tier; allerdings kannte sie ja nicht den Hintergrund der ganzen Sache.

„Sie ist es", sagte ich, „er ist es."

„Wer ist was?" Julie wusste offenbar wirklich nicht, wovon wir redeten. Ich fragte mich, ob Bertrand eingeweiht war.

Der war hinter seine Frau getreten und hatte sie liebevoll umfasst. „Das ist wohl ein Geheimnis zwischen Ariane und Alain. Ich weiß auch nur wenig über die Bedeutung dieses Tieres."

Alain ging gar nicht darauf ein, sondern schaute nur auf meine Reaktion. Dann sagte er leise: „Der Name dieser Skulptur liegt bei dir, Ariane."

Ich überlegte eine Weile. Dann sagte ich: „Ihr werdet es nicht verstehen, aber …"

Jetzt sahen mich alle drei erwartungsvoll an.

„Heute war ein schöner, ein besonderer Tag. Dreimal hat heute mein Herz einen extra Schlag getan. Dreimal wurde mir bewusst, dass ich nicht nur lebe, sondern dass das Leben voller Zauber und Geheimnisse ist. Deshalb nenne ich diese Darstellung einer ganz besonderen Katze … ‚Le coup de cœur' – *Der Schlag des Herzens*."

So wie es eigentlich bei guten Freunden auch sein sollte, hielten sich unsere beiden Gäste mit ihrer sicherlich riesigen Neugier zurück und fragten nicht nach. Es war genug, dass Alain offenbar die Wahl dieses für Außenstehende doch etwas verwirrenden Titels verstand.

Wir tranken unseren letzten Cognac, und Julie, die nur daran nippte, meinte, wir könnten ja jetzt auch *Du* sagen, wenn es mir nichts ausmache. Das wurde mit gegenseitigen Küssen auf die Wange besiegelt, und so hatte ich eine neue Freundin. Alain stand mit befriedigtem Lächeln dabei. Man hätte seinen Gesichtsausdruck auch ‚selig' nennen können.

Wenig später brachte er die beiden zur Tür, und ich räumte die Tassen und Gläser in die Küche. Dann ging ich, mit einem Glas Wasser, zurück in den Wohnraum und saß noch lange vor der Katzenplastik. Ich konnte mich an den Details nicht sattsehen. Es war beinahe wie eine Auferstehung, eine Offenbarung.

Alain war wohl, auf seine leise Art, kurz hereingekommen, aber dann ging er ebenso leise hinauf. Mir jagten tausend Gedanken durch den Kopf – nur reden wollte ich heute nicht mehr.

Und bis zum nächsten Morgen, bis Thérèse kam, tat ich es auch nicht.

Tiere. Wieder komme ich hierher, zu diesem Fluss in der Mitte der Stadt. Mein Atem geht freier; ich kann träumen und bin, wenn auch nur für Momente, glücklich. Allerdings habe ich dieses Mal einen Begleiter. Es ist ein Kater, der sich auf der Brücke zu mir gesellt. Er ist einfach da, er folgt mir, streicht mir um die Röcke. Dann schaut er mich aus seinen eindringlichen Augen intensiv an. Ein seltsamer Gefährte ... Er sieht ein wenig aus wie ein Mensch und ich bilde mir ein, er sei ein Bote; der Bote des geliebten Mannes. Denn wenn ich das Tier ansehe, schlägt mein Herz höher. Und auf dem Weg nach Hause träume ich wieder. In Gedanken befinde ich mich in einer berauschenden, fiebernden Wunschwelt. Tausend Reize strömen auf mich ein und mein Körper wird schwer und müde – es ist wie in einem Wahn, wie ich mein Leben in Gedanken und Tagträumen dahintue.

Tiere, immer wieder. Ein Traum. Einer, in dem ich mitspiele und auf dessen Szene ich gleichzeitig wie von außen schaue. Alain und ich liegen auf dem Sommerbett im Garten. Am Fußende, ebenfalls auf dem Bett, ruht Alains Hund. Es ist ein wunderschönes Tier – halb Wolf, halb Husky. Sein graues Fell liegt lang und dicht an seinem Körper. Sein Atem geht ruhig und gleichmäßig, er ist ganz entspannt. Plötzlich dringt ein Geräusch an seine Ohren, und sofort ist er hellwach. Er wittert eine drohende Gefahr, hebt seinen Kopf; seine Ohren – spitz in die Luft gestreckt – zittern. Dann schaut er zu seinem Herrn, der neben ihm schläft. Auch die fremde Frau scheint fest zu schlafen. Aus dem Gebüsch neben dem breiten Gartenbett kommt die rotgetigerte Hauskatze Rosalie, die sich an dem seltsamen Ménage-à-troi auf der Matratze und vor allem dem scharfohrigen Bewacher der Szene in keiner Weise zu stören scheint. Im Gegenteil: Sie legt sich jetzt am anderen Ende des Bettes ins Gras, leckt sich ausgiebig, rollt sich dann ein und entspannt sich. Beruhigt bettet der Zottelige wieder den Kopf auf die Pfoten, seine Augen aber bleiben trotz allem offen und wach. Er ist wieder ganz Herr über die Situation, der Wächter des Gartens und des Hauses – und der Beschützer seines Herrn.

Wie in Südfrankreich üblich, reichte das gute Wetter trotz herbstlicher Anklänge bis weit über den Oktober in den November hinein. Es war die Zeit der Olivenernte; ganz anders, als ich es aus Griechenland kannte. Dort wurden die Oliven in der Regel erst im Dezember – seltener im Januar – geerntet, wenn sie schon dunkel waren. Die meisten Olivenbauern wollten damit bis zum Weihnachtsfest fertig werden; weniger wegen des Festes selber, das ja in einem orthodoxen Land nicht die Bedeutung hatte wie in Mitteleuropa, sondern eher wegen des nach Weihnachten regelmäßig schlechter werdenden Wetters. Hier jedoch wurden die fleischigen Oliven schon geerntet, wenn sie gerade anfingen blau zu werden. Die meisten wurden zu köstlichem, säurearmem, natürlichem Öl verarbeitet.

Mittlerweile waren Rosalies Katzenkinder groß geworden. Zwischen ihnen war immer noch eine beinahe untypische Vertrautheit und Liebe. Während andere Katzenmütter ihre Kinder oft wegbissen, um sie so in die Selbständigkeit zu schicken, waren unsere halbwüchsigen Jungkatzen trotz ihrer nun schon oft allein unternommenen Streifzüge immer gerne mit der Mutter zusammen, die sie auch weiterhin intensiv ableckte und ihnen gelegentlich, ohne Not, auch noch ihre Zitzen erlaubte. Das leise Miauen, das Köpfeln und vor allem der Milchtritt wirkten noch immer. Oft ruhten sie eng aneinander geschmiegt, manchmal beinahe übereinander liegend, unter einem Busch im Garten.

Eines Morgens allerdings wurde ich durch eine laut schimpfende Thérèse hinunter in die Küche gelockt. Sie hatte eine ganze Palette nicht sehr netter Worte für die arme Rosalie, die sich offenbar allein hereingeschlichen und an etwas Essbarem auf dem Küchentisch vergangen hatte. Die Katzenkinder waren nicht in der Nähe. Ich nahm die Mutter in Schutz.

Thérèse schüttelte nur den Kopf. „Bei Ihnen, Madame, kann wohl kein Tier etwas falsch machen!"

„Eigentlich nicht. Was das Tier macht, tut es aus natürlichem Instinkt. Und wenn Sie etwas Leckeres auf dem Tisch haben und Rosalie hat Gelegenheit, wer wollte es ihr verdenken?"

„Sie ist genau wie Monsieur Alain! Sie nascht. Jetzt klaut sie sogar. Und Sie verteidigen sie!" Kopfschüttelnd ging sie in den Garten, um Kräuter zu schneiden. Aber ich wusste, dass ihre Aufregung teilweise nur gespielt war. Längst kannte Thérèse meine lockere Herangehensweise an solche Dinge.

Das brachte später am Tag jedoch Alain auf den Plan. Wir hatten einen sonnigen und noch recht warmen Mittag mit einem leichten Lunch im Gartenraum und saßen noch eine Weile am Tisch, während Thérèse das Geschirr abräumte. Ich wollte ihr helfen, aber Alain hielt mich davon ab.

„Thérèse hat mir erzählt, dass wir eine kleine Diebin in unserer Mitte haben ... und du hast sie verteidigt."

Ich lachte. „Nun, ich will hoffen, dass sie nicht zur Wiederholungstäterin wird – aber in diesem Fall hat Rosalie, wie übrigens jedes Tier, in mir einen Anwalt."

Alain lehnte sich in seinem Stuhl zurück und bedeutete mir, mich wieder zu setzen. „Du hast eine besondere Beziehung zu Tieren, das ist mir aufgefallen."

„Weißt du, Alain, ich kann gar nicht anders. Ich könnte mir nichts anderes vorstellen. Oft sind mir Tiere in meinem Leben sogar näher gewesen als Menschen."

„Das verstehe ich gut. Auch ich habe früher mehr Tiere um mich gehabt. Vor allem hatte ich, seit ich jung war, Hunde."

„Das ist schön", sagte ich. „Auch ich hatte eine Hündin. Es war eine Seelenverwandte. Sie war immer an meiner Seite ..."

„Dann weißt du um den Schmerz, den der Verlust eines Tieres mit sich bringen kann – egal, was andere Menschen sagen. Von all den Hunden, die ich danach noch hatte, kam keiner an meinen allerersten heran, Tajál. Ich habe niemals wieder solch einen Kameraden gefunden."

„Dann wirst du mich verstehen. So war es mit meiner letzten Hündin, Dakota. Über ihren Tod, auch wenn sie sehr lange und glücklich lebte, bin ich eine ganze Zeit lang nicht hinweggekommen. Aber wie eine Freundin von mir einmal sagte: In dem Moment, wo wir uns für ein Tier entscheiden, schließen wir mit ihm einen Vertrag auf Lebenszeit. Das schließt die verantwortungsvolle Begleitung bis zum Ende mit ein."

Alain wirkte nachdenklich, als er sagte: „So ist es ja im Übrigen auch mit jeder menschlichen Beziehung, nur machen wir uns das nicht immer bewusst."

„Ja, und vor allem machen wir uns nicht bewusst, dass wir Menschen gar nicht wieder gutmachen können, was wir im Laufe von Jahrtausenden den Tieren angetan haben. Und dabei ist es egal, ob wir von Haustieren, sogenannten Nutztieren oder Wildtieren reden."

„Nein, das können wir sicher nicht. Wenn ich Doudou mit seinem Eierkorb sehe, denke ich manchmal: Was berechtigt uns eigentlich, Tieren ihre ungeborenen Jungen in Form der Eier wegzunehmen? Und das in industriellem Ausmaß. Oder auch, dass wir die einzigen Lebewesen sind, die anderen Tieren ihre Muttermilch wegtrinken."

Irgendwie mochte ich die Richtung nicht, die diese Diskussion nahm. Mein Leben lang war ich im Tierschutz engagiert gewesen, aber in den letzten Jahren vermied ich es, mir Geschichten über Tierleid anzuhören oder sie mir aus den Medien zuzumuten. Zu viel hatte ich gesehen und gehört, zu wenig erreicht und zu unzufrieden war ich mit mir selber und meiner eigenen teilweisen Inkonsequenz, wenn es um Ernährung ging. Auf der anderen Seite hatte ich mein Möglichstes versucht, meinen Fleischkonsum herunterzufahren und auch sonst möglichst nicht auf Kosten von Tieren zu leben.

In Griechenland hatte ich in Hinblick auf die Art, wie Tiere behandelt wurden, oft gedacht, mir würde es das Herz zerreißen. Und jeweils zum Beginn der Herbstsaison gab es Freizeitjäger, die im Morgengrauen auf ihren Motorrädern und mit ihren Gewehren in die Umgebung der Dörfer fuhren und dort völlig unsinnigerweise Vögel schossen. Aber Frankreich – und speziell Südfrankreich – hatte ja gerade in Hinblick auf den Singvogelfang ebenfalls keinen guten Leumund.

Alain riss mich aus meinen Gedanken; offenbar wollte auch er das Gespräch jetzt in eine andere Richtung lenken. „Nun, ich hoffe, Rosalie wird daraus lernen, dass Thérèse sie schreiend aus der Küche gejagt hat."

„Meine Hoffnung in dieser Hinsicht ist größer, als du denkst."

„Wie das?" wollte Alain wissen.

„Nun, ich bin überzeugt, dass das Lernvermögen beim Tier viel größer ist als beim Menschen. Beispiel gefällig? Man weiß von Mäusen, Ratten, Krähen und anderen Vögeln, Delphinen und vielen anderen Säugetieren, dass sie aus Erfahrungen lernen. Manche geben ihr Wissen auch weiter, entweder direkt oder auch durch Vererbung. Hat man aber je gehört, dass der Mensch aus seinen Fehlern lernt? Hat er in den letzten tausend Jahren gelernt, dass Kriege zu nichts führen? Oder hätte er je das Trinken aufgegeben, nachdem ihm nach einer durchzechten Nacht der Kopf gebrummt hat? – Bitte!"

Ich stand mit einem Ruck auf und deutete damit an, dass ich nicht weiter über das Thema reden wollte. Alain verstand den Wink. Als ich gehen wollte, um Thérèse beim Abwasch zu helfen, rief er mir hinterher: „Ich hoffe, wenn ich mal in Schwierigkeiten bin, verteidigst du mich genauso gut, wie du es für kleptomanische Vierbeiner tust!"

Ich drehte mich auf der Türschwelle um. „Da kannst du sicher sein, ich bin kein Misanthrop. Jedoch ..." Jetzt musste ich lächeln, als mir der folgende Gedanke kam. „Weißt du, ich bin schon als Kind in unserem kleinen Dorf im Sommer immer – wie alle anderen auch – in der sogenannten ,Pferdeschwemme' baden gegangen. Das war unsere Art Swimming Pool und gleichzeitig wie eine Taufe für ein Leben, in dem Tiere für mich immer an vorderster Stelle stehen sollten."

Mit dieser Haltung gegenüber allen Lebewesen, egal ob sie zwei oder vier Beine hatten, wusste ich mich mit Alain im Einklang.

Überhaupt blieb zwischen uns seit dem Tag der Katzenskulpturenthüllung keinerlei Befangenheit zurück. Im Gegenteil: Die Katze, die sich nun materialisiert hatte, war wie ein Zeichen für einen neuen Abschnitt in unserer Beziehung zueinander. Immerhin ging ich in meinen ersten südfranzösischen Winter und fühlte mich angefüllt mit unendlich vielen Anregungen und Ideen, die ich umsetzen wollte.

Zum ersten Mal in meinem Leben empfand ich die Verlangsamung der täglichen Vorgänge, das Nachlassen des Wetters und die Abkühlung der Tagestemperaturen als eine Art Chance. Es war die Chance, Eigenes zu tun, ohne das Diktat des Sommers auf sich lasten zu spüren.

Ich begann, meine Erlebnisse seit dem Aufbruch aus Griechenland aufzuschreiben und nahm eine Anregung Alains auf, meine Skizze von der Frau auf der Brücke mit der Katze an ihrer Seite in ein Gemälde zu verwandeln. Dazu nutzte ich gemeinsam mit ihm das Atelier, wann immer ich wollte. Diesen Raum und diese Zeit mit ihm zu teilen war etwas ganz Besonderes für mich. Wir hatten beide das Gefühl, dass wir einfach nur durch das schöpferische Zusammensein in diesem – von mir so empfundenen – Sanktum uns gegenseitig beflügelten.

Alain und ich sprachen hier so gut wie gar nicht. Es war, als sei dies ein Raum, der nicht für Diskussionen geeignet war, sondern in dem man sich sammelte und still arbeitete. Und seltsamerweise sprachen wir auch außerhalb des Ateliers zwar über Gott und die Welt, aber sehr selten über das, woran wir arbeiteten. Es gab eine Ausnahme, und die betraf die Technik. Alain war ein erfahrener Künstler und ein guter Lehrer. Mit wenigen Blicken erfasste er, was ich gerade tat und wohin ich wollte, und er sah, mit welchen Schwierigkeiten ich mich als Autodidaktin herumschlug. Mit wenigen Worten wies er mich, wenn nötig, in die richtige Richtung, gab Ratschläge zur Komposition oder zum korrekten Anmischen der Farben.

Er selbst wurde immer vertrauter mit seinem für ihn neuen, ungewohnten Material. Da er die Kraft zum Arbeiten mit dem Stein schon lange nicht mehr hatte, war er mit einem ganz anderen Medium fündig geworden; etwas, womit er mehr oder weniger schon in den letzten Jahren experimentiert hatte. Er erzählte mir, die ich eine absolute Laiin war, er habe ein Rezept für Ton gefunden, der spannungsfrei trocknete und nicht gebrannt werden musste. Das erleichterte die Arbeit für ihn ungemein und hielt sowohl Kosten als auch Risiken in Grenzen. Außerdem erlaubte dieses Material ein viel detaillierteres Ausarbeiten von Feinheiten. Und nun, endlich, wandte er es auch praktisch an.

Wenn er bislang die Skulptur aus dem Stein gehauen hatte, so formte er sie jetzt. Er arbeitete also gewissermaßen in entgegengesetzte Richtung: Nicht mehr von außen nach innen, sondern vom Kern nach außen – zur Form.

Ich hingegen tat, was ich schon immer getan hatte: Ich malte so gut, wie ich es mir selbst beigebracht hatte, also so gut ich es eben konnte, und ich schrieb, wie ich es gelernt hatte. Schon immer hatte es mir großen Spaß gemacht, auch mit Worten Bilder zu malen. Während sich bei Alain die Technik und das Material geändert hatten, hatte sich bei mir ausschließlich die Sichtweise gewandelt.

Eines Abends, als wir im Wohnraum saßen, sprach Alain mich daraufhin an. Ich versuchte es ihm zu erklären.

„Weißt du, mir hat vor ein paar Jahren, als ich schon fünf oder sechs Jahre in Griechenland lebte, jemand gesagt, ich hätte einen ‚Peripherieschaden‘."

„Was soll denn das sein?"

„Er meinte, ich sähe alles vom Rand aus. Ich sei nicht mehr so mittendrin. Irgendwie hatte er ja Recht ..."

„Und jetzt? Jetzt hast du wieder den Durchblick?"

„Nein, aber ich habe eine neue, eine andere Perspektive. Und jetzt bin ich soweit, dass ich das auch wieder umsetzen kann. Und vergiss nicht: Mit dem Aufschreiben der Ereignisse der letzten Monate, auch mit dem Bild, bleibe ich auf der Spur von Elinora."

„Oh", sagte Alain, „die Dame hätte ich beinahe aus den Augen verloren."

„Ich nicht. Allerdings muss ich es aufgeben, etwas zu wollen. Es wird zu mir kommen, Stück für Stück, wenn ich am wenigsten danach suche."

„Wie eine verlegte Brille ...", bemerkte Alain.

Jetzt musste ich laut lachen. „Woher weißt denn du nur das Geringste über verlegte Brillen? Ich habe dich noch nie mit einer gesehen!"

„Nun, ich bräuchte dringend eine. Jedoch ... ich hatte es versucht."

140

„Was heißt: versucht?" drang ich in ihn.

„Naja, ich hatte eine ... das heißt, ich habe eine. Aber ... unsere Freundschaft – ich meine die zwischen der Brille und mir – hielt nicht lange. Wo sie jetzt ist, weiß ich nicht."

Ich schaute ihn fragend an, und so setzte er eine Erklärung hinzu. „Ich war beinahe ständig nur noch am Suchen. Immer hatte ich sie verlegt. So habe ich es schließlich aufgegeben."

„Ach, und wie lange hat diese stürmische Beziehung gedauert?"

„Hmmm ... drei Tage etwa. Weißt du, es war nichts für mich. Ich bin irgendwie eitel in dieser Hinsicht. Mit der Brille änderte sich mein Bild von mir selber. Ich hatte Angst, damit würde auf lange Sicht auch ich mich ändern. Das wollte ich nicht."

„Also gehst du lieber halb blind durch die Welt?"

„Naja, so schlimm ist es eigentlich nicht. Ich bin kurzsichtig. Ich kann arbeiten, lesen und alles in der Nähe gut erkennen. Je weiter entfernt etwas ist, umso weniger scharf sehe ich es. Das kommt mir sehr zupass."

„Wie meinst du denn das?" Ich war nun doch irritiert. „Ich meine, wie kannst – wie konntest – du dann überhaupt so Auto fahren?"

„Ich habe geflunkert. Für den letzten Sehtest brauchte ich ja die Brille. Danach habe ich sie nicht mehr benutzt ..." Alain sah jetzt doch etwas schuldbewusst vor sich auf den Boden.

„Glaubst du nicht, es wäre vielleicht im Falle unseres Unfalls besser gewesen, du hättest den entgegenkommenden Fahrer besser sehen können?" Ich wurde jetzt wirklich innerlich wütend. „Was, wenn es dich deine Gesundheit oder gar das Leben gekostet hätte wegen solch einer Eitelkeit?"

Er ging gar nicht darauf ein, sondern fuhr dort fort, wo es ihm angenehmer war. „Ich bin froh, dass ich nicht mehr alles genau sehen muss. Vieles, was ich in letzter Zeit gesehen hatte von der Welt, war nicht gut. Ich komme so immer mehr auf mich selbst zurück ..."

„Das ist kein Argument!"

„Vielleicht. Aber es ist auch hilfreich. Ich sehe nur, was mir wirklich nah ist. Damit bin ich gegen jeden ,Peripherieblick' gefeit."

Ich ließ nicht locker. „Alain, warum weichst du aus? Das Fahren ohne Brille war im besten Falle grober Leichtsinn! Im schlimmsten Falle hätte es tödlich sein können! Nicht nur für dich, möglicherweise auch für andere!"

Jetzt schaute er mich wieder direkt an, so als musste er sich selber aus seinen Gedanken zurück in die Realität holen. „Ich weiß … Ich weiß ja! Deshalb werde ich auch nie wieder ein Auto fahren, ich verspreche es." In seiner Stimme und seinem Blick lag so etwas wie die Bitte um Vergebung.

Dann auf einmal schien ihn ein anderer Gedanke zu retten, und weitaus munterer fragte er nun: „Aber was, wenn ich durch eine Brille klar gesehen hätte und daher dem Fahrer hätte ausweichen können?" Und er beantwortete seine rhetorische Frage sogleich selbst. „Wir wären uns nie begegnet; alles wäre so geblieben, wie es zu diesem Zeitpunkt war – hoffnungslos und … einsam."

Ich zuckte mit den Schultern und gab es auf, weiter zu diskutieren. Gegen dieses Argument, so unsinnig es auch war, fühlte nun auch ich mich völlig machtlos.

Es ist nicht einfach, in meiner Position zu sein. In dem hellen Saal zu stehen und ihn irgendwo dort zu wissen; ihn zu sehen und doch akzeptieren zu müssen, dass er mich nur als eine Aufgabe versteht, die er mit seinen Männern möglichst diskret zu absolvieren weiß. Obwohl, diskret ist er, beinahe unsichtbar; und doch sehe ich ihn so oft, dass ich mich frage, ob der tapfere Hauptmann überhaupt ein privates Leben hat. Ich kann ihn mir nicht vorstellen als Ehemann, als Vater, und so bleiben mir nur meine Phantasie und mein leises inneres Sehnen. Es ist nicht leicht, in meiner Position zu sein.

Es ist nicht einfach, in meiner Position zu sein. Solange es Sommer ist, geht es mir relativ gut. Oft gelingt es mir sogar, meinen Zustand zu ignorieren – ja manchmal sogar zu vergessen. Kommt aber die Zeit des Wechsels, beginnt es wieder: Schon bei geschlossenen Fenstern und noch zugezogenen Gardinen, selbst hinter fest verriegelten Fensterläden, zeigt mein gesamter Körper mir das Wetter an. Die beginnende Kälte, der Wind, der Regen … alles ist schon da in mir; eine Ahnung aus wachsendem Schmerz, lange bevor der Wetterwechsel tatsächlich stattfindet. Schleichend und doch unaufhaltsam verliere ich erst mein positives Körpergefühl und dann, in einem Zustand des Ausgeliefertseins, zunehmend meine Fassung …

Der Dezember war gekommen. Ich konnte nicht glauben, wie rasch die letzten sechs Monate vergangen waren. Unglaublich auch, dass der Sommer so schnell vorbei war und nun die kalte Jahreszeit uns umfangen hatte. Eisiger Wind hatte weiße Starre in die Bäume vor dem Fenster gehängt.

Aufgrund meiner Schmerzen lief ich schon lange in meist selbstgefertigten, weiten und bodenlangen Kleidern herum – zumindest zuhause. Besonders an Hals und Armen brauchte ich Freiheit und konnte nicht eingeengt sein.

Ich hatte ein Lieblingsgewand, das ich gerne trug, denn es war aus schwarzem, kühlendem, satinartigem Stoff gemacht. Aber nun war es auch im Haus außerhalb des Umkreises der Kamine etwas klamm, und abends sank die Temperatur rapide ab. So saßen wir im Wohnzimmer auf den Sofas mit reichlich Decken um uns herum, übers Knie oder die Schultern gelegt.

Alain hatte mir eine besonders schöne, dunkelrote Decke überlassen, die so weich war, dass sie an das Fell eines Maulwurfs erinnerte. Deshalb glitt sie oft einfach herunter. Das tat sie auch eines Abends, als ich in dem schwarzen Satinkleid, mit der dazu so edel wirkenden Decke über die Schultern drapiert, in die Küche gehen wollte. Der Überwurf rutschte mir vor die Füße, und ich wäre beinahe darüber gestolpert.

Alain schaute auf. „Es ist nicht einfach, eine Königin zu sein!"

Ich hob das Hindernis auf und warf es auf das Sofa. „Wie kommst du auf Königin?"

„Es erschien mir so. Du hast manchmal so etwas … Erhabenes."

„Oh, danke!" entgegnete ich stolz. „Aber wahrer Adel wird nicht durch Äußerlichkeiten bestimmt! Es ist immer das, was man in sich trägt, das zählt!"

„Das stimmt wohl!" Alain legte sein Buch beiseite und schaute mich an. „Das hat meine Mutter ja auch nicht begriffen. Sie dachte immer, Kleider machen Leute … oder wahlweise Namen und Titel."

„Mit dieser Meinung war sie wahrlich nicht allein."

„Sicher. Nur half da auch die Erfahrung in der Realität nichts. Was aus ihrem Sohn wurde, kam eben nicht durch Herkunft oder meinen Namen, sondern durch Menschen, die mich beeinflusst haben."

„Das sehe ich ganz genauso." Jetzt setzte ich mich wieder hin, denn ich spürte einen weiteren dieser Momente kommen, in denen wir uns im Gespräch einander öffneten. „Wer hat dich am meisten beeinflusst in deinem Leben?"

„Nun", überlegte Alain, „mit Sicherheit waren es nicht meine Lehrer. Obwohl sie es hätten sein sollen … Ich habe nicht viel aus meiner Schulzeit mitgenommen. Es waren natürlich auch andere Zeiten."

„Meine Schulzeit hat mir einiges Wertvolles mit auf den Weg gegeben. Aber du hast recht: Es ist leider oft nicht sehr viel, was man in der Schule wirklich für das Leben lernt. Und die Wissenschaft überholt sich ja selber alle zehn Jahre. Früher war die Erde eine Scheibe, zu meinen Zeiten war das Neutron noch unteilbar … eigentlich müsste man Wissenschaft in *Glauben*schaft umbenennen. Was wissen wir denn endgültig? Wie viele ehemals felsenfest bewiesen scheinende Dinge mussten wir revidieren?"

„Häh! Heute kann man froh sein, wenn zwei und zwei noch vier ergibt!" Alain lachte.

„Oft sind es Menschen, die man durch Zufall trifft, denen man viel mehr Wissen verdankt", warf ich ein.

„Beziehungsweise Weisheit." Nun wirkte Alain wieder nachdenklich. „In künstlerischer Hinsicht war es Didier, der mir eine ganze neue Welt eröffnet hat. Wir waren wie eine Symbiose. Man denkt, so etwas könnte einem nur einmal im Leben passieren …" Er schaute mir einen Moment lang in die Augen. Allerdings besann er sich schnell, nahm die neben mir liegende rote Decke auf und legte sie mir um die Schulter. „Erkälte dich nicht!"

„Danke!" Ich kuschelte mich ein. „Ich glaube, es hängt – wie mit allem im Leben – immer von dem betreffenden Menschen ab. Ob es in einer Behörde ist, in der Politik, oder eben bei einem Lehrer. Mal hat man Glück mit seinem Gegenüber, mal nicht. Es fängt ja schon, wie du sagst, mit den Eltern an. Es ist immer schlimm, wenn man gezwungen werden soll, nach den starren Regeln anderer zu leben. Deshalb bleiben uns ja auch die in guter Erinnerung, die uns eigenen Raum zum Wachsen gegeben haben."

„Das stimmt. Viele betrachten dich als Eigentum. Manchmal auch wie einen Klumpen Ton, den sie formen können – und zwar nach ihrem Abbild. Am schlimmsten ist es mit Doktrinen ... und das war und ist zu allen Zeiten so." Alain sprach aus dem Fundus seiner Lebenserfahrungen.

Mittlerweile konnte auch ich gut nachvollziehen, dass man nach einer bestimmten Anzahl von Jahren desillusioniert feststellen musste, dass jede Zeit ihre Dogmen und Ideologien unter die Menschen zu bringen versuchte und sich vermutlich daran auch nichts ändern würde, sofern man sich dessen nicht bewusst wurde und entsprechend abschirmte.

„Wer war für dich, für deinen Lebensweg, eigentlich wichtig?" wollte Alain wissen.

„Nun ..." Ich überlegte. Mir wurde schlagartig klar, dass ich vermutlich ein Glückspilz war. Mir fielen gleich mehrere sehr wichtige Menschen ein, die mir viel mitgegeben hatten. „Meine Großmutter, sie war eine sehr praktisch veranlagte Frau. Sie machte um die Dinge des Lebens nicht viel Gewese ... Dann zwei, drei Lehrer aus der Grundschule. Denen verdanke ich vieles, was bis ins Heute reicht."

„Da hast du viel Glück gehabt."

„Ja ... Dann war da noch eine ältere Dame, mit der ich mich als Kind angefreundet hatte. Dieser Frau verdanke ich so unendlich viel: Sie weckte mein Interesse, vermittelte auf eine alltägliche Art Wissen – Weisheit ... Und ihre Hündin war ein Zugewinn." Ich musste lächeln. Ich dachte an Bella – und an meine letzte Hündin, Dakota.

„Sie hat offenbar gesehen was in dir steckt und es zu wecken gewusst." Alain lehnte sich zurück und schaute mich beinahe zärtlich an. „So wie es Didier bei mir getan hat. Auch er war älter als ich, weiser; mit Sicherheit weiter. Ich wurde durch ihn zu dem, der ich bin. Und doch hat er sich nicht aufgedrängt."

Jetzt ging ich doch darauf ein. Ich legte meine Hand auf Alains Arm, diesen Arm, der mir – ich weiß nicht warum – immer einen Schauer durch den Körper jagte. „Du vermisst ihn sehr, nicht wahr?" „Ja ... und nein. Er war ein Teil meines Lebens. Es ist vorbei. Er ist bei mir, sowieso. Er lebt durch mich, in mir, weiter. Das klingt kitschig, aber so empfinde ich es." Sein Lächeln hatte nichts Trauriges, als er das sagte.

„Zu begreifen, dass man die Dinge so wie sie sind akzeptieren muss, ist eine wichtige Erkenntnis. Das muss man sich erst einmal erarbeiten, das kann einem niemand vermitteln!"

Alain nahm meine Hand und hielt sie fest, als er erwiderte: „Das habe ich gelernt: Meine Kunstwerke mögen ein Ausdruck meiner Persönlichkeit sein. Aber mein Leben und wie ich es lebe, das ist meine eigentliche Botschaft."

„Ja, und diese Botschaft ist unverfälschbar."

„Wie meinst du das?"

„Hm, nach meiner Erfahrung stellt ein Mensch sich letztlich immer so dar, wie er oder sie auch wirklich ist. Natürlich kann man sich für eine bestimmte Zeit verstellen. Aber letztendlich kann niemand aus seiner Haut. Jeder kann nur geben, was er auch hat."

„Das ist eigentlich so logisch, das muss man gar nicht extra betonen", meinte Alain. „Allerdings vermute ich, dass die wenigsten sich das bewusst machen."

„Ja, und auf der anderen Seite kann man von den Taten eines Menschen eben auch sehr leicht darauf schließen, was er an Positivem in sich trägt." Jetzt stand ich auf, und während Alain meine Hand losließ, schaute er mich von unten verblüfft an. Ich warf die Decke wieder über meine Schulter, hielt sie diesmal aber mit der Hand fest, damit ich nicht wieder stolperte. Mit geradem Rücken und betont erhobenen Hauptes schritt ich in Richtung Küche. „Deshalb sagt es viel darüber aus, wenn die Königin sich nicht zu schade ist, höchstpersönlich die Einschlafmilch warm zu machen ..."

„Was machen wir am Heiligen Abend?" wollte Alain wissen. Ich war kein Weihnachtsmensch – schon lange nicht mehr. In meiner Kindheit war es schön, bei den Großeltern zu sein. Es gab richtige Winter, es gab Waldspaziergänge im knirschenden Schnee, Eislaufen auf zugefrorenen Teichen, rote Nasen und kalte Füße; es gab Advent, Zimtplätzchen, Heimlichkeit und Vorfreude. Aber mit zunehmendem Alter und vor allem zunehmendem Leiden an der sonnenarmen Zeit in Mitteleuropa hatte sich mein Festtagsenthusiasmus zurückgezogen, und mit dem Einsetzen des kollektiven Massenwahns, des Konsumzirkusses und andererseits des winterlichen Wetterwandels hatte sich eine massive Abneigung entwickelt. Heilung davon kam erst wieder mit dem Leben in Griechenland und dem bewussten Ausblenden möglichst vieler medialer Einflüsse.

Jetzt aber war ich – ja immer noch im ‚Süden' lebend – in einem beinahe traumhaften neuen Lebensumfeld; in einer engen Lebensgemeinschaft mit einem Menschen, dem ich und der sich mir täglich ein Stückchen mehr zuneigte. Auch hatte sich mir in diesem Haus eine Art neu erwachter Energie und Kreativität eröffnet, und so war ich irgendwie neugierig und gespannt auf die letzten Tage des Jahres. Und morgen war der vierundzwanzigste Dezember.

„Ariane, was also wollen wir an Heiligabend tun?"

„Ich denke, es ist ein wichtiger Abend für die Franzosen. Mitternachtsmesse, essen gehen ... du weißt, es ist nicht wirklich meins."

Jetzt kam Alain endlich aus der Vorratskammer, in der er etwas gesucht hatte, in die Küche zurück. „Meins auch nicht. Wollen wir es ruhig angehen?"

Das war eine gute Idee. Denn am ersten – und hier in Frankreich einzigen – Weihnachtsfeiertag würden wir nach längerer Zeit wieder einmal Bertrand und Julie zu Gast haben und mit ihnen sowie Thérèse und Martin ein großes Weihnachtsmahl zelebrieren. Die Vorbereitungen, für die Thérèse gerade noch Besorgungen machte, würden sicher schon heute, spätestens morgen, einsetzen. Da ich wollte, dass Thérèse auch mit ihrer Familie entspannte Festtage hatte, musste ich ihr kräftig unter die Arme greifen.

„Willst du in die Messe?" Jetzt stand Alain direkt vor mir und sah mir eindringlich in die Augen. In den Händen hielt er einen Karton. Ich zuckte mit den Schultern. „Also pass auf, wir gehen alleine in die Kirche. Am frühen Abend. Ich will es dir zumindest zeigen. Vorher kannst du Thérèse helfen, ich kenne dich doch. Dann gehen wir – und dann haben wir einen ruhigen Abend. Ja?"

„Ja!"

So kam es, dass ich am nächsten Morgen schon früh in der Küche stand und staunenden Auges die Handgriffe und Vorbereitungen der Haushälterin verfolgte. Sie hatte offenbar einen ganzen Staat Hummeln in sich, denn selbst bei unserer traditionellen morgendlichen Tasse Tee konnte sie nicht still sitzen und sprang immer wieder auf.

Ich war niemals jemand für opulente Dinner oder ausgefeilte Rezepte gewesen. Das war sicher auch dem Umstand geschuldet, dass ich lange Perioden in meinem Leben alleine gelebt hatte. Mein Wahlspruch war immer: Keep it simple! Bleibe einfach! Brot, Käse, eine Tomate, eine handvoll Oliven machten mich glücklich; dazu ein Schluck Wein, notfalls sogar nur Wasser. Natürlich hatte ich bei den Griechen auch die Ess- und Feierkultur genossen, aber auch dort war alles praktisch und unkompliziert; üppig, aber ohne lange Vorbereitung und ohne Schnörkel.

„Madame Ariane, ich weiß, Sie sehen es als Verschwendung, als unnötig", versuchte Thérèse mich regelrecht zu agitieren. „Aber glauben Sie mir: Sie werden es mögen. Es ist etwas ganz Besonderes."

„Aber liebe Thérèse, wer soll denn das alles essen, was ich hier während der letzten Tage in die Speicher und Kühlschränke habe gehen sehen?"

Thérèse lachte, während sie schon wieder aufsprang und irgendeine Kuchenform vom Regal fischte, um sie zu säubern. „Wir haben Madame Julie und Monsieur Bertrand hier. Mein Martin schämt sich auch nicht zuzugreifen. Dann Monsieur Alain und Sie … obwohl Sie wie ein Spatz essen. Nun, ich auch – ein wenig …" Sie lächelte verlegen. „Außerdem bereite ich eine Pastete und einen

Kuchen für die Brunets. Und einen Kuchen für den alten Schäfer Elias, der uns das Holz liefert." Sie wienerte an der Kupferform für einen Gugelhupf herum.

Ich stellte meine Tasse weg und ging ihr zur Hand; das heißt, ich erwartete ihre Anweisungen. Aber die Frau war nun in Fahrt und ließ sich nicht bremsen. „Wissen Sie eigentlich, dass es am Weihnachtsfeiertag nach den sieben Hauptgerichten dreizehn Desserts gibt?" Während mir vor Erstaunen die Luft zum Antworten wegblieb, fuhr sie fort. „Sie symbolisieren die zwölf Jünger und den Herrn Jesus beim Letzten Abendmahl. Lassen Sie mich sehen, ob ich es alles zusammenbringe: Fougasse, Winterbirnen, Rosinen, Nüsse, dann weißer und schwarzer Nougat ..."

Ich war froh, dass in diesem Moment Alain und Martin in die Küche kamen und den Redefluss unterbrachen, denn mir war schon vom Zuhören ein wenig mulmig geworden.

„Bonjour, Madame Ariane!" ließ sich ein fröhlich gestimmter Martin vernehmen. „Wie ich höre, weist mein altes Mädchen Sie gerade in die Geheimnisse der französischen Festtagsküche ein!"

„Hallo Monsieur Martin!" begrüßte ich die willkommene Unterbrechung und nahm dem Mann einen Karton mit weiteren Zutaten ab. „Ich habe vom Zuhören bereits drei Pfund zugenommen."

„Häh!" lachte nun auch Alain. „Da musst du durch!"

Währenddessen dirigierte Thérèse die Männer mit ihren Besorgungen zu den Tischen beziehungsweise in die Vorratskammer. Mir schien nun wirklich, als sei ich ein winziger Teil einer Massenverpflegungsaktion geworden.

Also besann ich mich auf den kleinsten Teil dieses Puzzles, der mir einfiel: Ich fragte die gute Seele nach dem Kuchenrezept. Prompt bekam ich zwei Rezepturen ausgehändigt: eine für die Bûche de Noël – eine Biskuitrolle – sowie eine für den Gugelhupf.

Ich zog mich an eine Ecke des großen Tisches zurück und mischte unter gelegentlichen kontrollierenden Blicken der Haushälterin die angegebenen Zutaten. Da ich schon meine Backkünste unter Beweis gestellt hatte, vertraute mir Thérèse diesen Teil der Vorbereitungen fürs Fest nicht nur an, sondern offensichtlich sogar zu.

Im weiteren Verlauf des Vormittags allerdings kam ich dann über Hilfs- und Zuarbeiten nicht mehr hinaus, und am Nachmittag wurde ich sehr bestimmt und ohne Widerrede aus der Küche verbannt, damit ich mit Alain einen Spaziergang zur Kirche machen konnte. Als ich mich allerdings beim Hinausgehen noch einmal umdrehte, war ich mir sicher, dass Thérèse die letzten anstehenden Arbeiten auch noch mit Bravour schaffen und überdies die Energie haben würde, den Abend im Kreise von Familie und Freunden zu genießen.

Am heiligen Abend. Ich wollte frische Luft atmen. Verkleidet – wie immer – lief ich zur Brücke. Jemand rief mir zu: „Mädchen, warte! Lass mich heute Nacht nicht alleine bleiben!" Ich drehte mich nicht um. Ich hatte irgendwie Mitleid mit der armen Seele. Denn ich wusste, was er fühlte: Auch ich bin allein in dieser heiligen Nacht. Und ich werde alleine bleiben ...

Am Heiligen Abend. Ich erinnere mich: Vor einigen Jahren ... Ich brauchte noch etwas aus unserem griechischen Dorfladen, der so gut wie immer offen war. Ich lief, wegen der Kälte dick angezogen, schnell über den Dorfplatz und dann ebenso schnell wieder zurück zum Haus.
Ein Engel – zugegeben, ein ‚leicht bekleideter', aber um so viel freierer Engel – rief mir zu: „Ich liebe dich!"
Ich drehte mich um und rief zurück: „Ich liebe dich auch – Angelos!"

Zu meiner Überraschung gingen wir an diesem Heiligabend allerdings nicht, wie erwartet, in die Kirche von Lagnières. Alain bat mich, mit ihm in einen etwa fünfzehn Kilometer entfernten Ort zu fahren. Dort, so erfuhr ich, stand eines seiner ‚Kinder' – eine Statue, die er ziemlich zu Beginn seiner künstlerischen Laufbahn für einen Brunnen geschaffen hatte. Sie zeigte eine romantische Frauenfigur, umringt von kleineren Wesenheiten. Es war eine Darstellung von *Isabeau* und den kleinen armen Seelen.
Alain sagte nichts, stand nur versunken vor diesem frühen Werk auf dem Marktplatz, der in der Nachmittagskälte des Heiligen

Abends seltsam leer wirkte. Aber natürlich waren alle noch in ihren Häusern und bereiteten sich auf die Weihnachtsmesse und das anschließende Essen vor.

Nach einer ganzen Weile hatte ich mich an dem Brunnen und seinen Figuren sattgesehen und wandte mich Alain zu, der sich nun seinerseits aus seiner Erstarrung löste. „Danke!" sagte er lächelnd. „Aber wir sind nicht deshalb hierhergekommen. Nicht nur ... Ich wollte dir die Kirche zeigen. Ich halte sie für eine der schönsten hier in der Umgebung und eine der am liebevollsten geschmückten."

Damit legte er mir seinen Arm um die Schulter und leitete mich zu dem erwähnten Gotteshaus, dessen Tür nicht verschlossen war, auch wenn sich im Innern zurzeit niemand aufhielt. Gleich hinter dem Eingang gab es einen Kasten für Spenden. Auch ich tat Geld hinein – zu den Münzen von tausend und einem Menschen, die in diesem Jahr hier schon ein und aus gegangen waren. Geld für Menschen, für Brot.

Die Kirche hatte eine warme, heimelige Atmosphäre und war festlich geschmückt. Neben dem Altar war eine Krippe mit den typischen provenzalischen Figuren, den *Santons*, aufgebaut.

Wir setzten uns in eine der Bankreihen und hingen jeder unseren Gedanken nach. Dann stand Alain auf, um die Krippe näher zu betrachten. Ich folgte ihm und studierte das dargestellte Dorfleben zur Zeit Christi Geburt. Ich war mir nicht sicher über Alains religiöse Ausrichtung – und wieder einmal schien er meine Gedanken zu erraten, denn jetzt drehte er sich herum und sagte: „Auch ich bin nur ein seltener Gast hier. Wie steht es mit dir?"

„Mit mir?" Ich schüttelte den Kopf. „*Der* Gott, an den ich glaube, braucht mich nicht in seiner Kirche. Er – oder sie – braucht eigentlich auch gar keine Kirche. Und vor allem keine Religion."

Alain drohte mir lachend mit dem Finger. „Lästere nicht in Gottes eigenem Haus!"

„Das ist doch gar nicht möglich!" Jetzt lachte ich auch. „Wäre Gott beleidigbar, wäre es nicht Gott. Mir ist unverständlich, warum das nicht jedem Menschen völlig klar ist!"

„Du meinst es ernst!" Alain schien etwas erstaunt.

„Ja! Natürlich! Das ist doch die Quintessenz der gesamten Gottesfrage. Wir können nicht sagen, *wer* oder *was* Gott ist. Wir können nur sagen, wer oder was Gott mit Sicherheit *nicht* ist."

„Und was wäre das?"

„Nun", jetzt setzte ich mich wieder hin, „Gott ist nicht bedürftig. Gott bedarf keiner Kirchen, keiner Religion, keiner Beichte, keiner Buße, keiner Rache ... Gott braucht nichts. Gott *ist*."

„Aber wir Menschen, wir brauchen offenbar doch Gott, Religion, Gottes Zuwendung, seine – Verzeih! – Vergebung ..."

„Zumindest glauben wir das. Weil Religionen auf Angst aufgebaut sind. Weil wir immer noch glauben, dass da eine Gestalt sitzt, deren Wohlwollen wir uns ständig erwerben müssen. Wer dieses Wohlwollen verloren hat, kommt in die Hölle. Wer es nie erwerben konnte, ebenfalls. Wer allerdings gottgefällig lebt, glaubt, er kommt in den Himmel."

„Ach, nicht?" Hörbar und sichtlich lästerte nun Alain.

„Sieh dich vor!" Jetzt drohte ich mit dem Finger, wurde aber gleich wieder ernst. Das Thema war mir zu wichtig und ich hatte auch Grund gehabt, mich damit viele Jahre lang auseinanderzusetzen. „Wir sehen nicht, dass nicht Gott uns nach seinem Bilde, sondern dass wir uns ihn nach *unserem* Bilde geschaffen haben – also, genaugenommen nach dem Bild von fünfzig Prozent der Menschheit. Aber jeder Stamm schuf sich dann noch einmal seinen individuellen – zumeist männlichen – Gott. Nur so konnte sich doch der religiöse Himmel mit so vielen Göttern bevölkern, dass es schon wieder anmutet wie der griechische Olymp. Ein Himmel übrigens, der eben auch nur unserer Vorstellung entspringt, wie die Hölle."

„Also gibt es sie deiner Meinung nach nicht?"

„Oh doch, es gibt sie: hier auf der Erde. Und wir waren mit unseren Kreationen sehr erfolgreich, vor allem mit der höllischen. Mit Gott hat das alles – Himmel, Hölle, Schicksal – nichts zu tun!"

„Nicht?" Diese Nachfrage Alains allerdings klang jetzt ernst gemeint.

„Nein. Meine Meinung ist: Jede Theologie löst sich vor Gott auf. Gott hat die Welt, so wie sie ist, nicht gemacht und braucht daher auch keine Theologie. Ja, sie verbietet sich geradezu vor Gott."

„Du meinst also, auch die so oft gestellte Frage, warum Gott dieses oder jenes zulässt, sei sinnlos?"

„Sinnlos und im höchsten Maße unzulässig. Denn sie ist an den falschen Adressaten gerichtet!"

„Und ... wie finden wir dann Gott? Was meinst du?"

„Ich meine: in uns. Gott ist nichts Äußeres. Es ist eine innere Erfahrung – jenseits des Egos. Wer seiner inneren Stimme folgt, mag das Gesuchte finden ..."

„Wer *nicht* auf sein Ego hört, auch!"

„Genau!"

„Du solltest predigen!" meinte Alain. „Aber was machen wir denn dann mit unseren Zweifeln und unserer Angst?"

„Wir verwandeln sie."

„Häh ..." sagte Alain, „jetzt kommt der Glauben ins Spiel!"

„Nein, jetzt kommt das Vertrauen. Wenn wir glauben, dann doch wieder nur, was uns die jeweiligen Religionsdogmen weismachen wollen. Glauben geschieht *wider* besseres Wissen. Vertrauen jedoch geschieht *aufgrund* besseren Wissens. Bedingungsloses Vertrauen hat nichts mit Ideologien zu tun. Es ist in gewisser Weise natürlich auch eine Form von Kontrollverlust – aber ein Wagnis, das wir unseren Befürchtungen entgegenstellen."

„Also gibt Vertrauen doch im Grunde auch keine Sicherheit."

„Sicherheit gibt es nicht. Aber auch nur die Unsicheren benötigen Sicherheit. – Haben wir denn wirklich eine Wahl? Ja, wir haben. Wir können uns entscheiden, uns Gott als alles vorzustellen, was ist. Und wir können beschließen, einfach zu vertrauen, dass es so ist."

„Das ist mir zu hoch!" resignierte Alain.

„Es ist doch ganz einfach!" Ich versuchte, mit meinen Gedanken wieder auf die Erde zu kommen und den Kreis zu schließen. „Wenn Gott Alles ist, dann sind wir ein Teil Gottes und alle miteinander verbunden. Darin liegt Trost. Das ist für mich die Weihnachtsbotschaft: *Vertraue! Fürchte dich nicht!*"

Jetzt war ich wieder aufgestanden. Alain stand vor mir. „Ich habe das zwar nicht verinnerlicht, so wie offenbar du, aber es klingt jetzt doch irgendwie plausibel – und schön."

Ich schaute Alain in die Augen. „Du kennst mich mittlerweile ein wenig. Ich glaube nicht an Zufälle. In dem, was hier passiert, zwischen uns, da liegt auch Vertrauen, Sinn und Tiefe."

Er lächelte und legte seine Arme um mich.

Ich lehnte meine Stirn an seine Schulter.

So standen wir noch eine ganze Weile ...

Der Weihnachtsfeiertag war da. Ich freute mich darauf, endlich Bertrand und Julie wiederzusehen.

Einen Weihnachtsbaum hatten wir nicht. Dafür waren, was ich viel schöner fand, in den einzelnen Räumen des Hauses die Kaminsimse oder Tische mit Weihnachtsgrün in Vasen und Schalen geschmückt. Martin und Alain heizten die Feuerstellen an, ich erneuerte bereits abgebrannte Kerzen und Thérèse hatte immer noch alle ihre Nerven beisammen und das Heft fest in der Hand.

Am frühen Nachmittag erschien zunächst Doudou mit einem großen Korb, in dem wie immer einige Eier und außerdem Quittenkonfitüre und Nüsse waren.

„Deine Mutter macht die beste Quittenkonfitüre in der ganzen Gegend!" schwärmte Thérèse, während sie den Korb auspackte und stattdessen einen von insgesamt drei Gugelhupfen sowie eine Pastete und eine Flasche Hochprozentigen hineintat. „Das bringst du jetzt zum alten Elias und dann kommst du wieder her!" wies sie ihn an. Der Junge schaute etwas eingeschüchtert, sagte leise „Ich beeile mich!" und verschwand durch die Hintertür.

Dann machte sich Thérèse daran, die Nüsse zu knacken und den dreizehn Nachtischvarianten hinzuzufügen. Ich sah meine Aufgabe darin, ihr mit allem anderen – einschließlich des Abwaschs – den Rücken freizuhalten.

Als Doudou an diesem Nachmittag das zweite Mal durch die Küchentür kam, stürmte er regelrecht herein. Offenbar hatte er von dem Schäfer ein Trinkgeld erhalten, welches seine Stimmung wesentlich erhöht hatte. Selbst ich erhielt jetzt von dem sonst so scheuen Jungen ein Lächeln, und so nickte ich ihm aufmunternd zu.

„Schaffst du das?" fragte Thérèse, die den Korb wieder vollgepackt hatte: Pastete, Gugelhupf, ein Stück von der Bûche de Noël und eine Flasche Wein. Dazu hängte sie ihm noch einen Beutel um, in dem Geschenke für die Kinder waren.

„Soll ich helfen?" fragte ich, aber der Junge schüttelte den Kopf, bedankte sich artig und trollte sich.

„Sie werden sich sehr freuen", sagte ich zu Thérèse.

„Monsieur Alain war immer sehr freigiebig und hat die Leute stets unterstützt", antwortete die Haushälterin, ohne von ihrer Arbeit aufzublicken. „Allerdings scheint es ihm dieses Jahr besonderen Spaß zu machen."

„Mir auch!" sagte ich. „Ich habe Weihnachten in letzter Zeit gar nicht mehr gemocht."

„Das lässt sich ändern. Sie werden sehen, Madame!" Jetzt schaute sie mich doch an, als sie sagte: „Ich mache das alles hier schon. Gehen Sie, Monsieur Bertrand und Madame Julie werden bald hier sein."

Nachdem ich mich umgezogen hatte, ging ich in den Sommerraum. Auch hier war der Kamin angemacht worden, trotzdem es naturgemäß nie so warm wurde wie in den anderen Räumen. Aber durch die großen Glastüren war es hell, und so setzte ich mich auf das Sofa und schaute hinaus. Obwohl es draußen kalt war, war es doch ein atemberaubend schöner Tag. Die Nachmittagssonne schien schräg in den Garten und tauchte alles in eine beinahe sommerliche Helligkeit. Dieses goldene Licht spielte auch in den Gardinen und auf dem Fußboden. Ein Sonnenstrahl machte sich eitel in einem Strohblumenstrauß schön.

Ich war irgendwie voller Vorfreude wie vielleicht seit meiner Kindheit nicht mehr. Ich dachte zurück an meine Familie, die nie groß, aber doch einander sehr nah gewesen war. Was würden sie, die nun alle gegangen waren, sagen über den Verlauf, den mein Leben im Ganzen genommen hatte; und was würden sie denken, sähen sie mich jetzt hier? Ich hatte schon als Kind eine Art Unabhängigkeit entwickelt, die sich dann durch mein Leben zog. Als ich meiner Kindheit entwachsen war, gab es niemals wirklich den Hang zu einem Familienleben. Deshalb wohl war ich jetzt auch alleine ... nun, zumindest bis vor kurzem.

Während mir diese Gedanken durch den Kopf gingen, war Alain hereingekommen und hatte mir eine Hand auf die Schulter gelegt.

„Geht es dir gut?" fragte er.

Ich drehte mich um. Er sah umwerfend aus, hatte sich wirklich in Schale geworfen.

Dann hörten wir schon unsere Gäste, die gerade gekommen waren und sich mit Martin und Thérèse unterhielten.

Alain bot mir seine Hand, ich stand auf und wir gingen, unsere Gäste zu empfangen.

„Kannst du das glauben, dass schon wieder ein Jahr vorbei ist?" begrüßte Bertrand seinen Freund, während Julie mich herzlich umarmte.

„Und was für eins!" Alain, der den Empfangschef spielte, nahm den beiden die Mäntel ab. Von jetzt an, hatte er erklärt, hätten Thérèse und Martin ebenfalls Gästestatus und sollten sich hüten, noch einen Handschlag zu tun. Das konnte er so planen – allein, die Haushälterin ließ sich das nicht sagen. Sie hatte sich auch aufs Feinste herausgeputzt und war nun ganz die Hausdame – eine Rolle, die ich ihr mit Freuden überließ. Hier war Standesdünkel ein Fremdwort.

Und sie genoss die Wertschätzung, die ihr von allen Seiten für ihre Speisen, Leckereien und Getränke zuflog. Martin, der weitaus ruhiger seiner Frau bei ihrer Geschäftigkeit zuschaute, konnte man den Stolz ebenfalls ansehen.

Alle hatten Geschenke für jeden anderen mitgebracht, und so gab es nach einem Begrüßungstrunk erst einmal ein lustiges Geschenketauschen.

Ich staunte nicht schlecht, als Bertrand als erstes einen recht großen Baumstamm ins Zimmer hievte und Alain feierlich übergab. „Das ist von unserer Olive, die letztes Jahr gestutzt werden musste." Man applaudierte, während die beiden Männer dieses beachtliche Stück Holz in den riesigen Kamin wuchteten.

Man muss mir meine Unwissenheit wohl angesehen haben, denn nun sagte Thérèse in die Runde: „Madame Ariane muss heute alles über das provenzalische Weihnachten lernen!"

„Wie, das hast du noch nicht studiert?" fragte Bertrand.

„Zugegeben: Nein! Ich wollte mich überraschen lassen. Das allerdings ist euch schon bis hierher mehr als gelungen. Besonders Thérèse, die gearbeitet hat wie eine ganze Armee." Dabei zwinkerte ich der alten Dame zu und hob mein Glas. Sie lächelte zurück.

„Wollen wir die Geschenke später auspacken?" Alain wies in Richtung des Esszimmers. „Ich bin vom vielen Beobachten der Vorbereitungen und von den vielfältigen Düften im Haus hungrig wie ein Bär."

„Das kommt davon, dass hier alles auf den Kopf gestellt wird", meinte die Haushälterin gespielt mürrisch. „Monsieur und Madame haben gestern fast gar nichts gegessen, und deshalb müssen wir heute zusätzlich zu den dreizehn Desserts auch noch die *Bûche* essen, die ja eigentlich dem Heiligen Abend vorbehalten ist ..."

„Du siehst, Ariane", lachte Julie, „hier ist alles auf Holz gebaut."

„Wie darf ich das verstehen?"

„Nun, der Akt am Anfang mit dem Baumstamm war nur ein Teil der Tradition", erläuterte sie, während wir uns alle um den Tisch herum setzten und Thérèse mit Alains Hilfe die Hauptgerichte auftrug. „In alten Zeiten hat man am Heiligabend einen dicken Holzscheit im Kamin verbrannt und die Asche später auf die Felder gestreut. Außerdem war es gute Sitte – zumindest auf dem Lande – dass jeder Gast ein Stück Holz mitbrachte, einfach und praktisch zum Heizen. Das hat im Laufe der Zeit dazu geführt, dass heute diese Baumstämme durch Backwaren symbolisiert werden. Die Bûche zum Beispiel, aber auch der Baumkuchen oder der Gugelhupf."

„Du hast den Wein vergessen!" mischte sich Alain ein. Julie schaute ihn fragend an. Alain lachte. „Ich meine, vom Wein zu erzählen, der gekocht und als Neujahrssegen überall vergossen wurde ..."

„Das machen wir nicht mehr, Madame Ariane, den trinken wir lieber." Mit dieser Bemerkung meldete sich Martin zu Wort. Nun lachten alle.

Ich war jetzt schon satt, nur vom Schauen, Herumalbern und vom Aufnehmen all dieser Eindrücke. Ich konnte von den verschiedenen Gerichten wirklich nur kosten und fragte mich, wie die anderen das machten. So ging es über Stunden, aber einmal taten uns allen vom Essen und vor Lachen die Bäuche weh. Ich konnte nicht fassen, dass es in dieser so zerrissenen Welt noch etwas so Friedliches geben konnte wie dieses Haus, diese kleine Gruppe von Menschen, die aus ganz unterschiedlichen Richtungen hierher gefunden hatten, und dieses wunderbare Beieinandersein. Hätte ich es im Fernsehen oder in einem Film gesehen, es wäre mir zu schön, zu kitschig erschienen, um wahr zu sein. Wieder einmal fragte ich mich, was eigentlich geschehen war, das mein Leben hierher gelenkt hatte.

Den ganzen Nachmittag hatte ich aus den Augenwinkeln immer wieder Alain beobachtet, wie er aufgelebt war und wie er offensichtlich alles genoss. Jetzt war auch für mich deutlich, was mir verschiedene Menschen in den letzten Monaten berichtet hatten: jene große Veränderung in dem Mann, den ich vor weniger als einem halben Jahr getroffen hatte und den ich dennoch glaubte seit Ewigkeiten zu kennen. Was heißt kennen – ich liebte ihn.

Der Gedanke kam mir so spontan und unerwartet, dass mir Tränen in die Augen schossen. Ich schaute schnell nach unten. Er hatte mich in diesem Moment wohl auch beobachtet, denn als ich wieder aufsah, traf mich Alains direkter Blick.

Es war wieder eine jener Situationen eingetreten, wie sie schon zwei- oder dreimal geschehen waren. Nur Minuten später fragte ich mich, ob dieser Blick – wie am Anfang das versehentliche „Du", wie im Herbst die kurze Berührung zwischen meinen Schulterblättern – nicht nur ein Produkt meiner Einbildung gewesen war. Denn den gesamten verbleibenden Abend lang war Alain gastfreundlich und ausgelassen, aber es kam zu keinem weiteren tieferen Blickwechsel mehr zwischen uns.

Alle saßen nun um die gemütlicheren Couchtische herum; selbst Thérèse hatte es über sich gebracht, sich beim Abräumen schnell helfen zu lassen und dann einfach in der Küche das Licht auszuknipsen. Wir tranken Wein und packten – gespannt wie kleine

Kinder nicht nur auf die eigenen, sondern auch auf die der anderen – unsere Geschenke aus.

Wie immer war Alain mehr als großzügig gewesen. Bertrand und Julie hatte er eine schon lange gewünschte Urlaubsreise nach Übersee geschenkt, Thérèse bekam einen wundervollen, eleganten Wintermantel und ihr Mann eine warme Winterjacke. Und sie erhielten wohl auch einen großzügigen finanziellen Bonus. Von mir bekam die gute Seele einen zum Mantel passenden Seidenschal und Martin einen Schal aus Kaschmirwolle. Unsere Freunde hatten sich von mir Bücher gewünscht. Thérèse hatte für alle gestrickt, und das Haushälterehepaar wurde von Bertrand und Julie mit einem zehntägigen Kururlaub überrascht. Auch für meine Zukunft war gesorgt: Während ich von unseren Freunden eine riesige Aquarellausrüstung bekam, schenkte mir Alain einen Laptop.

Einen Laptop – Alain! Ich musste lachen.

„Das ist doch nicht auf deinem Mist gewachsen!" versuchte ich meine sichtliche Verlegenheit zu überspielen.

„Nein, ich gebe es zu." Er wies auf seinen Freund. „Bertrand hat mir natürlich geholfen. Aber die Idee war von mir."

„Warum, wir haben doch deinen alten ..." Hier kam wieder mein praktisch orientiertes Denken durch.

„In letzter Zeit hast du viel geschrieben. Ich möchte, dass du das überall tun kannst, auch im Garten und in deinem Raum."

„Das ist doch sehr praktisch gedacht", mischte sich nun Bertrand ein. „Ich jedenfalls bin meinem Freund Alain dankbar, dass er endlich mal zeitgemäß denkt."

„Zumindest in dieser Hinsicht!" Julie zwinkerte mir zu und stupste dann ihren Mann in die Seite. „Du musst Ariane jetzt mal helfen!"

Ach ja, mein Geschenk hatte Alain noch nicht bekommen. Zum zweiten Mal am heutigen Abend musste Bertrand zum Gepäckträger mutieren und einen schweren Gegenstand ins Zimmer wuchten. Als Alain sah, was wir da hereintrugen, ließ er wieder mal sein begeistertes „Häh!" hören.

„Häh! Wo habt ihr denn den aufgetrieben. Das ist ja ..." Weiter kam er nicht, sondern schaute nun verzückt auf den riesigen antiken

Kronleuchter, der im Zimmer stand. „Das ist ja … genau das, was mir für den Sommerraum vorschwebte. Ich habe Jahre nach so etwas gesucht."

„Nun, Ariane ist fündig geworden." Bertrand strahlte übers ganze Gesicht, als sei es seine Entdeckung gewesen.

„Ja, ich habe ihn allerdings in einem bedauernswerten Zustand gefunden. Bertrand hat mir geholfen, einen Restaurateur zu finden, der dem guten Stück wieder zu seiner alten Pracht verholfen hat! Die Aufarbeitung geht auf Julie und Bertrand."

Zugegebenermaßen sah ich erst jetzt, da der Leuchter auf dem Boden des Raumes stand, wie gut er sich tatsächlich in diesem Ambiente machen würde. Er war wie für dieses Haus gemacht.

Alain nahm sein Glas und sagte „Danke! Danke an alle, für alles. Speziell dir, Ariane, für dieses wundervolle Geschenk. Ihnen, Thérèse und Martin, für Ihre Hilfe und dass Sie das Haus wohnlich machen. Euch, Julie, Bertrand, für die Hilfe und die Freundschaft."

Ich fasste mir ein Herz. „Ich muss auch danken, nicht nur für die Geschenke und dieses wundervolle Fest. Es ist ja doch nicht ganz selbstverständlich, in einem fremden Haus so aufgenommen zu werden."

Wir tranken, dann machte Bertrand den Vorschlag, den Leuchter morgen früh gleich an dem vorgesehenen Platz aufzuhängen, was gerne akzeptiert wurde. Er und seine Frau würden ohnehin heute hier übernachten; das zweite Gästezimmer war schon vorbereitet.

Nun legte Alain dem Arzt freundschaftlich die Hand auf die Schulter, und ich hörte ihn sagen, dass es ihm leid tue.

„Was?" wollte Bertrand wissen.

„Du weißt, ich hätte euch gerne bei eurem Projekt unterstützt. Ich halte es für eine hervorragende Idee."

Bertrand winkte ab. „Es ist vorerst nicht mehr als ein Traum. Höchstwahrscheinlich wird es das immer bleiben. Aber man muss Träume haben …"

„Du weißt, ich würde gerne dazu beitragen. Ich bin nicht ganz arm. Aber das meiste, was ich besitze, ist in diesem Haus und diesem Anwesen gebunden."

„Lass gut sein, Alain. Um gute und nötige Sachen zu verwirklichen, bedarf es finanzieller Mittel. Geld ist aber immer nur da für Wahnsinn – schau dir die Welt an."

„He, werdet jetzt nicht ernst!" rief Julie. „Lasst uns noch einmal anstoßen!"

Das taten wir, während ich überlegte, worum sich wohl dieses unfreiwillig mitgehörte Gespräch gedreht haben könnte.

Wir saßen noch eine Weile so zusammen, aber alle waren satt und auch müde, und so löste sich unsere kleine Feier allmählich in einem Chor aus Gähnen auf.

Julie und Bertrand wollten nach oben, und Thérèse und Martin waren so beschwingt, dass die Hausdame nun wirklich gar keinen Versuch machte, noch irgendetwas in Ordnung bringen zu wollen. Morgen, ja, morgen sei sie natürlich zum Frühstück wieder da …

„Gute Nacht, meine Freunde, das Essen war ein Traum!" verabschiedete ich die beiden.

„Ach, Madame Ariane, Sie haben ja nur wie ein Huhn daran herumgepickt!"

Ich lachte. „Gute Nacht, schlafen Sie gut!"

Sie drückte meine Hand. „*Träumen* Sie gut. Sie wissen, was man in den Nächten nach Weihnachten träumt …"

Bertrand und Julie waren mit Alain hinaufgegangen; ich holte mir ein Glas Wasser und setzte mich noch, eingehüllt in meine rote Lieblingsdecke, in den Sommerraum. Der war nun, so spät am Abend, merklich ausgekühlt, aber das spürte ich nicht. Mir war vom vielen Wein und Feiern warm geworden und ich fühlte mich ein wenig beschwipst. Ich wollte nachdenken, aber meine Gedanken zirkelten immer wieder im Kreis. So gab ich es nach einer Weile auf und ging ebenfalls nach oben. Keine Milch heute Abend: Sie war weder passend noch nötig.

Aus Alains angelehnter Schlafzimmertür fiel ein Streifen Licht. Ich ging, was selten genug war, in meinen eigenen Raum. Es war keine Bettinselnacht und auch kein Abend für philosophische Diskurse.

Heute war ich nur noch müde. Dabei hatte ich über so vieles nachzudenken; vor allem über einen tiefen, bis zum Grunde meines Herzens reichenden Blick.

Ein Traum. Es war nur ein böser Alb. Ich erwache aus ihm wie aus einem Schwindel. In meinem Traum stand ich auf der Brücke, in der Mitte der Stadt. Und auf der anderen Seite stand ... mein Hauptmann. Er sah mich an, und doch war es so, als erkenne er mich nicht. Ich ging auf ihn zu, und immer noch starrte er mich an, ohne ein Zeichen des Erkennens. Dann erreichte ich ihn und berührte ihn ganz vorsichtig. Er schaute nach unten und dann wieder in mein Gesicht – und da sah ich es: Er war blind. Er konnte mich nicht sehen. Aber er lächelte und sagte nur: „Du kannst mir vertrauen!" Dann ging er langsam davon ...

Ein Traum. Ich stehe vor einem riesigen Kamin, in dem ein kleines Feuer brennt. Vor mir liegt ein riesiges Holzscheit. Ich will es heben und in den Kamin tun, aber es ist viel zu schwer. Jemand kommt in den Raum und tritt hinter mich. Ich sehe ihn nicht, aber ich ahne, wer es ist. Mir wird kalt und ich versuche erneut, das Scheit anzuheben. Es ist wieder vergebens. Dabei droht das Feuer im Kamin jeden Moment auszugehen. Plötzlich zittere ich vor Kälte. Ich will mich umdrehen und um Hilfe bitten. Aber da legt mir schon jemand eine Decke um die Schultern. Dann legt derjenige auch das Holzscheit auf den Kaminrost. Es beginnt sofort zu brennen. Eine Stimme hinter mir sagt: „Die Asche kommt aufs Feld." Eine Hand liegt zwischen meinen Schulterblättern. Ich will mich umdrehen, aber ich vermag es nicht zu tun. Die Stimme sagt: „Fürchte dich nicht!" Das Feuer lodert auf, mir wird heiß. Die Stimme sagt: „Vertraue mir, Ariane." „Ariane ..."

„... Ariane!" Wie aus einem zähen Teig löste sich langsam mein Bewusstsein und stieg nach oben; wieder zurück in mein Schlafzimmer, in mein Bett; zurück ins Tageslicht, in die Realität, ins Spüren und Hören ...

„Ariane! Bist du wach?"

Neben mir auf dem Bett saß Alain, hielt meine Hand und hatte seine andere Hand auf meine Stirn gelegt.

„Was ... was ist los? Was tust du hier?"

„Ich hatte mir Sorgen gemacht. Du hast eine Art Schüttelfrost gehabt. Deine Stirn ist ganz heiß …" Alain wirkte ehrlich besorgt. „Soll ich Bertrand holen?"

Ich setzte mich auf. Mir war etwas schwindelig und … ja, ich fühlte mich ein bisschen fiebrig. Es musste der Wein vom Vorabend gewesen sein. Normalerweise trank ich weder oft noch viel. „Nein!" wehrte ich ab. „Gib mir einen Schluck Wasser."

Alain reichte mir das noch halbvolle Glas von gestern. Ich trank und fühlte mich sofort besser.

„Warum bist du gestern Abend so schnell in dein Zimmer gegangen? Ich hatte gehofft, du kämst noch zu mir." Er schaute mich ernst an. „Habe ich irgendetwas Falsches gesagt … oder getan?"

Ich lächelte. „Nein, nichts Falsches, gar nichts. Mir war einfach so. Es war ein so schöner Abend gewesen."

„Warum warst du dann so traurig und zurückgezogen?"

„Ich war nicht traurig. Vielleicht wirkte es so …"

„Ich hatte den Eindruck!"

„Nein. Weißt du, ich habe vor vielen Jahren gelernt, dass Glück und Tränen sehr dicht beieinander liegen. Gestern Abend war es bei mir so. Ich war zu glücklich, um einfach zur Tagesordnung übergehen zu können." Ich setzte das Glas ab.

„Das musst du mir näher erklären." Alain ließ sich nicht so einfach abspeisen, immer wollte er mich tiefer ergründen.

Ich überlegte kurz. „Hör zu: Als ich ein kleines Kind war, vielleicht drei Jahre alt, da musste meine Mutter wegen einer schweren Erkrankung in die Klinik. Meine Großmutter sorgte in dieser Zeit für mich. Als meine Mutter – für mich gefühlt nach Wochen – wieder nach Hause kam, da weinte sie. Ich habe das nicht verstanden und dachte, ich hätte etwas falsch gemacht. Aber sie erklärte mir, dass sie vor Freude weinte. Ich konnte das als Kind natürlich nicht wirklich verstehen; ich glaubte ihr einfach, dass es so war. Heute weiß ich, dass Freude manchmal so aussehen kann wie Traurigkeit. – Übrigens, jeder Schauspieler weiß, dass große Freude und großer Schmerz mit beinahe identischer Gesichtsmimik dargestellt werden."

„Also kann ich beruhigt sein?"

„Ja, absolut. Und … danke für das Geschenk; für alle Geschenke … für alle … und alles … Es war so schön."

Jetzt stand Alain auf. „Und es ist noch nicht alles. Ich wollte dir gestern Abend noch ein weiteres Geschenk machen. Deshalb hatte ich in meinem – in unserem – Bett gewartet."

„Was hast du denn jetzt noch vor?"

„Eine Reise. Wir machen eine Reise. Ich will mit dir ans Meer. Das war mein zweites Geschenk für dich – ich meine, das *ist* mein zweites Geschenk …"

„Oh! Spezielle Ziele?"

„Zum Winterschlussverkauf … wohin du willst. Nach Cannes, Nizza …"

„Hehe!" wehrte ich ab. „Haben Monsieur vergessen, dass mir derlei Lokalitäten einen kalten Schauer über den Rücken jagen? Das ist mir viel zu exklusiv, da passe ich nicht hin. Was willst ausgerechnet du beim Winterschlussverkauf?"

„Zum Beispiel dir ein schönes warmes Winterkleid kaufen. Weil du immer so frierst hier im Haus … und offenbar auch im Bett. Du hast gezittert."

„Ja, … aber nur, bis ein edler Ritter mir mit kräftigem Arm das Holzscheit in den Kamin gehoben hat!"

„Was?"

„Ach, das verstehst du nicht. Ist auch egal … Wann soll's denn losgehen?"

„Wenn Thérèse und ihr Martin zur Kur fahren. Es ist sozusagen ein Komplott. Denn dann sind wir ja nicht da, und die gute alte Seele hat keinen Grund, nicht zu fahren."

„Aha! Ich bin also ungefragt Teil eines Komplotts", lästerte ich, da ich mich zunehmend wieder wohler fühlte.

„Naja … nicht nur das. Die Sache hat noch einen Haken."

„Was, noch einen?"

„Du musst fahren!"

„Na, tolles Geschenk! Schönen Dank auch!" Aber ich lachte. Und weil ich wieder mit allen Sinnen in der Realität angekommen war, stand ich auf, machte einen artigen Knicks und sagte „Danke, mein Ritter! – Und jetzt: Raus! Ich will mich anziehen!"

Alain ging zur Tür und öffnete sie, aber dann drehte er sich noch einmal um. „Bist du sicher, dass sonst nichts war? Ich meine, du warst wirklich nicht irgendwie bedrückt oder traurig?"

„Habe ich es nicht erklärt? Was soll denn das ..."

„Naja, ich meine nur ... deine Pläne. Vor einem halben Jahr wolltest du nach Paris. Ich dachte, jetzt fühlst du dich vielleicht doch zu sehr hier festgehalten."

Da war sie wieder, diese Unsicherheit; die Angst, die Alain gelegentlich doch noch umtrieb.

Deshalb nahm ich jetzt alle Überzeugungskraft zusammen. „Bitte glaube mir. Paris ... wird nicht untergehen. Es wird immer da sein. Ich möchte jetzt aber hier sein. Und bitte frag mich das nie mehr."

Jetzt lächelte er wieder und wollte aus dem Zimmer gehen. Ich erinnerte mich plötzlich an meinen Traum. „Alain!"

„Ja?" Er drehte sich um.

„Ich wollte nur noch eins sagen: Fürchte dich nicht! Vertraue!"

Als ich aufgestanden war und hinunterging, sah ich in den Garten. Es war ein weiterer sonniger Dezembertag. Die wenigen Wolken am ansonsten strahlend blauen Himmel sahen wie gekämmt aus – wie Engelsflügel.

Julie und Bertrand saßen schon am Frühstückstisch, und Thérèse brachte gerade den Kaffee. Mir war immer noch ein wenig schwindelig und ich hoffte, der Kaffee würde das vertreiben.

Bertrand stand auf und rückte mir wie ein Gentleman alter Schule den Stuhl zurecht.

„Kannst du das mal lassen?" Mir waren solche Dinge nicht angenehm, obwohl ich schon längst wusste, dass solche Reaktionen von unserem Hausarzt nicht von ungefähr kamen und auch keine leeren Verhaltenshülsen darstellten. Die Bestätigung kam prompt.

„Ariane, irgendwie siehst du heute blass aus. Alain hat mir gesagt, dass es dir heute Nacht nicht sehr gut ging."

„Gegen Morgen. Da war mir kalt. Und dann etwas warm. Nichts von Bedeutung!" Ich wiegelte ab. Der Kaffee tat seine Wirkung und ich fühlte mich wieder obenauf. „Bertrand, du weißt über mich und meine Erkrankung Bescheid. Wir haben Winter. Das ist für mich eine schmerzhafte Leidenszeit."

„Also kann ich nichts für dich tun?"

„Nein – aber danke für die Fürsorge!"

Offenbar gab sich der Freund und Arzt damit zufrieden, denn er wechselte jetzt das Thema. „Wenn wir beide darin übereinstimmen, dass meine Frau deinen Alain für eine halbe Stunde in künstlerische Gespräche verwickeln darf und wir zwei beide frei sind, dann könnten wir ..." Er lächelte sein spitzbübisches Lächeln.

„Dann könntet ihr was?" wollte Alain wissen.

„Naja, ich habe einen Schraubenzieher dabei, und im Nebenraum harrt ein Leuchter seiner Installation. Wenn Ariane mir hilft ..."

Alain machte eine einladende Geste. Gerade kam Thérèse wieder herein. „Thérèse, nehmen Sie einen Kaffee mit uns?" fragte er. „Was ist übrigens mit Martin?"

Die Haushälterin setzte sich tatsächlich zu uns. „Der alte Esel? Der schnarcht wohl noch in den Matratzen! Er hatte gestern ganz schön einen in der Krone."

Wieder lachten wir über die offenbare Übertreibung und die sichtlich gespielte Empörung der sympathischen alten Frau.

„Ich glaube, es wird wirklich Zeit für Ihre Kur. Da wir demnächst auch verreisen werden, ergibt sich eine schöne Gelegenheit." Alain genoss es sichtlich, alle um sich herum zufrieden zu sehen. Dabei war er selber der Zufriedenste von allen.

Nach dem Frühstück traf ich mich mit Bertrand im Nebenraum. Auf dem Tisch vor uns lagen Bohrer und Schrauben. Bertrand stand auf der Leiter und zeichnete die Stelle an, an der der Leuchter aufgehängt werden sollte.

„Er muss niedrig genug hängen, damit wir die Kerzen entzünden können!" erinnerte ich den Handwerker über mir, der mir jetzt den Leuchter wieder herunterließ.

„Das machen wir, wenn er hängt. Man kann die Kette beliebig verlängern oder verkürzen."

„Alain hat sich sehr über dieses Stück gefreut. Danke auch für die von euch übernommene Restaurierung. Der Restaurateur hat gute Arbeit geleistet."

Bertrand stieg von der Leiter. „Gerne! – Übrigens, er war heute Morgen ehrlich besorgt um dich! Man kann spüren, dass zwischen euch etwas ganz Besonderes ist ... wie ein unsichtbares Band!" Als er das sagte, schaute er mich fragend an.

Dafür bekam er von mir einen nur schwer deutbaren Blick zurück. Ich wechselte das Thema. „Was war das eigentlich gestern Abend, worüber ihr gesprochen habt?"

Resigniert zuckte Bertrand mit den Schultern und stieg, diesmal mit Bohrer, Dübel und Schrauben in der Hand, wieder die Leiter hinauf. „Was meinst du?"

„Du sprachst mit Alain gestern Abend über ein Projekt; einen Traum, den ihr habt."

„Ach das ... Hältst du mal? – Ja, das ist eine Idee, die eigentlich von Julie stammt. Sie arbeitet in der Stadt mit Jugendlichen, die künstlerisch hochbegabt sind, denen aber von Hause aus die finanziellen Mittel fehlen, um eine Akademie zu besuchen."

„Davon hat sie erzählt", erinnerte ich mich.

„Ja, und da hat sie den Traum, ein geeignetes Gebäude zu finden, in dem sie für solche jungen Talente eine Kunstschule einrichten kann – eine Art Förder-Akademie. Das wäre etwas, das ihr Freude machen würde ..." Weiter konnte er nicht reden, denn jetzt hatte er Dübel zwischen den Lippen und bohrte Löcher.

Ich sprang zur Seite, um dem herabfallenden Staub zu entgehen. „Das ist ein nobles Projekt!"

„Hmmm ..." Er hatte die Dübel in die Löcher gesteckt und befestigte nun mit den Schrauben die Aufhängung. Dann gab er mir ein Zeichen, den Leuchter wieder zu ihm hochzuheben. „Die Sache scheitert an nicht vorhandenen Mitteln ..."

„... und Alain möchte nun irgendwie helfen, kann es aber auch nicht", beendete ich den Satz, während er den Leuchter an die Halterung hängte. „Scheinbar gibt es an beinahe jeder Sache einen Haken ... – nicht nur an Kronleuchteraufhängevorrichtungen." Den Kalauer konnte ich mir nicht verkneifen.

Mittlerweile war Bertrand bis auf die zweite Sprosse herabgestiegen. „Alain war immer ein großzügiger Mensch. – Gib mir mal die Kerzen ... Ich hatte es dir ja bereits erzählt. Er will immer helfen …" Er steckte die Kerzen in die Halterungen. „Aber manchmal müssen Träume eben Träume bleiben. Schluss!"

Damit sprang er mit jugendlichem Schwung von der Leiter, und wir betrachteten unser gelungenes Werk. Plötzlich hörten wir, wie jemand hinter uns applaudierte. Der Hausherr stand in der Tür und klatschte in die Hände. „Das habt ihr gut hingekriegt!"

Jetzt steckte auch Julie ihren Kopf neugierig ins Zimmer und bewunderte das schöne neue, alte Stück. „Es passt hierher, als sei es für diesen Raum geschaffen worden. Toll!"

„Wir gehen dann mal lieber." Bertrand räumte die Werkzeuge zusammen. „Ich muss heute noch nach einem Patienten sehen. Richtig los geht es morgen wieder …"

So schnell war die Feier des Heiligen Festes also wieder vorbei. Als wir uns von unseren Freunden verabschiedeten, hatten wir die Einladung zu einem Essen bei ihnen an Saint Sylvestre, dem letzten Tag des Jahres, schon in der Tasche.

Unerreichbar. Ich gehe Wege, die mir vorher unbekannt waren. Ich sollte nicht hier sein, und dabei bin ich dieses Mal nicht einmal in die Stadt geflohen. Ich habe eine Ecke in den Gärten gefunden, die versteckt liegt und offenbar lange keinen Gärtner gesehen hat. Sie ist halb verwildert und hat an der Mauer entlang Dornenhecken. Sie sind kahl und beinahe entlaubt. Plötzlich, inmitten von diesem ganzen grauen Gestrüpp, streckt sich mir eine Blüte entgegen. Es ist eine weiße Wildrose; ganz einsam blüht sie in dem Busch. Sie scheint mich beinahe anzusehen; es ist, als meine sie mich. Ich strecke meine Hand aus. Sie ist so nah, doch ich kann sie nicht greifen. Ich fasse ins Leere. Ihre Dornen stechen mich, einer steckt in meinem Finger. Zwischen mir und dem Busch ist ein kleiner Graben. Ich steige auf einen Stein, der sich mir geradezu anbietet. Aber auch das hilft nicht. Die Rose bleibt um Fingerlänge unerreichbar – ich kann sie nicht riechen, nicht pflücken. Das einzige, was mir erlaubt scheint ist, sie zu sehen. Muss mir auch das Glück auf solche Weise unerreichbar sein?

Unerreichbar. Die Welt da draußen. Ich sollte ein Teil davon sein, so wie ich es in vielen Jahren meines Lebens war. Und doch hat sich beinahe jeder Wunsch danach, damit verbunden zu sein, verflüchtigt. Es ist so, als habe ich bereits alles gesehen, alles gehört und zu vieles erlebt, um noch an die Möglichkeit eines positiven Eingreifens zu glauben. Was außerhalb meiner Handlungsmöglichkeiten geschieht, zieht mich nicht mehr zu sich hin. Ich habe nur noch das Verlangen nach Einkehr, nach innerem Gleichgewicht und äußerem Frieden. Ich will mich nur noch mit dem Anschauen von Schönem beschäftigen und mich nicht mehr von der Welt verletzen lassen. Ich beginne, die Äußerlichkeiten als zuweilen reizvolle, zumeist aber weniger angenehme Bilder zu sehen; Trugbilder und Illusionen. Wenn man nach ihnen greift, so scheint es, man greift ins Leere. Die Dinge der Alltagswelt lassen sich nicht fassen, und vor allem lassen sie sich nicht auf der Ebene der Seele verstehen. Weil ich das erkannt habe, kann ich nun so intensiv im Hier und Jetzt leben.

Es war nicht so, dass uns in unserem leisen Leben die Realität, die sich auf dem Globus abspielte, nicht erreichte. Allerdings wurden wir mit den täglichen Schreckensszenarien der Welt auch nicht überflutet. Es gab zwar einen Fernseher im Haus, der jedoch nur äußerst selten angestellt wurde. Der Computer, obwohl häufiger in Gebrauch, diente mir aber mehr oder weniger nur als Schreibmaschine.

Manchmal lief das Radio in der Küche. Aber die eigentlichen Neuigkeiten bekam man aus der Tageszeitung – und zwar nicht nur ausschließlich *wenn*, sondern vor allem *wann* man wollte.

Ich hatte ein politisch interessiertes und aktives Leben hinter mir, hatte mich sogar einmal für kurze Zeit in der lokalen Politik versucht. Jedoch sah ich sehr bald, dass mit Idealismus in dieser Welt nicht viel auszurichten war und dass im ‚big business' nur vorankam, wer bereit war mitzuspielen. Taktieren war nicht meins. Und je älter und auch kränker ich wurde, umso mehr entzog ich mich dem Einfluss von allem Negativen. Nicht dass es mich kalt ließ; aber ich hatte mich sozusagen selbst angewiesen, nicht mehr die Welt verbessern zu wollen, sondern nur noch an mir zu arbeiten. Immerhin hatte ich hier, bei mir selber, ein Feld gefunden, das ich wirklich beackern konnte.

So war die erste größere Handlung dieses neuen Jahres, die geplante Kurzreise an die See, beinahe wie ein Schritt hinaus in eine Welt, die ich in den letzten Monaten weit hinter mir gelassen hatte. Aber jetzt freute ich mich darauf, denn das Neue am Jahr erzeugte auch in mir wieder den Wunsch nach etwas mehr nach außen gerichteter Aktivität.

Offenbar ging es nicht nur mir so. Am Morgen des Tages, an dem wir aufbrechen wollten, erschien ein frisch rasierter Alain auf der Bildfläche. Ohne Bart hatte ich ihn noch nie gesehen und war nun erstaunt, wie sehr ihn das veränderte.

„He, du siehst ja zehn Jahre jünger aus", begrüßte ich ihn. „Wem willst du denn gefallen?"

„Da hätte ich so meine Ideen … Häh! Du testest mich? Natürlich will ich als erstes mir selber gefallen. Und dann … Magst du es?"

„Es ist … gewöhnungsbedürftig. Mit Bart sahst du gemütlicher aus."

„Na, dann ist jetzt Schluss mit der Gemütlichkeit." Alain schenkte sich Kaffee ein und setzte sich an den Tisch, auf dem ein kleines, von mir vorbereitetes Frühstück stand – denn Thérèse und Martin waren nun wirklich zu ihrem Kuraufenthalt gefahren.

„Das ist mir recht. Weihnachten ist ja schön … aber zuviel davon ist zuviel …" Ich nahm mir nur einen Apfel zum gewohnten Kräutertee und fügte hinzu „… vor allem auf den Hüften!"

„Dann wird uns der Ausflug doppelt gut tun." Alain breitete nun einen Straßenplan aus. „Wohin also soll es gehen? Marseille? Toulon, Cannes, Nizza?"

„Damit kannst du mich jagen! Ich habe dir doch gesagt, dass mich diese Orte nicht reizen. Konsum reizt mich nicht, all der Glitzer, die sogenannten *celebrities* … das hat nichts mit dem normalen Leben zu tun." Ich stand auf und warf den Teebeutel mit Schwung in den Abfalleimer. „Ich kann nicht verstehen, dass ausgerechnet du mir so etwas vorschlägst."

Alain lachte. „Dann eben woandershin", änderte er ohne Umschweife seinen Vorschlag. „Schau hier drauf und sage, wo es dich hinzieht."

Ich setzte mich wieder. Vor mir lag eine Karte der gesamten Südküste Frankreichs. Es las sich von den Ortsnamen her wie eine Tour durch eines der vielen Glamour-Magazine, die wirklich nicht mein Ding waren. Aber auch ich hatte viele Stunden – wenn nicht Jahre – meiner Lebenszeit in ärztlichen Warteräumen verbracht.

„Auf jeden Fall ans Meer. Lass mich sehen …" Ich schaute mir die Karte genauer an und suchte mit den Augen drei ganz bestimmte Ortsnamen, die mir vorschwebten. Natürlich hatte ich mir schon so meine Gedanken gemacht. Alain sagte nichts und beobachtete nur interessiert, wie ich mit dem Finger auf der Landkarte umherfuhr.

„Ich liebe es eigentlich sehr, außerhalb der Saison in Gegenden zu fahren, die zu Hoch-Zeiten überlaufen sind", erklärte ich. „Man sieht diese Orte auf eine Art, die dem Touristen verborgen bleibt – sozusagen stressfrei und unverstellt …" Mein Finger stoppte bei einem Namen. „Hier! Was hältst du davon?"

Es war eine Gegend, die ich bei meiner Fahrt hierher sozusagen links liegengelassen hatte, als ich bei Fréjus abgebogen war. Etwas südlich lagen im Hinterland zwei markante Orte und direkt zum Meer hin – in einer großen Bucht – der dazugehörige Port mit einer Wohnanlage, die auch „das kleine Venedig" genannt wurde. Es war offenbar einer der interessanteren Touristenorte, und ich hatte gelesen, dass es dort eines der ‚Kinder' von Alain zu besichtigen gab. Ich erinnerte mich seines Wunsches, seine nähergelegenen früheren Arbeiten wiedersehen zu wollen. Meine Hoffnung war, dass es jetzt dort viel Raum und Ruhe geben würde. Eine Unterkunft würde sich zu dieser Jahreszeit sicher leicht finden, das konnten wir getrost dem Zufall überlassen.

Alain nickte. „Wenn du willst? Es ist dein Geschenk; immerhin musst du auch fahren …"

„Gut!" Ich legte den Plan zusammen. „Dann machen wir es so. Wer wird sich um Rosalie und ihre Jungen kümmern?"

„Oh, das ist geregelt. Die Brunets sehen nach den Katzen und dem Haus."

Nachdem das geklärt war, gab es eigentlich nichts mehr, was uns am Losfahren hinderte. Also packten wir kurz unsere Sachen zusammen und machten uns auf den Weg.

Es war ein wundervoll sonniger, wenn auch kalter, Januartag. Wenn man aus dem Fenster schaute, konnte man leicht der Illusion erliegen, es sei Sommer – zumindest gegen Mittag, und so spät war es ja auch schon. Wir hätten leicht die Autobahn nehmen und unser Ziel in zweieinhalb bis drei Stunden erreichen können. Jedoch hasste ich Autobahnen und nahm gerne National- oder noch kleinere Straßen, um auch etwas von der Gegend zu sehen. Das war hier gar nicht so einfach. Aber so wie Alain ein angenehmer Beifahrer war, so gestand er mir auch meine Umwege zu. Und offenbar traute er meinen Kartenlesekenntnissen, um die richtigen Schleichwege zu finden. Wir hatten Zeit. Wenn wir am späten Nachmittag mit dem Dunkelwerden ankämen, wäre das gut genug. Wir wollten die Fahrt genießen.

„Jetzt freue ich mich richtig auf die nächsten Tage", sagte ich. Wir fuhren über gebirgige Höhenzüge, und ich war froh, dass wir so spät aufgebrochen waren, denn nun hatten wir – in südöstliche Richtung fahrend – die Sonne zum guten Teil schon im Rücken.

Alain schaute zu mir herüber. „Wir haben richtig Glück mit diesem Wetter. Du wirst die Gegend und den Hafen lieben."

„Du kennst es schon?" fragte ich etwas hinterhältig, denn ich wusste ja bereits, dass er dort schon künstlerisch zugange gewesen war, da er die Aufstellung seiner Skulpturen immer selber überwacht hatte.

Mich traf ein vielsagender Blick. „Das weißt du doch, oder?"

„Ertappt!" gab ich zu. „Wird es dir trotzdem Spaß machen, das alles noch einmal zu sehen?"

„Natürlich", sagte Alain. „Es ist schon Jahre her. Und ich habe diese Ecke immer geliebt. Nur war ich noch nie im Winter dort." Nach einer kleinen Denkpause fügte er hinzu: „Wir sind viel zu gewöhnt an unsere Sichtweisen, sodass wir meistens nur noch sehen, was wir auch erwarten."

„Was meinst du?"

„Nun, diesmal erwarte ich nichts. Ich will das alles neu sehen ... mit deinen Augen. Das wird für mich sicher noch einmal ganz etwas anderes sein – hoffentlich."

„Jedes Mal wird es anders sein. Es kommt doch auf uns an, was wir aus der Gelegenheit machen. Das gilt für einen Tag, einen Ausflug, wie auch für ein ganzes Leben."

„Ja", wandte Alain ein, „unser Leben. Aber was, wenn es anders gekommen wäre? Oft frage ich mich, welchen Weg ich genommen hätte, wäre ich in einem – sagen wir – hinduistischen Land geboren worden, in Südamerika ... oder in der Inneren Mongolei."

„Ich bin fest überzeugt, dass deine Seele das dann so gewollt hätte, um die entsprechende Erfahrung machen zu können. Wir durchlaufen mit unseren Inkarnationen viele verschiedene Möglichkeiten." Ich fuhr kurz an die Seite, um einen weiteren Blick auf den Straßenplan zu nehmen.

Alain reichte mir die Trinkflasche. Während ich mir den weiteren Weg anschaute, redete ich weiter, wie zu mir selber. „Ich bin überzeugt, dass ich ein volles, ausgefülltes Leben führe. Dennoch ... könnte ich mir auch vorstellen, mal wieder als Mann auf die Welt zu kommen."

Alain sah mich erstaunt an, während ich die Karte wieder weglegte und einen Schluck trank. Ich musste lachen. „Es war nicht ganz ernst gemeint!"

Nun lächelte auch Alain wieder. „Aber ... gibt es Vorstellungen bei dir, wie dein Leben anders hätte verlaufen können?"

Ich fuhr wieder an und dachte nach. „Nun, ja, jedoch nicht in diesem Leben. Aber wenn ich wieder geboren werde, würde ich gerne eine Hautärztin sein. Ich möchte unbedingt Klavier spielen lernen und die Alhambra sehen. Und wenn in dem einen Leben noch Platz ist oder ein nächstes ansteht – Rhönrad würde ich gerne beherrschen und an Seidenschlaufen turnen können ..."

Jetzt mussten wir beide lachen.

„Das ist sehr konkret!"

„Ja, und ich meine es absolut ernst."

„Hautärztin? Also wieder als Frau?"

„Im nächsten Leben – ja. Im Moment macht es mir großen Spaß, eine Frau zu sein …"

„Und warum Hautärztin?"

„Ich finde, ein Facharzt für das größte und faszinierendste Organ unseres Körpers zu sein ist doch interessant. Denk an die Vielfältigkeit der Erkrankungen, aber auch an all die Informationen, die die Haut geben kann über einen Menschen …"

„Da ist was dran", bestätigte Alain. „Und das Turnen?"

„Das ist so ein Traum. Eine Laune … Man muss auch unerfüllbare Träume haben."

So fuhren wir plaudernd unserem Reiseziel entgegen.

Als die Dämmerung einsetzte, kamen wir an. Alain hatte mir geraten, an der nächstgelegenen größeren Stadt vorbeizufahren und gleich den als Ziel erwählten Ort anzusteuern. „Ich kenne dich und deinen Geschmack!" hatte er erläuternd gesagt. Als wir in die Mitte des Städtchens kamen, dirigierte Alain mich in eine bestimmte Richtung. „Fahr doch mal hier rechts hoch, dann die zweite links … Da kannst du sicher auch parken."

„Oh, Monsieur wollen mir meinen Beruf streitig machen. Du scheinst dich hier gut auszukennen."

„Ich kann mich eben gut erinnern." Während er das sagte, schaute er sich suchend um. „Hier! Halte hier an."

Nun, warum nicht. Offenbar hatte er etwas im Sinn. Jedenfalls konnte ich nun sehen, dass wir vor einem kleinen Hotel standen.

„Komm!" Wir stiegen aus und gingen hinein. Was jetzt kam, überraschte mich, denn ein Portier erbat sich die Autoschlüssel von mir, und ehe ich etwas sagen konnte, begrüßte uns die Empfangsdame mit den Worten „Guten Tag, Monsieur Marville. Schön, Sie wiederzusehen. Willkommen, Madame. Ihre Zimmer erwarten Sie schon."

Ich drehte mich mit fragendem Blick zu Alain um. Der lachte nur. „Häh! Es war ja schließlich *mein* Geschenk an dich, und da darf ja wohl auch eine kleine Überraschung dabei sein!" Und dann schob er mich sanft in Richtung Treppe.

Wenig später, nach Auspacken und Frischmachen, trafen wir uns in der kleinen Rezeption wieder.

„Na, hungrig?" fragte Alain.

„Ja, nach einer Erklärung!" antwortete ich.

„Die kriegst du. Komm erstmal …" Er wies den Weg zur Tür. Draußen wurde es gerade dunkel. Zielsicher leitete Alain mich in eine bestimmte Richtung. Es ging durch eine relativ schmale Gasse, dann hinunter durch die gemütlich wirkende Altstadt. Am klaren Abendhimmel stand bereits der Mond. Nach wenigen Minuten gelangten wir zu einem kleinen, sehr schönen Restaurant. Auch hier wurde Alain wieder namentlich begrüßt. Offenbar war ein Tisch reserviert. Denn auch wenn es Januar war und nicht gerade Touristensaison, so füllte sich das Lokal doch schnell mit Gästen.

Mein Gesicht musste nun die Form eines Fragezeichens angenommen haben. Nachdem uns ein Glas Wein serviert wurde, beugte sich Alain leicht vor. „Du willst wissen, wieso Zimmer reserviert waren und hier ein Tisch? Es ist ganz einfach. Ich hatte so eine Ahnung, dass du dir einen Ort am Meer aussuchen und dass du das zusätzlich mit der Besichtigung einer meiner Arbeiten verbinden würdest. Dafür kamen nur drei Orte in Frage. Da ich wusste, wann wir aufbrechen wollten, habe ich einfach an allen drei Orten in den meiner Meinung nach besten Hotels Zimmer reservieren lassen. Und als das Ziel feststand, einen Tisch in diesem Restaurant – wollen wir trinken?"

Ich schüttelte lachend den Kopf und nahm das Glas. „Du bist verrückt. Dann trinken wir darauf, dass … du mich so gut kennst."

Er lächelte und nahm einen Schluck. Dann setzte er das Glas wieder ab. „Ich habe gelernt, dass du eine Sache immer mit irgendetwas anderem sinnvoll zu verbinden versuchst. Ich glaube, mit dir einfach ins Blaue zu fahren wäre nicht möglich."

Wie gut er mich kannte!

„Weißt du, ich habe damals, als meine Skulptur im Hafen aufgestellt wurde, in diesem Hotel gewohnt. Und das hier war mein Lieblingsrestaurant. Hier war es etwas weg vom Trubel, im Hinterland, und es erschien mir überaus angenehm."

„Oh ja, das ist es. Mein Zimmer ist süß, liebevoll eingerichtet. Es gefällt mir." Jetzt trank auch ich. „Danke! Ich freue mich auf morgen!"

Wir bestellten ein kleines, leichtes Essen. Danach gingen wir noch in den abendlichen Straßen des Ortes umher, in denen ich mich ohne Alain mit Sicherheit verlaufen hätte. Irgendwann, bei einer Kirche, erreichten wir etwas wie einen höher gelegenen Platz, von dem aus man hinunter in Richtung des in einiger Entfernung liegenden Hafenortes schauen konnte. Die Lichter der Häuser und Straßen bis dorthin schienen in der Landschaft zu schwimmen, und auf dem Meer spiegelte sich der nun hoch am Himmel stehende Mond. Es war eigentlich noch recht früh, aber nach der Fahrt, dem Essen und dem Wein machte die kalte, frische Luft so unendlich müde …

Gespräche. Nun habe ich wohl endlich, neben meinen wohlfälligen Diensten an den einfachen Menschen, doch noch höhere Verwendung gefunden, um den eigentlichen Sinn meiner Verheiratung zu erfüllen. Ich darf vermitteln. Mein Gatte hatte mich gebeten, mit ihm auf eine kleine Reise zu gehen, um meinen jüngeren Bruder zu treffen. Es sollte Frieden verhandelt werden. Nun, ich bin im Diplomatischen sicher nicht schlecht, und es war auch nicht nur meine Anwesenheit gefragt. Ich durfte meine Ansichten sagen und aktiv in das Geschehen eingreifen. Am Schluss nahm ich beide Männer gleichzeitig bei den Händen, um das Besprochene für alle sichtbar zu besiegeln. Ob es halten wird? Ich bin mir sicher, dass auch Damen etwas ausrichten können. Es wäre nicht das erste Mal.

Gespräche. Das beste Mittel, um sich anzunähern. Argumentieren, Zuhören … überzeugen oder auch überzeugt werden. Das war mir immer wichtig. Es ist eine Kunst, besonders in der Diplomatie. Ich habe es auch in der Politik anzuwenden versucht. Immerhin gehöre ich einer der ersten Generationen an, in denen Frauen in diesen Bereichen gleichberechtigt neben Männern stehen. Doch in der Politik galt, was dann bald auf die gesamte Gesellschaft zutraf: Es wurde nicht mehr mit gesundem Menschenverstand argumentiert, von Diplomatie konnte bald keine Rede mehr sein. Ich stellte fest: Diskussionen drehen sich nicht um die Dinge, wie sie sind. Es geht zunehmend nur noch um Weltbilder, um Glauben,

Anschauungen und Vorurteile. Die Fakten können klar und deutlich auf dem Tisch liegen – es nützt nichts. Auch gibt es immer noch Männer, die Frauen weniger zutrauen. Ich glaube nicht mehr daran, dass Diplomatie und Gespräche etwas gegen vorgefasste Meinungen bewirken können. Aber ich glaube immer noch und immer stärker an die Kraft der Begegnung im ganz persönlichen Gespräch zwischen zwei Menschen.

Am nächsten Morgen erwachte ich aus einem tiefen, traumlosen Schlaf. Wieder war es ein klarer Tag, und vom Fenster aus konnte man die rotbunten Dachschindeln der Nachbarhäuser sehen. Da es erst kurz nach acht Uhr war, wollte ich hinuntergehen und im Frühstücksraum auf Alain warten. Der allerdings überraschte mich, denn er saß bereits am gedeckten Tisch und lächelte mich an. „Häh, wie hast du geschlafen?"

„Wie ein Stein!" Ich setzte mich und nahm die Serviette, während eine junge Frau bereits neben mir stand und Kaffee einschenkte. Ich nickte ihr zu und wandte mich wieder an Alain.

„Und du?" fragte ich zurück.

„Oh, auch tief und fest – nur, das Bett ist zu klein."

„Du bist eben verwöhnt. Iss lieber, wir haben viel vor."

„Mit Vergnügen, Madame!"

Und wieder lächelte er …

Eine knappe Stunde später trafen wir uns vor dem Hotel am Auto. Eine Karte war nun nicht mehr nötig. Die Richtung war ohnehin klar; von hier oben konnten wir unser Ziel sogar sehen. Das in der Entfernung in der Morgensonne wie gehämmertes Gold blinkende Meer hatte in mir Erinnerungen an meine Insel geweckt. Ich konnte mir sogar vorstellen, dass die Landschaft, die wir nun durchfuhren, im Sommer sehr ähnlich der griechischen sein könnte. Am Weg standen Oleanderbüsche, Oliven, Mittelmeerkiefern und Agaven.

Unten im Port allerdings war dann doch kaum noch Ähnlichkeit vorhanden. Man nannte die gesamte ausgedehnte Hafenanlage auch „das französische Venedig". Allerdings – wie so oft bei solchen Vergleichen – waren es einzig die Kanäle, die eine solche Assoziation zuließen. Natürlich gab es keine grandiosen Palazzi, sondern schmucke und sicher auch hochpreisige Reihenhäuser, die ein interessantes Gewirr von Straßen, Gassen, Plätzen und Kanälen säumten. Sie orientierten sich wohl an alten französischen Fischerhäusern und waren mit rückwärtigen Steganlagen ausgestattet. Auf manchen umbauten Plätzen nahm man gar nicht wahr, dass man von Wasser umgeben war – man wähnte sich in der Mitte einer ländlichen Ortschaft.

Wir ließen das Auto an einer geeigneten Stelle stehen und liefen in das Gewirr der Straßen hinein. Alain kannte sich hier offenbar ganz gut aus. Eine schmale Gasse, eine Biegung – dahinter weitete es sich zu einem Platz, und da war es: ein weiteres von Alains Kunstwerken. Die Statue war etwa drei Meter hoch und stellte eine Allegorie auf das Meer dar. Es war eine riesige, geschwungene Form, die eine Welle, einen Fisch, ein Meerungeheuer darstellte – so genau konnte man es nicht sagen. Es hatte eine Dynamik und Wucht, die beinahe den durch den Platz begrenzten Raum sprengte. Deshalb trat ich, nachdem ich nahe herangegangen war, wieder zurück und betrachtete es mit Abstand. Alain stand neben mir und schien sich mehr für meine Reaktion zu interessieren als für sein eigenes Kunstwerk, das er mit Sicherheit seit vielen Jahren nicht gesehen hatte.

„Wann ... wann hast du es gemacht?" fragte ich.

„Warte – das müssen ... ja, fast dreißig Jahre ist das her. Man hatte den dritten Teil vom Ausbau des Ports gerade in Angriff genommen ... Dazu gab es eine Ausschreibung, und die hatte ich gewonnen."

„So, man hat diese Hafenstadt also in Teilen konstruiert?"

„Ja, so war es."

„Und der Titel deiner Skulptur?"

Alain lachte. „Du wirst es nicht glauben, aber es ist ganz simpel: ‚La Mer'. Ich dachte damals an das Chanson von Charles Trenet."

„Ich finde es schön. Warum sich beim Namen kaprizieren ..." Ich betrachtete wieder das Werk und entdeckte nun erst die vielen Details. Ich ging um es herum und studierte es von allen Seiten. Ich konnte mir nicht vorstellen, dass man so etwas Organisches, beinahe lebendig Wirkendes, aus Stein hauen konnte, der kein Formen, keine

178

Korrektur zuließ. Ich schaute wieder auf Alain, der nun seinerseits in Gedanken versunken die Skulptur betrachtete. Und ich schaute auf seine Hände ...

Wenig später spazierten wir ziellos durch das verwirrende Straßensystem.

„Alain, ich bewundere deine Bildhauerei. Es ist sicher extrem kräftezehrend, und doch produziert es solche Zartheit aus so einem schweren Material. Es ist eine große Kunst."

„Ja. Ich glaube, im Deutschen sagt man, Kunst kommt von Können, nicht wahr? Ich konnte gar nicht anders – das war das einzige Können, das ich hatte. Alles andere war Handwerk."

„Wertest du es jetzt nicht ab?" fragte ich erstaunt.

„Nein, so meine ich es nicht. Aber der eigentliche Schöpfungsakt war immer die Idee. Meine Kunst war niemals, was ich mache, sondern es ist etwas, das ich *bin*. Wenn die Idee dann geboren wird, mache nicht ich es, sondern es geschieht quasi *durch* mich. Macht das Sinn?" Jetzt sah mich Alain von der Seite her an.

„Ja – aber das Handwerk, deine Expertise ..."

„Schon. Aber alles beginnt mit einem Gedanken. Jede Idee, die sich verwirklicht, beginnt mit einem Gedanken. Wichtig ist der Glaube, dass man es schafft; dass man es von sich selber weiß, dass man es schafft. Nicht was man denkt dass andere denken ... Wenn die richtige Idee zum richtigen Zeitpunkt kommt, ist die Verwirklichung göttlich. Wenn sich der Gedanke im Physischen manifestiert, das ist Schöpfung."

Mittlerweile waren wir auf einer Brücke angekommen und blieben stehen. Ich schaute ins Wasser. „Du könntest Vorträge halten!"

„Ich tauge nicht zum Universitätsprofessor. Ich war immer ein praktischer Mensch, ein Ausführender. Trockene Vorträge finde ich unnütz. Es würde mich langweilen. Und sicher auch meine Studenten." Jetzt drehte er sich zu mir und lachte laut auf. „Häh! Gelangweilt zu sein ist eine Beleidigung an das Universum, das in allen Augenblicken Lektionen und Möglichkeiten für uns bereithält, um zu lernen und zu wachsen."

„Du hattest also nie Studenten? Keinen Lehrstuhl? Wie konnte die Bildhauerei dich ernähren?"

„Nun, ich hatte wohl Glück. Ich bekam respektable Aufträge, sie zahlten meistens gut. Außerdem lebte ich nie auf großem Fuß. Ich weiß, dass es vielen in dieser Branche nicht so gut erging. Aber dennoch hätte ich niemals einen noch so gut dotierten akademischen Weg eingeschlagen."

„Darin kann ich mir dich auch nicht vorstellen." Bei dieser Vorstellung musste ich jetzt auch lachen. Plötzlich legte Alain mir seine Hand auf die Schulter. „Ich freue mich, dass du solch ein Interesse an Kunst hast, an meiner Kunst ...“

„Ich habe Interesse an dir, an allem was dich betrifft", hörte ich mich sagen.

Er lächelte wie ein kleiner Junge und drückte meinen Arm.

„Alain ... darf ich dich etwas fragen?"

„Ariane, wir werden doch jetzt nicht auf die alten Tage scheu voreinander werden? Frag mich ...“ Erwartungsvoll schaute er mir jetzt direkt in die Augen.

Ich nahm meinen Mut zusammen. „Du sprichst von deinen Arbeiten als von deinen Kindern. Wolltest du je Kinder haben, ich meine ...“

„Ich weiß was du meinst. Nein, ich war dafür nicht gemacht." Er lächelte immer noch, aber jetzt schaute er übers Wasser. „Im Übrigen ... Kinder sind niemals *deine* Kinder. Sie kommen – wie Kunstwerke – nicht *von* dir, sondern *durch* dich." Er drehte sich wieder zu mir herum. „Insofern habe ich nichts entbehrt ... nicht in Hinblick auf Nachwuchs. – Aber du?"

„Bei mir war es ähnlich." Plötzlich musste ich lachen, und Alain sah mich fragend an.

„Ach", sagte ich erklärend, „ich muss an einen Psychoanalytiker denken, in dessen Vorträge ich als junge Frau ging." Dabei setzten wir uns wieder in Bewegung. „Er sagte, die menschliche Schwangerschaft dauere einundzwanzig Monate: neun im Mutterleib und zwölf außerhalb – als ‚Tragling'. Physisch ist ein neugeborenes Baby nicht ausgereift, und psychisch bleibt es noch viel länger unvollendet. Das war für mich eine einleuchtende

Erklärung. Ich konnte nie viel mit kleinen Kindern anfangen. Früher hatte ich Schuldgefühle deswegen."

„Das musst du nicht!"

„Ist ja auch vorbei. Jetzt bin ich alt genug, das zu verstehen."

„Du bist doch nicht alt!"

„Nein, aber ich bin alt *genug* ..."

Jetzt lachten wir beide laut; wie zwei, die gerade etwas ausgeheckt hatten. Ein vorbeigehendes älteres, sehr elegantes Paar drehte sich pikiert zu uns um. Wahrscheinlich benahm man sich nicht so in dieser Umgebung.

„Wollen wir woanders hinfahren und dort etwas essen?" fragte Alain.

„Wo denn?"

„Egal! Auf jeden Fall irgendwo anders. Ich glaube, ich bin hier jetzt auch etwas herausgewachsen!" Dabei lachte er wieder wie ein kleiner verwegener Junge.

Nach einer Entdeckungstour durch die weniger touristisch erschlossenen Gegenden des Hinterlandes, die den gesamten Nachmittag in Anspruch genommen hatte, kehrten wir am frühen Abend ins Hotel zurück. Der Tag hatte uns beide müde gemacht, und da wir nicht besonders hungrig waren, gingen wir auf unsere Zimmer. Ich legte mich angezogen aufs Bett und musste wohl schon innerhalb der ersten halben Minute weggedämmert sein. Als ich erwachte, war es eine halbe Stunde nach Mitternacht. Im Hotel und auf den Straßen war es absolut still. Trotzdem hörte ich ein leises Klopfen, das von der Tür kam. Ich stand auf und öffnete.

Alain stand davor. „Darf ich reinkommen?"

„Bitte!"

„Habe ich dich geweckt?"

„Nein ... ja ... ich weiß nicht. Ich habe tief und fest geschlafen."

„Tut mir leid!" sagte Alain bedauernd und setzte sich auf einen Stuhl. „Ich kann nicht schlafen. Ich war todmüde, aber es klappt einfach nicht ... Mir fehlt die Einschlafmilch!"

Wie er da so saß und mich anschaute, konnte er einem wirklich leid tun. Mir kam eine Idee. „Ist denn der Portier noch im Haus?

„Eben nicht. Dies ist ein kleines Hotel. Im Sommer sind sie vierundzwanzig Stunden am Tag erreichbar, aber jetzt sind kaum Zimmer gebucht. Ab Mitternacht ist niemand mehr da – ich habe schon an der Rezeption nachgesehen. Es gibt nur eine Notfallnummer. Aber Einschlafmilch ist wohl kein Notfall …"

„Eher nicht. Naja, also …" Ich dachte nach. „Eine Küche haben sie unten. Da muss doch Milch sein. Eine Mikrowelle werden sie auch haben."

„Bist du verrückt? Du kannst dich doch nicht einfach selber bedienen."

„Na hör mal, ist das nun ein exklusives Hotel, egal wie klein es ist, oder nicht? Du bist doch hier ein Stargast, da werden sie uns wohl verzeihen, wenn wir in einer persönlichen Notlage … Komm!" Ich packte Alain am Arm und zog ihn vom Stuhl hoch.

Tatsächlich schienen wir die einzigen im Hotel zu sein, oder die anderen Gäste schliefen alle schon. Wir liefen ins Erdgeschoss und fanden die Frühstücksküche. In dem Raum war nur die spärliche Notbeleuchtung an. Ich fand den Lichtschalter und ging dann zu einem der beiden leise vor sich hinsummenden Kühlschränke.

„Ariane, was wenn jemand das Licht sieht?"

„Das Fenster geht nach hinten raus … Hier ist Milch. Gib mir mal zwei Tassen."

Als Alain sie mir reichte, schauten wir uns beide kurz an und mussten lachen. Es fühlte sich aufregend an, wie der verbotene Streich zweier Kinder. Ich füllte die Tassen und stellte sie in die Mikrowelle. Mit der warmen Milch setzten wir uns dann einander gegenüber an den Tisch in der Mitte des Raumes.

„Frau Zauberin, ich danke dir!" Alain erhob seine Tasse wie zum Toast, bevor er beinahe gierig daraus trank.

„Gern geschehen. – Darf ich dich etwas fragen?"

„Alles!"

„Du hast heute eine Konfrontation mit der Vergangenheit gehabt. Du hast gesagt, du seiest mittlerweile auch aus etwas herausgewachsen. Wie geht es dir jetzt damit?" Ich schaute ihn forschend an.

„Ja … ich sehe, wie ich mich entwickelt habe." Alain setzte die Tasse ab. „Ich identifiziere mich nicht mehr mit dem, was ich ‚erreicht' habe. Oder was die Kritiker darüber gesagt haben. Ich muss mich nicht mehr mit Dingen und Titeln aufwerten."

„Hast du das denn getan?" Ich nippte an meiner Tasse.

„Naja, auch ich war einmal eitel, jung; wollte etwas. Ich war als junger Mann sehr egoistisch, habe die Konkurrenz gesucht. Ich dachte, sie fördere das Schöpferische."

„Man sagt, Konkurrenz belebe das Geschäft, und Wettstreit befördere die Produktivität."

„Das sagst ausgerechnet du?"

Ich lächelte beschwichtigend. „Ich sage es, aber ich vertrete es nicht. Aber ist es nicht erstaunlich, dass einen erst das Alter lehrt, worauf es wirklich ankommt?"

„Das stimmt. Man lernt spät. Egoismus bringt nicht Freiheit, sondern Ausschluss und Einsamkeit. Didier war der erste, der mir das klar zu machen versuchte. Jetzt weiß ich es – im Inneren. Ich blicke auf meine alten Arbeiten, und sie erscheinen mir beinahe fremd; wie die Werke eines ganz anderen. Und ein ‚Anderer' war ich ja auch. Ich sehe das heute ganz ohne Trauer, höchstens mit ein wenig Verwunderung."

„Das ist gut, nicht wahr?"

„Ja, es ist sehr gut. Ich bin zufrieden, möchte nicht tauschen – mit niemandem auf der Welt."

„Ich glaube, das könnte man als Definition für Glück durchgehen lassen. Schade ist nur, dass viele Menschen dem sicher nicht zustimmen würden."

Alain nahm einen weiteren Schluck und lächelte. „Ja, es braucht eine bestimmte Reife um zu wissen, dass wirkliches Glück nichts Materielles ist. Dass man auch mit hundertzwanzig Millionen auf dem Konto ein armes Würstchen sein kann."

Er trank seine Tasse aus, und ich tat es ihm gleich.

„Komm, lass uns hinaufgehen. Wir sagen morgen früh beim Portier Bescheid, dass wir den Kühlschrank geplündert haben."

„Häh! Sie werden uns teeren, federn und durch die Stadt jagen!"

„Dann soll es wohl so sein! Mit dir gehe ich geteert und gefedert überallhin!" Ich löschte das Licht, und leise schlichen wir uns die Treppe hinauf, so als hätten wir immer noch entdeckt werden können. Und Alain konnte nun wohl endlich ruhig schlafen.

Schmerz. Zuerst ist es nur eine Atemnot. Ich muss unbedingt an die Luft. So lege ich meine Verkleidung an und nehme den geheimen Weg aus meiner Festung, um unerkannt in die Stadt zu gehen. Auf der Brücke gesellt sich wieder der Kater zu mir. Plötzlich ist er da wie aus dem Nichts, streicht um meine Beine herum und setzt sich dann etwas abseits, mich zu beobachten. Es dämmert schon. Ich beuge mich über die Brüstung und schaue ins dunkel dahintreibende Wasser. Dabei versuche ich tief zu atmen. Die Lunge tut weh. Ich will wieder zurück und wende mich zum Gehen. Hier sind nur noch wenige Menschen. Ein Mann reitet vorbei. Ein Blick – und ein erschrockenes Erkennen auf beiden Seiten. Dann verwandelt er er ebenso schnell wie besonnen seinen Schrecken in ein leichtes Kopfnicken in Richtung des Palastes und reitet dorthin davon. Ich folge und schlüpfe wieder unbemerkt in meine Gemächer. Bebée bringt mir einen Tee, und mit diesem bringt sie mir die Nachricht, dass der Hauptmann heute Abend zum ersten Mal danach gefragt habe, ob es mir gut gehe. Dann falle ich in einen langen, dunklen und von schweren Träumen geplagten Schlaf.

Schmerz. Ein eigenartiger Gefährte. Wenn er chronisch ist, kann man sich an ihn bis zu einem bestimmten Punkt gewöhnen. Ganz anders ist der außergewöhnliche Schmerz, der mit einer akuten Erkrankung einhergeht. Er schleicht sich langsam ein. Erst ab einem bestimmten Punkt, an den man sich später nicht mehr genau erinnert, begreift man, dass etwas vor sich geht. Da haben andere es bereits lange gespürt. Meine Tiere zum Beispiel hatten die Antennen dafür. Wenn ich mich, erschöpft, ein wenig hingelegt hatte – und noch lange, bevor Rippen oder Hals zu schmerzen begannen – lag gewöhnlich schon eine meiner Katzen demonstrativ auf der betreffenden Körperstelle. Das taten sie sonst nie. Wenn sich unsere

Blicke trafen, lag in ihren Augen stets etwas Wissendes. Und tatsächlich wussten sie, dass nur Zeit, ein warmes Bett und ein guter Gefährte wirklich beim Heilen helfen können.

Ich wachte wie gerädert auf. Ich schob das auf das etwas grauer und feuchter gewordene Wetter und vor allem auf das doch recht schmale Bett im Vergleich zu meinem Bett in Lagnières – und erst recht im Vergleich zu Alains Arche. Im Winter ging es mir ja in der Regel wesentlich schlechter, und wenn ich mich nicht nach allen Seiten ausstrecken konnte, zahlte ich regelmäßig morgens den Preis dafür.

Es blieb Alain, der schon ausgeschlafen und frohgemut am Frühstückstisch saß, nicht verborgen.

„Du siehst nicht gut aus! Was ist mit dir?"

Ich wiegelte ab. „Ach, es ist nichts. Das Übliche! Mir fehlt mein heimisches Bett, außerdem sind wir hier näher am Wasser, es ist feuchter und heute auch bedeckt ..."

In diesem Moment trat eine Angestellte an unseren Tisch. Sie wirkte zerknirscht. „Monsieur Marville, ich habe gerade vom Portier gehört, dass Sie letzte Nacht sich selber helfen mussten! Ich bin untröstlich! Normalerweise sind wir rund um die Uhr für die Wünsche unserer Gäste da ... Nur jetzt, außerhalb der Saison ... Wie kann unser Haus das gut machen?"

Alain wollte zur Antwort ansetzen, aber ich übernahm das für ihn. „So wie ich es sehe, müssten wir Ihnen zur Milch auch noch einen Erlebniszuschlag zahlen!"

Alain grinste, aber die junge Frau schien mich nicht zu verstehen. „Wie meinen Sie das, Madame?"

„Naja, es war toll, an Ihrem Küchentisch zu sitzen wie zwei Kinder, die Kirschen geklaut haben, und die Beute – in diesem Fall die Milch – zu genießen. Wir hatten eine gute Zeit. Und das ist es doch, was zählt. Daran werden wir uns immer erinnern."

Die Frau lächelte erleichtert und schaute auf Alain, wie um zu sehen, ob er zustimmte.

Der lachte. „Ich hätte es nicht besser sagen können. Es war ein schöner Abschluss eines schönen Tages."

„Nun, wenn es so ist ..." Mit einem leichten aber freundlichen Kopfschütteln zog sie sich zurück.

Wir schauten uns verschmitzt lächelnd an. Dann allerdings wurde Alain wieder ernst. „Du gefällst mir heute wirklich nicht." Er langte über den Tisch und legte seine Hand auf meine Stirn.

Ich fühlte mich etwas fiebrig, aber ich wehrte ab. „Es ist wirklich nichts!"

„Willst du nach Hause?"

„Hm, ich weiß nicht ... wir haben doch gerade erst unsere Tour begonnen."

„Aber wenn du dich nicht gut fühlst? Wir können das jederzeit fortsetzen. Meinst du nicht, dass es durch Belastung nur schlimmer werden kann? Ehrlich!"

„Ehrlich? Ich würde gerne weitermachen, aber ... ja. Ich fühle mich nicht so gut. Mir tut irgendwie alles weh."

„Dann brechen wir die Reise ab. Immerhin musst du fahren. Wir nehmen uns Zeit." Alain sah jetzt ernsthaft besorgt aus. „Ich will nicht, dass du krank wirst."

„Das bin ich schon, das weißt du!"

„Dann erst recht!" Er wollte mich offenbar ermutigen, die Entscheidung zu treffen, von der ich innerlich wusste, dass es die richtige war: so schnell wie möglich nach Hause zu fahren. Dabei nickte er leicht mit dem Kopf in Richtung Rezeption. Allerdings kam mir diese Geste auf einmal sonderbar vertraut vor, so als habe ich das schon einmal erlebt, wie ein Déjà vu ...

So kam es, dass wir uns nach dem Frühstück aus dem freundlichen Hotel verabschiedeten und langsam aber zielstrebig die Heimreise antraten.

„Es tut mir leid!" sagte Alain, als wir aus der Stadt herausfuhren.

„Was tut dir leid?"

„Ich wollte dir so vieles zeigen, aber vor allem etwas Schönes kaufen. Ein Kleid, irgendetwas, das dir gefällt."

„Wir hatten zwei wundervolle Tage. Ich habe sie sehr genossen. Alles andere können wir, wie du gesagt hast, ein anderes Mal machen." Ich legte meine Hand kurz auf Alains Arm. „Danke!"

Ein wenig später hielt ich an einer geeigneten Stelle an. Ich wollte noch einmal einen Blick auf das jetzt von hier aus gut sichtbare Mittelmeer werfen. Wie um die nicht weichen wollende Schwere in meinen Gliedern zu unterstreichen – und ganz im Gegensatz zum Tag unserer Anreise –, lag heute auch die See blaugrau und bleiern da. Lediglich am Horizont sah man einen Saum kupfergoldenen Lichts, das von aus tiefhängenden Wolken hervorbrechenden Strahlen aufs Wasser geworfen wurde. Ich atmete tief durch: Es war ungemütlich, aber es gab Hoffnung.

Wir nahmen uns wirklich Zeit. Zwischendurch bat Alain, mich ablösen und fahren zu dürfen, aber ich erinnerte ihn an die nicht vorhandene Brille und versicherte ihm, dass es mir gut genug gehe. Dabei spürte ich schon, wie sich unterhalb meines Kinns eine schmerzhafte Schwellung aufbaute. Und wieder war da diese Fiebrigkeit, ohne jedoch wirklich erhöhte Temperatur zu haben.

Wir kamen – dieses Mal wegen mehrerer Unterbrechungen wesentlich langsamer als auf dem Hinweg – erst mit einfallender Dämmerung nach Lagnières. Ich wollte sofort ins Bett gehen, und Alain ließ mich gewähren. Er brachte mir ein Schmerzmittel nach oben, zusammen mit einem großen Glas Wasser – da schlief ich schon halb. Und dann … schlief ich einen trüben, zerknitterten, immer wieder von schmerzhaften Wellen zitternd unterbrochenen Halbschlaf.

Ich kannte das. Es kam jeden Winter. Und bis jetzt war es jedes Mal etwas schlimmer geworden. Aber so abrupt hatte mich die winterliche Schmerzwelle, die auf die ‚normalen' Beschwerden massig zusätzliche Probleme draufhäufte, noch nie überfallen. Es war, als habe mein Körper nur abgewartet, bis diese Reise an ihr vorzeitiges Ende kam, um dann mit aller Wucht zuzuschlagen.

Durch eine lähmende Wand aus Schmerz kam ich langsam in den Tag und das graue Licht, das den Raum erfüllte. Meine Glieder schienen von innen her zu brennen; es war, als jagten glühende Pfeile durch die Röhren meiner Arm- und Beinknochen. Gleichzeitig war alles taub, und um die Knie herum fühlte es sich an, als wäre ich in einer eisernen Rüstung gefangen. Ich konnte die Gelenke nur sehr mühsam bewegen, um mich im Bett ein wenig aufzusetzen. In meinen Händen war das Gefühl unendlicher Taubheit, gleichzeitig aber fühlten sie sich an, als seien sie in einen Schraubstock eingespannt, der kontinuierlich zugedreht wurde. Und um das noch zu steigern, spürte ich etwas, das einer Kreuzigung nahekommen musste, wenn einem Nägel durch die Handflächen getrieben wurden.

Jetzt erst nahm ich Alain wahr, der neben mir auf dem Bettrand saß und überaus besorgt aussah.

„Bertrand muss gleich hier sein; ich habe ihn angerufen", sagte er leise.

„Nein, bitte lass das doch." Ich versuchte, mich etwas mehr aufzusetzen. „Ich kenne das, es ist immer das gleiche Lied. Das war ja auch der Grund, warum ich in den Süden gezogen bin ... da bleibe ich wenigstens im Sommer weitgehend verschont ..."

Weiter kam ich nicht, denn unten war jemand an der Tür – Bertrand. Alain ging hinunter, um ihn hereinzulassen. Auch wenn ich mir sicher war, dass er nicht würde helfen können, so wollte ich das Spiel mitspielen, einfach um Alain zu beruhigen. Obwohl ich nichts für meine Erkrankung konnte, schämte ich mich jedes Mal, wenn mich jemand so sah: hilflos wie ein Käfer auf dem Rücken; eben noch voll im Leben stehend und nun umgehauen von einem unerbittlichen, unbezwingbaren Sturm.

Bertrand betrat den Raum und schaute mich ernst an. Alain stand in der Tür. Dann drehte er sich um und ging, um uns alleine zu lassen. Bertrand trat zurück zur Tür und schloss sie. Dann kam er wieder an mein Bett.

„Du weißt, was mit mir los ist", sagte ich leise. „Bitte versuche, Alain zu beruhigen. Er hat das noch nie erlebt. Ich erlebe es seit beinahe drei Jahrzehnten."

„Du hast dich nie richtig behandeln lassen?" fragte er.

Ich lachte resigniert. „Nicht behandeln lassen? Man *wollte* mich nicht behandeln. Die Schulmedizin hat mich erst verpfuscht – und dann aufgegeben. So kam ich zur Homöopathie ... als einzige Linderung."

Mittlerweile hatte Bertrand sein Stethoskop ausgepackt und begann, mich abzuhorchen. „Du rasselst. Du hast dir eine schwere Erkältung zugezogen. Das geht ganz einfach, wenn der Körper eh schon geschwächt ist … Tut das weh?" Er klopfte meinen Rücken ab. „Ein wenig. – Weißt du, es tut überall so weh, dass mir einzelne Schmerzen im Moment nicht auffallen."

Mittlerweile tastete der Arzt meine Lymphknoten ab und fand die schmerzhafte Verdickung unter dem Kinn, die sich zu einer regelrechten Geschwulst ausgebildet hatte.

„Au!"

„Das ist die Reaktion deines Körpers. Es sind alle möglichen entzündlichen Prozesse im Gang."

„Und was wirst du tun?"

„Ich nehme dir Blut ab und schicke es ins Labor. Ich kenne dich, du willst keine Antibiotika. Ich bin auch nicht begeistert davon." Dabei machte er eine Kanüle fertig. „Aber du musst das ausliegen, hier im Bett. Und ich komme jeden Tag vorbei, keine Widerrede."

Alain klopfte an die Tür. „Darf ich rein?"

„Ja, komm!" Bertrand hatte gerade die Kanüle in meinen Arm gestochen, und Alain sah mit erschrockenem Gesichtsausdruck zu.

„Nun sag ihm schon, dass es nichts weiter ist!" Ich versuchte, so munter wie möglich zu wirken.

Bertrand war fertig, drückte mir einen Wattebausch auf die Einstichstelle und stand auf. „Naja, im Prinzip hat Ariane recht. So ist es nun mal mit einer chronischen Lyme-Erkrankung. Es kommt in Schüben … und die sind weder für den Patienten noch für den Beobachter leicht zu ertragen." Er beschriftete das Röhrchen und tat es in eine Plastiktüte. „Auf der anderen Seite – man kann in so einem späten Stadium nicht viel mehr tun als die Symptome zu lindern. Der Schub und seine Begleiterkrankungen müssen von alleine wieder weggehen."

„Wie, das ist alles?" fragte Alain entgeistert.

„Nun, wir müssen die Infektion und mögliche Folgeinfektionen im Auge behalten. Aber da Ariane die Erkrankung schon so lange hat und es sich offenbar nicht auf lebenswichtige Organe ausgebreitet hat, sondern nur die Nerven und Gelenke betrifft, besteht im

Moment keine Lebensgefahr. Erstmal sehen wir, was das Blut uns sagt."

Ich schaute, wie diese Worte auf Alain wirkten, aber offenbar beruhigte ihn das Gehörte keineswegs.

Bertrand zog eine Spritze auf und fuhr unbeirrt fort. „Ich gebe ihr jetzt erstmal ein starkes Schmerzmittel intravenös, sodass es Ariane nicht auf den Magen schlägt. Und ein Beruhigungsmittel." Er setzte die Injektion. „Lass sie schlafen, und wenn sie aufwacht, soll Thérèse ihr eine leichte Suppe ... ach, Thérèse ist ja gar nicht da!"

„Das ist in Ordnung", beeilte sich Alain zu antworten. „Ich mache das schon."

„Gut, ich komme morgen wieder. Sie muss auf jeden Fall viel trinken ... Gute Besserung, Ariane. Halt die Ohren steif, Alain. Wenn etwas ist, rufe mich an."

Damit verließ er das Zimmer, mit Alain im Schlepptau.

Ich fühlte mich so unendlich zerschlagen und wollte nur meine Ruhe. Tatsächlich spürte ich die Schmerzen bald nur noch wie aus der Ferne und schlief ein.

Als ich erwachte, war es schon wieder dämmrig. Ich hatte Probleme, mich einzuordnen. Irgendwann erinnerte ich mich an den Vormittag, an Bertrand und das Schmerzmittel. Die Tür zum Zimmer war angelehnt, vom Flur schien Licht herein. Ich stand mit Mühe auf und ging zum Bad. Als ich wiederkam, stand Alain vor meinem Bett. „Wie geht es dir?" wollte er besorgt wissen.

„Ach, frag nicht." Ich wollte wieder ins Bett, aber Alain hielt mich am Arm fest. „Hier entlang!"

„Wie?"

„Hier entlang, zu mir. Du ziehst um. Ich lasse dich nicht allein!" Er führte mich aus meinem Zimmer und in seins. „Mein Bett ist groß genug, und ich will bei dir sein."

Ich ließ alles mit mir geschehen. Ich wollte nur wieder in ein Bett, unter eine Decke und, ja, es störte mich nicht, wenn ich mich an jemanden anlehnen konnte. Ich kroch mehr in das Riesenbett als dass ich stieg und rollte mich sofort wie ein Igel ein. Alain setzte sich, noch angezogen, zu mir und legte sachte seinen Arm um mich –

genug um ihn zu spüren und doch leicht, damit er mich nicht einengte.

Ich fühlte mich schwindelig, fiebrig; fror, schwitzte – aber ich fühlte mich zuhause. Mein Hals begann zu schmerzen, ich musste immer öfter husten. Ich wollte Alain nicht anstecken, aber ich hatte auch nicht die Kraft, mich gegen dieses Hiersein zu wehren. Er hätte ohnehin nicht mit sich reden lassen, das wusste ich.

Wieder sank ich in ein tiefes, weiches Loch aus traumlosem, aber auch erholungslosem Schlaf.

Am nächsten Morgen fühlte ich mich bleiern und benommen; meine Schmerzen waren noch da, aber wie hinter einer Wand. Bertrands Injektion hatte ganze Arbeit geleistet. Während ich das noch dachte, öffnete sich die Tür, und der Arzt kam in Begleitung von Alain herein.

„Oh, du hast sie also verlegt ins Allerheiligste", war seine erste Bemerkung, während er mich mit hochgezogenen Augenbrauen betrachtete.

„Ich musste es tun, ich will Ariane nicht alleine lassen."

„Schon gut, war ja keine Kritik." Dabei lächelte er Alain und dann mich verständnisvoll an. „Aber ich würde dich lieber in die Klinik bringen, Ariane."

„Auf gar keinen Fall!" protestierte ich. Das heißt, ich wollte protestieren, aber meine Stimme klang brüchig, und ein Hustenanfall verhinderte das Weitersprechen. Alain reichte mir ein Glas Wasser, aber ich hatte Mühe, davon auch nur einen Schluck zu trinken. Mittlerweile packte Bertrand sein Stethoskop aus sowie einige Bögen Papier, die er nun aufmerksam studierte.

Ich konnte wieder reden, und so setzte ich meinen Protest fort. „Bertrand, ich meine es! Kein Krankenhaus – bei Strafe des dauerhaften Entzugs meiner Freundschaft!"

„Schon gut! Wärst du in Lebensgefahr, würde ich es anordnen. Unter Gefahr des Verlustes einer mittlerweile guten Freundin. Aber wie ich hier sehe … also Pfeiffersches Drüsenfieber ist es nicht. Ich hatte zuerst an so etwas gedacht – wegen der Lymphschwellung. Auf jeden Fall hast du Entzündungsherde im Körper und eine extrem niedrige Immunabwehr …"

191

Ich musste wieder husten; diesmal so heftig, dass ich mich kaum wieder fassen konnte.

„… und wie wir gerade hören, hast du ganz schön noch was an der Seite aufgeschnappt." Er horchte mich kopfschüttelnd ab.

„Ja … und das genau kenne ich von früher. Bitte gib mir etwas, dass ich abtauchen kann, und es wird sich von selber wieder einrenken …" Ich ließ mich erschöpft vom letzten Anfall nach hinten in die Kissen fallen.

Bertrand stand auf, kramte in seiner Tasche und gab Alain zwei verschiedene Medikamentenpackungen. „Na gut, auf eure Verantwortung! Ich komme täglich, und du gibst ihr je eine, ab jetzt alle sechs Stunden. – Tja, ganz ohne kommen wir nicht aus; das ist der Preis, den das Zuhausebleiben kostet." Beim zuletzt Gesagten schaute Bertrand mich an und gab mir zwei Tabletten mit dem Wasserglas gleich in die Hand. „Eine Bedingung: Wenn es schlimmer wird, gehst du in die Klinik!"

Ich winkte matt als Zustimmung – und weil ich den ansonsten guten Freund, der mich von hier fortholen wollte, nun einfach selber weit weg wünschte. Er würde es mir verzeihen.

Als er gegangen war, kam Alain wieder ins Zimmer. Er sagte kein Wort. Obwohl es früh am Tage war, zog er Jacke und Hose aus und legte sich zu mir ins Bett. Wie von weit weg spürte ich, dass er sich vorsichtig näherte und die Decke enger um uns beide zog. Dann legte er einen Arm leicht um mich und streichelte mich auf eine leise Art. Wieder wurde ich von einem Hustenanfall erfasst, unter dem ich mich krümmte. Es tat so weh, alle Rippen schmerzten, und plötzlich musste ich unkontrolliert weinen. Ich konnte mich nicht bremsen, es heulte in mir und nun auch aus mir heraus. Ich fühlte mich wie ein Haufen hilflosen Unglücks. Alain hielt mich nun fester, und zwischen den einzelnen Husten- und Heulattacken hörte ich ihn leise flüstern.

„Ruhig, ganz ruhig, Ariane. Ich bin hier. Ich bleibe hier. Wir machen es wie die Eskimos …"

Welche Eskimos … was meinte er? Es machte keinen Sinn …

„… ich habe mal gehört, bei Grippe oder Lungenentzündung gehen sie im Iglu zusammen ins Bett …"

Ich glaubte nicht, was ich da gerade hörte … oder waren es Bertrands Tabletten, die mich verwirrten?

„… und sie wickeln sich ganz fest in ganz viele Tierfelle ein …"

Was sollte das werden? Wir waren nicht am Nordpol, nicht im Iglu, jedoch … Ich wurde nun wirklich etwas ruhiger.

„… und dann liegen sie einfach zusammen und überhitzen sich vom Fieber, von den Fellen und ihrer Körperwärme so sehr, dass es wie eine Sauna wirkt; und dann schwitzen sie es einfach gemeinsam aus, wenn´s sein muss tagelang …"

Du lieber, verständnisvoller Freund, hier hattest du einen fast hoffnungslosen Fall. Dieses Mal hatte es mich wirklich voll erwischt. Ach, ich wollte sterben. Es war, als wäre plötzlich aller Lebensmut aus mir gewichen.

Allerdings regte sich in einer kleinen logischen Ecke ganz im Hintergrund meines Verstandes die Vernunft. Ich kannte das ja. Ich hatte es viele Male überstanden, oft allein. Und nun war der Mann bei mir, der mich auffing und hielt – wohin sollte ich fallen?

Fieber. Der Schmerz hat sich festgesetzt. Ich schüttle mich im Frost meines Fiebers, nur um im nächsten Moment beinahe daran zu verbrennen. Der Schlaf, wenn er kommt, ist wie eine Ohnmacht und das Erwachen wie ein Schleier. Um mich herum ist Besorgnis; ein Arzt untersucht mich und Bebée läuft geschäftig und ziellos umher, nicht wissend, was sie für mich noch tun könnte. Dabei will ich nur versinken, auf ewig irgendwohin gehen, wo alles zu Ende ist: der Schmerz, die Anfälle aggressiven Hustens, die Temperaturwellen. Wie schnell doch alles, was eben noch wichtig war, plötzlich gänzlich seine Bedeutung verliert und ein Mensch sich wie auf einen kleinen Punkt in seinem Innersten verengt. Keine Hilfe erreicht mich mehr. Ich bin im Zentrum meines Seins – und absolut hilflos.

Fieber. Diese alle Sinne verbrennende, neu schaffende Kraft. In der Krankheit unwillkommen, aber doch höchst notwendig. Jeder Versuch, Fieber zu ersticken, geht eigentlich gegen das, was die Natur damit beabsichtigt. In der Kunst ist das Fieber schöpferisch. So muss Vincent van Gogh gefühlt haben: fiebrig, erregt von der Sonne der Provence; in der wahrsten Bedeutung des Wortes ‚von Sinnen‘, verrückt vor lauter Licht und Farben. Der Fieberwahn schenkt uns Visionen und Bilder, erzählt uns von unserem Inneren, dreht es nach außen. Vormals Wichtiges, Äußerliches, verliert hingegen völlig an Bedeutung. Der Weg, das lange Wandern durchs Feuer, bleibt einem nicht erspart. Eine ganze Patina-Schicht wird weggebrannt. Wenn man das Feuer überlebt, kommt etwas Neues zum Vorschein.

Man denkt, wenn man es nur ausschläft, wird es besser. Bei mir wurde es nicht besser. Ich erwachte am nächsten Morgen – wie noch an vielen Morgen danach – mit denselben Schmerzen, demselben Husten, mit einer unbändigen Schlappheit.

Alain gab sich alle Mühe, war ständig bei mir, verließ mich nur für Minuten. Morgens ging er hinaus in den Garten, wo um diese Jahreszeit die Orangen reif waren, um frischen Saft für mich zu pressen. Ich musste ihn mir allerdings hineinquälen, denn ich wollte Alain nicht verletzen. Aber es war so, als lehne mein Körper alles, was in ihn hineingelangen könnte, ab – als wolle er nur noch hinauswerfen.

Bertrand kam jeden Tag und war sichtlich unzufrieden wegen der nicht eintretenden Besserung. Ich hingegen bemühte mich im Rahmen meiner Möglichkeiten, ihn auf die auch nicht eingetretene Verschlechterung hinzuweisen und auf das Damoklesschwert, welches immer noch über unserer Freundschaft hing.

Dann kam Thérèse von der Kurzkur zurück. Sie schlug die Hände überm Kopf zusammen und sah in dem, was sie vorfand, ihre These bestätigt, dass Situationen wie diese ohne ihr persönliches Eingreifen nur in Katastrophen enden würden. Ihr logisches Fazit war, dass dies das letzte Mal gewesen sei, dass sie so lange vom Haus und ihren Pflichten Urlaub genommen hatte.

Als erstes unternahm sie die Verwandlung eines Huhns in die berühmte Suppe, die ja bekanntlich bei allen möglichen Infektionskrankheiten helfen soll. Bertrand wurde über die Vorteile von Hühnersuppe gegenüber Antibiotika aufgeklärt und Alain bis auf weiteres aus der Küche verbannt.

Daher verließ er nun gar nicht mehr meine Seite und machte so sein ehedem als Privatrefugium verstandenes Schlafzimmer zum Mittel- und Treffpunkt des Hauses. Ich kam mir vor wie eine Königin, die vom Bett aus Hof hielt – nur bekam ich neben meinen Schmerzen nicht viel davon mit.

Unsere Zuneigung zueinander, unsere Verbundenheit, war für die uns nächsten Menschen wie ein offenes Buch, aber niemand kommentierte es. Es wurde von Thérèse und Bertrand als Selbstverständlichkeit hingenommen, dass man uns zumeist aneinandergeschmiegt, Alain hinter mir liegend, in dem großen Bett vorfand.

Für mich verschwammen mittlerweile die Zeiten, es vermischten sich Tag und Nacht, Traum und Wachsein. Immer öfter glaubte ich, Alains Stimme an meinem Ohr zu hören. In irgendeiner Schicht meines Unterbewusstseins schien es anzukommen und auch Sinn zu machen. Manchmal antwortete ich ihm sogar – oder dachte ich die Antworten lediglich? Träumte ich etwa alles nur? Oder war es ein Fieberwahn?

‚Tut es weh, Ariane?'
‚Ja, es tut weh … Nein, es tut nicht weh. Vergiss was ich sagte. Wenn es wehtut, dann ist es keine Liebe …'
‚Du sprichst von Liebe?'
‚Es gibt doch nur zwei Dinge, die uns treiben: die Furcht – und die Liebe.'
‚Wovor fürchtest du dich?'
‚Ich fürchte mich nicht mehr. Ich habe gefunden.'
‚Und … was ist mit der Liebe?'
‚Man muss dafür innerlich frei sein. Liebe ist, wenn alles Urteil, alle Erwartungen wegfallen …'
‚Ariane, du klingst wie Dostojewski. Der hat mal gesagt, dass einen Menschen zu lieben hieße, ihn zu sehen, wie Gott ihn gemeint hat.'
‚Ja, er hat Recht.'
‚Das wird ihn freuen.'

‚Liebe ist … das dringende Bedürfnis, sich mit der Seele, mit dem Göttlichen in uns zu verbinden. Das ist es, was der Mensch sucht, sein ultimatives Ziel …'

‚Du meinst, wir berühren in der Liebe etwas Ewiges?'

‚Die Hoffnung stirbt zuletzt, die Liebe nie!'

‚Hast du geliebt?'

‚Immer – und immer gegen die Vernunft. Ich weiß wie es ist, mit jemandem zusammen zu sein, der einen auch weiterbringt, und ihn dann doch irgendwann zurücklassen zu müssen, weil er sich ab einem bestimmten Punkt nicht weiterentwickelt … Das ist hart.'

‚Das ist dir passiert?'

‚Es sind nicht verschiedene Männer oder Frauen, denen wir immer wieder ‚verfallen', es sind Archetypen.'

‚Hast du den Kreis durchbrechen können?'

‚Ich glaube schon. Ich bin weiser geworden. Ich darf dem Universum vertrauen, dass alles, was mir geschieht, richtig und gut ist.'

‚Dann ist es gut, Ariane. Dann bist du angekommen.'

‚Wer bist du?'

‚Ich bin Alain.'

‚Du bist mein Unterbewusstsein?'

‚Ich bin viel mehr, wenn du willst.'

‚Du bist mein geistiger Führer!'

‚Auch das.'

‚Dann bin ich angekommen. Dann weiß ich, wer du bist. Ich kann dir trauen. Ich kann dir ohne Nachzudenken eine Kachel aus meinem Ofen schenken.'

‚Was willst du?'

‚Eine Kachel … aus meinem Ofen … Es ist ein Gedicht von Ringelnatz … du kennst Ringelnatz?'

‚Nein, aber es klingt beides spaßig. Das Gedicht – und der Dichter.'

‚Er meint es aber sehr ernst. Er hat seine Liebste so lieb, er würde ihr ohne Bedenken eine Kachel aus seinem Ofen schenken …'

‚Wow! Was für ein Bild.'

‚Das muss man sich mal vorstellen: aus dem Ofen! Womöglich sogar im Winter ... Da geht ja dann der ganze Ofen nicht mehr ...'

Ich weiß nicht, ob dieser Dialog Sinn machte. Ich weiß nicht einmal, ob er je stattgefunden hat. Ich erinnere nur dass, als ich an jene Stelle kam, ein Anfall von heftigem Schüttelfrost einsetzte, als wären alle Öfen auf einmal ausgefallen. Ich weiß, dass Alain mich ganz, ganz fest hielt. Und ob ich es gesagt hatte oder nicht: ich weiß, dass ich es gemeint hatte. Dass ich Alain jede Kachel aus jedem mir zur Verfügung stehenden Ofen geschenkt hätte.

Und jetzt wusste ich es auch wieder ganz genau: dass ich unbedingt weiterleben wollte.

Es war zwar noch nicht vorbei, aber nach diesen unendlich scheinenden Tagen und Nächten, den Fieber- und Schüttelfrostattacken, den wirren Träumen und unbezähmbaren Schmerzen, schien irgendwie ein gutes Ende wieder im Bereich des Möglichen zu liegen.

Sogar Bertrands Gesichtszüge hatten nun einen Ausschlag hin zum Optimismus, auch wenn ich mich immer noch sehr schlapp fühlte. Offenbar konnte ich an diesem Morgen wieder klar denken, denn ich wurde kühn und wagte schon eine kleine Diskussion mit ihm. „Siehst du, eine Klinik war gar nicht vonnöten!"

Er war gerade dabei, meinen Brustkorb abzuhorchen und unterbrach sich, indem er das Stethoskop aus den Ohren nahm und mich erstaunt anschaute. „Du traust dich was. Offenbar ist dir nicht klar, wie es um dich bestellt war."

„Doch, glaube mir. Und ich habe dieses Mal wirklich selber einen Schreck bekommen."

„Na, dann bin ich ja beruhigt."

„Ja, aber das ändert nichts daran, dass ich denke, man darf einer Sache nicht noch zusätzlich eine Realität geben, indem man ihr übermäßig Beachtung schenkt."

„Soso. Noch irgendwelche Weisheiten?"

„Ja, vielleicht. Ich habe gelernt, dass man sich treiben-, aber nicht gehenlassen sollte."

„Wie soll ich das verstehen?"

„Ich habe mich in den letzten Wochen treiben lassen. Aber ... ich glaube, ich habe auch ... Ach, ich rede Unsinn."

„Nein, nein, ich glaube ich weiß, worauf du hinauswillst. Du denkst, du hast dich gehenlassen, weil du schwach warst und die Kontrolle abgeben musstest über das, was mit dir geschieht? – Glaube mir, du warst in den besten Händen der Welt. Was sage ich, du warst in den besten Armen der Welt. Er hätte alles getan, um dir zu helfen. Er tut alles. Weil du so viel für ihn getan hast ... Siehst du? Es gleicht sich alles aus."

In diesem Moment kam, wie auf Stichwort, Alain zur Tür herein.

„Sie streitet schon wieder", empfing ihn Bertrand. „Es besteht Hoffnung!"

Ich senkte schuldbewusst die Augen.

„Lass dir Zeit, Ariane. Lass dich noch eine Weile treiben. Die Grippe war dieses Jahr bei vielen Patienten sehr schwer und sehr langwierig. Und das zusätzlich zu deiner Grunderkrankung. Aber die Medikamente schlagen an und ich denke auch nicht, dass weitere Krankheitsschübe kommen."

Damit packte er seine Sachen zusammen, nickte erst mir und dann Alain freundlich zu und ging.

„Er muss seinen Patienten immer mal den Kopf zurechtrücken, dafür ist er zu sehr Arzt." Mit diesen Worten setzte sich Alain zu mir auf die Bettkante.

„Und dafür ist er auch zu sehr guter Freund", ergänzte ich.

Erst jetzt fiel mir auf, dass Alain in den vielen Tagen meiner Erkrankung wieder ein Bart gewachsen war, der allerdings recht wild wirkte, und auch sein Haar war länger geworden. Er wirkte wie jemand, den es eine zeitlang auf eine unbewohnte Insel verschlagen hatte. Und da war er ja auch gewesen: ein Robinson auf seiner Bettinsel, viele Tage und Nächte lang in Sorge um den gestrandeten, halbtoten Freitag.

Ich fuhr Alain mit der Hand über den Bart, was er offenbar gerne mit sich geschehen ließ. „Ich glaube, du solltest ab jetzt mal wieder ein bisschen mehr an dich denken. Ich rapple mich langsam."

„Du magst meinen Bart nicht?"

„Doch, ich mag den ‚alten' Alain, nur sehe ich auch, dass du erschöpft bist."

„Das lass mal meine Sorge sein. Jetzt versuchst du erst einmal, etwas zu essen, sonst verschwindest du noch. Und ja, ich werde mich mal fein machen – du scheinst jetzt wieder genauer hinzuschauen." Dabei lachte er, und ich hatte das Gefühl, es war ein befreites Lachen.

Umsorgt. Man berichtet mir, mein Gatte habe sich nach meinem Zustand erkundigt. Viel mehr aber rührt mich der Bericht Bebées, dass der Hauptmann meiner Leibgarde sie jetzt regelmäßig über den Stand meines Befindens befragt. Diese Worte sind wie Brot von dem ich lebe. Zwischen immer noch schwachen Tagen und unruhigen Nächten, in immer länger werdenden Perioden eines beginnenden Wohlseins, träume ich mir eine Welt für die Zeit nach der Erkrankung. Warum sollte ich nicht ein gleiches Recht haben wie mein Gatte, der sich in seinen Vorlieben und Beziehungen so offen zeigt? Ich bin sogar bereit, um des guten Namens willen im Geheimen zu bleiben – wenn nur eine Seele mich erkennt als ihr Gegenüber, wenn nur ein Mann mich liebt.

Umsorgt. Es scheint, als hätte ich eine weitere Krise in meinem Leben überstanden. In den meisten Fällen hatte ich solche Dinge alleine bewältigen müssen. Und es fiel mir immer schwer, Hilfe anzunehmen, wenn sie angeboten wurde. Dieses Mal war es anders gewesen. Ich konnte mich einlassen auf eine Handvoll Menschen, denen mein Ergehen nicht egal war. Ich konnte mich umsorgt wissen und Hilfe und auch Zuneigung annehmen. Ist das die Lektion, die in dieser Erfahrung lag? Es ist eigenartig, dass man eine so lange Zeit braucht, um sich letztendlich dem Selbstverständlichen zu öffnen und sich sein Recht auf Fürsorge und auch Liebe zu gestatten ...

Die Tür ging auf, und herein kam Alain mit einem Tablett. „Ich konnte Thérèse gerade noch abfangen, als sie damit hier heraufkam."

„Hattest du Angst, sie könnte sich in deine Rolle als Krankenpfleger drängen oder gar herausfinden wollen, was ich hier alles so in meinem Fieberwahn erzählt habe?" Ich sagte das in einem Ton, der spaßig klingen sollte. Insgeheim wollte ich aber auch ergründen, was von dem, an das ich mich zu erinnern glaubte, wirklich geschehen war.

„Ach, da schätzt du unsere gute Seele aber ganz falsch ein. Sie ist ein Ausbund an Diskretion!"

„So habe ich es auch nicht gemeint", beeilte ich mich zu erwidern. Meine Taktik ging nicht auf. „Was gibt's denn?"

„Huhn! Was sonst?"

„Mittlerweile kann es in Lagnières kein einziges armes Hühnchen mehr geben. Woher sollen wir nur unsere Eier bekommen?" Ich nahm einen kleinen Bissen − eher widerwillig, denn eigentlich versuchte ich, möglichst wenig Fleisch zu essen. Aber Alain bestand zu meiner Kräftigung ebenso darauf wie die Köchin. „Dabei hast *du* kaum davon gegessen; es blieb fast alles an mir hängen. Und an Martin, der meint, ihm würden langsam Federn wachsen." Alain lachte laut bei dem Gedanken. „Jedenfalls glaubt Thérèse, damit habe sie wenigstens uns beide und sich selber vor Ansteckung von deiner Grippe bewahrt. Sie will Bertrand sogar dazu bewegen, eine klinische Studie zum Thema Hühnersuppe anzuregen. Sie wird dafür noch den Nobelpreis für Medizin beanspruchen!"

Er setzte sich zu mir aufs Bett und beobachtete, wie ich − nach beinahe zwei Wochen − häppchenweise die erste feste Nahrung zu mir nahm. Ich bemerkte, dass er seinen Bart in Form gebracht hatte. Jetzt stellte ich das Tablett zur Seite.

„Alain, ich möchte dir noch einmal danken. Ich habe wirklich zeitweilig gedacht, ich schaffe es diesmal nicht."

„Glaub mir, auch ich habe Angst um dich gehabt. Es ist schlimm, wenn man danebensteht und nichts tun kann …"

„Dennoch ist es am Ende nichts weiter als ein Lernprozess."

„So … und was hast du dieses Mal gelernt?"

„Nun, ich bin nicht die Krankheit. Ich verwechsle mich auch nicht mit dem, was ich im Spiegel sehe. Am wichtigsten zu lernen war aber für mich, dass ich mich fallenlassen konnte und aufgefangen wurde −

dass ich mich verlassen konnte und nicht verlassen war. Vor allem, dass ich es mir selber gestattet habe, das anzunehmen; ohne das Gefühl, versagt zu haben – naja, im Großen und Ganzen. Das war neu für mich."

„Das tut mir leid! – Ich meine, dass es das bisher nicht gab in deinem Leben."

„Ja, und dann habe ich noch gespürt, dass ich weiterleben und wie gerne ich hierbleiben möchte. Trotz aller Beschwerlichkeiten: Ich bin neugierig, wie es weitergeht – ich habe ja auch noch ein Rätsel zu lösen."

„Oh ja, die Brücke. Und die Frau … Es ist noch da in deinen Überlegungen? Wir haben den Faden verloren. Oder?"

„Nein, ich habe ihn nur eine Weile lang liegen gelassen. Aber ich habe im Fieber einen seltsamen Traum gehabt. Es hat sich darin alles vermischt. Es war, als habe ich mit jemandem geredet, der mich kannte – aber auch sie … Er war wie ein … ein geistiger Führer …" Ich beobachtete Alain aus dem Augenwinkel, sah aber keinerlei Reaktion. Seine Augen lagen wie so oft interessiert auf mir. Dann lächelte er kurz und stand auf.

„Ariane, komm erst mal wieder zu Kräften. Es ist immer noch Winter, kalt und stürmisch … Ich habe hier etwas für dich. Als Entschädigung für die abgebrochene Reise." Er legte mir etwas in Papier Gewickeltes aufs Bett. „Für … wenn du aufstehen magst. In ein paar Tagen, wenn du wieder auf den Beinen bist …"

Ich packte das Päckchen gespannt aus. Darin war ein wunderschönes langes, warmes, wolliges Winterkleid – ein weinrotes, weich wie ein Maulwurfsfell.

Es dauerte scheinbar ewig und ging nur in kleinen Schritten vorwärts; aber je mehr der Februar ins Land zog, umso besser ging es mir. Irgendwann konnte ich stundenweise wieder aufstehen, und dann wurde es immer mehr, was ich wieder im Haushalt tun konnte. Jedoch wurde ich immer noch schnell müde und legte mich oft hin; nun auch unten im Wohnraum. Alain leistete mir so oft wie möglich Gesellschaft dabei und ließ mich, wie mir schien, auch sonst nicht aus den Augen.

„Ich bin froh, dass diese Krise vorbei ist", sagte er eines Morgens beim Frühstück.

„Dabei sind Krisen gar nichts Schlimmes."

„Wie meinst du das denn?"

„Nun, sie sind eigentlich nur ein simpler weiterer Schritt in der eigenen Entwicklung. Das sieht man natürlich nicht, wenn man in dem Prozess drin ist; da leidet man nur. Aber hinterher sieht man, dass es auch etwas bringt ...“

„Was soll das denn gebracht haben?" Alain schaute mich skeptisch an.

„Würde das Leben immer gleichförmig bleiben, würde es sich nicht entwickeln. Man würde nichts über sich selber lernen." Ich hielt kurz inne, dann fuhr ich fort. „Dieser Gedanke ist mir schon vor längerer Zeit in Griechenland gekommen, anhand einer anderen Form von Krise. Wir hatten oft Erdbeben, manchmal auch schwerere. Das ist auch eine Krise."

„Das kann man wohl sagen."

„Ja, und da war eine Kraft, die dir einfach alles aus der Hand nahm. Du kannst nichts tun; du kannst in dem Moment, wenn es passiert, einfach nur sein — und aushalten. Einmal gingen die Nachbeben entgegen dem Uhrzeigersinn um die Insel herum — tagelang."

„Und?"

„Und? Mir wurde nach einem zerstörerischen, aber Gott sei Dank nicht tödlichen, Beben klar, dass solche Krisen auch Chancen bieten: zu Solidarität, Empathie, Kreativität. Sie schaffen Wandel. Und nicht zuletzt hatten ja krisengleiche Naturgewalten die Schönheit der mich umgebenden Natur dort erst möglich gemacht."

„Wenn man es so sieht ... Jedenfalls bin ich froh, dass es hier keine Beben gibt ... und dass du deine Krise überwunden hast."

Ich musste Alain ein wenig Wasser in den Wein gießen. „Bitte bedenke, dass es wahrscheinlich nicht das letzte Mal war, dass mich ein winterlicher Krankheitsschub erwischt hat. Du musst das vielleicht erneut erleben ...“

Alain sah erschrocken auf, denn offenbar war ihm der Gedanke bis jetzt nicht gekommen. „Wie können wir denn je diesen Teufelskreis besiegen?"

„Gar nicht. Es geht auch schon lange nicht mehr um Sieg. Es geht um Gewinn."

„Jetzt bin ich gespannt."

„Ein Sieg über die Erkrankung ist nicht mehr möglich. Ein Leben damit wohl schon. Ich habe neue Erfahrungen und Sicherheiten gewonnen. Ich bin sicher auch wieder ein bisschen daran gewachsen ... erwachsener geworden."

„Du scheinst mir schon sehr weise zu sein, Madame."

Ich musste lachen. „Weißt du, was komisch ist? Auch mit mehr als einem halben Jahrhundert auf dem Buckel: Eigentlich fühle ich mich immer noch so, als probe ich nur fürs Leben ..."

„So kommst du mir gelegentlich auch vor; ein richtiges kleines Mädchen bist du manchmal noch – allerdings ein recht naseweises. Ich mag das, denn damit hast du auch mir eine Leichtigkeit zurückgebracht, die ich ganz früher einmal hatte. Ich frage mich, woher du das nimmst."

„Ich weiß es nicht. Aber ein guter Teil ist Reflexion. Ich bin in den besten Händen. Ich habe dich, Bertrand, Thérèse ... und sicher auch höhere Mächte um mich."

„Häh! Höhere Mächte! Meinst du, ein Gott hat es gut gefunden, dich so leiden zu lassen oder – noch schlimmer – die Leiden der Welt zuzulassen?"

„Die alte Frage. Dabei ist es so einfach: Gott hat das Leiden nicht gemacht. Es kann nur auf *der* Ebene aufgelöst werden, auf der es entsteht. Dafür ist das Ewige nicht zuständig. Es arbeitet auf anderen Ebenen, auf sehr geheimnisvolle Weise. Aber niemals ist es, wie es uns oft scheinen mag, ein Zufall – oder gar ein Unfall ..."

„Ich sehe, dass du langsam wieder die gewohnte Ariane wirst: kämpferisch. Du hast wieder die Kraft, alles Negative in etwas Begründbares, etwas Positives umzumünzen."

Weiter kam er nicht, denn gerade kam Thérèse herein. „Monsieur Alain, verzeihen Sie die Unterbrechung, aber Monsieur Clement ist hier."

„Oh, ja! Verzeih bitte, Ariane, aber ich muss kurz mit Clement sprechen …"

„Wer ist das?" fragte ich.

„Ach, Clement ist der Kaminbauer. Er sieht nach den Feuerstellen und den Abzügen." Dabei stand Alain auf und schaute mir für einen langen Moment tief in die Augen. Dann wandte er sich um, und im Hinausgehen sagte er laut und deshalb deutlich hörbar: „Ich darf nicht vergessen, ihn zu bitten, auch den kleinen Ofen im Atelier anzusehen. Ich will unbedingt sicherstellen, dass es keine losen oder fehlenden Kacheln gibt …"

Wieder da. Wieder an der Oberfläche des Lebens aufgetaucht. Ich darf aufstehen, wieder herumgehen, sogar kurze Spaziergänge im Park unternehmen. Ich bitte meinen Hauptmann zu mir und danke ihm für die Besorgnis. Er schaut mich an und nickt mir zu, so wie auf der Brücke. Er sagt, ich solle künftig vorsichtiger sein – man kann das durchaus in mehrere Richtungen deuten. Er sagt, er sei immer für meine Sicherheit da – Tag und Nacht. Er spricht nicht von seinen Männern, er spricht von sich. Er lächelt. Zum Abschied reiche ich ihm die Hand zum Kuss. Er verbeugt sich leicht, nimmt meine Hand und küsst sie. Und alles, wirklich alles verändert sich.

Wieder da. Ich habe mich verändert, das spüre ich ganz deutlich. In der Homöopathie teilt man die Menschen in ihrer Ganzheitlichkeit in sogenannte Konstitutionstypen ein. Oft sagt einem schon der eigene Körper, in welche Richtung man sich bewegt. Denn naturgemäß – und sofern man bewusst lebt und an sich arbeitet – verändert sich der Konstitutionstyp im Laufe des Lebens. So war ich viele Jahre lang durch Sepia, den Tintenfisch, charakterisiert gewesen. Man hätte auch sagen können: Das Harte und gleichzeitig das Weiche. Dann hatte ich das bearbeitet, konnte die Härte mildern, die Verletzlichkeit unverletzbarer machen. Danach hatte ich eine regelrechte Gier nach Salz. Ich weinte viel und verbot es mir auch nicht mehr. Von diesem Punkt an konnte ich besser zu meinen

Gefühlen stehen. Jede Krise bringt Veränderung. Nun bin ich wieder da – und gespannt, wie es weitergehen wird.

Endlich war der März angebrochen. Von dem Krankheitsschub war außer einer dunklen, fernen Erinnerung kaum noch etwas übriggeblieben. Auch die ohnehin nur noch in den höheren Lagen zu finden gewesenen frostigen Zeichen des Winters waren zertaut.

An einem der ersten frühlingshaften Tage machte Alain den Vorschlag, einen längeren Spaziergang zu unternehmen und gemeinsam zu den Schafweiden zu gehen.

Etwas unterhalb des Anwesens lag die Gegend, in der ich im letzten Sommer gerne herumgestreift war. Es handelte sich um eine ins Tal abfallende Landschaft mit kleinen, terrassenartigen Ebenen, die zu den Wegen hin und untereinander von Steineichen, Mastix-Sträuchern und niedrigem Lorbeer umgrenzt waren. Dazwischen schienen hier und dort verwunschen wirkende, uralte überwucherte Steinmauern hervor. Immer wieder gab es Zu- und Übergänge zwischen den einzelnen Flächen. Im Frühjahr fand man dort tausende Wildblumen, und nach dem ersten Regen im Spätsommer gab es kleine wilde Alpenveilchen.

Weiter unten waren Olivenhaine. Oft traf man dort auch die Schafherden, die von Weide zu Weide zogen. Zum Talgrund hin lagen vereinzelte Weingärten, in denen im Frühjahr das frische Laub glänzte und im Herbst die überreifen Früchte zum Naschen einluden. Es erstaunte mich immer wieder, wie sehr diese Landschaft der meiner alten Wahlheimat in Griechenland ähnelte.

Besonders traf das natürlich für den Sommer zu, wenn sich durch die Olivenhaine zwischen dürrem Gras nur sandige Wege wanden. Später im Jahr, wenn die Ameisen wieder aktiv wurden, ihre Baue öffneten, Millionen kleinster Sandkrümel ausräumten und auf dem Boden verteilten, trieben aus diesem wie gesiebt aussehenden Untergrund in Verbindung mit der ersten herbstlichen Feuchtigkeit frische junge Grashalme.

Alain lachte immer, wenn ich eine der mir eigenen Wortschöpfungen anwendete und diese Landschaft scherzhaft meine 'Hoch-Provence' nannte. Dabei gab es ja die 'Haute Provence' wirklich.

Im Tal zwischen uns und dem nächsten Berg tanzte ein frisches Licht in der überfeuchten Luft. Der Himmel war jetzt wieder glasklar, jungfräulich blau, und in den Pinien spielt die orangene Frühlingssonne. Einige verwilderte, frühblühende Mandelbäume ließen an Kirschblüten denken. Aber noch war der Frühling, trotz bereits milderer Temperaturen, nur mehr zu ahnen.

Auf einer etwas größeren Terrasse inmitten von alten Ölbäumen war offensichtlich das Basislager des alten Schäfers Elias, der uns mit Schafskäse und Öl versorgte und den ich – außer aus Erzählungen und vom gelegentlichen entfernten Winken – noch nicht näher kennengelernt hatte. An die nächst höher gelegene Terrasse lehnte sich ein aus altem Holz schlicht gezimmertes Hüttchen – eher ein Unterstand. Daneben befand sich eine Art Höhle, die der Regen unter einer mächtigen Olivenwurzel ausgespült hatte. Dieser Platz war wie gemacht für die Hunde. Alles zusammen wirkte wie die ideale Kulisse zu einer Weihnachtskrippe.

Der Schäfer war allerdings auch heute nicht da. Er musste irgendwo weiter weg unterwegs sein, denn man hörte nicht einmal das Bimmeln der Schafsglocken. Alain und ich setzten uns auf einen offenbar als Bank dienenden querliegenden Baumstamm vor der Hütte. Mir kam Goethes Osterspaziergang in den Sinn, während ich die frische Luft tief einatmete und dabei vorsichtig meinen Brustkorb weitete: *Vom Eise befreit sind Strom und Bäche durch des Frühlings holden, belebenden Blick; im Tale grünet Hoffnungsglück …* So fühlte ich mich jetzt: befreit.

Noch einmal atmete ich tief ein und aus. Alain schaute mich von der Seite her an. „Ich bin so froh, dass es dir wieder gut geht."

„Du kannst mir glauben, ich auch."

„Ich hatte Angst. Es war, als würde nichts helfen, kein Medikament. Und du warst so weit weg …"

„Ja. Ich hatte auch Angst. Alles war mir aus der Hand genommen. Aber Angst kommt von unserem Verstand und ist kein guter Ratgeber." Ich versuchte, optimistisch zu klingen. „Angst führt nur zu

Kontrollzwängen, sonst zu gar nichts. Man kann das nicht kontrollieren ..."

„Ja, aber wenn die Medizin selber nicht mehr helfen kann? Auch deine Kügelchen richten da gar nichts mehr aus ..." Alain stocherte mit einem Stock im feuchten Gras.

Ich drehte mich zu ihm herum. „Nun hör mal: Erstens ist der Schub jetzt vorbei. Es gibt kein Gesetz, das besagt, dass es jetzt immer so schwer sein wird, auch wenn deine Angst dir etwas anderes einredet. Zweitens haben die homöopathischen Mittel durchaus ihre Berechtigung, wenn auch nicht gerade in schweren Krankheitskrisen."

Alain sah skeptisch aus. „Du glaubst also immer noch, dass sie helfen? Die Wissenschaft hat keine Beweise dafür gefunden."

„Alain, ich habe es längst aufgegeben, in der begrenzten stofflichen Ebene Beweise für nichtstoffliche Phänomene zu finden. Man kann sie nur selber erfahren. Lebewesen haben eine Schwingung. Alle Substanzen erzeugen eine Resonanz – eine gute oder eine nicht so gute. Die Homöopathie allerdings ist so niedrig dosiert, dass es nur dort eine Reaktion gibt, wo Gleiches auf Gleiches trifft – jedenfalls habe ich es so verstanden. Bist du bereit, mir zu glauben, dass ich unwahrscheinliche Heilwirkungen nicht nur an mir, sondern vielfach auch an meinen Tieren erlebt habe? Die können ja nun wirklich nicht an die Wirkung ‚glauben'."

„Ich weiß es nicht. Ich möchte es gerne so sehen. Aber sollte man in diesem Falle nicht seinen Verstand benutzen?"

„Sofern wir etwas wirklich verstehen. Aber tun wir das? Bei den Tieren ist es noch einfach. Bei uns Menschen ist es natürlich ein viel umfassenderes Problem. Ich denke, wer für Alternativen offen ist, hat oft schon alles Verstandesmäßige erfolglos versucht. Man folgt auf einmal seinem Bauchgefühl und ist auch in jeder anderen Hinsicht achtsam mit sich selbst."

„Worauf achtest du?" wollte Alain wissen.

„Nun, ... ganz wichtig für mich ist Stille. Ich habe schon vor vielen Jahren damit begonnen, das Geräuschniveau meines Lebens zu senken. Jemand hat einmal gesagt, und ich habe mir das damals sogar notiert: *Everything that matters is found on the other side of noise – Alles, worauf es ankommt, findet sich auf der anderen Seite von Lärm."*

„Das kann ich gut nachvollziehen. Das geht mir ähnlich."

„Ja, – dann ist da die Meditation … Naja, ich weiß, für viele ein schwieriges Thema. Auch ich habe sie im klassischen Sinne niemals so hinbekommen, wie es immer in den Ratgebern steht. Bis ich begriffen hatte, dass es andere Formen der Meditation gibt. Einfach im Tun, oder im Sein, kann man zu sich selber finden. Es ist ganz egal wie. Man muss nicht auf eine bestimmte Art sitzen oder die Finger aneinanderlegen. Hauptsache ist, dass man still wird. Dabei verändert sich automatisch deine Frequenz, auf der du schwingst, und du nimmst somit viel mehr wahr."

„Das stimmt. Das Arbeiten mit meinen Materialien zum Beispiel war immer sehr meditativ. Viele Leute nennen es ‚therapeutisch'."

„Dann ist da die andere Einstellung zu den Dingen. Erinnerst du dich an unsere Diskussion über den Schmerz und wie man ihn verschieden wahrnehmen kann?"

Alain nickte.

„So ist es auch mit anderen Dingen. Man schafft sich seine Wahrheiten und seine Wirklichkeiten – nicht nur in der Illusion, sondern auch im ganz Realen. Wir sind nicht nur Schöpfung, sondern auch Schöpfer …"

„Häh! Du meinst, Positives zieht Positives an!"

„… und das Gegenteil stimmt auch."

„So, die Frau Zauberfee schwingt wieder ihren Zauberstab. Was gibst du mir noch mit auf den Weg in eine sorgenfreie Zukunft?" Alain sah nun eher belustigt aus, und ich war mir nicht sicher, wie ernst er die Sache wirklich nahm. Aber ich fuhr trotzdem unbeirrt fort. „Ich bin ständig auf der Suche nach dem ‚Ich' hinter meinem Ego. Denn mein Ego ist die eine von den zwei Seelen in meiner Brust, die mir in der Regel keine guten Ratschläge gibt. Das Ego fragt immer ‚Was bringt es mir?', während mein sozusagen höheres Selbst immer fragt ‚Wie kann ich hilfreich sein?'"

„Oh, oh, da scheint mir aber ein ziemlicher Kontrollzwang notwendig zu sein", gab Alain zu bedenken.

„Es erfordert eine gewisse Disziplin, eine Bewusstmachung; zumindest am Anfang. Aber es geht schnell in Fleisch und Blut über. Wenn man sich vornimmt, sich selber und der Welt immer die möglichst beste Version der größten Vision, die man von sich selber hat, zu zeigen, dann artet das bald auch in Spaß aus – glaub mir."

„Und wo führt das alles am Ende hin?"

„Nun, so wie ich es sehe, führt es zu etwas, dem keiner letztendlich entgehen wird: zur Selbstverwirklichung. Weil jeder am Ende sein wird, was er beziehungsweise sie sein *muss*. Um das auszuloten, sind wir hier. Um schneller an dieses Ziel zu gelangen, bedienen wir uns diverser Hilfsmittel, wie beispielsweise dem der Selbsterkenntnis durch Meditation …"

„… oder Einschlafhilfe durch warme Milch!" warf Alain ein. Jetzt musste auch ich lachen. Er hatte mich aus dem akademisch ernsthaften Konzept gebracht, hatte es wohl genau so auch beabsichtigt; aber er hatte ja Recht.

„Ja, auch die Erkenntnis, dass warme Milch schon in homöopathischen Dosen genauso schlaffördernd wirkt wie … beispielsweise ein lieber Mensch, in den man sich einrollen kann … fällt in dieses weite Feld der Möglichkeiten."

„So, um zum Verstand zurückzukehren: Worauf soll man denn nun hören?"

„Man sagt, der Verstand hat immer nur Angst, etwas zu verlieren. Das Herz hingegen will geben … und die Seele träumt von den Möglichkeiten des Seins."

„Also hören wir auf die Seele?"

„Und – vor allem – auf das Herz!"

Bevor Alain noch irgendetwas erwidern konnte stand ich auf und reichte ihm die Hand. „Komm, mir wird nun doch ein wenig kühl …"

Über die gegenüberliegenden Berge kroch eine Wolkendecke, die jetzt begann, mit dem von der anderen Seite kommenden Sonnenlicht zu konkurrieren. Offenbar regnete es dort aus den tiefliegenden Wolken, denn ein ganz und gar ungewöhnliches Schauspiel bot sich uns: Als wir aus dem Tal wieder hinaufstiegen, hatte sich ein Regenbogen wie eine Decke über die Hügel am Talausgang gelegt – ein schimmernder Überzug aus farbigem Licht.

Eine weitere von Alain entwickelte therapeutische Idee zur Stimmungsaufhellung war in diesem zeitigen Frühjahr, mich zu einem Abend in der kleinen Kneipe im Dorf einzuladen. Bisher hatten wir das noch nie gemacht; es entsprach eigentlich nicht der bisher an Alain beobachteten Zurückhaltung. Mir schien, er neigte plötzlich zu diesen Dingen, wie um etwas zu tun, was er schon immer hatte tun wollen. Nun, da ihm offenbar die Gefahr der Vergänglichkeit vor Augen geführt worden war, gestattete er es sich. Auch hatte ich das Gefühl, dass es durchaus eine Rolle für ihn spielte, dass wir nun zu zweit waren.

Dem voraus ging allerdings ein Tag voller Aktivität. Auf Alains Seite war sie künstlerischer Natur. Er hatte ja den kleinen Kachelofen im Atelier herrichten lassen, sodass er beheizt werden konnte; nun war er fast die gesamte Tageszeit dort zugange gewesen. Mich hingegen hatte wieder die Forscherwut gepackt. Ein Blick auf die mittlerweile sterilisierte Rosalie und ihre nun beinahe erwachsenen Kinder erinnerte mich an den geheimnisvollen Kater und die Frau auf der Brücke. Ich forschte nach, las mich durch alle Elinoras und Alienors der Geschichte und sah mich lange in einer Sackgasse. Bis mir eine Idee kam …

Am frühen Abend trafen wir uns wie verabredet im großen Wohnraum und rüsteten uns für den kurzen Spaziergang ins Dorf. Das hieß, wir zogen uns warm an und nahmen eine Taschenlampe mit. Dann schlenderten wir langsam hinaus in die fast schon dunkle Nacht, die nur von wenigen Straßenlaternen erhellt wurde.

Der abendliche Dorftreff, der sich mir bei meinen gelegentlichen sommerlichen Spaziergängen nicht als solcher zu erkennen gegeben hatte, bestand wirklich nur aus einem kleinen Schankraum mit einer Bar und wenigen Tischen. Es waren etwa fünf oder sechs Männer dort. Alains Eintreten wurde von erstaunten Blicken und freundlichen, halblaut gemurmelten Grüßen begleitet. Ich fühlte mich wie bei meinem allerersten Rendezvous – aufgeregt und wegen der mir unbekannten Männer auch etwas nervös. Jedoch nickten diese mir allesamt freundlich zu.

Wir setzten uns an einen Tisch. Alain bestellte Wein. Der kam in einer schlichten Karaffe und mit zwei Gläsern; dazu auf einem Teller etwas Brot, Käse und Oliven.

Alain schenkte erst mir, dann sich selber ein. „Es ist einfach hier, aber auch irgendwie gemütlich." Er hob sein Glas in Augenhöhe.

„Ja, es erinnert ein wenig an ein griechisches Kafeneion." Auch ich erhob mein Glas und prostete Alain zu.

Der lächelte, setze sein Glas ab und beugte sich ein wenig über den Tisch. „Ich muss dir etwas beichten. Bitte sei nicht böse!"

„Worüber denn?" Er machte mich neugierig.

„Naja, Frauen mögen es nicht, wenn man ihnen so etwas vorenthält ..."

„Nun sag schon, was ist los?"

„Heute ist mein Geburtstag."

„Oh! Das hatte ich nicht gewusst, es muss mir entgangen sein. Ich hätte es aber wissen können ... Alain, entsch..."

Aber er fuhr mir mitten in den Satz. „Nein! Ich entschuldige nicht, weil es nichts zu entschuldigen gibt. Ich wollte es so."

Ich seufzte resigniert. „Also gut, dann mit Landwein und Oliven und ohne Geschenk: Auf deinen Geburtstag!" Wir tranken.

„So gefällst du mir. Und was das Geschenk angeht, das habe ich an allen Tagen, und es sitzt vor mir. Und was mein Alter angeht: Man wird ja jeden Tag ein Jahr älter als ein Jahr zuvor."

„Das stimmt. So gesehen ist jeden Tag Geburtstag."

„Weißt du, zwei Dinge verblüffen mich: wie schnell ein Leben doch an einem vorbeizieht – und auf der anderen Seite, wie jung der Geist in einem stetig alternden Körper doch bleibt."

„Ja, das ist wohl ein Phänomen. Ich habe das auch schon bemerkt. Allerdings kannte ich auch ganz junge Leute, die innerlich schon Greise waren."

„Die kenne ich auch, aber generell gilt: Man wird nicht alt, wenn man die Jugend in sich nicht tötet."

„Du kannst aber nicht verleugnen, dass es auch Reifungsprozesse gibt. Eine berühmte alternde Schauspielerin hat einmal resignierend gesagt: *Jetzt wo ich endlich gelernt habe, mich anzunehmen, soll ich schon wieder bald gehen.* Besonders als Frau kann ich das gut nachvollziehen!"

Alain lachte und schaute in sein Glas und dann wieder in mein Gesicht. „Liebe Ariane, gib mir als Geschenk eine deiner Weisheiten mit auf den Weg für das neue Lebensjahr."

„Du machst dich über mich lustig. Ich bin nicht weise – du weißt viel mehr als ich."

„Aber ich mag die Dinge, die du sagst. Mit der Seele kennst du dich besser aus als ich."

Ich überlegte. „Naja, ich weiß nicht, ob das tröstet. Also, in Wirklichkeit gibt es weder Vergangenheit noch Zukunft; es gibt nur das Jetzt. Die Vergangenheit ist vergangen, das Zukünftige noch nicht da. Alles was geschieht, geschieht immer im Jetzt und im Hier. Im Englischen sagt man: *now* and *here*. Daraus lässt sich das Wort *nowhere* zusammensetzen: nirgends."

„Interessant, und was bedeutet das praktisch?"

„Nun, zweierlei. Erstens heißt es: Genieße jeden Augenblick, denn er ist alles, was du wirklich hast und erlebst. Aber diejenigen, die an den ewigen Zyklus des Lebens – die ewige Wiederkehr – glauben, sehen im *now here* die Form und im *nowhere* den Geist. In der Geburt gehen wir vom nirgendwo in das Hier und Jetzt, im Tod gehen wir den umgekehrten Weg. Und so fort ... Das ist ein ganz wichtiger Satz, der Wichtigste. Das ist es, was ich dir mit auf den Weg geben will. Dass wir vertrauen sollten, dass es immer weitergeht."

„Das ist ein schöner Gedanke, ein gutes Orakel und ein würdiger Wunsch! Du bist wirklich Ariadne; eine, die mich mit ihrem Faden durch Labyrinthe leiten kann."

„Danke, Alain. Das bringt mich auf eine andere Sache, über die ich mit dir reden wollte: die Frau auf der Brücke, der ich immer noch hinterherforsche."

In diesem Moment trat einer der Dorfbewohner an unseren Tisch. „Monsieur Marville, es war schön, Sie mal wieder hier bei uns zu sehen. Haben Sie noch einen guten Abend – Madame!" Dann verabschiedete er sich laut von allen anderen und verließ das Lokal.

„Das war aber nett!" sagte ich.

„Ja, er ist einer der Weinbauern; Auguste, ein netter Mann. Ihm gehören auch einige der Ziegen, die immer mit dem alten Elias und seinen Schafen mitlaufen. – Aber wir waren bei deiner Elinora ... weißt du nun, wer sie sein könnte?"

„Nein, noch nicht mit Sicherheit ... Aber mir ist etwas klargeworden. Das Problem ist nicht die Frau, das Problem ist die Brücke."

„Wie das? Du sagtest doch, es war auf einer Brücke ... auf dem Pont Neuf."

„Ja, aber niemand passte zu dieser Brücke. Und dann fiel es mir wie Schuppen von den Augen: Pont Neuf!"

Alain sah mich verständnislos an.

„Na, *Neuf*! Der Name sagt es ja schon: die ‚Neue Brücke'! Die existierte eben noch gar nicht zu der Zeit, als Elinora lebte."

„Du meinst also, es muss eine andere Brücke gewesen sein?"

„Genau – und zwar eine, die es heute eben nicht mehr gibt."

„Hm, das macht es schwierig."

„Naja, zumindest gibt es ja noch die Stelle an der Seine, nahe des Ufers, wo sie ins Wasser gesprungen ist."

Alain hatte dem Wirt gewunken, und der kam mit noch einer Karaffe an den Tisch. „Zum Wohl, Monsieur Alain, Madame ..."

„Danke. Mein Name ist Ariane." Ich reichte dem Mann die Hand, die er freudig schüttelte. „Madame Ariane! Ich freue mich. Bringen Sie Monsieur Alain ruhig öfter mal hierher." Dabei zwinkerte er mir verschwörerisch zu.

Als er weg war, sagte ich leise zu Alain: „Ich glaube, die vermissen dich hier!"

„Naja, früher war ich häufiger hier. Ich habe mich in den letzten Jahren sehr zum Einsiedler entwickelt." Er schenkte Wein nach. „Aber zurück zu der Brücke ..."

„Ja, die Brücke. Es gab viele, die vor der wohl berühmtesten Pariser Brücke an der betreffenden Stelle oder in deren Nähe gestanden haben. Mir fiel der ‚Pont au Change' ins Auge."

„Der befindet sich doch, wenn ich mich recht erinnere, zwischen dem Pont Neuf und dem Pont Notre-Dame."

„Ja, der neue, aber den meine ich nicht. Es gab vor ihm in dieser Gegend mehrere Brücken dieses Namens. Dieser bezog sich übrigens auf die im zwölften Jahrhundert dort angesiedelten Geldwechsler und Goldschmiede."

„Oh, schade! Nicht die berühmte Brücke aus ‚Les Misérables'. Und darum auch heute nicht mehr auffindbar … Was wirst du nun tun?"

„Was werde ich tun … Tja, ich habe eine bestimmte Frau im Visier, denn zeitmäßig ist ja jetzt sozusagen nach unten alles wieder offen. Und wenn ich damit weiter bin, dann …" Ich nippte am Wein; das gab mir Zeit zum Nachdenken. Ich wollte Alain nicht wieder mit Paris verunsichern. „Ach weißt du, wie ich dir ja schon mal gesagt habe: Meine besten Ideen und Eingebungen kommen beim Meditieren, und das betreibe ich oft beim Malen. Wenn es wärmer wird, will ich mich wieder an das Brücken-Bild machen … Das dauert nach meiner Erfahrung ein paar Jahre. Und dann sehen wir, was mir noch so alles einfällt beziehungsweise was ich herausfinden kann. Und irgendwann – wenn es dann überhaupt noch hilfreich erscheint – können wir ja eine kleine Reise nach Paris machen. Dann machen wir die abgebrochene Tour ans Meer wieder wett."

Alain lächelte. „Wenn du als Detektivin so gut bist wie als Diplomatin, dann finden wir bestimmt ganz viel heraus."

Ich war froh, dass er meine kleine verbale Scharade durchschaut hatte und es offensichtlich genauso aufnahm, wie ich es auch meinte. Im Moment zog es mich nicht nach Paris; nichts zog mich von hier fort, und er spürte das.

Ich allerdings spürte im Kopf nun doch langsam den Wein. Wir stießen beide noch einmal an, aßen die letzten Oliven und verabschiedeten uns bald von den Männern im Lokal.

Zu meiner Freude war Alain so beschwingt wie ich. War es vom Wein, war es von unserer Unterhaltung – egal. Etwas Besseres zum Geburtstag konnte sich ein Mann seines Alters nicht wünschen als diese Leichtigkeit und eine spürbare Form von Optimismus; etwas, das nicht nur ihn glücklich machte.

Empfindungen. Das erste Mal seit langem fühle ich mich wieder als Frau. Ich finde mich schön und begehrenswert. Ach, wie lange hatte ich dieses Gefühl nicht mehr. Es nützte nichts, wenn andere – wie meine Hofdamen – mir immer aufs Neue sagten, wie blühend ich aussähe. Das ist alles eitel, denn nur wer geliebt wird, kann sich selbst als liebenswert empfinden. Ich habe mich immer danach gesehnt, immer geträumt von solch einem Glück: jemanden zu haben, der mich so sieht wie ich bin und sein möchte. Charles hat es mir zurückgegeben, sodass ich im Spiegel wieder eine glückliche Frau erblicken kann. Und die Veränderung fällt sogar Bebée auf. Bald werde ich mich ihr wohl anvertrauen müssen.

Empfindungen. Es gibt so schöne, zarte Träume, in denen ich mich so intensiv als Frau und als Geliebte erlebe, wie es in der Wirklichkeit kaum möglich erscheint. Es ist nicht so sehr der Inhalt, der bemerkenswert wäre; es ist das Körpergefühl, das sich dabei einstellt und bis in die Seele zu reichen scheint. Und gleichzeitig ins Bewusstsein: Ich bin angefüllt mit einer tiefen, alles einschließenden Liebeserfahrung und einer absolut gesicherten, allumfassenden Erkenntnis. Es ist, als haben sich mir alle Geheimnisse und Mysterien auf die allerlogischste Weise enthüllt. So muss sich das Paradies anfühlen, und ich möchte gar nicht wieder weg von diesem Ort und aus diesem Zustand. Leider ist das universelle Wissen aber immer sofort nach dem Aufwachen unwiederbringlich verschwunden. Das Gefühl aber bleibt noch lange nach dem Erwachen, es ebbt nur langsam aus dem Körper zurück ins All.

Das schöne, vorahnende Frühlingsgefühl im März hatte natürlich getrogen, und es gab noch einmal kältere Tage. In diesem Jahr kam ein ungewöhnlicher, kühler Südostwind aus Richtung Italien. Auch wenn wir jetzt im Atelier den kleinen Ofen hatten, war es doch zurzeit in dem großen Raum nicht warm genug. Wir machten es uns also wieder mehr oder weniger im Haus gemütlich. Da war die Ankündigung eines Besuchs von Bertrand und Julie eine willkommene Abwechslung.

Ich stürzte mich am Morgen dieses Tages mit Eifer in die Vorbereitungen. Es sollte diesmal kein großes Dinner werden; ich wollte einfaches, gutes mediterranes Essen und damit ein wenig kulinarische Sommerzeit-Vorfreude auf den Tisch bringen. Die Arbeit gemeinsam mit Thérèse in der Küche erinnerte mich an die verschiedenen ähnlichen Aktionen vom vergangenen Jahr.

Dieses Mal bereitete ich eine Spinatmasse, die ich in Blätterteig einrollen und ähnlich einer griechischen Spanakópita backen wollte – ein wunderbares Gericht auch für kühle Tage.

Ich mischte gerade kleingewürfelten Schafskäse in den Spinat, da stand plötzlich Alain hinter mir und schaute mir neugierig über die Schulter. Schon kam seine rechte Hand mit ausgestrecktem Zeigefinger, um wie gewohnt in die Mischung zu tunken und zu naschen – als ihn der überaus missbilligende Blick Thérèses traf.

Alain, geistesgegenwärtig, schnappte sich daraufhin schnell meine linke Hand, in der ich gerade ein paar Käsewürfel hatte, und zog sie zu sich heran. Ich war so überrascht, dass ich vor Schreck leise aufschrie; da hatte er schon die erbeuteten Leckereien in seinem Mund – und meine Fingerspitze dazu. Nun drehte ich mich zu ihm herum, während Alain nur ganz kurz und sehr sanft auf meinen Fingernagel biss und dann losließ. Währenddessen beobachtete Thérèse mit einem Gesichtsausdruck zwischen Schock und Faszination die Szene. In der Küche war es ganz still.

Langsam nahm ich meine Hand wieder in Besitz.

„Möchtest du mehr?" hörte ich mich fragen.

„Im Moment nicht!" antwortete er, bevor er lächelnd die Küche verließ.

Zum Glück fragte Thérèse dem eben Erlebten nicht nach, und ich spürte in meiner zarten Verwunderung auch keinen Drang, das Geschehene irgendwie zu kommentieren.

Wie es immer in solchen Situationen war, ließ sich Alain dann nicht mehr sehen und erschien erst mit dem Eintreffen der Freunde wieder auf der Bildfläche.

Auf jeden Fall mochten die beiden unser einfaches Mahl und lobten vor allem die Spinat-Pitta. An dieser Stelle allerdings konnte ich mir eine Bemerkung nicht verkneifen. „Unter bestimmten

Voraussetzungen wäre da auch noch mehr Käse drin gewesen." Dabei schaute ich Alain direkt in die Augen, der meinem Blick dieses Mal auswich. Ich stand auf und wollte abräumen. Da erhob sich Alain plötzlich, griff nach meiner linken Hand und drückte sie. „Die beiden anderen werden sicher zustimmen wenn ich sage, dass alles einfach köstlich war." Dann küsste er meine Hand, jedoch berührten seine Lippen nur den Zeigefinger, der es ihm heute offenbar so angetan hatte. Wie um Verzeihung bittend lächelte er mich in seiner entwaffnenden Art an ...

Ungeachtet der fragenden Blicke, die Julie und Bertrand untereinander austauschten, räumte ich ab und ging in die Küche, um Kaffee zu machen. Wenig später folgte Bertrand mit den Weingläsern, die er neben der Spüle abstellte, bevor er mich von der Seite her amüsiert musterte. Da ich nichts sagte, eröffnete er das Gespräch. „Kannst du mir sagen, was das eben für eine Bemerkung war?"

„Hat deine Frau dich geschickt, um das herauszufinden?" erwiderte ich belustigt, wurde dann aber wieder ernst. „Nein, keine Angst, nichts Ernstes. Eine Tändelei, weiter nichts ..."

„So, ihr tändelt also ... über Käse. Ich habe euch schon ernsthafter erlebt. Aber wo wir von ernsthaft reden: Wie geht es dir – wirklich?"

„Oh, mir geht's gut. Wirklich! Es hat lange gedauert, aber ich bin wieder einhundert Prozent."

„Und Alain? Ist er okay?"

„Soweit ich weiß, hat er sich nicht angesteckt!"

„Das meine ich nicht!"

„Zu diesem Punkt, Herr Doktor, verweigere ich die Aussage. Nur soviel: Es gibt keinen mir bekannten Grund zur Besorgnis! – Wusstest du eigentlich, dass er Geburtstag hatte?"

„Ja, ... aber bisher hatte er immer verboten, das auch nur zu erwähnen. Ich wundere mich, dass du es weißt. Für ihn war das Altern immer ein heikler Punkt."

„Offenbar ist das nicht mehr so. Wir hatten eine ganz gute Unterhaltung über das Alter."

„So?" Bertrand nahm mir die Kaffeetassen ab und stellte sie auf das Tablett.

„Sag mal, warum ist das solch ein Problem für Alain? Ich meine, älter werden ist sicher für viele ein Problem; aber warum ist es für ihn so außerordentlich?"

„Naja, es ist sicher kein Bruch meiner ärztlichen Schweigepflicht, wenn ich dir sage, dass der Tod eines Partners immer ein Einschnitt ist. Um es ganz allgemein zu sagen: Es führt oft zu Depressionen. Man gibt sich selber dabei auf."

„So schlimm hatte ich es nicht vermutet."

„Ariane, ich spreche hier ganz allgemein. Nicht jeder reagiert ja so extrem." Bertrand schaute mich ernst an. „Naja, einige tun es halt doch. Manch einer kommt nie über einen Verlust hinweg. Nichts ist doch hoffnungsloser als die Hoffnungslosigkeit. Ich bin zwar kein Psychologe, aber Depression ist für mich eingemauerte Traurigkeit. Man betrauert das Fehlen jeglicher Hoffnung. Wenn man es allerdings schafft, die Trauer an sich heranzulassen, dann kann man sie bearbeiten und überwinden."

„Das erinnert mich daran, wie es einmal jemand so beschrieben hat: Man muss bis auf den Grund der Trauer tauchen, damit man sich dort abstoßen kann, um wieder an die Oberfläche zu kommen."

„Ein ziemlich treffendes Bild!"

„Wie gesagt, es ist nicht von mir." Ich stellte die Kaffeekanne ebenfalls aufs Tablett. „Die Welt ist dem Trauernden gegenüber oft nicht sehr hilfreich – um nicht zu sagen, hilflos."

„Die Welt?" Bertrand lachte. „Die Welt gleicht auf beinahe jeder Ebene einem Ort von multiplem Krisenmanagement. Sie wird täglich verwickelter, und auch das Handeln von Menschen wird immer abstruser. Wer da eine empfindsame Seele hat, der wird in der Welt keine Hilfe finden und sich letztendlich zurückziehen. Und dann kommt auch der wohlmeinendste Freund nur noch schwer an den Betreffenden heran."

Ich legte meine Hand auf Bertrands Arm. „Ich verstehe. Und es tut mir leid – ich wollte nicht in dich dringen. Aber ist es dann nicht sehr gut, dass er offenbar neulich recht locker mit seinem Geburtstag und dem Thema Alter umging?"

„Meine liebe Ariane, im Moment ist alles sehr gut für Alain. – gib mal her ..." Damit nahm er mir das Tablett, das ich gerade gegriffen hatte, aus der Hand und bedeutete mir, voranzugehen und ihm die Tür zu öffnen. Als er dann an mir vorbeiging, führte er, etwas leiser, seinen Gedanken zu Ende: „Deshalb sind wir auch so froh. Wir haben unseren alten Freund wieder."

An einem der letzten März-Tage war ich mit Alain in Carpentras gewesen, um verschiedene Erledigungen zu machen. Es war ein grauer Tag; ein Regenschauer jagte den anderen. Ein Kaffee, den wir vor der Rückfahrt noch tranken, machte mich nicht wirklich froh. Mir war kalt, und ich fühlte mich seltsam müde.

Als wir nach Hause kamen, tat ich schnell alles Nötige und entschuldigte mich dann bei Alain, während ich mit letzter Kraft eine Decke griff und mich gleich im Wohnraum auf die Couch legte, um für eine halbe Stunde auszuruhen. Alain heizte währenddessen den Kamin an. Noch ehe ich mich richtig in die Decke eingewickelt hatte, musste ich auch schon eingeschlafen sein und sank in eine traumlose Erschöpfung.

Ich erwachte von zwei leise miteinander tuschelnden Männerstimmen und einer sanften Berührung an der Schulter. Als ich mich umdrehte, erblickte ich Bertrand neben mir. Ich brauchte einige Sekunden, um mich zu orientieren. Ich setzte mich auf; draußen war es schon dämmrig geworden. Im Kamin prasselte ein Feuer.

„Oh mein Gott, wie lange habe ich geschlafen? Bertrand – ich wusste nicht, dass du kommen wolltest!" Während ich das sagte, verließ Alain den Raum. Bertrand sah mich ernst an.

„Ist was?" fragte ich ihn.

„Ariane, wie geht es dir?" erwiderte er anstelle einer Antwort und legte mir seine Hand auf die Stirn.

„Mir ... geht´s gut ... Ich bin ein bisschen fertig von heute, aber sonst – was ist?"

„Alain hat mich angerufen. Er hat sich Sorgen gemacht."

„Was soll das? – Ich war nur müde! Okay, ich war heute nicht gut drauf. Das Wetter macht mir ein wenig zu schaffen, und in die Kissen gefallen bin ich wie ein Stein … aber das ist kein Grund, dich zu rufen!" Ich wurde etwas ärgerlich auf Alain.

Mittlerweile legte Bertrand mir die Blutdruckmanschette an, machte aber gleich eine relativierende Geste. „Das ist nur zur Vorsicht, weil ich nun mal hier bin. Ich denke auch, du bist nur ein wenig erschöpft – alles normal."

Ich schüttelte den Kopf.

Bertrand packte sein Blutdruckgerät wieder ein. „Sei nicht böse auf ihn. Er hat Angst um dich." Dann setzte er sich zu mir auf die Couch. „Er liebt dich, Ariane. Das musst du doch auch gemerkt haben."

Ich schaute dem Arzt in die Augen. „Das habe ich; das weiß ich vielleicht schon viel länger …"

„Und? Ich meine, es ist eine Sache zwischen euch, aber … darf ich dich als sein Freund fragen: Teilst du dieses Gefühl?"

„Ja. Sei unbesorgt. Aber … wir nähern uns diesen Dingen vielleicht etwas subtiler. Zwischen uns ist etwas Besonderes, von Anfang an. Er weiß es – und ich auch. Und das wollen wir beide nicht zerstören, wir wollen es herausfinden."

„Nun, wie immer ihr es angeht, ich bin froh. Froh, dass er jemanden gefunden hat, und froh, dass dir offenbar außer einer Erschöpfung nichts fehlt." Er stand auf. „Und mache ihm keine Vorwürfe. Ich beruhige ihn schon." Dabei drückte er mir die Hand und rief dann Alain herein.

Der erschien mit besorgter Miene und fragendem Blick, aber Bertrand nahm ihm den Wind aus den Segeln. „Lieber Alain, schau dir diese Frau an. Sie ist nicht so fragil, wie es scheint. Das war nur eine kleine Erschöpfung."

„Bist du sicher?" fragte Alain nach.

„Jetzt stellt er auch noch meine Expertise in Frage! Hier sind vorbeugend ein paar Vitamine, bis es wieder genügend davon da draußen gibt." Er stellte eine Packung auf den Tisch und zwinkerte mit einem Auge. „Und wenn ich jetzt noch Pillen für mehr Gelassenheit hätte, würde ich sie dir geben, mein Lieber." Dabei klopfte er Alain auf die Schulter. „Und beim nächsten Mal, wenn du mich von meiner Sprechstunde wegholst, dann sollte es wirklich ein

Notfall sein." Dabei lachte er aber. Er wollte dem älteren Freund zeigen, dass er ihn trotzdem ernst nahm.

Als Alain zurück in den Wohnraum kam, zeigte sein Gesicht ein schuldbewusst-verlegenes Lächeln. Dann setzten wir uns wortlos in die Wärme des Feuers.

Gaukler. Sie kamen wie aus heiterem Himmel und sind eine willkommene Abwechslung für alle. Es war eigentlich keine Festlichkeit geplant, aber nun werden die Herren und Damen zusammengerufen. Am Abend gibt es eine Vorstellung; alle lachen und lassen sich beeindrucken. Ich sitze neben meinem Gemahl und schaue mit einem Auge auf die Künstler. Mit dem anderen Auge betrachte ich das höfische Gebaren. Wer sind diese Menschen, die hier um mich sind? Sie spielen eine Rolle, eine bittere Komödie, die sich um Macht und Neid, um Gunst und Missgunst dreht. Wie viel freier sind die Gaukler, sich so ausdrücken zu dürfen, wie sie im Innern sind. Und weggehen können, wann immer es ihnen beliebt. Ich aber – ich muss nicht nur bleiben, jetzt will ich es auch.

Gaukler. Fahrendes Volk hatte mich immer interessiert. Als Kind träumte ich vom Zirkus. Kam einer in die Stadt oder aufs Dorf, waren wir Kinder da. Wir halfen beim Aufbau des Zeltes und beim Ausladen der Tiere; und einmal konnten wir sogar ernsthaft helfen, weil es keine Kartoffeln im Zirkus gab. Wir organisierten eine Sammlung, zogen von Haus zu Haus, und jeder gab eine oder zwei Kartoffeln ab. So kamen die Zirkusleute mit ihrer Verpflegung übers Wochenende, wir kamen an Freikarten – und den Stolz, diesen Menschen in einer Notlage geholfen zu haben, gab es gratis dazu. Wir alle wünschten uns an die Stelle dieser so fremdartig lebenden, so frei erscheinenden, Leute.

Die Tage wurden langsam heller und angenehmer. Erste Frühlingswärme wippte auf den grünen Grashalmen. Man konnte über Mittag schon für längere Zeit in der Sonne sitzen.

Rosalie hatte sich ungeachtet der Tatsache, dass sie keinen Nachwuchs mehr produzieren konnte, mit einem älteren Dorfkater eingelassen, der sie regelmäßig auf dem Anwesen besuchte. Und trotzdem dieser wohl noch über alle katertypischen Fakultäten verfügte, schien zwischen den beiden eine stille und zärtliche Zuneigung zu bestehen. Oft sah man sie eng aneinandergekuschelt in der Frühlingssonne liegen. Und in den Kronen der gerade austreibenden Bäume im Garten gab sich ein Wildtaubenpärchen tagelang einem ausgedehnten Liebesvorspiel hin.

Es lag definitiv etwas in der Luft, und ich konnte nicht umhin, durch diese Bilder an die Zeit des Krankheitsschubes erinnert zu sein – und an das einzig Schöne in diesen grauen, schmerzhaften und fieberverhangenen Wochen, die jetzt ganz unwirklich erschienen: an das Aufgehobensein.

In dieser Zeit, an einem der Abende in unserer Bett-Arche, war Alain wieder einmal gesprächsfreudig.

„Eigentlich ist es ungerecht; du weißt viel mehr über mich als ich über dich", begann er eher beiläufig.

Ich klappte mein Buch zu, denn ich wusste, dass es jetzt länger dauern würde. „Was meinst du?"

„Naja, du kennst meinen Werdegang, kannst darüber sogar im Internet oder in Büchern nachlesen. Aber du selber hast nie viel über deine Jugendzeit erzählt." Dabei schaute er mich jetzt direkt und erwartungsvoll an.

„Was willst du denn wissen?"

„Wie warst du als Jugendliche, als junge Frau?"

„Was heißt warst? Ich bin immer noch jung, oder?" protestierte ich neckend, wurde dann aber ernst. „Naja, als Einzelkind hatte ich schon immer meinen eigenen Kopf. Das setzte sich als Jugendliche fort – aber wenn du mich schon so fragst: Ich war eine ganz andere als heute."

„Das ist klar!" entgegnete Alain.

„Natürlich, jeder verändert sich ja im Laufe seines Lebens. Aber ein ruhiger Mensch bleibt in der Regel immer ruhig, ein hektischer hektisch ..."

„Und du?"

„Ich habe etwa in der Mitte meines Lebens eine ziemlich tiefgreifende Metamorphose durchgemacht. Aber als junges Ding ..."

Ich überlegte einen Moment. „Eigentlich war da ein großer Widerspruch. Das fällt mir gerade auf. Auf der einen Seite interessierte ich mich nicht sehr für das, womit andere Mädchen sich beschäftigten ..."

„Und was war das?" unterbrach Alain.

„Naja, Make-up, Mode, Jungs ... so Sachen. Ich hingegen war mehr der intellektuelle Typ ..." Ich lachte. „Mir fällt dabei gerade ein, dass ich auf der anderen Seite auch eine ziemlich wilde Zeit hatte. Besonders so mit fünfzehn, sechzehn."

„Was hast du gemacht?"

„Ich ging viel in Nachtbars."

„Du bist *was*? In *Nachtbars* gegangen? Mit sechzehn?" Alains Stimme überschlug sich beinahe.

„Ja! Ich war sehr frühreif, sah immer wesentlich älter aus. Da war es einfach ... Man fragte mich nicht mal nach meinem Alter."

„Und deine Mutter wusste davon?"

„Nein, ich denke nicht. Aber es war auch nicht wirklich gefährlich. Da wo wir lebten war es relativ sicher. Irgendwie wusste ich genau, was ich tat und vor allem, wie weit ich gehen konnte."

Alain lehnte sich zurück. „Ich komme aus dem Staunen nicht heraus. Du Verruchte ... warum hast du das getan?"

„Nun, ich liebte es, Grenzen auszutesten. Eigentlich wollte ich interessante Gespräche – mit Gleichaltrigen konnte ich ja in der Regel themenmäßig nicht viel anfangen. Über Tanzen und Flirten und einen gelegentlichen Drink ging es aber nie hinaus. An Sex war ich nicht wirklich interessiert. Heute scheint es allerdings fast wie ein Wunder, dass mir tatsächlich nichts passiert ist."

„Na, das meine ich aber auch."

„Ja, mir wurde eigentlich erst klar, dass ich auch als Beute gesehen werden könnte, als mir eine Frau nachstellte. Sie forderte mich sehr vehement auf, mit ihr ins Bett zu gehen. Danach bin ich nicht mehr alleine in eine Bar gegangen."

„Gefiel sie dir nicht?"

Ich schaute Alain prüfend an. „Zu dieser Zeit gab es in meiner Vorstellung für eine so geartete Beziehung keinen Raum. Es ging ihr um Sex, nicht um Liebe. Mir ging es immer um Liebe ... Auch als ich später in meinem Leben tatsächlich einmal eine Frau geliebt habe."

„Das wiederum entspricht ganz meiner Erfahrung. Für mich war es niemals das Geschlecht, sondern immer der Mensch, zu dem ich mich hingezogen fühlte. – Und, kam deine Liebe?"

„Jedenfalls glaubte ich das. Als es zwischen meinem ersten Freund und mir auseinanderging, wollte ich mich umbringen. Man lernt die Dinge in der Rückschau anders einzuschätzen. Wie gesagt, ich verliebte mich mehrmals im Leben, aber die Liebe ... das war es wohl nicht wirklich."

„Gut, dass du es nicht getan hast – ich meine, dich umzubringen."

„Ja, ..." Ich schaute Alain an und musste lächeln.

„Woran denkst du?" wollte er wissen.

„Ich denke an ein Pärchen, das ich kannte. Sie arbeiteten in einem Café, das wir gelegentlich mit Touristenbussen anfuhren, um dort die Rundfahrten mit Kaffee und Kuchen ausklingen zu lassen. Die beiden Männer waren seit langem ein Liebespaar, standen offen dazu. Sie verwöhnten unsere zumeist älteren Gäste mit einer Herzlichkeit und Freundlichkeit, die ihrer harmonischen Beziehung zu entspringen schien. Und obwohl damals eine breite Akzeptanz für zwei homosexuelle Männer noch gar nicht gang und gäbe war, liebten unsere Senioren die beiden inniglich."

„Und du?"

„Ich liebte sie auch – natürlich auf eine platonische Art. Ich fühlte mich so wohl im Umfeld der beiden, dass ich sofort mit ihnen auf eine einsame Insel gezogen wäre."

„Was ein Beweis ist für die Tatsache, dass echte Gefühle füreinander nicht trügen – dass sie sogar andere mitreißen."

„Es ist immer schön, wenn das Glück von Menschen andere Menschen beflügelt und mit Wohlwollen statt mit Neid oder Missgunst begleitet wird; besonders, wenn es um Beziehungen geht."

Alain rutschte tiefer unter die Bettdecke, verschränkte seine Arme unterm Kopf und schaute an die Decke. Eine Weile lang sagte er nichts, und ich wusste, dass er an seinen verstorbenen Partner

Didier dachte. Dann drehte er sich wieder zu mir. „Mir ist immer unverständlich gewesen, wie man sich nicht mit anderen über deren Glück freuen kann. Ich … wir … hatten keine Probleme mit Akzeptanz. Aber insgesamt sieht die Gesellschaft jede von der tradierten Form abweichende Beziehung als von niedrigen Instinkten gesteuert an."

„Wie meinst du das?"

„Ich meine, wenn eine jüngere Frau einen älteren wohlhabenden Mann heiratet, dann muss es von ihrer Seite das Geld sein und von Seiten des Mannes der Sex. Von Homosexuellen – Männern wie Frauen – wird sowieso immer angenommen, dass sie nichts weiter als Sex treiben. Auf die Idee, dass der Beziehung ein echtes Gefühl zugrunde liegt; dass es auch einen Alltag gibt mit Steuererklärungen und Zahnarztterminen, angebrannter Suppe und auch mal Streit … darauf kommen die wenigsten. Die Menschen leben zu sehr in ihren Vorurteilen und den bequemen Klischees, die sie sich als Erklärung für die Welt zurechtgelegt haben."

„Alain, es ist ein schwieriger Prozess, sich von traditionellen Vorstellungen zu befreien."

„Ja, weil man dann auch sich selber und sein Leben genauer anschauen müsste und nicht mehr andere verantwortlich machen kann für Glück oder Unglück: die Eltern, die Erziehung, die Politiker, den Staat oder ganz allgemein die Umstände … In gewisser Weise muss man vor sich selber aus dem Schutz der anonymen Gruppe heraustreten."

„Es ist sicher leichter als Künstler. Da wird einem ja generell ein gewisser Bonus eingeräumt. Man darf ein wenig anders sein, exzentrisch sogar."

„Ja, Ariane, und vergiss nicht: Als Künstler hat man per se immer ein Instrument, ein Medium, mit dessen Hilfe man sich mit diesen Fragen auseinandersetzen kann."

„Hm, sicher, aber im Grunde hat das doch jeder", gab ich zu Bedenken. „Ich meine, man muss doch nicht Künstler sein. Jeder kann ein Blatt Papier nehmen und sich von der Seele malen, was ihn beschäftigt. Jeder kann schreiben, wenn es hilft, Druck abzubauen."

Jetzt langte Alain herüber und griff nach meiner Hand. „Liebe Ariane, was bist du für eine idealistische Träumerin. Natürlich hast du recht. Aber die meisten Menschen wissen es nicht. Und wenn sie es wissen, tun sie es oft nicht. Weil sie dem einen nicht begegnen wollen, vor dem sie sich am meisten fürchten."

„Und das wäre?"

„Ihre Angst."

„Du weißt um Angst."

„Ja. Ich weiß um Angst." Er zog meine Hand näher zu sich heran. „Ich weiß – mit meinem Verstand – dass es in Wirklichkeit nur diese zwei Gefühle gibt. Dass alles entweder aus dem einen oder dem anderen Gefühl entspringt. Es gibt nur die Angst – oder die Liebe. Alles Weitere folgt daraus. Du hast es doch vor kurzem selber gesagt."

„Ja, Alain!" Ich schaute ihn an, und eine warme Welle von Gefühl für diesen Mann überrollte mich. „Das Ego spricht immer in der Sprache der Angst, die Seele hingegen benutzt stets die Sprache der Liebe."

„Ja, so scheint es zu sein. Ich ... ich kann erstmals seit langem mein Herz wieder öffnen und meine Seele wieder spüren. Es ist, als ob sie tanzt. Es ist ..." – jetzt lächelte er wieder – „... als erlebe ich gerade meine ‚wilde Zeit'."

Es schien, als wären wir endgültig durch die unfreundlichste Wetterphase gekommen und tauchten nun auf der anderen Seite der dunklen Jahreszeit wieder auf – hin zum Licht. Plötzlich war es, zumindest am Tage schon, unbeschreiblich warm, und diese Wärme breitete sich in alle Aspekte des täglichen Lebens aus.

An den Morgen allerdings war es immer noch frisch. An einem dieser Tage lag in der Frühe eine kleine Fledermaus zitternd und mit aufgespannten Flügeln auf dem Rasen. Im Schnäuzchen hatte sie viele winzige scharfe Zähne. Das Fell war unendlich weich, wie dichter Samt oder – jetzt drängte sich mir der Vergleich wieder einmal auf – wie Maulwurfsfell. Ich hob sie auf und setzte sie zum Aufwärmen auf eine flache Stelle zwischen zwei Ästen eines Baumes, wo schon die Sonne hinreichte. Wenig später, als ich noch einmal nachsah, war sie fort.

Ich ging zurück ins Haus, wo Thérèse gerade das Frühstück machte. Auch Madame Brunet war schon zugange. Mir fiel auf, dass ich sie nur selten wirklich wahrnahm. Sie war eine leise, freundliche und bescheidene Frau, die unaufgeregt ihrer Arbeit im Haus nachging und nicht viel sprach.

Umso quirliger kam Alain daher. Er schien in letzter Zeit noch mehr aufzublühen, arbeitete zunehmend im Atelier und war auch ansonsten bester Laune. Er wurde wagemutiger, machte immer öfter – und immer weniger versteckt – die eine oder andere Anspielung. So auch an diesem Tag. Noch vor seiner sonst so typischen Aufstehzeit erschien er in der Küche, wünschte laut einen guten Morgen, hob zur leichten Verärgerung der Köchin Topfdeckel an und suchte sich dann eine große Tasse. Im Haus gab es mittlerweile verschiedene, den Tageszeiten und -getränken zugedachte, Tassen: meine große, grobe, gierige Morgenteetasse; dann Alains Frühstücks-Kaffeepott, abends eine verträumte Teeschale und fürs Einschlafen die kleinen Bettmilchtassen. Der Hausherr meinte, dass man daran ablesen konnte, wie viel bunter sein Leben durch mein Hiersein geworden war. Thérèse war darüber einfach nur glücklich.

Alain fand seinen Pott, goss sich einen Kaffee ein und setzte sich damit wie ein flegeliger Teenager an den Küchentisch. Dann schaute er mich lange und gedankenverloren an, bevor er zur Frage des Tages ausholte. „Ariane, was war eigentlich dein erotischstes Erlebnis?"

Thérèse schaute von ihrer Arbeit auf und hätte wohl beinahe die Pfanne fallen lassen. Gott sei Dank war Madame Brunet gerade in einem anderen Teil des Hauses beschäftigt. Mir fehlten erst einmal die Worte; verlegen räusperte ich mich. Interessiert schaute Alain mit seinem durchdringenden Blick; unverhohlen studierend, wie die Frage auf mich wirkte. Zeitgleich spürte ich auch den irgendwie erwartungsvoll-interessierten Blick der Haushälterin auf mich gerichtet.

Langsam, um Zeit zu gewinnen, drehte ich mich nun ganz zu Alain herum und fixierte ihn mit den Augen. „Nun, wenn du es so genau wissen willst – es war nicht nur mit einem Partner. Es war ein Gruppenerlebnis." Schnell blinzelte ich in Richtung Thérèses, um die Wirkung meiner Worte festzustellen. Die war so geartet, dass es jetzt schien, als wolle sie sich neben Alain an den Tisch setzen und sich zu meiner Antwort ebenfalls eine Tasse Kaffee eingießen. Jetzt musste ich innerlich lachen, schaffte es aber, äußerlich ernst zu bleiben.

„Und?" drängte Alain, neugierig geworden.

„Ich überlege gerade, … es waren fünf oder vielleicht sechs …" Thérèse betrachtete mich jetzt gleichzeitig schockiert und fasziniert. „Fünf oder sechs Männer …?"

„… oder Frauen?" fragte Alain.

Jetzt lachte ich. „Elefanten! Was dachtet ihr denn!"

„Häh! Elefanten?"

„Ja, Elefanten! Wieso nicht? Es war mein erotischstes Erlebnis. Danach hattest du doch gefragt." Jetzt grinste ich breit, weil ich den Ausdruck auf den Gesichtern meiner Zuhörer genoss.

„Madame Ariane, wie sind Sie denn zu Elefanten gekommen?" wollte Thérèse wissen.

„Nun, die ehemaligen Zirkustiere waren – nur zum Fressen – an den Beinen angebunden, und so war es nicht gefährlich, zwischen ihnen zu stehen. Das tat ich, nachdem es mir der Tierpfleger erlaubt hatte: Ich stellte mich in ihre Mitte. Sie konnten mich nur mit dem Rüsselende erreichen. Und das machten sie auch, denn sie waren neugierig. Was ich aber dabei erlebt habe an sanfter Erforschung – an zarter, vorsichtiger Berührung – das stellt bis heute alles andere in den Schatten." Ich unterbrach mich, bevor ich – nun in einem ernsteren Ton – fortfuhr. „Es tut mir weh, dass diese Tiere nicht frei waren, weil sie die Freiheit nie kennengelernt hatten. Aber es wird mir niemals leid tun, dass ich diese wenigen Minuten erleben durfte, als wir – Mensch und Tier – uns auf eine so vertraute, instinktive, seelenverschmelzende und … ja, sehr erotische Weise nahe waren."

Über Thérèses Gesicht ging ein beseligtes Lächeln, Alain schaute nachdenklich in seinen Kaffee und ich erlebte in der Rückschau dieses Gefühl noch einmal. Jetzt schien es mir allerdings, als habe das gerade von mir Beschriebene damals, vor so vielen Jahren, nur stattgefunden, um diesen Moment, unseren Morgen in dieser Küche, erst möglich zu machen.

Alain stand auf, ging um den Tisch herum, stellte die Tasse ins Spülbecken und kam dann zu mir herüber. „Danke! Du hast mir ein wunderschönes Bild geschenkt. Das nehme ich jetzt mit in die Werkstatt." Dann umarmte er mich kurz und ging, in Gedanken versunken, hinaus in den Garten und hinüber zu seinem Atelier.

Rot. Wie die Leidenschaft. Ich habe mich überwunden. Ich kann ihm das Gefühl geben, dass er nichts tut, was nicht auch ich möchte. Wir kommen uns sehr, sehr nah. Mein Gatte ist zur Jagd geritten – aber wer weiß, auf welches Wild? Bebée sorgt zusätzlich für unsere Sicherheit. So finde ich mich endlich in den Armen des Mannes, den ich erträumt habe, seit ich hier bin und ihn zum ersten Mal sah. Ich erhebe ihn und steige gleichzeitig zu ihm hinab. Wir sind zwei Gleiche, die sich lieben. Ich trinke all die Zuneigung, die er mir gibt, bis auf den Grund wie einen süßen, schweren Wein und mache mich wahnsinnig am Fühlen. Rot wie der Wein, so rot wie manchmal meine Robe, ist das Feuer in meiner Brust.

Rot. Wie die Leidenschaft. Früher sah ich nur dann zwei Menschen als ideal verbunden an, wenn sie innerlich untrennbar waren. Ich glaubte, dass das durch eine möglichst intensive äußerliche Verbindung zu erreichen war. Was ich anstrebte, war das völlige Aneinanderpassen ohne einen Rest von Luft und Spielraum dazwischen. Vakuum ... Ich suchte den Spielraum in dem neuen Raum, der durch das Verschmelzen der beiden Sphären der Partner entstanden war. Dabei ist das so typisch für die meisten von uns: Wenn wir auch nur den Hauch einer solchen Gefühlsintensität spüren, neigen wir dazu, erst zu klammern und dann, sie ins Sexuelle zu ziehen und darin noch steigern zu wollen. Wider Erwarten steigert es möglicherweise die Lust, nicht aber auf lange Sicht die Liebe. Es kann sie sogar töten. Wenn man aber die Kraft aufbringt, bestimmte Grenzen nicht zu übertreten, dann kann es in einem tiefen Verständnis füreinander resultieren, denn die Seele selbst ist ohne

Grenzen. Gerade die Luft zwischen zwei intakten Sphären, die Individualität zweier Menschen ist es, was die Beziehung schafft und den eigentlichen Spielraum für jede Art von Nähe und Seelenliebe gibt – eine ganz andere Form von Intimität, die man bedingungslos mit dem Partner teilt.

„Weißt du, dass es zu Ostern eigentlich nur rote Eier geben sollte?" versuchte ich Alain zu necken, der sich eher unwillig am Schmücken eines Osterbaumes vor der Sommerterrasse beteiligte.

„Ach Ariane, das mag ja in Griechenland so sein. Ich weiß schon: Die Farbe der Passion! Aber wir sind in Frankreich!" Er verhedderte wieder einmal die Fäden zum Aufhängen, und deshalb nahm ich ihm sein grüngelbes Ei nun aus der Hand und wies ihm den nahestehenden Stuhl an. „Setz dich, Großväterchen, und beobachte, wie man es richtig macht!"

„Ich werde dir helfen, von wegen Großvater!" Er drohte mir lächelnd.

„Nun, mein Großvater war ein Spezialist im Dabeisitzen und Nichtstun, während er an allem, was wir taten, herummäkelte. Ob es der Weihnachtsbaum oder der Osterbaum war, immer hatte er zu kritisieren. Dieses Ei gehöre farblich nicht neben jenes, jener Vogel müsse auf diesem Ast sitzen und so weiter. Es war ein sich jährlich wiederholender Spaß!"

„Häh! So siehst du mich, als mäkelnden alten Mann?"

„Nein. Dich sehe ich als einen hervorragenden Künstler mit komischerweise zwei linken Händen – wenn es um Dinge geht, die dir keinen Spaß machen."

„Ertappt! Aber sag mal, weißt du eigentlich, dass wir hier in Frankreich einen ganz ähnlichen Osterbrauch haben wie die Griechen? Das Eierrollen. Die Griechen schlagen ihre Eier aneinander, wir rollen sie. Gewonnen hat, wessen Ei als letztes noch ganz ist."

Ich hörte von diesem Brauch das erste Mal. „Da zeigt es sich mal wieder, dass Traditionen oft aus ähnlichen Quellen kommen und im Laufe der Geschichte lediglich variieren. – Ich finde aber immer noch, dass rote Eier am besten zu Ostern passen ... Fertig!"

Gerade hatte ich den letzten Schmuck an den Baum gehängt und betrachtete nun mit Abstand mein Werk. Dann sah ich zu Alain, der aber nur eine abwehrende Geste machte. „Von mir wirst du keine Kritik hören! Ich will schließlich nicht auf eine Stufe mit deinem Großvater gestellt werden."

Nun setzte ich mich zu ihm. „Ist es nicht eigentlich eigenartig, dass die Farbe rot so unterschiedlich besetzt ist? Ich meine, Passion: im Christentum wie in der Liebe eine tiefgehende Emotion, eine Leidenschaft; etwas Schönes, das auch mit Leiden zu tun hat. Im Osterei ist es das Opfer, der Tod, das Blut und die Auferstehung. Aber auch Wut, Rage und Zorn werden mit dieser Farbe in Verbindung gebracht."

„Das ist nicht verwunderlich. Hast nicht du selber einmal gesagt, wie ähnlich sich der Ausdruck von Freude und Trauer darstellt? So ist es auch im Farbschema. Und denk an Komplementärfarben. Harmonie, Ineinanderfließen, die Abwesenheit von Spannung können schnell langweilig wirken." Jetzt grinste er auf einmal. „Deshalb mag ich es auch, wie du dieses knallgrüne Ei neben das lilafarbene gehängt hast."

Ich schaute ihn forschend an, aber offenbar meinte Alain, was er sagte. Deshalb nahm ich nun meinen leeren Korb und ging ins Haus. Im Gehen fragte ich: „Kommst du?"

„Wohin?" hörte ich Alain in meinem Rücken.

„Zum Eieressen! Was sonst?"

Aber an diesem Ostern stand nicht nur Eieressen auf dem Programm. Das Fest war relativ spät im Jahr. Es wurde jetzt richtig warm, und so verlegten wir unsere Aktivitäten wieder fast ausschließlich in den Garten. Das heißt, Alain arbeitete im Atelier, dessen Fenster und Türen nun weit offen standen. Das bedeutete, er hatte keine Geheimnisse mehr in dem, woran er arbeitete.

An diesem Ostermontag hatte Thérèse frei, und deshalb waren wir allein. Ich zupfte erst ein bisschen im Garten herum und ging dann ins Atelier, um dem Meister über die Schulter zu schauen. Er blickte kurz auf und zeigte ein etwas verlegenes Lächeln, während er auf einer Drehscheibe die typischen Formen einer Frauenfigur bearbeitete. Wie immer hatte er seinen weißen Kittel an und darunter das rote Hemd – passend zum Fest. Ich schaute auf seine Arme und die Bewegungen der Hände, die mit einem Werkzeug die Feinheiten der Haare bearbeiteten, welche der Frau über die nackten Schultern und in Richtung ihrer üppigen Brüste fielen. Ich ging um die Skulptur und den an ihr modellierenden Mann herum und wusste nicht, wovon ich mehr beeindruckt sein sollte: von der Konzentration, mit der Alain an ihr arbeitete, oder ihren wunderschönen Formen, an denen die Hände – *diese Hände* – des Mannes entlangfuhren. Ich war wie in einem Sog, so zog mich die Szene an. Nach einer Weile des gebannten Zusehens ging ich, wie um es abzuschütteln, hinaus und beschloss, mich unter die Dusche zu stellen und abzukühlen. Ich holte mein Handtuch und zog mich bis auf den Badeanzug, den ich unter meinem Kleid trug, aus. Dann drehte ich den Wasserhahn auf. Augenblicklich ergoss sich, wie in einem Regenschauer, lauwarmes Wasser über mich. Der Zuleitungsschlauch hatte, wie die ganze Duschecke, an diesem Morgen an ihrem schattigen Platz noch nicht Gelegenheit gehabt, das Wasser richtig aufzuheizen – und das war mir gerade recht. Ich schloss die Augen und genoss die immer kühler werdenden Tropfen auf meiner Haut.

Plötzlich spürte ich etwas viel Festeres; eine Hand, die durch mein Haar fuhr und auf meiner Schulter zu liegen kam. Alain, der hinter mir stand, hatte seinen anderen Arm schon um mich gelegt und zog mich nun zu sich heran. Dabei küsste er die Seite meines Halses und meine Schulterbeuge. Die ganze Szene war den vorausgegangenen in Haus und Küche nicht unähnlich: Blicke von hinten, überraschende Naschangriffe, Hände zwischen Schulterblättern und der unvermittelte Biss in den Finger – jetzt stand er also mit mir unter der Dusche und schien sich nicht zu erinnern, je eine Abneigung gegen kaltes Wasser gehabt zu haben.

Ich konnte den Hahn gerade noch mit einer Hand zudrehen, bevor der Guss wirklich unangenehm frostig wurde, und drehte mich nun zu Alain herum. Der sah mich beinahe erschrocken an; erschrocken vielleicht über sich selber, oder aber um meine Reaktion besorgt. Ich nahm sein Gesicht in meine Hände, stellte mich auf Zehenspitzen und erwiderte seinen Kuss mit einem auf die eine, dann auf die andere Wange. Dann legte ich mein Gesicht an seine Schulter und zog ihn an mich. So standen wir vielleicht eine Minute lang, uns schweigend erspürend. Dann merkte ich, dass Alain offenbar das neben der Dusche hängende Badehandtuch geangelt hatte und es um meine Schultern legte. Wieder küsste er mich, dieses Mal auf die Stirn. Er hielt mich fest in seinen Armen, und ich konnte nicht anders als seine Zärtlichkeiten zu erwidern. Es war wie eine logische Konsequenz aus allem, was ich für ihn ... was offenbar wir beide in diesen Monaten miteinander gespürt und füreinander aufgebaut hatten: ein Liebe, die langsam aber beharrlich auf ein in weiter Ferne liegendes Ziel zuzulaufen schien.

Wir gingen Arm in Arm zum Garten hinter dem Haus, zum in der Sonne stehenden Tagesbett. Alain ließ mich nicht los, führte mich sanft. Als wir uns setzten, sah er mir tief in die Augen. In diesem Moment blitzte aus seinen Gesichtszügen für eine Zehntelsekunde der junge Mann hervor, der er einmal gewesen war. Und auf einmal spürte ich es wie einen Stich im Herzen: Ich kannte ihn! Ich kannte ihn wie jemanden, den ich ewig nicht gesehen hatte und dessen Name mir nur gerade nicht einfiel. Ein warmes, vertrautes Gefühl, das nicht von Alain, sondern aus Urzeiten zu kommen schien, hüllte mich wie eine Decke, wie das große Badehandtuch, ein.

Now ... Now when we touch, my feelings fly ...
Jetzt – wenn wir uns berühren, fliegen meine Gefühle ...
Aber ich konnte dem nicht nachgehen, denn jetzt nahm er mich wieder in den Arm. Wir legten uns auf das Bett, ließen uns nicht los, streichelten uns und küssten uns beinahe überallhin, allerdings nicht auf den Mund. Eng umschlungen lagen wir so für Stunden; genossen es, uns gegenseitig zu erfühlen und sagten beinahe kein Wort, aber so viel mit unseren Körpern. Als wir uns endlich aus diesem Zustand lösten und langsam wieder in den Alltag hinüberglitten, stand die Sonne beinahe rot am spätnachmittäglichen Himmel.

Sonnenwende. So wie die Wende in meinem Leben. Endlich gibt es eine Seele, die mich erkennt, mich versteht und mich wohl auch liebt. Jemand, der seine Scheu abgelegt hat. Ein Mann, der den Abstand, den zu wahren ihm geboten war, bewusst aufgibt, um mir nah zu sein. Wir haben uns gefunden, denn wir hatten uns wohl gesucht. Jeder von uns hatte einen Verlust und danach eine Einsamkeit erlitten, ein Gefühl von Verlassenheit und Leere. Plötzlich war da wieder etwas Verwandtes, doch von ganz anderer Art – unabhängig von Herkunft oder Stand. Ich wünsche mir so sehr, dass ich das für mich halten, es be-halten kann. Das erste Mal nach so langer Zeit spüre ich wirkliches Licht in meinem Leben und, wenn auch verhalten, ein noch etwas ängstliches Glück.

Sonnenwende ... Das ist die Tiefe des noch unverbrauchten Sommers, die Frische einer Nacht; ein Beginn und doch schon der Höhepunkt. In all dem findet sich die Hoffnung, die in sich bereits Erfüllung ihrer selbst ist, aber auch schon das Wissen, dass es wieder hinunter geht auf die lange Bahn in eine noch ferne dunkle Zeit. Gehe ich jetzt auf die nahen, von kleinen Wäldchen umsäumten Weiden, sind meine Augen offen für alles – wie unter Zwang und doch gelöst. Ein kleiner roter Punkt auf dem Blatt eines jungen Baumes – ein Gleichnis: Sitze nicht auch ich wie der Marienkäfer in schwindelnder Höhe über einem dunklen, kühlen Abgrund; mir zwar bekannt, aber in Vergessen geraten? Sollte man sich in einer Zeit der Hoffnung nicht auch immer der Vergänglichkeit bewusst sein? Das Geheimnis aller Schönheit liegt letztendlich in ihrer Vergänglichkeit.

„Es ist so schön hier. Es ist so schön bei dir, mit dir. Ich möchte es festhalten ..." Als ich das sagte, lagen wir einander zugewandt auf Alains großem Bett.

„Du bist nicht die Erste, die einen solchen Wunsch verspürt." Dabei streichelte Alain mein Gesicht und schien sehr bewusst dessen Konturen nachzuzeichnen. „Es ist der Ur-Wunsch aller Liebenden; etwas, das unserem Ego entspringt. Aber das Leben will sich immer weiter entwickeln, in immer neuen Spiralen Neues produzieren. Das Leben ist zyklisch, und nur diese Zyklen sind die Grundlage für die Ewigkeit."

„Beruhigt es dich, das zu wissen?"

„Nein. Ich bin ja auch nur ein Mensch!"

„Also fühlst du so wie ich?" fragte ich vorsichtig.

234

„Natürlich! Ich ... ich möchte für immer mit dir sein. Ich kann mir gar nicht mehr mein Leben vorstellen, bevor ich dich traf."

Wir lächelten uns an wie zwei Schulkinder nach dem ersten Kuss. Dann wurde ich wieder ernst. „Alain, ich habe in letzter Zeit in meinen Gedanken und Erinnerungen immer wieder Einsprengsel von irgendetwas, das an die Oberfläche kommen will. Wie ein Déjà vu."

„Was meinst du damit?" fragte er interessiert und stoppte die Erforschung meiner Mimik.

„Nun, für Zehntelsekunden öffnet sich etwas in mir, wie eine Erinnerung. Ich glaube etwas zu wissen – dann ist es wieder fort und ich kann mich nicht mehr erinnern, was es war."

„Das hatte ich neulich auch. Ich sah auf einmal ganz kurz ein Bild vor mir. Das Bild einer Frau. Aber dann warst du es und ich fragte mich, ob ich für eine Sekunde vielleicht eingeschlafen war und das Bild geträumt hatte ... Manchmal siehst du anders aus, so als schaue ich durch dich hindurch in noch ein anderes Gesicht ... Aber ...", jetzt lachte er, „das ist wohl der Bildhauer in mir."

„Denkst du das wirklich?"

„Was sonst sollte es sein?" fragte Alain nun, während er sich aufsetzte.

„Was ... ich meine ... was wäre, wenn dies nicht unser erstes Treffen ist. Wir sind ja alle, jeder mit jedem und mit allem, verbunden. Wir kommen aus dem Urknall, waren alle Sternenstaub. Unsere Seele lebt im Immateriellen. Vielleicht transportiert sie diese Bilder durch unsere vielen Leben. Vielleicht haben aber auch unsere Atome eine Art ,Wissen', das sie weitergeben.

„Glaubst du? Nun, warum befragst du nicht deine Karten? Die sollten dir doch Antwort geben!"

„Ich kann das Universum um Hilfe bitten. Die Antwort wird nicht unbedingt das sein, was ich erwarte. Ich werde nicht immer bekommen, was ich will oder was ich zu brauchen glaube, und das gilt nicht nur für Materielles, sondern auch für Information. Das Universum wird mir allerdings immer etwas geben, das mir auf irgendeine Art zeigt, wer ich bin."

Alain sah jetzt sehr ernsthaft aus, als er sagte: „Wenn du es nicht versuchst, wirst du es nicht wissen. Oder hast du Angst vor der Antwort?"

„Nein!" Ich lächelte. „Ich warte nur auf den richtigen Zeitpunkt. Ich werde es tun."

Dann legte ich mich wieder in die Arme des Mannes, der die Quelle all meiner Bilder und Träume zu sein schien.

Alain hatte im hinteren, zum Atelier hin gelegenen Gartenteil einen Feigenbaum. Es war eine sogenannte grüne Feige, sie erschien allerdings beinahe weiß. Sie wurde sehr viel früher reif als die anderen, blauen, und fruchtete daher zweimal im Jahr: erst im Juni und dann noch einmal, etwas zurückhaltender, im Hochsommer. Ihre Früchte waren die köstlichsten, die ich je gegessen hatte. Sie waren innen hellrosa, weich und saftig-süß. Das machte sie zu schade, um sie zu verarbeiten – wir aßen sie einfach so und warteten für Marmelade auf die späteren blauen Feigen, die wir von Leuten aus dem Dorf bekamen.

„Madame Ariane, es sind dieses Jahr wirklich zu viele. Lassen Sie mich aus einigen eine Feigentarte machen!" sagte Thérèse, die mit mir die reifen Früchte abpflückte, bevor sie nur allzu schnell am Baum verderben würden.

Ich nickte und zuckte gleichzeitig mit den Schultern; letzteres, weil ich es aufgegeben hatte zu hoffen, dass die alte Dame mich jemals anders als mit ‚Madame' und ‚Sie' ansprechen würde, was ich ihr schon so viele Male angeboten hatte. Das tat aber keinen Abbruch an unserem freundschaftlichen Verhältnis. Im Grunde genommen war die Haushälterin nur eine Fortsetzung ihres Arbeitgebers mit anderen Mitteln. Uns verbanden eine ähnliche Sympathie und die gleiche Wertschätzung und – so hoffte ich – Freundschaft.

„Die Feigen sind ideal für eine Tarte, machen Sie es nur so." Ich schaute auf den Korb, der nun fast voll war, während immer noch reife Früchte am Baum waren und die nächsten schon nachkamen. „Es ist erstaunlich, dass dieser Baum zweimal trägt und die anderen nur einmal im Jahr", sagte ich, während ich mir noch eine Schüssel angelte.

„Oh, manchmal fällt die Ernte fast vollständig aus. Letztes Jahr hatten wir ganze fünf Feigen. Es scheint, auch ein Baum hat seine guten und seine nicht so guten Jahre."

Ich lachte. „Wissen Sie, Thérèse, jemand sagte mal zu mir: ‚Ein Baum ist auch nur ein Mensch!' Das scheint wirklich zu stimmen."

„Oh ja!" Sie war jetzt auf ihrer Seite fertig mit dem Pflücken und streckte ihren Rücken. „Ich fühle mich vielen Bäumen sehr verbunden, wie alten Freunden. Wissen Sie, wenn man älter wird, dann denkt man anders über das Leben nach – und auch über den Tod. Alles stirbt irgendwann. Aber alles kommt auch wieder, es ist ein ewiger Kreislauf."

„Ach Sie Gute, verraten Sie mir das Geheimnis des Älterwerdens. Solange ich es aus dem Elfenbeinturm der Nichtbetroffenheit betrachte, dann habe ich immer hochwohlklingende Theorien. Wenn es mir aber gesundheitlich an den Kragen geht, werde ich ganz klein und verzagt und verliere jedes Vertrauen in den Sinn der Dinge."

„Oh, Madame, es ist auch schwer, mit Krankheit und Schmerz zu leben. Und dabei ist es egal, ob der Körper schmerzt oder die Seele. Sehen Sie, meine Theorie ist dies: Man sollte die Natur einfach machen lassen! Sie tut schon das Richtige."

„Hm!" Ich war skeptisch. „Bei der Entwicklung des Menschen ist ihr da aber einiges an Fehlern unterlaufen, meinen Sie nicht?"

„Doch, schon, aber dafür ist die Natur nicht verantwortlich. Das ist der menschliche Geist, der alles immer erklären, beherrschen und beeinflussen will! Nehmen Sie diesen Baum: Wenn er voll ist, machen wir etwas aus seinen Früchten. Hat er wenig, würden die meisten Leute einen von weit hergeholten Ersatz aus dem Supermarkt kaufen."

„Ich nicht! Ich will die richtigen Dinge zur richtigen Zeit. Melonen im Sommer, Orangen im Winter, Erdbeeren zur Erdbeerenzeit – alles nur dann, wenn es eben auch zur Verfügung steht."

„Sehen Sie: Das ist es! Ein Jegliches hat seine Zeit – im Garten wie im Leben. Im Grunde ist es ganz einfach. Die Gebrauchsanweisung der Natur liegt vor uns aufgeschlagen. Man muss nur lesen können. Manche lernen es allerdings nie, und andere bekommen irgendwann den weisen Altersblick."

„Den haben Sie offenbar ..."

„Ja, Madame, und den werden Sie und Monsieur auch noch bekommen. Ich bin mir ganz sicher. Sie beide sind nicht aus Zufall hier zusammengekommen. Ich habe das vom ersten Tag an gespürt."

Jetzt schaute ich der alten Frau direkt ins Gesicht. Diese Art, in der sie mit mir redete; wie sie mit mir umging, für mich sorgte und wie durch geheimes Wissen mein Leben zu kennen schien – all das kam mir so vertraut vor ...

Sie holte mich aus dem Gedanken, dem ich gerne noch nachgehangen hätte, zurück, indem sie freundlich aber bestimmt sagte: „Kommen Sie, Madame, es ist noch viel zu tun für die Tarte ..."

Ich nahm den Korb und folgte ihr sehr nachdenklich ins Haus ...

Beziehungen. Bebée bringt mir Melonen und seltene Feigen auf einem Tablett, und unter dieses schiebt sie ein Brieflein von meinem Liebsten. Vor ihr muss ich keine Geheimnisse haben. Sie hat eine Manier, mit mir umzugehen, für mich zu sorgen und meine geheimen Gedanken zu erspüren, die mich mit Vertrauen erfüllt. Sie ist diskret in allen Fragen und auf eine seltsame Art auch sehr weise. Heute Morgen kam eine Wahrsagerin zu mir, die Bebée vermittelt hatte. Ich war befangen, aber auch diese Frau schien mein Vertrauen verdient zu haben. Sie behandelte alles mit größter Diskretion und wurde auch gut dafür entlohnt. Erst dachte ich, sie mache mir Komplimente, als sie meine Klugheit rühmte. Doch warnte sie mich, diese Klugheit zu sehr herauszustellen. Man würde nicht auf mich hören, und am Ende könnte es mir schaden. Was sie mir aber dann noch sagte, ließ mein Herz schneller schlagen. Nichts geschehe aus Zufall, so auch mein Zusammentreffen mit einem bestimmten, ganz speziellen Mann. Sie nannte keinen Namen, so konnte ein jeder in der Annahme verweilen, es drehe sich um meinen Gatten. Aber beide wussten wir wohl, um wen es sich in Wirklichkeit handeln musste. Und dann sagte sie noch, ich werde diesen Mann immer und immer wieder erkennen – was immer das bedeuten mag ...

Beziehungen. Ob mir die Karten wirklich Antwort geben? Ich habe es schon so lange nicht mehr getan. Und generell mache ich es auch lieber für andere Menschen als für mich selbst. Überhaupt war es so, dass ich stets umso klarer gesehen hatte, je weniger ich über den betreffenden Menschen wusste. Schon Freunde waren ein Problem, denn ich kannte ja Details aus deren Leben. Die Gefahr für eigene Interpretationen war groß. Und die eigene Person war ja für einen selber sozusagen wie ein aufgeschlagenes Buch ... aber stimmte das? Im Moment kenne ich mich selbst ja gar nicht mehr; kann die Bilder, Träume und gedankliche Einschüsse oft nicht mehr einordnen. Also doch die Karten fragen. Und was sagen sie? Sie geben durchaus ein glückliches, harmonisches Bild. Neben mir liegt auf der einen Seite ein Mann, auf der anderen Seite eine Königin – und um mich herum viele Freunde und Vertraute. Ich bin umgeben von einer ganzen Familie mir zugehöriger Seelen. Und unter mir fließt ein Strom ...

Es war Sommer geworden, und ich nahm meine alte Gewohnheit des Herumstreifens am Nachmittag wieder auf. Für Arbeiten war es jetzt eh zu warm, und so suchte ich gleichzeitig die Hitze des Tages, um müde zu werden für einen nachmittäglichen Schlaf, wie auch die Kühle der umgebenden bewaldeten Terrassen unterhalb des Anwesens. Das über den Bäumen spielende klare Sonnenlicht bildete auf dem Waldboden Schattenflecken; es duftete überall nach wildem Thymian. Obwohl es noch nicht ganz Hochsommer war und eigentlich laut zugehen sollte, breitete sich im Wald ein gewaltiges, fast andächtiges Schweigen aus.

Ich trat aus dem Schatten der kleinen Haine heraus und sah zu meiner Rechten ein Feld, das bisher niemals beackert gewesen war. Nun wiegte sich Getreide in hauchleichtem Blond im Wind.

Beinahe ohne nachzudenken lenkte ich meine Schritte in Richtung der Schäferterrasse, die Alain und ich im zeitigen Frühjahr schon einmal besucht hatten.

Das leise Klingeln der Schafsglöckchen war heute so nah wie noch nie zu hören. Und endlich, nach so langer Zeit, traf ich den alten Schäfer Elias. Er saß vor seinem kleinen windschiefen Unterstand und winkte mich zu sich heran.

„Sie müssen Madame Ariane sein!" rief er mir zu. „Wollen Sie?" Dazu streckte er mir seine Hand mit einem Stück Brot entgegen und machte mit dem Kopf eine Bewegung, die mich zum Setzen auffordern sollte. Auf der Bank stand ein grobes Holzbrett mit Käse und eingelegten Oliven darauf. Aus der kleinen Höhlung unter der Olivenwurzel stürzten mir seine zwei Hunde entgegen, hechelnd und ungemein aufgeregt. Es waren zwei zottelige, sehr nette Vierbeiner, die sich offensichtlich über die Abwechslung freuten. Währenddessen gab es mit den Schafen momentan nicht viel Arbeit, denn sie lagen oder standen lethargisch im Schatten der Bäume um uns herum.

„Hallo! Ja, ich bin Ariane. Wir haben uns öfter von weitem gesehen!" Ich setzte mich neben den Mann und griff mir ein Stück Brot.

„Hier, nehmen Sie!" Er hielt mir die Oliven und den Käse hin.

„Sie haben es sehr schön hier. Ich liebe die Landschaft."

„Monsieur Alain sagte mir, Sie haben in Griechenland gelebt?" Während er mich das fragte, kaute er weiter auf seinem Bissen herum.

„Ja, und Sie könnten auch von dort sein. Sie – Ihre Schafe – und die gesamte Landschaft hier ... das wirkt sehr griechisch. Ich weiß, es sieht romantisch aus, aber es ist kein leichtes Leben ..."

Elias biss ein weiteres Stück Brot ab und schaute in die Ferne, bevor er antwortete. „Ja, das stimmt. Aber es tut der Landschaft gut. Die Schafe und ich – das passt hierher. Das ist aber schon fast am Aussterben, wie auch bald ich."

„Ja, leider ... das heißt, hoffentlich nicht – besonders was Sie betrifft. Aber Sie haben recht: Zu viel verändert sich, weg vom Ursprünglichen. Wir müssten umdenken, sonst graben wir uns selber das Wasser ab."

„Oh Madame, Sie sind klug. Aber den Klugen hört man ja nicht zu. Nur dem Geld, dem Profit." Er nahm einen Schluck aus einer Wasserflasche und hielt sie mir hin, aber ich lehnte dankend ab.

„Wissen Sie, Madame, der Mensch soll sich der Natur nicht aufzwingen. Er soll ihr zuhören, im Einklang handeln – und akzeptieren, was sie vorgibt. Aber darin liegt kein schneller Profit ..."

Etwas bewegte sich in der Herde. Aufgeschreckt lief eine Gruppe von ihnen an uns vorbei zum anderen Ende der Terrasse und zog eine intensive Wolke aus Schafswoll- und Kräuterduft hinter sich her. Die Hunde beobachteten sie aus ihrer Position heraus, griffen aber nicht ein, da sich die Tiere schnell wieder beruhigten.

Ich schaute dem Mann von der Seite her in sein faltig gealtertes Gesicht. Wie viele Stürme des Lebens hatte er erlebt? Wie viele Mädchenmünder waren von diesen Lippen geküsst worden? Er bemerkte wohl meinen Blick, denn er wandte sich mir zu, sodass ich mich schnell wegdrehte und in die Ferne schaute. Ich wollte nicht, dass er die Tränen sah, die in meine Augen traten. Es waren Tränen der Trauer über einen Verlust, der bereits im Gange war und sich nicht aufhalten ließ. Es war der Verlust dieser einfachen Art zu leben, aber auch ein sehr persönlicher Verlust. Einer, der mir unabänderlich noch bevorstand.

Wieder hatte die Jahreszeit mit dem August ihren Zenit erreicht. Die Vögel waren damit beschäftigt, schon morgens den Teich leerzubaden, so viel verspritzten sie – und vergaßen dabei alle Gefahr auf vier Pfoten.

Rosalies Katzenkinder allerdings hatten sich wohl im Dorf Reviere gesucht. Nur noch selten sah man einen von ihnen. Meist war es der ehemals Größte und Verwegenste aus dem Trio, der gelegentlich bei ihr auftauchte und Zärtlichkeiten tauschte, als sei er immer noch ein Baby. Hätten wir sie nicht schon als Jungtiere kastrieren lassen, hätten wir jetzt keine Chance mehr dazu gehabt. Wie man ihnen ansehen konnte, schien ihnen die Tatsache, dass sie nicht mehr im Spiel des Lebens mitmischten, allerdings nicht die Lust zu rauben, nach wie vor um Kätzinnen, Reviere und Futter zu raufen.

Ich legte mich oft in diesen Tagen auf das Gartenbett. Der saharaheiße Wind wiegte mich ein. Dann wurde er kräftiger; kam in ruppigen, warmen Wellen, hob für Sekunden den leichten Kaftan und fegte über meine Haut. Ich erlebte, wie sich alle meine Härchen aufstellten und ein Prickeln mich durchfuhr. Es erregte mich und zog mich tiefer in den süßen dunklen Zwiespalt zwischen körperlicher Mattheit, höchster sinnlicher Wachheit und Lust.

Es war generell ein windiger Monat, besonders die Nächte. Da die Tage aber heiß waren, konnte ich den nächtlichen kühlenden Wind, der manchmal in heftigen Attacken kam, als wohltuend und ebenfalls beinahe erotisch empfinden. Meine Träume waren überbordend und bedeutungsschwer.

Obwohl Alain im Moment tagsüber eher weniger Zeit mit mir verbrachte, war eine große Nähe zwischen uns, die sich aus all unseren Gedanken und Gefühlen ergab. Wenn wir uns dann – meist gegen Abend – trafen, spürten wir nur mehr Anziehung und Einssein.

Wie viele Abende, so verbrachte ich auch diesen allein auf der Terrasse, nachdem Alain sich schon in sein Schlafzimmer zurückgezogen hatte. Ich liebte die hellen Sommernächte. Sie ließen die Welt so ungewohnt aussehen wie dann auch die spät am Abend einsetzende nächtliche Dunkelheit. Jetzt, im August, funkelte die Milchstraße so klar wie sonst nie, und Sternschnuppen schossen vorbei. Ein blinkendes Flugzeug zog lautlos seine Bahn am hohen Himmel durch den Schauer der Perseiden. Bevor ich endlich nach oben ging, machte ich für den Haus-Gecko das Licht an, damit er sich etwas erfolgreicher auf die Jagd nach den vom Licht angelockten Insekten machen konnte. Er schien meine Aktion richtig zu verstehen und setzte sich sogleich in die beste Warteposition.

Alain war wohl schon ohne mich eingeschlafen. Um ihn nicht zu wecken, begab ich mich, was mittlerweile wirklich eine große Ausnahme war, in mein eigenes Bett.

Ich erwachte am frühen Morgen vom mächtigen Grollen des Donners. Ein Sommergewitter. Bald prasselte der Regen gegen die Scheiben. Ich bewegte mich nicht; lag lange gedankenversunken, bis mir auffiel, dass das Regengeräusch wieder verstummt war. Ich stand auf und öffnete das Fenster. Ein ozoniger Geruch strömte in mein Zimmer.

Ich ging hinüber zu Alain, der immer noch schlief. Ich öffnete leise auch sein Fenster und kuschelte mich dann neben ihn. Er regte sich und, ohne die Augen zu öffnen, legte er seine Arme um mich und presste mich fest an sich. Dann hauchte er unendlich viele Küsse auf meine Haut, auf beinahe jede erreichbare Stelle; doch immer ließ er meinen Mund aus und alle zu privaten Gegenden meines Körpers.

Zum ersten Mal fragte ich mich, was geschehen würde, wenn einer von uns beiden nach mehr verlangen sollte. Seltsamerweise verspürte ich keinen Drang, diese Grenzen auszutesten, denn ich fühlte, unsere Zeit dazu war noch nicht gekommen und es würde nur etwas zerstören, das offenbar von langer Hand vorbereitet war. So gab ich mich ganz den kleinen, aber umso prickelnderen Zärtlichkeiten hin, die mir so kostbar erschienen.

Später, als wir gemeinsam in den Garten gingen, war die Luft geschwängert vom Duft der Jasminsträucher. Der Regen hatte zwar den Staub, nicht aber die Wärme fortgewaschen.

Spaziergang. Ich kann nicht schlafen und bitte meinen Geliebten, mich zu begleiten. Er ordert einen seiner Männer vor meinen Räumen zu bleiben und bietet mir galant seinen Arm. Bebée bringt mir noch schnell einen Umhang – dann wandeln wir im Mondlicht durch die inneren Gärten des Schlosses. Da es schon spät ist, ist niemand hier, und hinter den meisten Fenstern ist es schon dunkel. Der Palast schläft. Charles hält meinen Arm und bewahrt den gebührenden Abstand, um unsere Gefühle füreinander nicht an eventuelle Späher preiszugeben. Aber mit dem Druck seiner Hand und einem gelegentlichen Blick lässt er mich innerlich erzittern. Dann, in einer dunklen Ecke des Gartens und hinter einer dichten Hecke verborgen, küssen wir uns doch – lang, leidenschaftlich und voll brennendem Verlangen. So schnell es geschah, ist es auch wieder vorbei, und wieder wandeln wir in artiger Distanz. Eine ruhelose Herrin mit ihrem ergebenen Diener – eine bebende Frau mit dem Mann ihres Sehnens.

Spaziergang – in der Sommernacht allein durch den Garten. Über dem Gebirge stehen Wolken. Plötzlich kommt ein heller Wolkenengel – schlank – über den Berg geflogen, eine Lichtkugel in der Hand. Als der aufsteigende, abnehmende Mond über dem Kamm steht – unten noch ganz rund und voll, oben schon ein wenig schütter – spüre ich plötzlich in mir eine ungeheure, absolute Klarheit. Dann, vor dem Mondlicht, zwischen den Sternen, treffen sich wieder Wolken: Engel und Erzengel, Ziege und Stier, Putte und Jungfrau, Bulle und Kalb …

Der Erdtrabant mit seinem Licht malt bessere Bilder als wir. Und in mir ist eine ungeheure Poesie, die mich all dieses sehen und im Innern so viel spüren lässt.

Ich lag entgegen meiner sonstigen Gewohnheit lesend im Liegestuhl, als Alain plötzlich neben mir stand. „Hast du Lust auf einen kleinen Spaziergang?"

Ich blinzelte ihn gegen das Sonnenlicht an, nickte und legte das Buch beiseite. Er bot mir auf eine beinahe antiquiert wirkende Weise seine Hand dar, um mir aufzuhelfen und nahm mich dann, auf sanfte Art stützend, bei meinem Arm.

Nachdem wir eine ganze Weile langsam und schweigend in Richtung Dorf gegangen waren, begann Alain das Gespräch. „Hast du denn mal in die Karten geschaut? Bist du irgendwie weitergekommen mit deinen Ahnungen und vermeintlichen Erinnerungen?"

„Hm, ja und nein. Ja, ich habe mir die Karten gelegt und nein, ich weiß nicht sehr viel mehr. Es ist nicht leicht, solchen Dingen nachzugehen. Die meisten Menschen würden es eh als Phantasien, Tagträume, Wunschgedanken abtun."

„Und, tust du das?"

Ich schaute ihn an. „Nein, natürlich nicht. Mittlerweile weiß ich aus meiner langen Lebenserfahrung, dass hinter allem etwas steckt und es sich nicht um Einbildung handelt. Nur muss ich mich eben auch gelegentlich daran erinnern, dass es so ist."

„Wie meinst du das?"

„Naja, ist doch klar. Man ist ja nicht jeden Tag in Höchstform. Man kann nicht zu allen Zeiten auf der spirituellen Welle segeln. Vergiss nicht: Wir sind geistige Wesen in einem sehr begrenzten, begrenzenden Umfeld. Es erfordert eine Form von Anstrengung, die Schwingung so zu halten, dass man mit der geistigen Welt verbunden bleibt. Im Alltag bricht der Kontakt oft ab."

„Das ist in etwa so, wie wenn ich ins Atelier gehe und mich ganz in meine Arbeit versenke. Dann befinde ich mich auf einer anderen Bewusstseinsebene und kann ganz anders wahrnehmen." Alain lenkte mich nun in Richtung eines kleinen Hohlwegs, der zwischen zwei Anwesen in einen dunklen, schattigen Grund hinunter führte. Ich kannte diesen Weg noch nicht und war gespannt, was uns am Ende erwartete. Mittlerweile war Alain stehengeblieben und schaute nach oben in das Blätterdach hoher Bäume, in deren Kronen deutlich hörbar Wildtauben weideten.

„Ich war lange nicht hier. Ich mag dieses versteckte Plätzchen sehr." Alain ging weiter und nun vor mir, wobei er mir immer wieder die Hand reichte, wenn der Weg durch Wurzeln oder Steine uneben wurde.

Endlich kamen wir an einem kleinen, verfallen wirkenden Metalltor an, hinter dem sich die Landschaft in eine Art Lichtung weitete. Erst nach zweimaligem Hinsehen wurde mir klar, dass wir auf von Efeu überwucherte Gräber schauten.

„Das, liebe Ariane, ist der alte Friedhof von Lagnières. Er ist schon ewig nicht mehr in Betrieb."

„Das kann man sehen. Warum ist das so?"

„Oh, ich vermute, die Leute wollten ihren Toten einstmals wirklich eine himmlische Ruhe gönnen, abseits allen schnöden Alltagslebens. Vielleicht wollten sie auch nicht täglich mit dem Thema Vergänglichkeit konfrontiert sein." Jetzt lachte er, bevor er sich zu mir umdrehte. „Das ist alles meine Theorie. Wahrscheinlich hatte es rein grundstücksrechtliche Gründe; möglicherweise wurde der Weg hier hinunter auch zu beschwerlich und man hat dann den neuen Friedhof oben im Dorf angelegt."

Ich ging nun an Alain vorbei und betrat vorsichtig durch das halboffene Tor die alte Ruhestätte. Auf den Grabsteinen, die noch erkennbar waren, konnte man nur mit Mühe Namen oder andere Inschriften ausmachen.

Alain, der mir gefolgt war, trat nun neben mich. „Ariane, warum haben wir uns so spät getroffen?"

„Das haben wir nicht. Wir waren schon immer ... Mitglieder einer Seelenfamilie."

„Meinst du?

„Das fühle ich. Ich kann's noch nicht erklären."

„So meinst du damit also, wir hätten uns gar nicht früher treffen sollen – oder können?"

„Nichts geschieht ohne den Willen der Seele." Ich schaute auf die Gräber. „Auch der Tod übrigens nicht. Was sich wehrt und immer alles genau erklärt haben will, ist das Ego, für das das Sterben eine ultimative Übung im Loslassen ist."

„Du kommst immer auf das Gleiche zurück: das Vertrauen, dass alles gut ist, so wie es ist. Das erkläre mal jemandem in einem Kriegsgebiet … oder mit Krebs … oder wer ein Kind verloren hat."

„Eben deshalb gibt es ja diesen so schmerzlichen Widerspruch zwischen dem von uns täglich als Realität empfundenen Alltagserleben und dem, was wir spüren, wenn wir es schaffen, in die Schwingung der Seele zu gelangen."

„Ach, das ist mir alles wieder mal zu hoch. Wer soll denn das verstehen?"

„Jeder – am Ende seiner Entwicklung. Jeder wird es eines Tages, in irgendeinem seiner vielen Leben, erfahren. Bis dahin müssen wir uns mühen …"

„Und warten", warf Alain ein.

„Ja, warten … aber während man das tut, kann man sich ja auch mit diesen Dingen bereits beschäftigen und versuchen, mehr herauszufinden. Die Buddhisten sagen: Wenn der Schüler bereit ist, wird auch der Lehrer da sein."

„Ich hoffe, die Buddhisten und du haben Recht."

In den sonnigen Septembertagen schreckte mich früh wieder das aufgeregte, harte Gefahrenzwitschern der Amseln aus dem Schlaf, wenn sie sich gegenseitig vor Rosalie und ihrer Familie warnten. An diesen glasigen, kalt-klaren Morgen stand der abzunehmen beginnende Mond weit im Nordwesten vor dem Untergang. Es war mit ruhigem, sonnigem Herbstwetter zu rechnen; die Luft würde sich schnell erwärmen. Ich konnte es nicht erwarten, nach dem Frühstück meinen Korb und das Messer zu nehmen und die festen Schuhe anzuziehen, um in den zum Tal hinführenden Terrassen herumzustreifen: Ich ging auf die Pirsch nach Pilzen.

Oft schimmerte zu dieser Jahreszeit noch am Mittag das Kraut am Boden in den Farben glitzernder Tautropfen. Überall raschelte es; meist waren es kleine Eidechsen, die – beim Sonnenbaden aufgeschreckt – in ihre Verstecke huschten. Die Kermes-Eichen hatten an den Blättern ihre typischen roten ‚Beeren' bekommen, die eigentlich Schildläuse, also Tiere, waren und früher zur Herstellung roter Farbe verwendet wurden.

Das Sammeln von Pilzen war ein Hobby, welches ich von Kindesbeinen an gepflegt hatte. Meine Großmutter hatte eine Bekannte gehabt; eine alte, große, aufrecht gehende Dame von offenbar recht elegantem, bürgerlichem Hintergrund und mit einem guten, offenen Herzen. So war sie sich nicht zu schade, mich in Ermangelung eigener Enkelkinder an die Hand zu nehmen und mit mir die Wälder zu durchstreifen. Ich lernte alles über giftige, essbare, genießbare und ungenießbare Exemplare der großen Pilzfamilie. Auch über die Art zu Sammeln, zu putzen und zuzubereiten bekam ich Unterricht. Trotz ihres großen Wissensschatzes hatte sie immer ein Pilzbuch dabei und alle möglichen Verwechslungsmöglichkeiten im Blick, sodass ich mich absolut sicher fühlte.

Leider hatte ich heutigentags das meiste damals Gelernte vergessen. So sammelte ich nur noch die wirklich eindeutigen Exemplare, an die ich mich erinnern konnte, und genoss derweil, in Kindheitserinnerungen schwelgend, den würzigen Duft der Wälder. Wenn ich dann meinen Korb zuhause auf den Küchentisch stellte, gab es Anerkennung von allen Seiten, und so genossen wir in diesem Herbst viele schmackhafte Mahlzeiten, die für mich nach einer lange vergangenen Zeit schmeckten.

Zusammenhänge. Ich kann sie kaum noch erkennen. Irgendwie erscheint mir das Leben, das ich führe, wie ein Theaterstück. Wir scheinen jeden Tag unsere Masken anzulegen und ein Spiel zu spielen. Und jedermann weiß offenbar, welche Rolle ihm zugeteilt ist. Das betrifft die Oberen und die Niederen. Denn wenn ich auf meinen wenigen heimlichen Ausflügen in die Stadt um mich schaue, dann sehe ich, wie jeder Stand das Gleiche tut. Niemand begehrt auf, niemand scheint es überhaupt zu merken. Alle sind erstarrt in ihren Rollen. Dabei sind sie selten glücklich: Die Niederen kennen kein Glück, sind gefesselt durch Hunger, Armut und Schmutz. Aber auch die Hochgestellten sind keine freien Menschen. Sie sind eingezwängt in die Etikette des Hofes und bewegen sich wie Puppen. Wie wohltuend erlebe ich die heimlichen Begegnungen mit meinem Geliebten, und wie gerne würde ich dem einfach nachgeben und ein ganz anderes Leben führen. Wenn ich nur wüsste, wie.

Zusammenhänge. Man kann sie kaum noch erkennen. In unserer immer verwirrender werdenden Zeit sind Ursachen und Wirkungen so miteinander verschränkt und verwechselt, dass keine Logik mehr erkennbar ist. Entscheidungen, die Millionen betreffen, werden wider besseres Wissen getroffen. Man versucht gar nicht mehr zu verbergen, dass beinahe alles Negative aus Gier heraus geschieht: Gier nach Geld, Gier nach Macht, nach Anerkennung. Auch diesen Motiven liegt schlussendlich nur Angst zugrunde: die Angst, nicht genug zu haben, nicht gehört zu werden, nicht geliebt zu sein – zu versagen. Wie oft schon wurden ganze Völker von einem durch Hybris deformierten Despoten unterdrückt? Und sieht denn keiner, dass diese Hybris nur aus einem mangelnden Selbstbewusstsein entsteht? Warum unterwerfen sich die Menschen einem System, das von ihnen selbst geschaffen wurde und daher jederzeit veränderbar wäre? – Manchmal wünschte ich, ich könnte dauerhaft in einem isolierten Raum leben; in meiner Welt, in der Natur und Kunst und freies Denken herrschen – und mit dem Partner, vor dem ich mich nicht verstellen muss, sondern bei dem ich so sein darf, wie ich bin: geliebt, liebend und gänzlich ohne Angst.

Das Letzte, was ich erwartet hatte, war eine Diskussion über Politik. Ich wollte mich nicht mehr mit diesen Dingen auseinandersetzen müssen, denn ich hatte mich eine lange Zeit meines Lebens mit dem Thema herumgeschlagen – erfolglos natürlich.

Aber wenn man mit Bertrand und Julie zu einem Einkaufstag in Carpentras verabredet war, wurde man zwangsläufig alle halbe Stunde zu einem weiteren Kaffee in ein Bistro eingeladen. Und wenn, wie an diesem Tag, Alain wegen Nichtinteresse an solcherart Unternehmungen nicht mit dabei war, kam ich in der Regel um interessierte Fragen nach meiner Meinung nicht herum. Das war auch jetzt immer noch der Fall, obwohl wir uns in der langen Zeit meines Hierseins schon recht gut kennengelernt hatten.

Es kam natürlich auch hinzu, dass uns wohl allen hier in der Stadt wieder bewusst wurde, wie weit weg wir in unserer kleinen ländlichen Welt eigentlich von allem Trubel, von Zwang und jeglicher Hektik, lebten.

„Ich mag schon gar nicht mehr die Nachrichten hören oder lesen", begann Julie nach einem kritischen Blick auf eine der in dem Café ausliegenden Tageszeitungen. „Man fühlt sich so hilflos gegenüber allem, was auf der Welt geschieht."

„Ja, mir geht es genauso", pflichtete ich ihr bei. „Ich versteh's einfach nicht, warum die Menschheit aus Fehlern und Erfahrungen scheinbar überhaupt nicht lernen kann."

Bertrand schob die Zeitung von sich fort. „Es gibt, nach meiner Erfahrung, leider viele Menschen mit nur begrenzter Fähigkeit zur Empathie. Und bei vielen ist die geistige und moralische Reife ebenfalls nicht sehr ausgeprägt. Hätten wir sonst so viele Konflikte, so viele unnötige Feindseligkeiten – im Kleinen genauso wie im globalen Maßstab?"

„Ist das nicht ein wenig zu simpel?" gab ich zu bedenken.

Aber Bertrand wischte das Argument mit einer Handbewegung weg. „Menschen sind Gewohnheitstiere. Wir reagieren eben immer nur innerhalb uns vertrauter Handlungsrahmen und Verhaltensmuster, selbst wenn wir wissen, dass das nichts bringt. Die meisten allerdings machen sich das gar nicht bewusst. Der Fehler ist, dass wir in allem – sei es Politik, Ökonomie oder einfach das gesellschaftliche Miteinander – auf Probleme immer mit Maßnahmen antworten." Er schob den Zucker zu uns herüber, bevor er weitersprach. „Jedoch werden diese Maßnahmen nicht einmal auf derselben Ebene ergriffen, auf denen die Probleme entstanden sind – und schon gar nicht an deren Wurzel. Da genau aber müssen sie gelöst werden. Und oft scheint es mir – verzeiht den Vergleich – dass in der Gesellschaft genauso oft nur Symptome kuriert werden wie in der Medizin, das System als Ganzes aber völlig aus den Augen verloren wird."

„Aber die Menschen sind im Einzelnen doch ziemlich machtlos. Sogar in meiner politisch aktiven Zeit habe ich diese Machtlosigkeit gespürt." Ich rührte jetzt in meiner Kaffeetasse.

„Erstaunlich ist doch, dass der Macht die freiwillige Unterordnung gegenübersteht", gab Julie zu bedenken.

Darauf stieg ich ein. „Die Unterordnung geschieht doch aus Angst: der Angst, aus der Masse hervorzutreten, Angst, nicht dazuzugehören. Auch vor Glück, Unabhängigkeit, sogar Lebendigkeit kann man sich fürchten. Es ist anscheinend leichter, sich unterzuordnen und anzupassen. Auch wenn dieser Weg dunkel ist und in die Erstarrung führt. Man erlebt das in jeder Form von Radikalisierung."

„Ich erlebe das manchmal bei meinen Patienten. Der Weg der Unabhängigkeit ist oft ungleich schwieriger, auch gefährlicher – aber dafür so viel offener und hoffnungsvoller, voll Licht und Leben. Dennoch wollen viele Menschen, dass man ihnen die Verantwortung für ihr eigenes Wohlergehen abnimmt."

Ich nickte. „Naja, nun kann man dich als Arzt ja wirklich als einen Helfer, eine Vertrauensperson sehen. Aber genauso, wie sie sich manchmal blind in die Hände von Ärzten begeben, begeben sich Menschen eben auch in die Hände von Tyrannen. Die haben immer nur soviel Macht, wie die durch sie Unterdrückten ihnen geben. Sie haben nur so viel Einfluss, wie man es ihnen erlaubt."

„Und am schlimmsten sind die Politiker", ließ sich Julie wieder vernehmen. „Die meisten von ihnen verstecken sich und ihre Unfähigkeit unter dem Deckmantel der Demokratie. Besonders aber ärgern mich diejenigen, die immer schon eine Antwort parat haben, bevor die Frage überhaupt fertig gestellt worden ist – ganz ohne nur eine Zehntelsekunde des Nachdenkens. Sicher kommt von politischen Führern in der Regel keine positive Veränderung."

Sie hatte recht. Wann hätte es in den letzten hundert Jahren, in einer Zeit des Wissens und der Aufgeklärtheit, nur irgendetwas dauerhaft Positives gegeben? Und was hatte sich derweil auf der Welt geändert? Dass Kinder statt mit Blechnäpfen nun mit

Plastikschüsseln in Flüchtlingslagern nach Essen anstanden? Das konnte es doch nicht sein. Deshalb sagte ich jetzt nachdenklich: „Hätte ich das Sagen, ich würde keinen Flug zum Mond, keinen überbordenden Luxus, keine irgendwie geartete Dekadenz eines Staates oder einer Einzelperson tolerieren, solange nur ein Mensch auf dieser Erde hungern muss. Es kann doch nicht sein, dass Milliarden von Menschen immer noch ohne sauberes Wasser, ohne genug zu essen, ohne eine sanitäre Grundversorgung und ohne Strom leben müssen."

Bertrand sah mich beinahe milde an. „Ariane, die Idealistin! Statt uns diesem Ziel wenigstens anzunähern, gehen bereits erreichte Standards selbst in den entwickelten Industrienationen stetig zurück. Wo der Profit regiert, kann keine Menschlichkeit sein."

„Schön, und sollen wir uns damit nun abfinden?" Jetzt hatte er mich dahin gebracht, dass ich mich wieder einmal in Rage redete. „Nehmen wir zum Beispiel die Finanzkrisen der vergangenen Jahre. Die Erde ist doch ein geschlossenes System. Keine Rakete, kein Flugkörper hat den Planeten verlassen mit all den Milliarden, all den Werten, die dagewesen sein sollen und nun verschwunden zu sein scheinen. In Wirklichkeit spielt sich doch alles nur in den Köpfen ab. Warum können wir dann nicht einfach die Lage der Welt ändern, indem wir sie in unseren Köpfen ändern? Warum ist Umdenken so schwer?"

„Ariane hat recht", pflichtete Julie mir bei. „Die Welt wie sie ist, mit ihren Regeln, ist menschengemacht. Wenn wir also merken, dass es nicht funktioniert, könnten wir doch die Regeln ändern, bis es funktioniert – natürlich zum Wohle aller."

„Jetzt fängst auch du noch zu träumen an!"

„Nein, finde ich nicht", meldete ich mich wieder zu Wort. „Die Lösung ist noch viel einfacher. Wenn die Einstellung zur Welt sich ändert, dann ändert sich die Welt. Und dann – ganz wichtig – sollten endlich die Politik und die Ökonomie entflochten werden. Und Religion und Kultur. Und jede Xenophobie, jede Angst vor sogenannten Anderen, vor dem Fremden, sollte verboten werden – für alle!"

„Und wann wollen die Damen die Regierung übernehmen?"

„Spotte nicht!" ermahnte ihn Julie.

„Vielleicht sollten wirklich die Frauen mal die Macht übernehmen!" ergänzte ich. Als ich Bertrands skeptischen Blick sah, korrigierte ich mich allerdings. „Ich meine, *unabhängige* Frauen ... und Männer. Denn die Anzugträger und Lobbyisten haben's ja bis jetzt nicht gepackt! Wir brauchen eine für die ganze Erde funktionierende Wirtschaft, eine die Umwelt erhaltende und die Mitgeschöpfe respektierende Lebensweise und eine ganz neue Weltanschauung jenseits aller Ideologien. Wir müssen unseren Glauben ändern. Nicht den, der sich mit Religion übersetzt, sondern das, was wir über uns und unsere Geschichte glauben."

„Ich glaube, ich zahle jetzt mal." Bertrand erhob sich. „Sonst muss ich die Damen noch im örtlichen Gefängnis besuchen, wegen Anzettelung einer Revolution.

Nun verließen wir doch noch lachend das Café, um uns auf den Nachhauseweg zu machen.

Dort angekommen, wartete Alain schon auf uns. Offenbar hatte er wieder gearbeitet, denn er saß mit offenem Arbeitshemd auf der Terrasse und trank Kaffee. Den Freund begrüßte er mit einem „Na, wie ist es dir mit den beiden Frauen ergangen?"

„Ich konnte sie gerade noch davon abhalten, einen Putsch gegen alle Regierungen dieses Planeten anzuzetteln."

„Was, wegen einer Handvoll von Dingen, die es in den Läden nicht gab?"

„Nein, mein Freund, aber ohne es zu wissen, sind wir beide zwei verkappten Revolutionärinnen auf den Leim gegangen."

Alain lachte. „Häh! Bei Ariane habe ich schon so eine Ahnung gehabt. Aber die sanfte Julie?"

Nun meldete sich Julie zu Wort. „Ich finde, wir hatten durchaus ein Thema, über das man sich nicht lustig machen sollte."

Jetzt schaute Alain fragend auf Bertrand, und dieser wurde sachlich. „Sie hat recht. Es war ein durchaus ernstes Thema – eigentlich tödlich ernst."

„Ja, es ging um nichts Geringeres als den Zustand der Welt." Ich setzte mich jetzt wie die anderen zu Alain an den Tisch.

„Und ich dachte, ihr wart einkaufen. – Nun, habt ihr Lösungen gefunden, die Welt zu retten?" Alains Frage war an mich gerichtet.

„Lösungen hätte ich schon. Aber auf mich hört ja niemand. Man hört ja nicht mal auf renommierte Organisationen und Wissenschaftler."

„Das ist richtig." Bertrand streckte sich jetzt in seinem Stuhl. „Es gibt ja auch eine ganze Menge intelligenter und williger Menschen. Aber die scheinen niemals genug zu sein, um einen Umschwung einzuleiten. Und das Ding mit der sogenannten ‚kritischen Masse', die für einen Qualitätssprung benötigt wird, glaube ich persönlich nicht mehr."

„Sagt mal, wie kann es eigentlich sein, dass es Menschen so unterschiedlicher geistiger ... nein ...", Julie suchte nach einem anderen Wort, „ich meine eher ... seelischer Reife gibt?"

„Das ist genau das, was mit ‚Seelenleben' gemeint ist. Die Seele entwickelt sich durch ihre vielen Inkarnationen." Wir waren jetzt wieder bei meinem Lieblingsthema. „Jeder von uns kommt irgendwann zu demselben Punkt als hochentwickeltes Wesen – in der Spiritualität nennt man das ‚erleuchtet'. Deshalb spricht man auch von jungen und alten Seelen, unabhängig vom Alter des Körpers, in denen sie existieren."

„Die paar, die schon unter uns leben, sind aber offenbar nicht genug!" warf Alain ein.

„Ja, aber sie zeigen uns, wie es geht." Ich wollte etwas Positives in die Diskussion hineinbringen.

„Lass hören!" forderte Julie mich zu einer Erklärung auf.

„Naja, auch ich habe mir das nur angelesen. Aber es gibt schon ein paar ganz gute Denkansätze. Man geht davon aus, dass es hochentwickelte Wesen und auch ganze Gesellschaften gibt beziehungsweise gab. Gesellschaften, die nicht ihre Nahrungs- und Lebensgrundlagen vernichten. Ein Beispiel aus der Vergangenheit könnten die sogenannten Naturvölker sein. Wir bezeichnen ihre Lebensweise oft als primitiv; in Wahrheit waren und sind ihre Strukturen hochentwickelt. Denkt nur mal an die nordamerikanischen Indianerstämme, bevor der weiße Mann mit seiner Ideologie des Geldes und der monotheistischen Religion auf den Plan trat."

„Da ist was dran. Wir lernen heute wieder mühsam die alten und zum Teil verschollenen Heilmethoden dieser Menschen." Das sagte der Arzt in unserer Mitte.

„Ja, und es gab zum Beispiel auch den Zusammenhalt der Generationen in der Familie. Alte und Junge lebten gemeinsam und ergänzten sich. Und – um auf die Sozialmedizin zu kommen, oder wie du es nennen würdest" – ich schaute jetzt zu Bertrand – „die Jungen bekamen die Kinder, aber erzogen wurden sie vornehmlich von den Älteren, Erfahreneren, während die jungen Eltern die Dinge verrichteten, die die Alten nicht mehr tun konnten: Jagen, Fischen, schwere körperliche Arbeiten. Es ist interessant, dass einer der Pioniere des Neuen Denkens gerade diese Eigenschaft als besonders typisch für hochentwickelte Gesellschaften herausstellte."

„Das ist wirklich interessant!" sagte Julie.

„Ja, und es gibt noch andere Merkmale: Keine Angst vor jeglicher Andersartigkeit, sondern das Verstehen von Unterschieden als Chance; kein Wettbewerb, wer der Bessere ist; das Teilen aller verfügbaren Ressourcen, besonders der raren, die ja in unserer Gesellschaft zur Preistreiberei benutzt werden. Dazu gehört auch, dass es in diesen Gesellschaften keine Notwendigkeit für persönlichen Profit gibt."

„Also, wenn du mich fragst", sagte Alain, „dann beschreibst du hier den Kommunismus."

„Nenne es, wie du willst. Mit dem, was uns im vergangenen Jahrhundert als Kommunismus oder Sozialismus hier in Europa und anderswo vorgestellt wurde, hat das aber gar nichts zu tun."

„Jaja, ist schon klar", meldete sich nun Bertrand wieder zu Wort. „Aber es ist eben wirklich – wie ich vorher sagte – theoretisch. Wenn nicht alle, oder die Mehrzahl, oder die ‚kritische Masse', an einem Strang ziehen, wird es eben nichts. Was kann man tun?"

„Man könnte schon ohne viel Aufwand etwas tun. Ich meine, ich verstehe nicht, warum man nicht auf Ebene der Staaten das gleiche tut, was viele im Privaten machen: Gucken wer was wie macht, schauen was am besten funktioniert und es dann für sich adaptieren.

Stattdessen erfinden alle das Fahrrad immer wieder neu und immer anders – meist schlechter. Oftmals funktioniert es eben nicht. Und dann kommt Fehler Nummer zwei: Auch wenn es nicht funktioniert, wird daran unsinnigerweise festgehalten. Das ist doch unglaublich!"

„Ja, ich sehe das auch so." Julie schenkte sich noch eine Tasse Kaffee ein und fragte die Runde mit den Augen ab. Dann sprach sie weiter. „Man kann viel tun, wenn man erst einmal bei sich anfängt. Man kann eben allem Unsinn wenigstens auf persönlicher Ebene etwas entgegensetzen. Bevor man gar nichts tut und verzweifelt, ist das doch die weitaus bessere Alternative. Und wenn genügend Leute das tun, dann erreichen wir vielleicht auch Bertrands kritische Masse – ich meine, wieviel ist das denn? Fünfzig Prozent?"

Jetzt fühlte sich Bertrand angesprochen. „Nun, wir reden hier nicht über Kernphysik!" Ich schaute bei diesem unverhofften, vertrauten Wort blitzschnell zu Alain hinüber und sah, wie auch er aufhorchte und dann ganz leise schnaufte, was Bertrand für einen kurzen Moment irritierte. Dann fuhr er fort. „Es geht um kritische Masse im Sinne der Spieltheorie. Es geht sozusagen um den Schwellenwert, der erforderlich ist, um eine Gruppendynamik auszulösen."

„Ich halte es nicht aus!" mischte sich Julie ein. „Mein Mann, der Wissenschaftler! Sag es doch ganz einfach: Die kritische Masse ist *die* Menge von Frauen, welche von einer neuen idiotischen Mode hochhackiger Plateau-Riemchenschuhe schwärmen muss, damit die Frauen auf der ganzen Welt meinen, sich diese ebenfalls kaufen zu müssen – was die Statistik für gebrochene Knöchel um fünfhundert Prozent ansteigen lässt."

Wir alle lachten laut.

„Genau!" pflichtete ich dieser durchaus realitätsbezogenen Beschreibung bei. „Aber wie hoch ist jetzt die Prozentzahl?"

„Nun, im Moment geht man von fünf bis zehn Prozent der relevanten Gruppe aus – also in unserem Fall der Weltbevölkerung."

Mit dieser Zahl schien Bertrand nicht nur mich zu verblüffen. So wenig!

„Also kann man doch viel tun, wenn man erst einmal bei sich anfängt", resümierte Alain.

„Ja", sagte ich. „Gesunder Menschenverstand, von anderen lernen, in sich selber hineinhorchen – einfach seelische Hygiene betreiben, sich erforschen ..."

„Ich weiß, dass Ariane sich mit diesen Dingen sehr ernsthaft auseinandersetzt. Als ihr Arzt habe ich gesehen, wie sie um Fassung rang, als sie so schwer krank war. Ich würde gerne einige Techniken lernen und weiß, dass auch Julie sich sehr dafür interessiert." Bertrand sagte das an uns beide, Alain und mich, gerichtet.

„Mich musst du nicht fragen", entgegnete Alain.

„Was schwebt euch denn vor?" fragte ich nun neugierig.

„Naja, ... also, Bertrand und ich, wir würden gerne einmal etwas gemeinsam mit anderen machen. Eine Meditation oder auch etwas Schamanisches. Alleine macht man das ja doch nie, und hier in der Gegend gibt´s keine Gruppierungen ..."

„Das ist kein Problem. Das wäre sogar eine gute Sache. Man kann es natürlich alleine machen, aber in einer Gruppe verstärkt sich der Effekt, und es macht auch mehr Spaß." Ich freute mich, dass unser Gespräch nun solch eine Wendung nahm und in etwas sehr Konstruktivem zu münden schien.

Und so kam es, dass wir an diesem späten Nachmittag mit einem weiteren gemeinsamen Vorhaben in der Planung für die kommende Woche auseinandergingen – und mit einem positiven Ausblick nach einer langen und teilweise auch sehr nachdenklich machenden Diskussion.

Seele. Was ist das eigentlich? Ich kann mein Herz spüren und vielleicht auch beschreiben. Wo aber lebt die Seele? Wenn ich am Fluss bin, dann stelle ich mir manchmal das Herz als ein Boot vor. In meinen Gedanken lasse ich es zu Wasser und es treibt davon, in unbekannte Gegenden; nur vom Rhythmus seines stetigen Schlagens getrieben. Vielleicht reist ja die Seele mit ihm. Manchmal mag sie auffliegen und vor Freude jubilieren wie ein Vogel im Frühling. Dann aber wird sie sich wieder niederlassen in ihre so ungewöhnliche Barke und ruhig in ihr dahingleiten, immer dem Klopfen lauschend und dem Schlagen der Wellen. Weiß sie, wohin der Fluss sie führt?

Seele. In meiner Vorstellung ist die Seele der einzige Teil unserer Existenz, der außerhalb der physischen, vierdimensionalen Welt existiert. Sie ist wie eine Brücke, die sich hinaus in die Weiten der multiplen Dimensionen spannt. Oder wie ein Stoff: Die Seele spannt sich aus als ein Träger von Kettfäden; und die einzelnen Leben bilden, in den verschiedensten Farben, die Schussfäden. Das Leben der Seele bildet ein buntes, fortlaufendes, sich stets veränderndes Gewebe. Eins, das in seiner Grundstruktur gleich bleibt und sich farblich doch immer verändert ... ein sich windendes Band, ähnlich einem sich stetig verändernden Fluss ...

Am Morgen des verabredeten Tages hatte ich Alain nochmals gefragt, ob er mit uns ‚schamanisch reisen' wollte. „Alain, es ist kein Zauberwerk! Und im Übrigen bist du ja auch sonst jeglichem Zauberwerk nicht gänzlich abgeneigt." Ich versuchte, ihn zu ermutigen, aber er winkte nur skeptisch lächelnd ab.

Ich bereitete den Sommerraum vor, räumte mit Thérèses Hilfe einen Tisch zur Seite und breitete Decken auf dem Boden aus, auf denen wir liegen konnten. Auch überprüfte ich die erforderliche Technik. Die Haushälterin zeigte mir in der Küche noch den vorbereiteten Imbiss und das bereitgestellte Geschirr. Dann verabschiedete sie sich lächelnd für den Rest des Tages und wünschte mir und den anderen eine gute Erfahrung. Ich überlegte kurz, ob ich sie zu unserer Unternehmung einladen sollte, aber ich unterließ es dann.

Bertrand und Julie kamen zur vereinbarten Zeit. Sie waren voller gespannter Erwartung; man konnte es in ihren Augen sehen. Alain begrüßte sie etwas mürrisch. Man konnte beinahe meinen, er war eifersüchtig – absurd, denn ich hatte ihn mehrmals gebeten, Teil unserer Gruppe zu sein. Oder hatte er Angst davor, was er sehen und erfahren würde? Nochmals lud ich ihn mit einem Blick ein. Ich hätte wirklich gerne noch eine weitere Seele mit im Kreis gehabt, speziell ihn. Er aber verschwand mit einem „Viel Spaß!" in Richtung seines Ateliers.

So bat ich also Julie und Bertrand in den vorbereiteten Raum.

„Sucht Euch einen von den drei Plätzen aus. Zieht die Schuhe aus, macht es Euch bequem. Es gibt auch Decken zum Zudecken, wenn Euch kalt werden sollte."

Julie hatte schon ihre Schuhe ausgezogen und bequeme warme Socken übergestreift. Sie saß nun aufgestützt und schaute mich offen und neugierig an. „Und was müssen wir tun?"

„Zunächst: Ich habe keine Schamanentrommel. Aber da wir ja nur drei Leute sind, würde ich sowieso auf das selber Trommeln verzichten und meditiere lieber mit Euch. Es gibt gute herunterladbare Trommeldateien aus dem Internet."

„Ein Lob der modernen Technik!" sagte Bertrand.

„Ihr legt Euch hin, schließt die Augen und hört auf die Trommel. Lasst Euch führen. Das einzig Wichtige ist, vorher zu formulieren, was man möchte. Ob man in die untere Welt möchte, um sein Krafttier zu treffen. Oder ob man ein bestimmtes Thema, eine Frage hat. Es ist gut, sich das aufzuschreiben. Und vielleicht auch, sich nach der Reise wiederum Notizen darüber zu machen, was man gesehen, welche Antworten man bekommen hat …" Ich erklärte noch einige wenige Dinge, die sie wissen mussten, und dann legten wir uns hin. Als ich das Gefühl hatte, die beiden anderen waren soweit, startete ich das Programm.

Ich stellte mir meine Aufgabe und schloss die Augen. Zum gleichmäßigen Schlag der Trommel ging ich in Gedanken an meinen Startpunkt, in jene Höhle mit dem See auf der griechischen Insel. Ich sprang ins Wasser und suchte den Weg in das unterirdische Labyrinth. Es war dunkel. Das Wasser – sonst klar – war dieses Mal eigenartig trüb. Vor mir sah ich einen Schemen, wohl ein Fisch. Ich folgte ihm und spürte den Sog nach unten. Es ging durch Steinspalten; es erinnerte beinahe an einen Geburtskanal. Verhalten zeigten sich kleine rote und gelbe Punkte. Sie wurden größer und zogen sich wieder zurück. Plötzlich öffnete sich vor mir ein leuchtender Ball, breitete sich aus und zog sich wieder zusammen. Ich hatte jetzt absolute Klarheit und fand mich, noch unter Wasser, in einem Tümpel am Rande einer Wiese. Ich konnte den Himmel sehen, umrahmt von grünen Bäumen. Ich ging an Land und befand mich nun auf einer kleinen Lichtung. Vor mir huschte etwas davon.

Ich glaubte, meine Hündin Dakota neben mir zu spüren, aber was ich sah, erinnerte eher an eine Katze. War es Rosalie? Sie sah anders aus, aber sie ließ sich nicht vollständig sehen. Ich folgte der Bewegung im hohen Gras.

Plötzlich stand ich vor ihr. Elinora. Sie schaute mich an und sagte nichts, aber ich bekam einen Strom von Informationen. Eine tiefe Traurigkeit überkam mich und ich weinte; aber ich wusste, es waren Elinoras Tränen. Sie hatte Grund gehabt, auf der Brücke zu stehen, und doch hatte sie die Tat bereut, sobald sie vollzogen war.

Erst jetzt gewahrte ich das Medaillon an einer Kette um ihren Hals. Es zeigte das Bild eines Mannes. Als ich genauer hinsah, erkannte ich eine gewisse Ähnlichkeit mit Alain. Jetzt lächelte Elinora leicht und erschauerte wie in einer tiefen, erotischen Erregung, die sich auf mich übertrug. Ich spürte, dass sie diesem Mann in einer beinahe unwirklich starken Zuneigung verfallen war. Jetzt bemerkte ich auch einen Schatten, wie die Figur eines hinter ihr stehenden Menschen – jedoch konnte ich keine Details erkennen. Auch schien sie selber auf eine sehr spezielle Art nicht allein zu sein.

Ich fragte sie in meinen Gedanken, was ich noch über sie erfahren durfte. Sie ließ mich wissen, ich solle lesen; ich werde viel aus Büchern lernen – und aus den Erinnerungen, die meine Seele trägt.

Dann wusste ich, dass ich keine weiteren Informationen mehr empfangen würde. Ich ging zurück. Als ich in den kleinen See steigen wollte, sah ich plötzlich unter der Wasseroberfläche Elinoras Gesicht. Es wirkte wie eine mittelalterliche Darstellung.

Ich reiste auf dem gleichen Weg zurück, den ich gekommen war. Die Rückholrufe der Trommel holten mich in den Raum und in die Gegenwart.

Erst erschien Alains Gesicht hinter dem Glas der Küchentür zum Garten, dann klopfte er vorsichtig. Wir winkten ihn herein.

„Darf man?" fragte er, als er die Tür hinter sich schloss.

„Na, du hast Fragen. Musst doch nicht in deinem eigenen Haus anklopfen!" sagte Julie, die sich gerade vom Tisch, an dem wir drei saßen, erhob, um Alain Kaffee einzuschenken.

„Na, man weiß ja nicht. Hier gehen neuerdings wirklich seltsame Dinge vor sich", erwiderte er lachend. Mit seinem gefüllten Kaffeepott setzte er sich nun zu uns. „Und?" Er schaute in die Runde.

„Na was! Erst nicht mitmachen, dann aber bei den anderen neugierig sein!" neckte Julie ihn nun.

„Also, ich hab nichts dagegen." Bertrand hatte gerade seinen ersten Happen Quiche hinuntergeschluckt. „Ich habe mich sehr wohl gefühlt, aber gesehen oder erlebt habe ich nichts."

„Das ist nicht schlimm; das geht vielen so – besonders beim ersten Mal", sagte ich.

„Ja, ich bin ja auch gar nicht traurig. Ich hatte nichts erwartet. Allerdings ... mir ist aufgefallen, dass ich die Trommelschläge zunächst ganz normal von außen wahrgenommen hatte. Dann, gegen Ende, kamen sie aus der Mitte meines Kopfes. Es war ein unheimlich schönes Gefühl."

„Kann das vom Umschalten der Hirnwellen auf diese Theta-Frequenz kommen?" Ich sah ihn fragend an.

„Schon möglich, ich muss mich da mal belesen. Auf jeden Fall hatte ich trotz des ständigen Geräusches eine Tiefenentspannung, wie ich sie nicht einmal in der Meditation bei absoluter Ruhe erreichen kann." Damit steckte sich Bertrand zufrieden ein zweites Stück Quiche in den Mund.

„Ja, Ruhe ist natürlich nur ein Aspekt. Ich glaube, mehr Menschen würden zur Spiritualität finden, wenn sie nur lernen könnten, ruhig zu werden. Aber die Trommel hat ja einen ganz bestimmten Takt, etwa zweihundert Schläge pro Minute. Das Gehirn reagiert darauf, indem es in das andere Wellenspektrum schaltet." Julie hatte sich offenbar damit beschäftigt.

„Das ist ja alles ganz interessant, aber bei mir tut Milch die selbe Wirkung", meldete Alain sich zu Wort.

„Das, mein Lieber, ist Biochemie. Wir sprechen hier von Physik!" deklarierte Bertrand. „Aber mal ganz im Ernst, hast du etwas gesehen?" Damit schaute er nun zu seiner Frau hinüber.

Die lächelte. „Ja, ich habe. Und es war sehr interessant!"

Jetzt hatte sie unser aller Aufmerksamkeit.

„Also: Ich hatte mir ja von Ariane erklären lassen, dass es Krafttiere gibt. Das sind tierische Begleiter, persönliche Berater oder Helfer. Ich wollte unbedingt mein eigenes Krafttier treffen. Ariane hatte mich gewarnt, dass man sich nicht auf ein spezielles Wunsch-Tier festlegen sollte, sondern das akzeptieren soll, das zu einem gehört."

„Wie meinst du das?" wollte Alain wissen.

„Nun, viele wollen ja ein Tier, das in unserer Vorstellung eine gewünschte Eigenschaft hat", erklärte ich. „Beliebt sind Bären, Adler, Delphine oder Wölfe; weniger beliebt vielleicht Ameisen, Regenwürmer oder Stinktiere."

Alle lachten jetzt.

„Also", nahm Julie ihre Erzählung wieder auf, „ich nahm mir vor es zu finden und ging in die Untere Welt. Ich kroch durch ein Erdloch, konnte aber den Weg nicht sehen. Alles war schwarz. Dennoch kam von irgendwo Licht, und ich arbeitete mich zu einer Art Höhle durch. Dort unten war es feucht und kühl, aber nicht unangenehm. Die Luft war eigenartig frisch. Dann hörte ich ein Geräusch neben meinem Ohr und erblickte etwas Kleines, das neben mir schwirrte. Ich fragte, ob es mein Krafttier war, und da erschien es plötzlich genau vor mir, wie als Bestätigung."

„Und was war es?", fragte Bertrand ungeduldig.

„Du wirst lachen! Es war eine Hummel. Genauer gesagt, eine Erdhummel."

„Pffft!" entfuhr es Bertrand. „Die magst du doch nicht! Erinnerst du dich, wie du vor ein paar Jahren mal von einer Hummel gestochen worden bist? Deine allergische Reaktion zwang uns, ins Krankenhaus nach Carpentras zu fahren."

„Ja, aber erinnere dich auch, wie du auf die Hummel geschimpft hattest und wie ich sie verteidigt habe. Schließlich habe ich in den Holzhaufen gefasst und sie dabei gequetscht, sodass sie sich nicht zu wehren gewusst hatte außer mit einem Stich."

„Das stimmt. Und nun kam sie, sich zu entschuldigen?"

„Nein. Ich fragte, ob sie eine Botschaft für mich hat, und sie ließ mich wissen: ‚Auch du musst irgendwann ans Licht!'"

„Das war die Botschaft?"

„Das war die Botschaft! – Dann wurde ich zurückgezogen und wandte mich zum Gehen. Plötzlich war da eine Treppe, und ganz langsam stieg ich die Stufen hinauf. Als der letzte Rückholschlag der Trommel verklungen war, stand ich wieder auf einer Wiese im hellen Sommerlicht – und fühlte mich ganz in mir ruhend."

„Das ist schon toll!" sagte Alain. „Vielleicht sollte ich es doch einmal versuchen, beim nächsten Mal ... Und was ist mit dir?" Dabei wandte er sich nun an mich.

„Ich ... nun, ich habe Elinora getroffen. Ich muss aber noch eine Weile über diese Begegnung nachdenken, sie wirken lassen."

„Wer ist Elinora?" wollte Bertrand wissen.

„Das ist eine Sache zwischen Ariane und Alain!" erklärte Julie schnell, während sie ihrem Mann die Hand drückte, wie um ihn daran zu hindern, weiter nachzufragen. „Kommt, hier ist noch Kaffee. Lasst uns mit dieser köstlichen Quiche von Thérèse diesen Nachmittag abrunden und Ariane danken für dieses wirklich einmalige Erlebnis."

„Es muss ja nicht einmalig bleiben. Und ich glaube, ich muss euch danken für so viel Offenheit, die ihr der Sache entgegenbringt. Denn je mehr Seelenenergie sich beim Meditieren und schamanischen Reisen vereint, umso tiefer und fundamentaler sind die Erlebnisse und Erkenntnisse, die man von einer solchen Erfahrung mit nach Hause nimmt. Und darin bestätigt sich, dass wir niemals, auch in unseren einsamsten Stunden nicht, allein sind."

Jagd. Dieses Mal geht es wohl wirklich um das Wild in den Wäldern, und so besteht mein Gatte darauf, dass auch ich ein Teil der ihn begleitenden Gesellschaft bin. Ich bin nicht sehr gut im Reiten und fürchte mich ein wenig auf dem hohen Rücken des Pferdes, aber mir zur Seite reitet als mein persönlicher Schutz mein heimlicher Geliebter, und so wird dieser Ausritt zu einem Feiertag für mich. Niemand erwartet, dass wir uns an diesem Spektakel, das mir im Grunde zuwider ist, wirklich beteiligen. So fallen wir zurück und genießen stattdessen den Herbsttag und die mit Nebeln verkleidete Landschaft. Die Jagdgesellschaft ist schon längst weit vor uns. Auf einem Nebenweg – ganz plötzlich – tritt ein Hirsch aus dem Gebüsch und steht einfach da, uns ohne Furcht anschauend. Wir haben unsere Pferde angehalten und schauen ebenfalls gebannt. Ich greife zu Charles hinüber und fasse ihn bei der Hand. Unbeirrt schaut das Tier uns in die Augen und mir scheint, bis in meine Seele. Sein riesiges Geweih, die ganze Statur, vor allem aber sein Blick drückt eine Majestät aus, die keine Krone je einem Menschen verleihen könnte. Nach einer ganzen Weile und einem unendlich lang scheinenden stummen Dialog bewegt er sich wieder und verschwindet langsam im Unterholz, so wie er erschienen war.

Jagd. Alle scheinen daran teilzunehmen. Jagd nach Liebe, Anerkennung, Einfluss, dem neuesten Modetrend, Schönheit, Ewigkeit ... und vor allem nach dem, was der andere schon hat. Man sagt, das Gras sei immer grüner auf der anderen Straßenseite. Ein ewiges Spiel. Viele fühlen sich niemals wirklich am Ziel. Ist ein Wild erlegt, wird auf ein nächstes angelegt ... Ich möchte einhalten, innehalten, vom Weg abgehen, nicht mehr mit der Meute sein. Ich möchte Seitenwege gehen, durchs Unterholz, durch Nebellandschaften – und Neues sehen und spüren. Manchmal möchte ich niemandem mehr begegnen müssen als mir selber. Doch dann gibt es da immer noch jene oft unsichtbaren Begleiter, die uns erinnern, dass wir nie ganz ohne Schutz sind. Und eine mir sehr verwandte Seele ...

Alain hatte mich beim Frühstück zu einem vormittäglichen Spaziergang in den Wiesen animiert.

Die Dattelpalmen im Garten waren schwer von ihren beinahe schon vertrockneten, orangefarbenen Fruchtständen. Sie zogen die langen Wedel nach unten, sodass man sich bücken musste, wenn man unter ihnen hindurchgehen wollte. Erst außerhalb des Anwesens konnte man sehen, dass sich die Natur bereits erheblich gelichtet hatte.

Es war ein spätherbstlicher Novembertag. Der Nebel wohnte schon in den Bäumen, aber noch nicht der Frost. Gemeinsam mit der Feuchtigkeit legte sich der Geruch von Herbstfeuern wie eine leichte

Decke über die Landschaft. An den metallenen Weidezäunen wehten Fetzen von Schafwolle, in denen Wassertröpfchen glitzerten. Bald würde die Sonne sich durch die grauen Schleier gebrannt und die Nässe aufgeleckt haben. Noch einmal war Hoffnung auf einige Stunden Sonnenschein.

Unter unseren Schuhen raschelten die Blätter. Bis hierhin waren wir wortlos gelaufen. Nun blieben wir beide wie auf einen gemeinsamen Impuls hin stehen und schauten über die Hügel.

Alain brach das Schweigen. „Ich habe lange über das nachgedacht, was Ihr über die schamanische – oder die geistige – Welt gesagt habt, neulich, als wir in der Küche saßen."

„Inwiefern?" wollte ich wissen.

„Nun, es ging um Energietiere ... nein", korrigierte er sich, „es ging um Krafttiere."

„Ja, das ist ein wichtiger Aspekt in der schamanischen Spiritualität."

„Ich würde gerne auch mein Krafttier kennenlernen. Bei dir scheint es die Katze zu sein." Er lachte jetzt. „Aber vielleicht ist es ja auch ein ganz anderes Tier ..."

„... das sich durchaus auch mal ändern kann. Diese Begleiter sind manchmal nur temporär. Wenn sie ihre Aufgabe erfüllt haben, dann gehen sie. Andere nehmen ihren Platz ein. Vielleicht gibt es auch den Fall, dass es ein Leben lang dasselbe Tier ist. Es kommt darauf an, was die zu bearbeitende Lebensaufgabe ist."

„Zählen da auch Träume mit?"

„Ja und nein. Sie sind nicht mit dem Suchen nach dem eigenen Krafttier in der Unteren Welt vergleichbar. Aber manchmal kommen eben auch Tiere – so wie Menschen – in Träumen zu uns und bringen uns eine Botschaft." Jetzt sah ich Alain direkt ins Gesicht, denn es interessierte mich, worauf er hinauswollte.

Er ließ mich nicht lange warten. „Weißt du, letzte Nacht ging ich im Traum diesen Weg schon einmal. Und dann, plötzlich, stand vor mir auf dem Weg ein Hirsch. Ich habe hier noch nie einen Hirsch gesehen. Aber da stand er." Alain schaute nun vor uns auf den Pfad, so als sehe er das Tier. „Er hatte keine Angst. Er schien darauf zu vertrauen, dass niemand ihn jagte, dass ihm nichts geschehen kann. Was bedeutet das?"

„Ich weiß es nicht! Hat er gesprochen?"

„Nein – Hirsche sprechen doch nicht. Jedenfalls hat meiner nichts gesagt." Belustigt schaute er mich an.

„Schamanische Krafttiere reden schon. Jedenfalls geben sie dir zumeist eine Information."

„Nein, nichts. Aber die ganze Szene erschien mir seltsam vertraut."

Wir gingen weiter.

„Ariane, warum müssen wir im Leben eigentlich immer irgendetwas jagen? Ich meine nicht im althergebrachten Sinn, aber die meisten Menschen jagen doch immer etwas nach. Geld, Macht, Besitz, Ansprüche ... Dabei ist es das gar nicht. Aber alles andere – das Fühlen; das, was sich im Innern abspielt – scheint überhaupt keine Rolle mehr zu spielen."

„Spielt es denn eine Rolle für dich?"

„Ja, das tut es. Jetzt mehr denn je."

„Dann lebe danach. Schere dich nicht um die anderen, um die Welt; um das, was die Gesellschaft vermeintlich vorschreibt."

„Aber diese Gesellschaft ist es doch, die mir bestimmte Dinge aufzwingt. Steuererklärungen, das Kämpfen mit Bürokratie, die Ohnmacht gegenüber politischen Strömungen oder die Umwelt schädigenden Einflüsse ..."

„... die du aber auch beeinflussen kannst, zumindest in der Wirkung, die diese Dinge auf dich haben."

„Was meinst du?" Jetzt blieb Alain wieder stehen.

„Du weißt doch, ich denke genau andersherum. Die Absicht – nicht der Wunsch oder die Hoffnung – verändert die Realität. Wir müssen viel bewusster diese Dinge in uns wahrnehmen. Unsere Kraft ist größer, als wir denken. Wenn wir eine Situation nicht ändern können, müssen wir uns selber ändern. Das bedeutet, wir müssen anders auf diese Situation schauen." Ich lehnte mich gegen einen alten Weidezaun, bevor ich weitersprach. „Das betrifft auch unser eigenes Bild von uns selber. Wenn wir uns anders sehen, dann werden wir uns verändern. Wenn wir die Welt anders sehen, wird sich die Welt verändern. Wir allein entscheiden, was uns wirklich betrifft. Man ist immer, was man sich zu sein entschließt."

„Häh! Da ist sie wieder, meine Amazone Ariane. Immer kämpferisch und dabei immer friedlich. Ein wandelnder Gegensatz in sich selber."

„Ist das falsch?" wollte ich wissen.

„Nein. Ich kann zwar deine Rezepte für mich kaum umsetzen, sie sind mir zu weit hergeholt. Aber ich muss gestehen: Bei dir scheint es wirklich zu funktionieren. Ich erlebe ja, wie du in dir ruhst und dich kaum noch aufregst, während andere die Wände hochgehen vor Ohnmacht und Wut."

„Oh, glaube mir, ich war auch einmal so. Ich war die Explosivste und Ungeduldigste, die du dir vorstellen kannst. Ich habe die guten Ratschläge, die ich ja schon kannte, auch nur als graue Theorie gesehen, die nicht lebbar waren. Bis dann irgendwie der Knoten platzte und ich viel klarer sah ... und auch meine innere Einstellung entsprechend ändern konnte."

„Und was war die erste Lektion, die du umsetzen konntest?"

„Beobachte die Welt, aber sei nicht von ihr. Schaue auf andere, aber versuche sie nicht zu ändern. Setze mit der Veränderung immer bei dir an. Alles Weitere folgt dann nach ..."

„Mit anderen Worten: Die Dinge haben keine Bedeutung – außer wir geben sie ihnen."

„Ja. Und man muss hinter nichts mehr herjagen. Nicht dem Rechthaben, nicht dem Überlegensein, nicht der Selbstbestätigung des Egos. Das ist eine große innere Freiheit. Und Freiheit ist das höchste Gut. Das wollte dir der Hirsch – dieses nicht gejagte, stolze Tier – vielleicht sagen."

Das Jahr hatte sich geneigt, und wieder – unglaublich, wie schnell – war es Weihnachten geworden. In den Metropolen und in den Medien war nun auch zur unvermeidlichen kommerziellen Jagd geblasen worden, die an uns weitgehend vorbeiging. Wir stellten das Fernsehen oder das Radio wirklich immer seltener an.

Das Wetter hatte wie immer seit Einbruch der winterlichen Kälte auch bei mir wieder die Schmerzen ausgelöst, die ich so gut kannte.

Aber um jeden Preis wollte ich in diesem Winter einen weiteren massiven Krankheitsschub vermeiden. Wenn ich an das Erlittene im vergangenen Jahr dachte, jagte mir das immer noch einen Schauer über den Rücken und ich war überzeugt, dass ich diesen Schub nur knapp überlebt hatte.

Meine Idee war, jede mögliche Erkältung in diesem Jahr gar nicht erst aufkommen zu lassen. So hatte ich schon im November begonnen, Massen von frischem Ingwer in Unmengen von Honig einzulegen und täglich zwei große Tassen Aufguss aus diesem Gemisch zu trinken. Der Ingwer machte den Honig flüssig, und der Honig nahm den dünnen Ingwerstreifen die Schärfe, sodass man sie nach dem Trinken des Aufgusses auch essen konnte.

Alain, der zunächst beim Anblick meiner vorbeugenden Mischung die Nase rümpfte, beteiligte sich nach einigen Tagen an der Kur, und auch Thérèse machte mit. Einzig Martin belächelte unsere konzertierte Aktion, aber er war sowieso ein Mann, der sich rühmte, niemals je eine Erkältung gehabt zu haben.

Wie immer besuchten uns Bertrand und Julie am Weihnachtsfeiertag zum üppigen Mahl, das diesmal um einen selbst angesetzten Ingwer-Honig-Schnaps bereichert wurde. Als dieser zum Abschluss des Essens serviert wurde, konnte sich Alain eines Toastes nicht enthalten. „Ihr Lieben! Wie ihr wisst, bin ich seit geraumer Zeit zwar nicht in Teufels Küche gekommen, aber sehr wohl finde ich mich jetzt immer öfter in der Küche umringt von zwei wunderbaren Frauen wieder. Die eine ist Alchemistin, denn sie vermag die einfachsten Rohstoffe in köstlichste Gerichte zu verwandeln." Bei diesen Worten nickte er seiner treuen Thérèse zu, die verlegen die Augen niederschlug und mit den Händen eine abwehrende Geste machte. „Die andere ist eine Magierin, die sich auf Schlafmittel, Erkältungsaufgüsse und vor allem auf die hohe Kunst des Verhexens versteht." Damit erhob er sein Glas in meine Richtung. „Das Beste aber ist, dass sich diese Frauen miteinander verbündet und zu meinem Wohl verschworen haben. Und nicht nur sie! Da ist noch Martin, dem die Vorgänge zwischen den beiden ebenso rätselhaft sind wie mir, der mich aber die stoische Ruhe lehrt, wie man das, was sie auf die Beine zu stellen verstehen, einfach genießt – und schweigt." Alle lachten an dieser Stelle, besonders laut aber der Angesprochene. Alain fuhr fort. „Und nicht zu vergessen sind unsere lieben Freunde Bertrand und Julie, die uns und dieses Haus mit ihrer Freundschaft, mit Hilfe und Verständnis beehren und uns alle dadurch reich machen." Bei diesen Worten legte Julie ihrem Mann zärtlich die Hand auf den Unterarm und streichelte ihn. „Ich bin so dankbar, dass es euch alle gibt und dass ihr mein Leben reicher und lebenswert macht. Und ich wünsche mir, dass es noch viele gemeinsame Jahre für uns alle geben wird, in Frieden und Gesundheit. Vor allem in Gesundheit." Dabei schaute er wieder zu mir. „Besonders danke ich Ariane, die mich mit vielem, was sie tut, am allermeisten aber mit sich selbst und ihrer Art, in den Bann gezogen und im allerbesten Sinne verhext hat. Darauf trinke ich dieses Glas eines wieder einmal geheimnisvollen Elixiers von der Hand der schönen Zauberin ..."

„Prost!" sagte ich, bevor Alain sich noch weiter in diese Eloge hineinsteigerte. Was er sagen wollte mit dieser eindeutigen und nur halbherzig verklausuliert gehaltenen Liebeserklärung, hatten ich und sicher auch unsere Gäste ohnehin verstanden.

Gefühle. Sie treiben mich um wie eine Substanz, die in meinem Körper gegen meinen Willen zirkuliert und die seltsamsten Empfindungen auslöst. Ich schwanke zwischen zwei Gefühlen: dem, gar nicht hierher zu gehören, vielleicht sogar in einem falschen Körper gefangen zu sein. Dann wieder, wenn mein Geliebter bei mir ist, spüre ich eine so große Vertrautheit, als müsste ich nur aus einem schweren Traum erwachen und würde mich dann in dem Leben wiederfinden, das mein eigentliches ist. Wie seltsam ist es doch. Wie oft habe ich den Impuls, einfach wegzulaufen von hier, zu ihm, um mit ihm zu leben. Dabei wüsste ich gar nicht, wo das sein sollte; ja ich weiß nicht einmal, wo er sein Quartier hat. Mag sein, in einer Garnison; wahrscheinlicher aber ist wohl, dass er sich von seinem Sold ein Zimmer in der Stadt und vielleicht sogar einen Diener leisten kann. Wir reden nicht über diese Dinge, auch nicht darüber, ob er manchmal auch ein Mädchen mit auf sein Zimmer nimmt. Ob er unser Geheimnis irgendjemandem von seinen Kameraden enthüllt hat? Ich vertraue seinem Wort, in allen Dingen – was bleibt mir übrig! Er schwört mir, dass seine Liebe einzig mir gehört und niemand davon weiß, und nur zu gerne will ich das glauben wie ein verliebtes junges Mädchen. Ich bin aber eigentlich nicht frei, so zu fühlen, und so verzehre ich mich in Gefühlen, die mir verboten sind, und in törichten Träumen, die sich nie erfüllen werden.

Gefühle. Mein ganzes Leben lang lasse ich mich von ihnen leiten, egal was die Logik diktiert. Ich bin kompromisslos in meiner Ablehnung, wenn sich etwas nicht richtig anfühlt, und gegen alle Vernunft Feuer und Flamme, wenn etwas Äußeres in meinem Innern eine positive Resonanz auslöst. Und doch ist da auch eine Grauzone; etwas, das ich mir nicht erklären kann. Immer schon hatte ich das Gefühl gehabt, dass ich in einem irgendwie 'falschen Leben' lebte. Meine Gedanken schweiften in anderen Wirklichkeiten umher und spielten mit scheinbar fremden Erinnerungen, und immer war ich auf der Suche: nach dem Ort, nach dem Menschen ... nach mir. Und dann treffe ich den Mann, der alles verändert. So spät im Leben und doch noch rechtzeitig tritt er in meine Welt, und irgendwie beginnen die unterschiedlichen Empfindungen miteinander zu verschmelzen und Sinn zu machen. Nur langsam formt sich das Bild, aber die Umrisse sind schon erkennbar. Und mein Gefühl begehrt nicht mehr auf. Alles Fragen strebt seinem Ende zu und macht einem Wissen Platz – oder vielleicht einem Erinnern – wo ich zuhause bin.

„Glaubst du eigentlich wirklich, dass es für uns alle nach dem Tod die Möglichkeit einer Wiederkehr gibt?" fragte Alain eines Abends, als wir zu zweit den Tag ausklingen ließen.

„Ja, das tue ich. Die Möglichkeit gibt es immer – wenn die Seele es will. Ich glaube an die unbedingte Notwendigkeit zur Entwicklung. Du hast es doch selber als Zyklus bezeichnet."

„Vielleicht möchte ich es gerne glauben. Es ist ein Gedankenexperiment. Wir haben jedoch keine Beweise."

„Noch nicht – oder vielleicht doch, und wir können sie nur nicht richtig deuten", gab ich zu bedenken.

„Naja, wenn ich es so betrachte: Wenn sich die unsterbliche Seele durch unsere vielen Inkarnationen hindurch wirklich bis zur Erleuchtung hin entwickelt, dann wäre eine zyklische Wiederkehr die einzige Erklärung."

„Ja, und für mich ist Reinkarnation die einzige Erklärung für bestimmte handfeste Phänomene. Zum Beispiel für Bilder und Erfahrungen, die ich aus diesem Leben nicht haben kann. Auch für Déjà vu´s. Es soll mir mal einer erklären, woher ich weiß, wie es sich anfühlt, einen Menschen mit einem Messer zu erstechen."

Ich beobachtete, als ich das sagte, Alain genau und sah, wie ihn diese Bemerkung erwartungsgemäß schockierte. „Wie meinst du denn das? Wie weißt du, wie es sich anfühlt ... einen Menschen zu erstechen?"

„Das eben weiß ich nicht. Aber ich durchlebe immer mal wieder bei bestimmten Gelegenheiten das Gefühl, das ich hatte, als ein von mir geführtes Messer in einen anderen Körper eindrang. Da mir jedoch nicht bekannt ist, dass ich in diesem Leben zur Mörderin geworden wäre, kann es nur aus einer meiner Erinnerungen aus früheren Leben stammen. Und in denen geht es eben nicht immer nur um blaue Kleider."

Jetzt wurde Alain nachdenklich. „Das würde allerdings etwas stützen, was ich schon einmal gelesen habe: Dass wir in den verschiedenen Formen, in denen wir geboren werden, alle Möglichkeiten durchlaufen. Also wären wir mal Männer und mal Frauen, Menschen ganz unterschiedlicher Rasse, ganz unterschiedlichen Standes; Mörder und Heilige, Huren und Scharfrichter und Könige, Berühmtheiten, Bettler und Arbeiter; Kinder die jung sterben oder gar nicht erst geboren werden – oder Methusaleme."

„Ja, genau. Und ich erinnere mich in verschiedenen Situationen, in denen ich mich als Ariane zivilisiert und zurückhaltend verhalte, auch an Reaktionen, die viel gröber, unzivilisierter oder gewaltbereiter waren. Ich sehe ganz deutlich vor meinem geistigen Auge, wie ich mich einmal in einer ähnlichen Situation verhalten habe und spüre den Impuls, es wieder zu tun. Wieder sind es diese Einsprengsel von Zehntelsekunden."

„Was meinst du – zum Beispiel?"

„Nun ...", ich schaute nach unten, „... einen Käfer zertreten, der vor einem auf dem Weg krabbelt. So etwas hätte ich in einem früheren Leben getan – in einem sehr frühen Leben. Das ist jedoch etwas, was ich hier und heute niemals tun würde."

„Da hast du jetzt etwas in mir angestoßen. Bei einem Entwurf für eine größere Skulptur, für die ich ein kleineres Modell aus Ton formte, da sah ich mich in einem Wutanfall das Tonmodell immer wieder mutwillig zerstören, obwohl so etwas niemals in der Realität geschehen war und ich es auch niemals tun würde."

„Hm, es ist schon eigenartig. Wie gesagt: Mir erscheint es ein Bild aus einer Vergangenheit zu sein, in der meine Seele noch nicht so reif war. Denn man hat ja immer die Wahl, wie man einer Herausforderung begegnet. Du kannst im Konflikt immer so oder so reagieren. Du kannst lernen, einen anderen Weg, eine andere Reaktion zu wählen als dein Gegenüber von dir erwartet. Wer sagt denn, dass du jeden dir zugeworfenen Ball auffangen musst? Wenn man zum Beispiel auf eine Provokation mit Gelassenheit, auf Streitsucht mit Friedfertigkeit reagiert, hat man die Situation schon entschärft. Das kann die Seele, sozusagen am Ego vorbei, lernen."

Alain dachte kurz nach. „Du meinst, du durchlebst eine von vielen Möglichkeiten zu reagieren, wie um dich zu erinnern, dass du deine Lektion gelernt hast?"

„Jedenfalls könnte ich es mir so erklären. Eine Art Belohnung, oder Bewusstmachung, dass die Seele wieder ein bisschen ‚erwachsener' geworden ist."

„Nun, solange du sonst innerlich so ein verrücktes, neugieriges und für alles offenes kleines Mädchen bleibst ... habe ich nichts dagegen." Mit diesen Worten nahm mich Alain in die Arme und ließ mich lange nicht mehr los.

Wieder hatte ein neues Jahr begonnen und Fahrt aufgenommen. In diesem Winter war ich einem weiteren schweren Krankheitsschub entkommen, und ich führte das – natürlich – auf meine Kur mit Tonnen von Ingwer und jeder Menge Honig zurück.

An diesem Tag war ich gut gelaunt und hatte das Radio in der Küche angestellt, aus dem angenehme Musik erklang. Es waren Songs, die in meiner Jugendzeit entstanden und populär geworden waren und die doch nichts von ihrer Schönheit und Modernität verloren hatten. Dem gegenüber hatten uns in den letzten Jahrzehnten so viele Modewellen in Sachen Pop-Musik, so viele nichtssagende Kompositionen und einfältige Texte überrollt, von denen nichts in Erinnerung geblieben war.

Auch wenn Alains Geschmack eher in Richtung klassischer Musik oder Chansons ging, welche er auch immer leise im Atelier spielte, setzte er sich nun in einer Arbeitspause zu mir in die Küche und lauschte. Er schaute eine Weile lang versonnen vor sich hin, bevor er zu erkennen gab, dass er gedanklich in der Vergangenheit weilte. „Ich habe stets die Musik geliebt – seit ich klein war. Meine Mutter sang mir Liebeslieder vor, und ich liebte sie dafür. Ich betete sie dann an wie eine Primadonna."

„Sie scheint dich auch beim Arbeiten zu beflügeln – ich meine, die Musik", sagte ich und setzte mich zu ihm, um ebenfalls auszuspannen, denn ich hatte mir vorgenommen, bereits jetzt an den Nachmittagen mit dem Frühjahrsputz in der Küche zu beginnen. „Allerdings konnte ich früher bei Arbeiten, die mein Denken erforderten, niemals Musik im Hintergrund haben. Nur bei solchen profanen Aufgaben wie dieser hier." Dabei wies ich auf die Töpfe, die ich aus dem Schrank genommen hatte und die nun darauf warteten, entstaubt zu werden. Das Polieren der Kupfergerätschaften allerdings überließ ich Martin, der sich dafür angeboten hatte.

„Mir hilft es beim Arbeiten, allerdings nur bestimmte Musik. Das gehört alles zusammen. Alles ist irgendwie Musik." Alain sah verträumt aus dem Fenster. „Und wenn es nichts anderes mehr gäbe, ich würde – und müsste – bildhauern und malen. Meine Inspirationen kommen aus der Seele. Sie formen sich aus inneren Landschaften, Tönen, Erinnerungen, Gerüchen und Stimmungen. Das Material für die Skulpturen kommt aus der Erde. Auch viele Farben kommen aus der Erde. Die leuchtenden Töne aber müssen aus seltenen, in Millionen von Jahren entstandenen, Edelsteinen herausgepresst werden ..." Jetzt kehrte sein Blick wieder in den

Raum zurück, und er lachte. „Die Musik ist ein Medium, das dies alles zu vereinen scheint."

Wir hielten beide inne und lauschten einem Lied, das gerade begonnen hatte.

„Das ist ein sehr schönes Liebeslied!" kommentierte Alain, nachdem er interessiert der ersten Strophe zugehört hatte.

„Das ist ein Lied über Gott!" entgegnete ich.

„Na erlaube mal: ,... *du wirst immer mein Herz in deinen Händen halten* ...'. Das ist doch ein Liebeslied."

„Ich glaube, der Sänger hat es als ein Gebet geschrieben, ein Dialog mit Gott. Nicht im religiösen, aber im spirituellen Sinn. Höre doch mal genau hin."

„Na so was, so unterschiedlich kann man Dinge wahrnehmen! Du hast recht, aber es klingt wie ein Liebeslied."

Ich drückte seine Hand und lachte. „Ach Alain! Es gibt immer verschiedene Möglichkeiten, die Dinge zu sehen und sie zu interpretieren. Das eine schließt doch das andere nicht aus. Es gibt natürlich auch sehr negative Lieder, die von Angst erzählen, und heutzutage ist die Welt ja auch voll von Gewalt und Hass – leider. Und die Musik ist quasi wie ein Hilferuf des Egos. Aber Liebeslieder ... Man kann eigentlich jedes beliebige davon mit dem spirituellen Ohr hören und darin eine höhere Botschaft erkennen. Nimm doch irgendein Lied ... ,Now' zum Beispiel. Oder ..." Ich zählte jetzt verschiedene weltbekannte Songs auf: Balladen, Filmmusiken, Musical-Stücke. In jedem konnten wir eine zentrale Botschaft finden, die sich weg von der alltäglichen Wahrnehmung an das höhere Bewusstsein zu wenden schien.

„Ariane, ich muss sagen, du könntest recht haben. Aber wie ist dir das nur aufgefallen?"

„Naja, ich bin in meinem Leben viel Auto gefahren und habe dabei ebenso viel Musik gehört. Außerdem hatte ich mir eine Zusammenstellung von meinen Lieblingsmusikstücken gemacht, die ich also sehr oft hörte. Und nach einer ganzen langen Zeit, als ich glaubte, diese Stücke auch textlich gut zu kennen, da habe ich irgendwie noch einmal anders hingehört. Und da fiel mir bei einem diese verschlüsselte Seelenbotschaft auf. Und dann habe ich bei einem anderen genau hingehört. Und wieder war da eine Mitteilung an die Seele. Und dann habe ich …"

„… du hast alle Lieder durchgehört und überall etwas gefunden. Häh! Ich glaube, du hast eine spezielle Antenne!"

„Nein, die Antenne hat jeder. Aber sie muss eingestellt sein auf die richtige Frequenz, um das Gewünschte zu empfangen."

„Du sprichst wie ein Rundfunktechniker!" sagte Alain, bevor er sich einen Apfel aus der Schale nahm und sich wieder in Richtung des Ateliers davontrollte.

Während er über die Wiese lief und ich ihm lächelnd nachsah, sang eine bekannte Schauspielerin im Radio, dass wir alle auf der Suche nach demselben Ende des Regenbogens seien, das nur darauf warte, von uns gefunden zu werden – hinter der nächsten Biegung des Mond-Flusses …

Arbeit. Was ist das eigentlich? Ich muss mich um nichts kümmern. Dabei möchte ich es. Alles wird mir abgenommen. Ich muss darum kämpfen, mir meine Haare selber kämmen zu dürfen. Ist das normal? Jeder um mich herum scheint das zu denken, und ich fühle mich wie in einem Käfig. Vielleicht bin ich in die falsche Zeit geboren, sicher aber in die falsche Rolle. Es ist ja nicht so, dass ich mich danach sehnte, die Wäsche zu waschen oder den Schmutz wegzumachen. Jedoch gehörte das sicher dazu, wenn man eine einfache Frau wäre und Familie hätte. Aber ganz bestimmt würde ich gerne viel mehr lesen, lernen und auch selber etwas schaffen. Ich würde malen wollen oder schreiben. Warum soll der höchsten Frau im Lande verwehrt sein, was selbst einem einfachen Mann offensteht?

Arbeit. Wenn man mich fragt, dann ist das ein in seiner Wertigkeit völlig verkannter Begriff. Man fragt jemanden, als was er oder sie arbeitet. Das sagt angeblich alles aus. Geht man nicht zur Arbeit, ist man gar ‚Hausfrau' – was für ein furchtbares Wort – dann arbeitet man offiziell nicht. So war es jedenfalls zu den meisten Zeiten, in denen ich im ‚arbeitsfähigen' Alter war. Hier zeigt sich die ganze Einseitigkeit und Verlogenheit unserer Gesellschaft. Ich habe immer gearbeitet. Ich arbeitete, als ich noch zur Schule ging; später arbeitete ich in mehreren Berufen, auch in der Politik und ehrenamtlich im Tierschutz; und jetzt arbeite ich immer noch und trotz meiner Erkrankung. Warum wird Arbeit immer mit bezahlter Erwerbstätigkeit gleichgesetzt? Arbeiten, für oder ohne Geld; Lernen mit oder ohne Diplom; Studieren mit oder ohne Titel am Ende: Das alles hat doch Wert. Ich habe noch so viel zu tun, unzählige Ideen und so unendlich viel zu lernen. Mein Tag könnte, gemessen an meiner Arbeit, gerne auch doppelt so lang sein. Und diese Art Arbeit wäre dann genauso wertvoll wie jede andere. Denn der Lohn ließe sich nicht mit Gold aufwiegen.

Es gab eine Arbeit, die jedes Jahr notwendig war, auch wenn ich mich nicht danach sehnte, sie zu tun: der Frühjahrsputz. Wie schon in Griechenland, so hatte ich auch jetzt jeweils im späten Frühling das Gefühl, dass alles einmal grundgereinigt und gründlich aufgeräumt werden musste. Wenn mit der wärmeren Jahreszeit wieder das Licht kam und durchs Haus flutete, sah man jede Spinnwebe und den Staub von Winterwetter und offenem Kaminfeuer. Und so hatte ich mit Madame Brunet verabredet, dass wir uns gemeinsam eine Woche lang jeden Tag einen anderen Raum vornehmen wollten.

Ausgerechnet in dieser einen Woche wurde es plötzlich schon ungewöhnlich heiß. Madame Brunet war, wie ich in den vergangenen Jahren festgestellt hatte, eine ruhige und geduldige Frau, die es sich nicht anmerken ließ, dass es eine schweißtreibende Aktion war. Hin und wieder lächelte sie zu mir herüber, aber sie sprach nicht viel und war darin das ganze Gegenteil von Thérèse. Dessen ungeachtet wurden wir im Laufe der Woche ein gutes, eingespieltes Reinigungsteam. Es begann Spaß zu machen, und wenn wir des Öfteren pausierten, um Wasser zu trinken, öffnete sich Madame Brunet sogar ein wenig und erzählte von ihrer Familie und vor allem den Kindern, auf die sie offenbar sehr stolz war.

Wenn sie mittags nach Hause gegangen war, machte ich mich noch an die Feinheiten und das Aufräumen von ewig nicht angerührten Fächern und Schüben, von diversen Abstellkammern und Verschlägen.

Nicht, dass Alain und auch Thérèse nicht mithelfen wollten; sie hatten von mir eine Art Verbot ausgesprochen bekommen, auch nur im Traum daran zu denken. Ich wollte einfach nicht, dass sich die beiden damit belasteten. An den Nachmittagen gesellte sich allerdings Alain zu mir und half beim Entscheiden, welche Sachen aussortiert werden konnten.

„Häh! Es ist doch unglaublich, was sich so alles in den Jahren ansammelt!" staunte er, als ich wieder den Inhalt einer Lade auf dem Tisch ausgebreitet hatte. „Das hier, das ist aus meiner Anfangszeit; meine ersten Skizzenbücher ..." Er nahm ein Buch in die Hand und blätterte darin. „Und hier! Schau ... das ist eine Materialbestellung für eine große Auftragsarbeit." Er kramte in den von mir vorsortierten Stapeln herum.

Nicht, dass ich nicht an den alten Geschichten interessiert gewesen wäre. Aber ich hatte mir ein Tagesziel gesetzt und wollte in absehbarer Zeit damit fertig werden. Auf der anderen Seite hatte ich hier einen Mann mit viel Zeit an der Hand und voller nostalgischer Gefühle sitzen. Das harmonierte nicht miteinander, und so sagte ich: „Alain, ich brauche deine Hilfe!"

Er legte das Dokument weg und schaute mich an. „Sicher! Worum geht es?"

„Ich habe die Abstellkammer neben der Küche aufzuräumen. Ich will das heute noch schaffen. Kannst du mitkommen und mir sagen, was weg kann?"

„Sicher!" Er folgte mir in den kleinen engen Raum, in dem es hoffentlich nichts gab, was Erinnerungen hervorrufen konnte, aber jede Menge Katzenfutter, Haushaltskram und eingestaubte Körbe und Krüge.

Meine Taktik hatte gewirkt. Wir sortierten den Raum innerhalb einer Stunde aus, ich reinigte ihn und hatte ihn in einer weiteren halben Stunde wieder eingeräumt. Die Kammer sah beinahe genauso aus wie vorher, nur eben sauber und geordnet, und trotzdem blieb ein großer Sack voller Abfall übrig – für mich immer wieder ein unerklärliches Phänomen.

Das Aufräumen hatte mich erhitzt; ich schnaufte wie eine alte Dampflok und der Schweiß lief wie Wasser an meinem Körper herunter. Meine Sachen waren völlig nass und ich hatte das Gefühl, dass ich im Moment nicht gerade das Bild einer Schönheitskönigin abgab.

Jedenfalls sah Alain mich an und lachte plötzlich. Dann sagte er „Komm!", nahm mich bei der Hand und zog mich hinter sich her in Richtung Tür und dann in den Garten.

„Wo willst du hin?" fragte ich, nach Luft schnappend, während ich mich bemühte, mit ihm Schritt zu halten.

Aber er ließ mich nicht los. „Leider bin ich nicht mehr kräftig genug, dich zu tragen", lachte er.

„Wohin denn nur?"

„Unter deine Dusche!"

Mittlerweile waren wir vor dem Atelier angekommen. Alain blieb ruckartig stehen und zögerte kurz. Dann packte er mein Kleid und zog es mir mit Mühe, weil es so durchgeschwitzt war, über den Kopf. Wie um mich nicht alleine so halbnackt da vor ihm stehen zu lassen, zog er jetzt selber sein Hemd und seine Hose aus.

Nacktheit war für mich an sich kein Problem. Ich war in einer Gegend der Welt aufgewachsen, in der es als natürlich galt, selbst in Gesellschaft wildfremder Menschen nackt baden zu gehen. Aber von Alain kam diese Aktion jetzt unerwartet. Während er sich seiner Unterwäsche entledigte, wirkte er wie ein kleiner Junge, der es nicht abwarten konnte, in der ersten sommerlichen Hitzewelle in den zentralen Stadtbrunnen zu springen. Er wartete, bis auch ich meine Unterwäsche ausgezogen hatte. Währenddessen ließen seine Augen mein Gesicht nicht los. Dann nahm er meine Hand und führte mich unter meine Dusche, kniff die Augen zusammen und stellte den Wasserhahn an. Mit Sicherheit jedoch hatte er es sich anders gedacht, denn wir konnten gerade noch zur Seite springen, bevor das Wasser kochend heiß wurde und uns beinahe verbrüht hätte. Jetzt mussten wir beide lachen.

„Testest du mal, ob es jetzt gut ist?" fragte er nach etwa einer Minute, während der wir uns nur in die Augen gesehen hatten.

Ich streckte die Hand in den Wasserstrahl. „Wir können!"

Gemeinsam stellten wir uns wieder unter die Regenbrause. Die war jetzt angenehm und kühlte unsere Körper und auch unsere Sinne.

Nun, wohl nicht ganz, denn ungeachtet des langsam immer kälter werdenden Wassers küsste mich Alain jetzt … tief und leidenschaftlich und ganz so, wie man es im Allgemeinen tut … und in dieser Weise trafen sich unsere Lippen zum ersten Mal.

Nun schrieb ich schon seit geraumer Zeit meine Erlebnisse und Gefühle auf, die ich seit dem Aufbruch aus Griechenland, spätestens aber seit dem Unfall, gehabt hatte. Ich war im Schreiben mehr als in anderen Künsten bewandert. Ich hatte es ja von der Pike auf gelernt; von einem alten, erfahrenen Schriftsteller. Es gibt mit Sicherheit modernere Lernmethoden. Am Ende aber ist es eigentlich egal: Wenn man das Talent hat, zu schreiben und den Wörtern Leben einzuhauchen, dann kommt man über jeden erdenklichen Weg ans Ziel.

In diesen Wochen nutzte ich die Ruhe der Nachmittage, um jeden Tag eine oder zwei Seiten niederzuschreiben. Dabei konnte ich meine Gedanken ordnen und besser über all die erstaunlichen Sachen nachdenken, die mir äußerlich, vor allem aber in meinem Gefühlsleben, widerfuhren.

So war es auch an diesem Nachmittag. Nach einem ermüdend warmen Tag hatte sich der Himmel mit kleinen Wolkenfedern geschmückt. Der vom Anwesen aus sichtbare Berg leuchtete rot im Abendlicht und kündete daher einen weiteren von noch vielen schönen, sonnigen und warmen Tagen an.

Ich ging nach oben in mein Zimmer und setzte mich an den kleinen Tisch unterm Fenster. Nach einer Weile unterbrach ich meine Arbeit, um die Lichtstrahlen zu beobachten, die in der Gardine hockten. Langsam nur verließen sie mich, unmerklich, leisen Schritts. Noch streichelten sie die welkende Rose. Kaum sah man, wie das Licht ihre Blätter berührte. Dann zog es sich endgültig zurück – von der Rose, der Gardine, aus dem Zimmer, von mir … Der Abend brachte endlich erlösende Kühle.

Plötzlich kam Alain ins Zimmer. „Störe ich?" fragte er.

„Nein, ich habe nur ein wenig geträumt." Ich klappte meinen Laptop zu.

„Und geschrieben?" fragte er interessiert.

„Ja, auch geschrieben. Ich kann schreibend besser denken, wenn das Sinn macht. Ich kann mich besser analysieren."

„Es erfordert Courage, in seine eigene Seele zu schauen und es niederzuschreiben, sodass auch andere es sehen können."

„Ja, man muss schon ehrlich zu sich selber sein ... Aber deswegen bist du sicher nicht gekommen. Was gibt es?"

„Ich habe eine Idee. Wir haben noch etwas offen!" Alain setzte sich nun auf das neben dem Stuhl stehende Bett.

Ich sah ihn fragend an.

„Na, wir müssen noch mal an die See", erklärte er. „Denkst du, ich habe unsere kleine Spritztour vergessen, die wir letztes Frühjahr wegen deiner Erkrankung abbrechen mussten? Ich will mit dir noch mal ans Meer."

Ich konnte es nicht glauben, dass ihm diese etwas verunglückte Kurzreise noch immer im Kopf herumging. „Willst du wieder dorthin, wo wir waren?"

„Dorthin oder woandershin – egal. An die See. Ich will mit dir schwimmen gehen."

„Du willst schwimmen gehen?" Ich erinnerte mich, dass Alain mir immer wieder erzählt hatte, dass sein Verhältnis zu großen und relativ kalten Mengen von Wasser nicht so gut war. Aber seit neulich unter der Dusche lernte ich mal wieder einen anderen Alain kennen. Es war, als schälte sich dieser Mann wie eine Zwiebel aus vielen eingetrockneten, nun nutzlosen, Schichten heraus und entdeckte sich selber noch einmal völlig neu.

„Ich will nur irgendwohin, wo es schön ist und ruhig, das Wasser klar, wo *du* schwimmen kannst und wo wir das Versäumte nachholen können."

Und wieder, wie so oft, lächelte Alain in seiner so unnachahmlichen, so tief vertrauten Art. Wie konnte ich diesem Mann etwas abschlagen? Und das wollte ich ja auch gar nicht. Im Gegenteil. Ich freute mich darauf.

Ahnungen. Sie sind wie ein frischer Wind. In meinem Leben passiert wieder etwas: Ich darf reisen. Es geht in den Süden, wo ich an der Seite meines Gatten erwartet werde. Aber es ist diesmal kein großer Ausflug des gesamten Hofes. Wir reisen getrennt. Mein Gatte wird eine andere Route nehmen und etwas später eintreffen, da er noch an anderem Ort Dinge zu erledigen hat. Ich reise mit kleiner Entourage. Nur Bebée und eine weitere Dame begleiten mich, sowie meine kleine persönliche Garde – und natürlich er, dessen Nähe so aufregend ist wie die ganze Unternehmung. Es ist der Beginn vom Sommer, das Wetter ist herrlich und ich freue mich wie ein Kind, denn ich hoffe, dass es eine überaus schöne Reise werden wird. Gerne würde ich meinem Liebsten in die Arme fliegen und meine Vorfreude mit ihm teilen. Aber bald teile ich ja mit ihm eine kostbare Spanne Zeit, in der keine neugierigen Augen auf uns ruhen werden.

Ahnungen. Wieder ist ein Sommer über uns gekommen, der dritte hier in der Provence. Jahreszeiten öffnen oder schließen uns. Ich fühle mich wieder wohl. Wenn alle anderen vor Hitze stöhnen, hinter geschlossene Fensterläden und in tiefe, schattige Höfe flüchten, bin ich auf dem Weg zu meinem persönlichen Höhepunkt des Jahres. Die Hitze lähmt und scheint einem Backofen gleich, unbeweglich und auf allem lastend. Ich aber fühle mich frei. Ich genieße die erzwungene Hilflosigkeit, die Absolutheit der Erschöpfung und zwischendrin immer wieder die Frische von kühlendem Wasser. Ich schöpfe es mit beiden Händen, aus dem Brunnen oder aber aus der Gartendusche; ins Gesicht und über mein leichtes Sommerkleid, bis ich triefend und erfrischt aufs Gartenbett sinke. Was ich aber eigentlich genieße, ist die Abwesenheit beinahe allen Schmerzes; die Illusion, gesund zu sein und das Gefühl, nichts fürchten zu müssen. Und in diesem Sommer stellt sich zusätzlich zu diesem Glück noch eine gewisse aufgeregte Erwartung ein, die ich mir gar nicht so recht erklären kann. Es mag einfach die Vorfreude auf unsere kleine Reise sein, eine willkommene Abwechslung von meinem ohnehin so unbeschwerten und schönen Alltag. Und so falle ich auf meinem Bett, wie so oft, in einen leichten Sommerschlaf und süße, ahnungsvolle Träume.

Es war wieder, was ich ‚Lichtzeit' nannte; die Zeit der nicht erlöschen wollenden Nachthimmel der Sommersonnenwende. Nach meiner Erfahrung veränderte das im Überfluss vorhandene Sommerlicht die Traumbilder, und mit der Hitze des Hochsommers folgten bald die wilden Lichtträume des Südens.

Aber in diesem Sommer hatten es auch die Nächte in sich. Der Mond zeigte sich von einer höchst ungewöhnlichen Seite. In einer Juninacht, nach einem von seltsamen Wärmenebeln geprägten Abend, hatte er nicht nur wie gelegentlich eine Halo, er zeigte sich mit einem riesigen, klar abgegrenzten und perfekt kreisrunden Ring.

Alain und ich waren noch einmal im Aufbruch. Wir hatten Thérèse und Madame Brunet eine Woche freigegeben, hatten ein Zimmer in einem Hotel nahe der See auf der Halbinsel von Saint-Tropez gebucht und waren losgefahren.

Saint-Tropez, das klang schon wieder so abgehoben für mich wie Nizza und Cannes, aber Alain versicherte mir, dass wir in keine der Hochburgen einfallen würden, sondern es schöne und abgelegene Straßen und Strände gebe, die er mir zeigen wollte.

„Ariane, warum lehnst du diese Orte so ab, um die sich andere Leute reißen würden?"

„Weil ich nicht ‚andere Leute' bin. Weil ich denke, dass diese Städte einstmals charmante kleine Orte am Meer waren, die durch den sogenannten ‚Jet-Set' künstlich aufgeblasen wurden."

Alain schaute mich kritisch von der Seite her an. „Gegen ein bisschen Luxus ist doch nun wirklich nichts einzuwenden!"

„Nein, wenn jeder daran teilhaben kann, gerne. Insbesondere die, die mithelfen, diesen Luxus zu schaffen. Wenn aber Luxus heißt, dass man Landschaften kaufen und sich darin vor dem Rest der Welt verschanzen kann, dann bin ich dagegen."

„Meine kleine Kommunistin. Ist dir aufgefallen, dass jeder Versuch des Volkes, das Privateigentum unter sich aufzuteilen und die Macht an sich zu reißen, fehlgeschlagen ist? Wir Franzosen sollten es am besten wissen …"

„Meinst du denn nicht, dass eine Idee gut sein kann, auch wenn ihre Ausführung bisher stets schlecht gemacht war?" entgegnete ich.

Alain ließ sich von meinem Argument nicht beirren. „Ich meine, es gibt keine Gleichheit. So wie der Mensch gestrickt ist, wird es nie realistische Modelle geben, welche die Ideale von Freiheit, Gleichheit und Brüderlichkeit verwirklichen können. Du sagst es doch selber: Das Ego steht den meisten Menschen im Weg!"

„Na gut, Gleichheit gibt es vielleicht nicht. Selbst im Tierreich existieren ja Hierarchien. Aber zumindest sollten wir Menschen doch spüren, dass wir alle Brüder – und natürlich Schwestern – sind. Wir sind alle wie Finger an einer Hand. Wir mögen unterschiedlich aussehen, aber unsere Wurzel, an der wir verbunden sind, ist dieselbe. Und was die Freiheit betrifft ..."

„... die ein ganz schön abstrakter Begriff ist ...", warf Alain ein.

„Ja, vielleicht. Aber Freiheit solle auch viel weiter definiert werden. Wirkliche Freiheit ist erst erreicht, wenn alle Menschen frei sind. Nicht nur frei *von* etwas, sondern vor allem frei *für* etwas."

„Ariane, niemand ist jemals wirklich frei. Keiner ist völlig unabhängig von etwas oder jemandem. Du bist wirklich eine Träumerin. Du hättest gut in die Bewegung der Utopisten gepasst. Auch davon haben wir Franzosen in unserer Geschichte eine Menge Vertreter gehabt."

„Vielleicht war ich ja eine davon?" bemerkte ich nun neckisch, denn mir wurde wieder bewusst, dass dies hier eine erbauliche Fahrt werden sollte und keine politische Grundlagendiskussion.

Alain schaute wieder zu mir herüber und zog skeptisch eine Augenbraue hoch.

Deshalb sagte ich das Folgende in versöhnlichem Ton. „Einigen wir uns doch darauf, dass ich mich wohler fühle in einer unverbauten Gegend, mit einfachen Menschen und in einer Natur, die noch nicht vollständig dem menschlichen Willen unterworfen wurde. Und der einzige Luxus, den ich akzeptiere, ist der deiner Gegenwart." Prüfend schaute ich zu Alain hinüber.

Der lachte jetzt. „Häh, gut! Deshalb werden wir, nachdem wir in unser Hotel eingecheckt haben, auch ein paar wirklich schöne und ruhige Flecken Erde besuchen. Und was die Luxusfrage betrifft: Das Kompliment gebe ich gerne zurück!"

Am nächsten Morgen, nach einem ausgiebigen Frühstück in unserem kleinen Hotel, fuhr ich auf Anweisung Alains über relativ ruhige Straßen durch eine wunderschöne Landschaft, die immer wieder herrliche Blicke auf das azurblaue Meer und manchmal sogar hinunter zu einem felsigen Ufer bot. Wir hielten an einer kleinen versteckten Badebucht in der Nähe von Cap Taillat.

Ich war schon durchgeschwitzt, und Alain bemerkte es.

„Willst du schwimmen?" fragte er.

„Ja, hier ist es schön. Wir sind ganz allein und das Wasser ist sicher noch kühl."

„Und glasklar. Komm!"

Ich parkte das Auto im Schatten eines Baumes. Dann schnappte ich mir meine Tauchbrille und den Schnorchel. „Und du?" Ich sah Alain fragend an.

„Ich schaue lieber zu!" Alain entledigte sich seines Hemdes, das er im Auto ließ, und ging mit mir an den Strand. Dort watete er ein paar Meter ins Wasser, um sich auf einen kleinen, an der Oberfläche glatten Felsen zu setzen. Derweil zog ich mich bis auf den Badeanzug aus und bereitete mich für einen Schnorchelgang vor. Es war ein kleiner Strand, an dessen seitlicher Begrenzung einige Felsen bis ins Wasser hineinragten. Solch eine Konstellation versprach abwechslungsreichere Tauchgänge und mehr zu beobachtende Fische als reine Sandstrände. Die See war ruhig und daher kein Problem für mich, auch wenn mein letztes Schnorcheln schon einige Jahre zurücklag.

Ich sah noch einmal zu Alain hinüber, der mir bei meinen Vorbereitungen zuschaute. Es gab Männer, die überaus interessant alterten – und Alain gehörte zweifelsohne zu ihnen. Er hatte mir zuhause Fotos von sich als jungen Mann gezeigt und ich war mir sicher, dass ich mich nach dem jungen Alain sicher nicht umgedreht hätte. Er wirkte damals irgendwie unreif. Je älter er jedoch wurde, umso mehr entwickelten sich offenbar sein Charakter und sein Charisma, was sich auch zunehmend in seinen Gesichtszügen niederschlug. Heute, zwei Jahre nach unserem Kennenlernen und noch immer am Beginn seiner siebziger Jahre, wirkte er eher wie ein Sechzigjähriger. Das weiße aber volle Haar nahm ihm nichts von der

Jugendlichkeit, die sein Gesicht trotz der bereits vorhandenen Falten ausstrahlte. Und seine immer noch gut geformten Muskeln verrieten einen Mann, der stets mit Einsatz seiner gesamten Körperkraft gearbeitet hatte, auch wenn jetzt ein leichter Bauchansatz und eine gewisse Steifigkeit in den Gelenken auszumachen waren.

Ich lächelte Alain zu, setzte Brille und Schnorchel auf und tauchte ein in das klare blaue Wasser der Côte d´Azur. Ich atmete ruhig und gleichmäßig. Unter mir eröffnete sich eine Landschaft aus Sand und Felsen, Höhlen und Unterwasserwiesen, die von Fischen, Seeigeln und Schnecken bewohnt waren. Am Grund und auf den Steinen bewegten sich Muscheln und Schneckenhäuser beinahe unmerklich. Sie wirkten unbewohnt, aber in ihnen lebten Untermieter, kleine Einsiedlerkrebse. Es gab Löcher, die groß genug waren, um Oktopussen oder Muränen Schutz zu bieten. In Griechenland hatte ich schon oft diese Tiere in ihren Höhlen aufgespürt, und einmal hatte mich ein flüchtender Kalmar in eine wütend ausgestoßene Tintenwolke gehüllt.

Man konnte in diesem klaren Wasser sehr weit nach vorn und nach unten sehen. Abgerissene Seegrashalme täuschten in der sachten Bewegung des Wassers vor, längliche Fische zu sein. Die wirklichen Fische aber schwammen kurz vor mir, dicht unter der Oberfläche. Ich konnte auf dem Grund ihre Schatten sehen, und wenn einer von ihnen den Kopf kurz aus dem Wasser herausstreckte oder gar einen kleinen Sprung wagte, breiteten sich um seine Konturen auf dem Sand des Meeresbodens konzentrische Ringe aus. Weiter unten, kurz über dem Grund, sah ich kleine Fischchen, deren tintenblaue Körper in Richtung des Schwanzes in ein beinahe fluoreszierendes Dunkelviolett übergingen.

Ich hätte noch lange so schwimmen und schauen können. Aber ich wollte mit Alain zusammen sein, und so tauchte ich neben seinem Sitzstein wieder auf und versuchte noch einmal, ihm zum Hereinkommen zu bewegen. Er schien jedoch glücklich so, wie er war.

So setzten wir bald unsere Fahrt fort. Wir schauten uns die Strände am Cap Taillat an und kehrten am frühen Nachmittag in eine Strandtaverne ein, die etwas oberhalb gegenüber einer größeren

Felsformation gelegen war und einen atemberaubenden Blick auf die unter uns liegende Bucht bot.

Das erste Mal auf einer Reise hatten Alain und ich ein gemeinsames Zimmer mit einem einzigen Doppelbett. Dennoch – oder vielleicht gerade deswegen – schien Alain des Nachts einen von zuhause her ungewohnten Abstand zu mir zu halten. Wir berührten uns kaum, aber es beunruhigte mich keineswegs. Denn in seinem gesamten Verhalten schien er mir jetzt näher als je zuvor.

Dieser Ausflug war der Auftakt zu einem zauberhaften Kurzurlaub, zu ein paar Tagen, die ich niemals vergessen werde. Wir beide gaben uns ganz der Landschaft und dem Blau des Meeres und des Himmels hin. Es war eine Ruhe über uns gekommen; etwas, das sich nicht mehr in Worte fassen ließ und gleichzeitig diese erwartungsvolle Ahnung. Als wir aus diesem Abenteuer wieder aufgetaucht und nach Lagnières zurückgekehrt waren, da schien es, als hätte sich im Blau dieser gemeinsamen Tage ein Kreis geschlossen.

Vereint. Endlich fühle ich mich frei von den begrenzenden Mauern der Schlösser und der Konventionen. Ich darf ohne Nachzudenken in das Gesicht meines Liebsten schauen und in ihm all die Erwartung lesen, die auch mich beseelt. Ich spüre, wie er mich anzieht und wie ich Teil einer großen, allumfassenden Bewegung des Universums zu sein scheine. So wie das Meer gar nicht anders kann als immer wieder zu seinem Ufer zurückzukehren, in einem ewigen Kreislauf, so zieht es mich immer wieder zu diesem einen Menschen. Bei ihm kann ich für einen Moment ausruhen wie eine Welle am Strand, die wie mit einem leisen Seufzer im Sand zu versinken scheint. Jedoch wird sie immer wieder von dem gewaltigen Wasser fortgezogen und lässt nur eine Spur von schnell vergehendem Schaum zurück. Einzig die Hoffnung bleibt ihr, wieder zu diesem Sand, zu diesem einen Strand, zurückzukehren. Jetzt bin ich an diesem Punkt; ich kehre dorthin zurück, wo ich mich seit langem hingewünscht habe, und will mich vereinen und in ihm versinken.

Vereint. Ist es nicht wirklich bemerkenswert, wie wir immer wieder – und wider besseres Wissen – den Weg unserer Entwicklung völlig falsch wahrnehmen? Wir glauben an eine stetige Bewegung in eine Richtung: nach vorne, nach oben, weg von den Wurzeln. Wir streben nach unaufhörlichem Wachstum, und dabei haben wir doch erfahren, dass sich alles im Leben im Kreise bewegt. Oder besser: in einer Spirale. Wir sehen es in den Jahreszeiten, im Wechsel zwischen Sommer und Winter, zwischen Tag und Nacht, Werden und Vergehen. Immer wieder kehren wir zu dem gleichen Punkt zurück; nicht dem selben jedoch. Bei jeder Wiederkehr im unendlichen Reigen werden wir uns entwickelt haben. Jedes neue Zusammentreffen wird eine andere Qualität haben; mehr Tiefe, mehr Weisheit. Im Prinzip sind wir nie getrennt, denn wir streben nicht voneinander weg, sondern auf großen Kreisen immer wieder aufeinander und auf uns selbst zu, um uns immer wieder zu vereinen.

In den Jahren, in denen ich jetzt schon bei und mit Alain lebte, war unsere Beziehung von Anfang an liebevoll und später auch sehr zärtlich und erotisch gewesen. Aber so offen wir in unseren Gesprächen mit Themen wie Liebe und Tod, Sexualität und Spiritualität umgegangen waren – oder vielleicht gerade deshalb –, so unnötig war beiden von uns der allerletzte Schritt vorgekommen. Ohne es je ausgesprochen zu haben, schienen wir genau zu spüren, dass es nicht an der Zeit gewesen war, auch noch unsere Körper zu vereinen. Im Alter wurde die Sehnsucht nach Körperlichkeit subtiler. Was konnte noch intensiver sein, als alle Gedanken, das Bett, die Wehrlosigkeit des Schlafes und dann und wann eine tiefe Zärtlichkeit im Umgang miteinander zu teilen?

Allerdings war auch unser Zusammenleben in einem Fluss der Entwicklung. Es stellte sich nun heraus, dass wir immer weniger diskutierten, immer öfter einfach gemeinsam schwiegen, weil wir uns mehr und mehr kennengelernt hatten. Schon längst war aus Freundschaft und wachsender Zuneigung Liebe geworden. Bis jetzt war es jedoch so etwas wie eine ‚Grundliebe' gewesen; etwas, das von weit herkam und schon immer wie selbstverständlich zu existieren schien. Aber dieses Gefühl wuchs ständig. Kann man sich noch einmal ‚draufverlieben'?

Immer öfter nun, wenn ich Alain ansah – seinen Körper, sein Gesicht bewusst wahrnahm –, spürte ich ein immer tiefer reichendes Verlangen; etwas, das noch ungestillt zu warten schien. Oft ergab es sich, dass ich mich nach unserer abendlichen Milch einfach zum Einschlafen an Alains Körper kuschelte, so wie damals bei dem schweren Krankheitsschub oder wie auf dem Gartenbett an jenem Ostermontag. Er erwiderte es mit zärtlichen Küssen und sanften Berührungen seiner Hände, auf meinem Rücken, meinen Armen; und so geschah das Wunder, das ich in jungen Jahren nie fertiggebracht hatte: Ich konnte an einen anderen Körper geschmiegt schlafen; ohne Schmerzen, ohne ständiges Aufwachen.

So war es auch in dieser einen, ganz besonderen, Nacht. Ich lag eingerollt und wie in seinen Körper eingenistet. Allerdings konnten wir dieses Mal wohl beide nicht einschlafen.

Wieder und wieder hauchte er Küsse in meine Schulterbeuge und auf meinen Hals. Ich reagierte auf seine Zärtlichkeiten mit kleinen subtilen Bewegungen, indem ich mich noch fester an ihn drückte, so als wolle ich die äußere Hülle durchbrechen und eins mit ihm werden. Ich spürte seine Haut an meinem Rücken, auf meinen Armen seine leise streichelnden Hände, die wiederum ich streichelte.

Das hielt auch an, als ich – ohne Schrecken oder Erstaunen – irgendwann spürte, dass er vorsichtig, zögernd, beinahe fragend in mich eindrang.

Es war gar nichts Erstaunliches in dem, was da passierte. Eher war es wieder einmal wie ein logisches Weiterführen von allem bisher Geschehenen; ein elementares, überwältigendes Gefühl von Selbstverständlichkeit. Es war wie das Zusammenfinden von zwei Teilen eines sehr viel größeren Ganzen.

Wir bewegten uns kaum. Unsere Körper fühlten sich an wie zwei Boote auf einem See, die unmerklich von einer leichten Brise hin- und hergeschaukelt wurden. Als hätte jede aufkommende heftige Erregung das unbeschreibliche Gefühl des Eins-Werdens zerstören können. So lagen wir da; halb im Wachen, halb im Träumen; uns unserer verbundenen Körper so bewusst wie der offenbaren Vereinigung unserer Seelen. Draußen hörte man das zärtlich werbende Lied der Grillen in einer beinahe perfekten Vollmondnacht, und am Horizont konnte man die sich leise wiegenden Spitzen der Zypressen sehen. Der Wind trug durchs Fenster nicht nur seine Nachtkühle, sondern eigenartigerweise auch den intensiven Duft von wildem Fenchel und Jasmin. Vielleicht waren es auch unsere geschärften Sinne, die alles so intensiv wahrnahmen, gerade weil die Zeit stillzustehen schien.

Und dann, nach gefühlten Äonen, nach langen Spannen des Sich-Erfühlens, baute sich die Welle langsam aber unaufhaltsam auf, wie ein Tsunami. Es war, als hätten wir, im Weltraum treibend, den Ereignishorizont eines schwarzen Lochs überschritten. Wir taten nichts, konnten nichts tun; es tat mit uns. Ich spürte es in ihm, dann in mir. Es baute sich auf wie ein Erdbeben, erschütterte, rüttelte an den Grundfesten und fühlte sich doch so normal an. Alles, alle Tage und Nächte, alles Gesagte und Ungesagte tauchte gleichzeitig vor meinem inneren Auge auf; dann ging es zurück in die Jahre vor diesem Leben hier, vor meinem Leben überhaupt; dann zu der Frau – der unbekannten, doch so vertrauten Frau auf der Brücke; dann in eine Zeit vor allen gelebten Leben. Etwas Archaisches war da; ganz unvermittelt hatte ich ein Wissen um etwas, eine absolute Sicherheit, eine Klarheit – einen Wimpernschlag lang durfte ich hinter die Kulissen schauen. Plötzlich wusste ich alles, jede Antwort auf alle Fragen; ich wusste alle Wie's und Warum's, es war ganz logisch, klar, erkennbar ... Dann schloss sich der Vorhang wieder, von einer Sekunde auf die andere konnte ich mich an das, was ich eben noch gesehen und gewusst hatte, nicht mehr erinnern. Ich raste wieder in der Zeit vorwärts, unaufhaltsam, atemlos; bis ich im Hier, im Heute, auf diesem Bett, in den Armen dieses Mannes, in dieser mediterranen Nacht, langsam zum Stillstand kam.

Wir blieben lange noch so liegen; die Stunden waren uns gleichgültig. Alles schien jetzt gleichgültig.

Wir waren ganz geblieben, unsere Hüllen unverletzt, und doch waren wir miteinander verschmolzen. Wie bei einem implodierten Stern zog sich alle für uns bedeutsame Materie auf einen kleinen dichten Punkt in unseren Körpern zusammen, dem wir beide nachfühlten. Es war so, als hätte sich etwas aus dem, was da geschehen war, gezeugt, und die Ahnung machte sich breit, das wir, ein jeder von uns, fortan mit diesem ‚Neuen', das aus ihm und mir entstanden war, leben würden, egal, wo und wie unsere individuellen Leben weitergingen.

In gewisser Weise war es keine Leidenschaft gewesen – kein Verbrennen und Verglühen – sondern die Vereinigung von etwas lange getrennt Gewesenem. Ich hatte mein verlorenes Seelenteil gefunden. Ich hatte erkannt.

... ich habe niemals wirklich gewusst, wie ... – bis jetzt.

Seit dieser Nacht war nichts mehr so wie vorher. Ich konnte mit geschlossenen Augen durch den Tag gehen. Ich sah alles, fühlte alles, war ganz ruhig. Es war, als sei ich in eine neue Dimension eingetreten. Und Alain musste es ähnlich gehen, mehr noch: Für ihn schien etwas in Erfüllung gegangen zu sein, das sich nicht beschreiben ließ. Es war wie die Vollendung eines großen Kapitels...

Lange in den Tagen danach blieben wir wortlos miteinander. Es gab einfach nichts zu sagen. Still taten wir die Dinge, wie wir sie in den vergangenen Monaten und Jahren getan hatten. Wenn sich zufällig unsere Blicke trafen, dann lächelten wir uns an. Aber auch so, jeder für sich allein, lächelten wir. Es war eine stille Metamorphose in uns vor sich gegangen. Es war, als hätten wir uns wie zwei Schmetterlingsraupen miteinander verpuppt.

Andere um uns herum nahmen es wahr und konnten es sich nicht erklären. Uns um Erklärung zu bitten wagte wohl keiner – zu sehr mussten wir ihnen in uns ruhend erschienen sein.

Aber einmal löste sich das Schweigen doch.

Alain stand am Fluss und spielte mit Steinen in seiner Hand, bevor er versuchte, sie über das Wasser springen zu lassen, was natürlich wegen der unruhigen Wasseroberfläche scheitern musste. Als ich hinter ihm stand, drehte er sich plötzlich um. Erst schaute er mich ernst an, dann lächelte er verlegen und verfolgte mit seinen Augen die Kiesel, die aus seiner Hand wieder aufs Uferbett glitten.

„Weißt du", sagte er, „was mich an diesem Computerspiel, das ich gelegentlich ja auch mal aus Langeweile gespielt habe, immer gestört hat?"

Ich schaute ihn fragend an, denn im Moment wusste ich wirklich nicht, wovon er redete.

„Wenn du einen bestimmten richtigen Zug mit den Karten gemacht hattest und der Auflösung nichts mehr im Wege stand, dann verteilten sich die Karten blitzschnell vom Spielfeld weg auf die entsprechenden Stapel, und das Spiel war mit einem *Glückwunsch, sie haben gewonnen!* plötzlich und unerwartet zu Ende. Das hat mich immer frustriert ..."

„Du meinst ‚Solitaire'?"

„Ja! Ich fand es immer enttäuschend. Ich wollte selber die Karten umständlich auf die Stapel ‚klicken', so wie es mit richtigen Karten geht. Ich wollte nicht, dass die Dinge ohne mein Zutun einfach auf ihren Platz fallen. Und dann ist das Leben zu Ende."

„Was redest du!" sagte ich erschrocken.

„Nein, nein ..." er lächelte wieder, legte seinen Arm um meine Schulter, und wir begannen, langsam in Richtung des Grundstücks zu gehen. „Neulich, nachts, war es auch so. Auf einmal fiel alles auf seinen Platz, jedes Teilchen des Puzzles. Es erinnerte mich an Solitaire. Aber es war eben *nicht* frustrierend. Es war eigenartig befreiend."

Plötzlich hielt er inne, stoppte, drehte mich zu sich und sah mir in die Augen. „Weißt du, ich bin ja nun schon zu Lebzeiten berühmt. Ich stehe schon im Internet und kann über mich lesen. Da führt man mich als ‚bedeutenden' Bildhauer und Vertreter bestimmter Richtungen, auch mein Privatleben wird beleuchtet. Ich bin allen möglichen Vermutungen ausgesetzt: homosexuell, heterosexuell, vielleicht sogar beides; offenbar wurde ich in allen Lebenslagen beobachtet. Privat bin ich vielleicht bekannt als Brotesser, Pizzaesser, Nudelesser, Reisfresser ..." – mit jedem Wort hatte er sich in Rage geredet, doch augenblicklich enttarnte sein typisches breites Lachen die vermeintliche Wut als nur gespielt – „... und vielleicht als ein einigermaßen guter Künstler ... und ein netter Mensch – wozu immer die Schubladen? Weil sie mich nicht kennen.

Weil ich selber mich nicht kenne ... nicht kannte. Aber seit neulich scheine ich mich plötzlich zu kennen, als sei ich mir zum ersten Mal wirklich begegnet." Er drückte meine Hände. „Weißt du was? Einmal habe ich einer Frau gesagt, dass ich sie liebe. Ich war blutjung, fürchterlich verklemmt und dachte, die Dinge müssten so sein. Es resultierte in einer sehr kurzen Beziehung, die sich nur um Sex drehte. Heute weiß ich, dass ich niemanden lieben muss, außer mich selber. Dass ich jeden lieben darf – auch mich selber. Denn in jedem anderen nehme ich mich auch selber an. Das muss man nicht sagen, das fühlt man einfach, wenn diese Erkenntnis da ist."

„Alain ..."

„Nein, lass mich weitersprechen, denn ein andermal weiß ich nicht, ob ich es noch so sagen kann. Ich möchte, dass es ein ‚uns' gibt. Ich möchte in dir sein, so wie du in mir bist. Ich möchte dich durchdringen und immer diese Gewissheit haben, dass ich mich doch stets auch wiederfinden werde ..."

„Das haben wir. Und das sind wir." Ich streichelte sein Gesicht. „Alain, nimm mich in den Arm und sprich nicht mehr!"

Er folgte meiner Bitte, nahm mich mit seinen Armen, umfing mich – wie es schien – mit seinem ganzen Körper; war Bruder, Vater, Freund, Mann, Geliebter ...

Erfüllung. Ich habe mich erlebt wie noch niemals in meinem Leben zuvor. Beide haben wir die Gunst der Stunde genutzt und den Umstand, dass wir weit weg vom Hofe und allein waren. Waren es bisher nur Küsse und Zärtlichkeiten gewesen, so habe ich mich meinem Geliebten dieses Mal hingegeben mit Haut und Haaren, mit allem was ich besitze und wer ich bin. Ich stand im wahrsten Sinne dieses Wortes nackt vor ihm und war nur Frau. Als er mich berührte, mich küsste, mich in die Arme nahm und in mich drang, da war mir alles egal. Die Liebe, die wir empfanden, führte uns in nicht geahnte Höhen und ließ mich atemlos und beinahe ohne Bewusstsein. Er blieb die ganze Nacht bei mir; wir waren behütet durch wohlmeinenden Schutz meines guten Geistes, und viele Male führte mich mein Geliebter auf die Gipfel höchster Lust und Erfüllung. Ich wünschte mir, dass diese Nacht immer so weiterginge,

aber einmal graute der Morgen. Nun bin ich wieder die Frau, die von ihm
bewacht und beschützt werden muss, und niemand darf etwas ahnen.
Innerlich aber bebe ich bei jedem Gedanken an das Erlebte. Ich verbrenne
und verzehre mich nach dem Mann, den ich immer noch in mir spüre und
der doch meist nur wenige Schritte von mir entfernt seinen Dienst tut.
Ich bin so erfüllt von ihm, dass ich vermeine, es reiße mich auseinander.

Erfüllung. Noch lange bevor sie wirklich da ist. „ICH BIN" – man
sagt, das sind die einzigen Worte, die Gott beschreiben. In
Wirklichkeit aber ist jeder sein eigener Meister. In den Worten „ICH
BIN" liegt die Kraft der Schöpfung: Lebe, als wäre es so, wie du es
haben willst – fühle dich so, als sei dein Wunsch oder Vorhaben schon
erfüllt. So wie bei einem Sportler, der vor der Übung alles noch
einmal im Geiste durchspielt. Plötzlich gelingt das Vorhaben beinahe
ohne Mühe. So ist es auch mit dem Glück. Es gibt keinen Weg zum
Glücklichsein – Glücklichsein ist der Weg. So fühlt sich die Erfüllung
einer Sehnsucht, eines tiefen Wunsches, zeitlos an. Als habe sie schon
immer in einer anderen Dimension existiert. Und als wirke sie weit,
unendlich, in die Zukunft fort. Da es beides – Vergangenheit und
Zukunft – aber real gar nicht gibt, liegt die Erfüllung für immer im
Hier und Jetzt. Und die Seele tanzt vor Glück.

Die Beziehung zwischen Alain und mir unterlag weiterhin – wie
immer sanft und gleitend – einem Wandel. Nach innen hin wurden
wir noch stiller und vertrauter. Dazu in einem beinahe krassen
Gegensatz stand die Tatsache, dass Alain gesellschaftlich immer
mehr nach außen ging. Es zog ihn jetzt offenbar wieder stärker unter
Menschen und zu abendlichen Geselligkeiten. Beinahe schien es, als
wollte er gemeinsam mit mir gesehen werden. Vielleicht aber
mochte er mir nur zeigen, wie gut sich für ihn das Leben anfühlte. Ich
genoss es, gelegentlich mit ihm auszugehen, und nicht zuletzt war
auch ich ein wenig stolz, an der Seite dieses faszinierenden Mannes
gesehen zu werden. Er hatte meine Weiblichkeit wieder erweckt und
vor allem das junge Mädchen, das ich in meinem Innern immer noch
war.

An diesem Abend, schon weit nach Sommerende, war es noch einmal beinahe balsamisch warm geworden, und Alain hatte die Idee, dass wir in der Taverne einer etwa zwanzig Kilometer entfernt liegenden Ortschaft zu Abend essen könnten. Ob er wusste, dass dort auch eine kleine private, aber sehr talentierte Gruppe Musik machte? Und es war die Art Musik, die ich ausgesprochen mochte.

Unterm herbstklaren Halbmondhimmel saßen wir an kleinen Bistrotischen und knabberten die von uns bestellten Kleinigkeiten mehr als dass wir aßen. Dazu tranken wir einen hervorragenden und sicher nicht ganz billigen Wein.

Eine junge Frau sang zur Begleitung zweier Gitarren. Einer der Musiker spielte die Melodien mit seinem Konzertinstrument auf beinahe klassische Art, während der andere auf der E-Gitarre den Rhythmus beisteuerte. Die Sängerin hatte eine sympathische, ungekünstelte Art. Ihr Gesang war bestechend einfach und zog einen gerade mit dieser Einfachheit in seinen Bann. So selbstbewusst sie die Stücke vortrug, so scheu und beinahe erstaunt nahm sie am Ende eines jeden Liedes den Applaus entgegen.

Mir gefiel die ganze Atmosphäre des Abends, dieses unverhoffte Geschenk. Ich sang viele der Songs leise mit, und Alain betrachtete mich dabei mit unverhohlenem Stolz im Blick.

In einer Pause sagte er: „Ich wünschte, wir hätten all dies schon vor vielen Jahren haben können!"

Ich dachte kurz nach, bevor ich etwas auf diesen unerfüllbaren Wunsch erwiderte. „Weißt du, in Griechenland, da blühte der Flieder stets zweimal im Jahr. Auch wenn die zweite Blüte niemals so üppig war wie die erste, so habe ich mich doch über die zweite immer viel mehr gefreut!"

Ich weiß nicht, ob wir an diesem Abend sehr viel mehr sprachen.

Aber ich weiß, dass ich dachte: *Ich möchte, dass die Zeit anhält und dieses Hier und Jetzt niemals vergeht.*

Denn was kann es mehr geben an Erfüllung ...

In diesem Herbst nach dem so intensiv erlebten Sommer machte es Alain sogar Spaß, mit mir, Bertrand und Julie zu einem der gelegentlichen Einkaufsnachmittage in die Stadt mitzukommen.

Nicht dass wir wirklich sehr viel kauften, es war eher ein um viele Cafébesuche erweiterter Schaufensterbummel; wie um nicht ganz in unserer weltfernen Provinz zu versauern. Einkaufen hatte mir nie wirklich Spaß gemacht; es war von jeher eher ein notwendiges Übel gewesen, wenn es um notwendige Dinge ging. Luxus hingegen brauchten wir nicht – Alains Haus war ohnehin mehr als genug mit allem ausgestattet, was man zu einem komfortablen Leben brauchte.

Jedoch war es eine angenehme Sache, mit unseren beiden Freunden unterwegs zu sein. Wir hatten stets gute Gespräche, und bevor der Tag zu Ende war, hatten wir jedes Mal wieder etwas Neues voneinander gelernt oder erfahren. Nun genoss auch Alain diese Gesellschaft so sichtbar, dass mir Bertrand verstohlen zuzwinkerte und Julie mich in einem Laden zur Seite nahm und mir zuflüsterte „Was um alles in der Welt hast du mit ihm gemacht?"

Ich sagte nichts, lächelte nur – vielleicht etwas zu verlegen. Aber Julies weibliche Intuition hatte ihr sicher auch ohne Worte verraten, was die Veränderung bewirkt haben könnte.

Dieses Mal entdeckten wir einen Laden, den wir noch nie vorher besucht hatten. Es gab dort wunderschöne Gläser, wie man sie nur in Frankreich bekommt. Nun, wie gesagt, Alains Haushalt fehlte es an nichts, auch nicht an guten Trinkgefäßen; aber die Auswahl und die Schönheit der Glaswaren in den Schaufenstern faszinierte mich. Die einfachen Perigord-Gläser waren ebenso da wie aufwendig verzierte Varianten in den immer wiederkehrenden Kelch- und Becherformen. Dazu passend alles, was man an Schalen, Tellern und Zubehör noch so brauchte. Erstaunlich, dass so schweres, robustes Glas so leicht und elegant wirken konnte. Mich aber fesselten zwei Serien. Die eine trug einfach die französische Lilie, während die andere mit einer Biene verziert war. Hätte ich mich entscheiden sollen, so hätte ich nicht gewusst, welches Design mir besser gefiel. Allerdings zog mich die Lilie wie magisch an.

Zehn Minuten später im Bistro kamen wir im Gespräch auf die Gläser zurück.

„Ich war wirklich fasziniert von diesen Gläsern da im Schaufenster", sagte ich. „Ich habe niemals solche besessen, aber doch schienen sie mich an etwas zu erinnern."

„Welche meinst du?" fragte Julie.

„Die mit der Lilie. Sie erweckten in mir ein seltsam vertrautes Gefühl, wie etwas, das man aus der Kindheit kennt."

„Mir gefielen die reich verzierten Kelche", warf Bertrand ein. „Wir haben so ähnliche zuhause. Es gibt ja die verschiedensten Muster."

„Ja!" Ich rührte in meinem Kaffee. „Ich kannte die mit den Bienen noch nicht. Ich fand das bemerkenswert."

Jetzt mischte sich Alain ein. „Die Bienen stehen für die napoleonische Linie. Sie lösten die Lilie der Bourbonen ab."

„Oh, das wusste ich nicht!" Ich war ehrlich erstaunt.

„Heraldik ist eine Wissenschaft für sich", bemerkte Bertrand. „Es gibt Tausende – ach was sag ich, Millionen – Variationen. Die meisten Menschen kennen nur einzelne Elemente, wie eben die ‚Fleur-de-lys', die Lilie."

„Ich glaube, die französische Symbolwelt schwelgt geradezu in allen Formen dieser stilisierten Darstellung." Damit beteiligte sich nun auch Julie an unserer kleinen Diskussion.

„Also ist es so", sagte ich, „dass Napoleon seine Bienen geschickt hatte, um die Blume auszurotten und zu ersetzen."

Alain lachte. „Nun, möglicherweise. Napoleon war ja sehr nationalistisch, sehr französisch, eingestellt. Die Biene war allgemein ein Sinnbild für Fleiß und speziell für den Staat. Die Lilie allerdings stand in der Geschichte nicht nur für französische Herrscher, sondern auch für Inhaber des spanischen Throns, eben die Bourbonen in ihrer Gesamtheit. Das hat dem kleinen Mann mit dem großen Ego nicht gefallen können!"

„Schade", sagte ich. „Ich hatte mich so in dieses einfache und bescheidene Bienensymbol verliebt, und nun muss ich, wenn ich es anschaue, immer an ein aufgeblasenes Ego denken!"

Wir alle lachten.

„Nun, zumindest sind sich Bienen und Lilien nicht nur in der Heraldik nicht so ganz grün." Bertrand trank aus seiner Tasse, bevor er weiterredete. „Wisst Ihr, mein Onkel war ja Imker. Und er hat immer gesagt, dass die Lilien, die meine Tante im Garten hatte und so sehr liebte, gar nicht gut seien für Bienen."

„Wie das?" Ich sah ihn gespannt an.

„Nun, offenbar ist der Nektar der Lilie für die Biene nicht so gut zu erreichen. Onkel Maurice sagte immer, den Bienen fehle ein Stückchen Länge ihres Rüssels, und so seien die Lilien wohl eher etwas für die größeren Hummeln."

„Womit wir wieder bei den Rüsseltieren angekommen wären. Das hatten wir doch schon einmal." Alain erhob sich. „Ihr entschuldigt mich einen Augenblick?" Er stand auf und ging offenbar zur Toilette.

„Was meinte er mit den Rüsseltieren?" fragte Julie.

„Na, erinnerst du dich nicht an unsere Kunstdiskussion von damals, wo es um blaue Quadrate und Elefanten als Künstler ging?" erinnerte sich Bertrand.

„Oder er meint mein erotischstes Erlebnis." Noch während ich das sagte, merkte ich an den gespannt auf mich gerichteten Blicken der Freunde, dass ich das jetzt erklären musste. Und so erzählte ich ihnen von der seltsamen Frage, die Alain mir einst im Beisein Thérèses gestellt hatte, und von meinem pseudo-erotischen Rüsselerlebnis. Die beiden amüsierten sich köstlich darüber, besonders, als ich Thérèses Reaktion beschrieb.

Alain war, wie uns nun auffiel, schon eine ganze Weile fort und wir konnten uns nicht erklären, was er so lange auf der Toilette tat. Etwa fünf Minuten später kam er zurück – und offenbar nicht von dem Ort, an dem wir ihn vermutet hatten. In der Hand trug er eine größere, offenbar auch sehr schwere, Tüte. Er reichte sie mir und setzte sich auf seinen Platz. „Hier, öffne es!"

„Was ist das?"

„Ein kleines Geschenk. Für dich."

„Mach es schon auf!" drängelte nun auch Julie.

Ich öffnete vorsichtig den oberen der vier Kartons, die sich in der Tüte befanden. Zum Vorschein kam ein Set Gläser: je ein Rotwein- und ein Weißweinglas sowie ein großer Glasbecher – und auf ihnen die Biene. Ich schaute Alain verständnislos an.

Der strahlte mich an. „Du brauchst jetzt die anderen nicht zu öffnen, aber in jedem ist ein anderes Set ähnlicher Gläser. Eines mit Lilie, eines mit dem überbordend verspielten Design und ein Satz ganz einfacher, schlichter Gläser."

„Du bist verrückt!"

„Nein, ich will, dass du ab jetzt immer das richtige Glas zur richtigen Stimmung hast. Einfach und schlicht oder überschäumend vor Glück, edel wie die bescheidene Lilie oder arbeitsam und stolz wie die Biene. Und da es vier Sets sind, reicht es für uns alle." Er lachte laut. „Häh! Und wenn Bertrand gerade mal ein aufgeblähtes Ego vor sich her trägt, weil ihm mal wieder eine Wunderheilung gelungen ist, dann kriegt unser Feldherr auf dem Gebiet des Kampfes gegen alle Krankheiten dieser Welt eben die Bienengläser!"

„Oder ein gewisser Künstler, wenn er wieder mal voll Stolz eine neue Skulptur präsentiert!" konterte Bertrand.

Julie und ich schauten uns an. „Na dann werden für uns beide ja immer nur die bescheidene Lilie und das noch bescheidenere Perigord-Glas bleiben, bei unserem sanften Charakter …", sagte sie. Ich nickte dazu mit dem unschuldigsten Blick, den ich produzieren konnte.

Bertrand lachte, Julie streichelte ihrem Mann den Handrücken und Alain sah sehr zufrieden mit sich selber aus. Und ich war einfach nur gerührt. Was hatte ich da nur für wunderbare, humorvolle und liebenswerte Menschen um mich!

Erkennen. Ich sehe Charles in einem ganz anderen Licht. So als habe man einen Schleier von meinen Augen weggezogen. Zum ersten Mal sehe ich ihn ganz, und er erinnert mich an etwas – an jemanden. Es ist wie ein Bild von ihm, das ich seit meiner Geburt im Herzen getragen habe und das sich jetzt verwirklicht. Wir müssen bald wieder in unser altes, geregeltes Leben am Hof zurück. Jedoch wird es nie mehr so sein wie es vorher war. Denn wir kennen uns jetzt in einer anderen Art. Es ist dasselbe für mich wie auch für ihn. Er liebt mein blaues Kleid. Er sagt, er habe es immer schon gesehen, eine Frau in einem blauen Kleid, lange bevor ich in dieses Land kam. Hatte er ein Bild in sich von einer Frau, die seiner Liebe wert sein würde? Ein Bild, an dem er mich erkennen konnte?

Erkennen. So wie ein Nebel sich lichtet, so sehe ich immer klarer in Alain einen Mann, den ich schon immer kannte. Es ist als habe ich sein Bild immer in mir getragen, ohne es zu wissen. Niemals vorher hatte ich wirklich ‚den Richtigen' getroffen. Immer hatte ich gescherzt, dass es schon immer so bei mir gewesen sei: Ob am Kalten Buffet, beim Sommerschlussverkauf oder eben bei Männern; stets habe ich gewartet, bis der Ansturm vorbei war – für mich war dann immer noch genügend da, denn ich suchte nach etwas anderem als die Masse ... Hatte ich mich da nicht selbst belogen? Hatte ich vielleicht in Wirklichkeit von Anfang an geahnt, dass ich mir Zeit lassen konnte, weil der Mann, auf den ich wartete, noch kommen würde? Und hatte meine Seele gewusst, dass es jemand sein würde, dessen Seele ich seit Jahrhunderten nicht nur kannte, sondern liebte? Einer, mit dem ich schicksalhaft verbunden bin, mit dem noch etwas aufzuarbeiten ist ... jemand, den ich jetzt erkenne?

An diesem Wintermorgen erwachte ich übergangslos aus einem tiefen Traum. In dem Moment, als ich die Augen aufschlug, verschmolz das, was ich gerade im Traum gesehen hatte, mit dem, was ich vor mir sah: Neben mir, auf seiner Seite, lag Alain, der mich mit der ihm eigenen Ernsthaftigkeit anschaute und mir möglicherweise schon seit geraumer Zeit dabei zugesehen hatte, wie ich schlief. Und dann geschah es: Ich erinnerte mich plötzlich an alles!

Mit einem Ausruf des größten Erstaunens setzte ich mich auf. Alain, der über meine heftige Reaktion erschrocken zu sein schien, setzte sich ebenfalls aufrecht hin und legte einen Arm um mich. Er sah mich fragend an. „Was ist los, Ariane? Ist dir nicht gut?"

„Nein ... nein, im Gegenteil." Ich schaute ihm direkt in die Augen. „Alain, du bist es! Du bist ... du warst ..."

„Wer bin ich? Was meinst du?"

Plötzlich war dieser Name da. „Charles! Du bist ... ich meine, du warst Charles. Jetzt erinnere ich mich wieder!"

„Wovon redest du? Wer ist Charles?"

„Ihr Geliebter!"

„Wessen Geliebter?"

„Elinoras Geliebter ... Natürlich! Jetzt wird mir einiges klar!" Ich sagte das mehr zu mir als zu ihm. „Ich habe von Elinora geträumt. Ich habe Charles gesehen. Ich selber kenne ihn aus Träumen ... schon sehr lange." Jetzt sah ich Alain wieder an. „Es ist deine Seele, in einer anderen Inkarnation. Ich habe ihn, habe dich gesehen, vor vielen Jahren; in einem sehr klaren Traum. Und dann, bei der schamanischen Reise, auch auf Elinoras Medaillon."

„Du hast *mich* gesehen?"

„Ja, dich ... ihn. Das verschwimmt. Ihr seid euch so ähnlich." Jetzt entspannte ich mich langsam und lehnte mich zurück in die Kissen. Ich erinnerte mich wieder. „Es war vor sehr vielen Jahren. Ich träumte, dass ich durch eine Landschaft ging, durch die ein Fluss führte. Unter einer Baumgruppe saßen vier Männer. Einer von ihnen war Charles. Er war in eine altertümliche Hauptmannsuniform gekleidet und hatte irgendwie deine Gesichtszüge, die gleichen wie auf dem Miniaturbildnis um Elinoras Hals."

„Und?"

„Er sagte mir, ich solle keine Angst haben. Er sei mein geistiger Führer und werde immer bei mir sein. Eines Tages, am Ende meines Lebens, würde ich den Fluss überqueren – und er würde auf der anderen Seite auf mich warten. Und mit ihm würde meine gesamte Seelenfamilie dort sein; alle, die mich liebten. Ich solle Geduld haben und mich vor allem nicht fürchten ... Wie konnte ich das nur vergessen?"

„Ariane ... Ich weiß nicht, was ich dazu sagen soll." Alain schien nach Worten zu suchen. „Es ... es war wohl von Anfang an etwas ganz Besonderes zwischen uns. Diese Zufälle, die keine sein konnten, wie die Sache mit der Katze, deine Träume und Ahnungen, meine Zuneigung zu dir von der ersten Sekunde an ..."

„Von der ersten Sekunde an?" fragte ich ihn lächelnd.

„Ja. Als du bei deinem ersten Besuch hier mit Thérèse hereinkamst, da kam mit dir so etwas wie Wärme in den Raum und in mein Leben. Ich fühlte mich eigenartig erleichtert, als hätte ich etwas lange Verlorenes wiedergefunden. Und seit du hier bist, hat mich dieses Glücksgefühl nicht wieder verlassen."

„Siehst du, ich habe im Grunde dich gesucht, aber bis vor kurzem wusste ich das nicht. Ich dachte, ich müsse nach Paris fahren. Dabei lag mein Ziel viel näher ..."

Alain schüttelte den Kopf. „Du wolltest nicht nur mich suchen, sondern vor allem dich. Denn wenn das, was du sagst, stimmt ... dann bist – dann warst – du Elinora. Und die wartet noch immer auf dich, auf dieser Brücke."

Natürlich hatte Alain recht. Mir kam eine Idee. „Alain, würdest du mit mir reisen?"

„Nach Paris? Jederzeit!"

„Nein, erstmal nicht nach Paris. Würdest du mit mir schamanisch reisen, um zu sehen, ob wir die beiden treffen?"

Unerwarteterweise nahm Alain meinen Vorschlag freudig und interessiert auf; vielleicht, um etwas Versäumtes nachzuholen. „Nach den Trommelschlägen? Mit dir gehe ich überall hin, mit dem größten Vergnügen." Dann fragte er: „Nehmen wir Bertrand und Julie mit?"

„Nun, wir können ihre Energie dabei gut gebrauchen. Und da sie ja auch Seelenfamilie sind, gehören sie dazu – wenn sie mögen."

Alain nahm mich in den Arm. „Ich freue mich darauf, sehr!"

Die Schläge der Trommel nahmen den gesamten Raum in meinem Kopf ein. Es war nichts anderes mehr da; die Welt, das Zimmer, die drei Menschen, die mit mir im Kreis auf dem Boden lagen – alles war eins. Hinter meinen geschlossenen Lidern explodierten rote und tiefblaue Kreise, während ich mich schnell und ohne Mühe geradeaus bewegte. Wir hatten beschlossen, alle gemeinsam an dieser einen Thematik zu arbeiten. Wir hatten unsere Freunde in das, was uns bewegte, eingeweiht und zusammengetan, um Elinora und Charles auf die Spur zu kommen. Mir war nicht ganz klar gewesen, in welche Anderswelt ich reisen sollte; ich spürte, es könnte die Mittelwelt sein. Aber jetzt zog es mich nach oben, und ich ließ mich leiten.

Plötzlich stand ich in einer kargen, aber lichtdurchfluteten Landschaft und spürte die Gegenwart von jemandem; einem sehr weisen Wesen. Ich schaute mich um und sah hinter mir einen Mann, eine Art Lehrer. Ich erinnerte mich nicht, ihn je gesehen zu haben. Ich stellte ihm meine Frage. „Bist du derjenige, der mir Antworten geben kann?"

Der Mann schaute mich an. „Antworten kommen nur durch dich selber. Du musst sie suchen."

„Ich suche sie ja. Deshalb kam ich her."

„So frage."

„Ich bin auf der Suche nach Elinora."

„Du hast sie doch schon gefunden. In dir."

„Und Alain ... er ist Charles, nicht wahr?"

„Du sagst es."

„Warum kommen wir wieder zusammen, in diesem Leben?"

„Ihr wart auch in anderen Leben zusammen. Ihr habt euch nie getrennt."

„Aber wir haben uns damals nicht bekommen."

„So sah es aus. Aber die Dinge sind nicht immer, wonach sie aussehen."

„Was hat Elinora auf der Brücke gemacht?"

„Du wirst es wissen, wenn du dort sein wirst."

„Hat er sie verraten?"

„Nein, er hat das einzige getan, das er tun konnte. Er wollte sie nicht in Gefahr bringen."

„So hatten sie niemals eine Chance."

„Doch, denn nun bist du ja hier. Und die anderen sind auch hier. Zeit ist unwichtig ..."

Bei diesen Worten vernebelte sich die Landschaft, und der Mann verschwand langsam aus meinem Blick. Offenbar hatte er mir alles, was möglich und nötig war, gesagt. In diesem Moment zog es mich auf demselben Weg rückwärts, den ich gekommen war. Schnell reiste ich zurück in die Welt der Trommelschläge. Es schien, als sei ich nur fünf Minuten ‚weg' gewesen, aber sobald ich meinen Körper wieder wahrnahm, hörte ich auch schon die Rückholschläge der Trommel. Also mussten wohl zwanzig Minuten vergangen sein.

Langsam regten sich auch die anderen wieder und setzten sich auf. Wir schauten uns gegenseitig an; jeder wartete, ob der andere als erstes sprechen wollte. Als aber keiner das tat, ergriff ich das Wort. „Ich war wohl in der oberen Welt und habe da einen Lehrer oder Weisen getroffen. Er meinte, wir wären immer auf irgendeine Art verbunden gewesen. Und er nahm Charles in Schutz."

Dann sprach Julie. „Ich sah eine traurige Frau. Sie wollte so gerne glücklich sein und konnte keinen Weg finden, es auch zu werden. Sie wollte mir ihren Namen nicht sagen und schien sich zu schämen. Eigentlich sagte sie überhaupt nichts."

„Ich habe nur Farben gesehen, blau und rot." Bertrand schien ein wenig enttäuscht. „Es war wunderschön, aber ich habe keinerlei Botschaft empfangen. Tut mir leid!"

Nun sahen wir alle drei zu Alain hinüber und ich fragte ihn mit den Augen.

„Na, was denkst denn du? Es hat mich nach unten gezogen, ich ging durch einen Wald, und da stand er."

„Wer?" entfuhr es Bertrand.

„Der Hirsch. Er schaute mich an wie in meinem Traum. Zu seinen Füßen saß die rote Katze. Sie stand auf und ging. Der Hirsch aber blieb. Da wusste ich, dass auch ich immer wiederkommen würde. Dass alles immer wiederkommt und nichts verloren geht, auch wenn wir nicht wissen, wo es ist, wenn wir es nicht sehen … und dass es eigentlich nichts zu fürchten gibt, vielleicht nicht mal den Tod."

Ich schaute Alain an. Ich verstand die Botschaft nur zu gut. „Nur haben wir das nicht verinnerlicht. Wir lassen uns von unserer Angst, unserer Furcht, leiten. Dabei sollte es immer die Liebe sein, die uns führt."

Alain und ich wussten, wovon die Rede war. Und unsere Freunde verstanden es wohl auch – intuitiv …

Möglichkeiten. Manchmal, in den vielen unausgefüllten Stunden, träume ich. Ich male mir all die Möglichkeiten aus, wie mein Leben verlaufen könnte. Wäre es anders, wenn ich Kinder hätte? Ich glaube nicht mehr, dass sich das für mich erfüllen wird. Man spricht am Hofe davon, dass mein Gatte dazu wohl nicht in der Lage sei. In meiner

Position wäre es sowieso nicht so wie für andere Frauen. Es gibt keine normale Mutterschaft und kein Familienleben. So träume ich mich als einfache Frau an die Seite eines guten einfachen Mannes und erdenke mir dazu eine ganze Schar Kinder. Mein Mann müsste genug nach Hause bringen, so dass wir keinen Hunger leiden, und gut müsste er sein zu seiner Frau und den Kindern. Er könnte Hauptmann einer Garde sein ... mit gutem Sold, im Dienste eines edlen aber unvermählten Königs. Möglichkeiten, die nur in Träumen existieren.

Möglichkeiten. Eigentlich ist dieses Wort wie ein Synonym für Unendlichkeit. Nie wird man wirklich wissen, wie viele Optionen für jedes denkbare Problem es wirklich gibt. Denn jede in die Praxis umgesetzte Lösung setzt eine Entscheidung für eine und gegen alle anderen Alternativen voraus. Wer das erkennt, der weiß, dass er mit jeder Entscheidung eine Kette von Ereignissen auslöst, die nur so geschehen auf Grund einer einzigen Wahl innerhalb vieler Möglichkeiten.

Alain sah nachdenklich aus. „Ariane, was machen wir jetzt?"
„Wie meinst du das?"
„Was machen wir jetzt mit dem, was wir über uns herausgefunden zu haben glauben – dem Gefühl, dass es mehr zwischen Himmel und Erde gibt ..."
„Und vor allem zwischen uns", ergänzte ich. „Auch ich habe lange über diese vielen Dinge nachgedacht. Nicht nur über das, was mit uns geschieht, die Erinnerungen, die Déjà vu´s, die seltsamen Zufälle. Es geht viele Jahre zurück in die Zeit, bevor ich hierher kam – eigentlich geht es zurück bis in meine früheste Kindheit."
„Du meinst die Bilder und Träume, die Frau auf der Brücke, der Kater, die Namen Elinora, Charles ..."
„Ja. Und das fing eigentlich, wenn ich es mir recht überlege, wirklich schon in meinen sehr jungen Jahren an. Aber wer wird es schon ungewöhnlich finden, wenn kleine Mädchen von Prinzessinnen und Königinnen träumen und diese – allerdings immer in blauen Kleidern – malen?"

„Schon erstaunlich. Aber weißt du …" Alain dachte einen Moment nach. „Meinst du nicht auch: eine wichtige Frau am französischen Hof, vermutlich sogar eine Königin; dazu die Brückengänge, ihr Geliebter, ein möglicher Selbstmord – man hätte doch davon gehört."

Doch auch dafür hatte ich eine Theorie. Wie konnte ich es am besten erklären? Ich versuchte es. „In der Quantenphysik haben wir lernen müssen, dass es nicht die *eine* Realität gibt. Unsere Erfahrung mit der vermeintlichen Wirklichkeit ist trügerisch. Zeit, Raum, Materie und Energie verhalten sich nicht so, wie wir es erwarten."

„Wie meinst du das?" fragte Alain.

„Naja, ein Teilchen zum Beispiel kann hier und zur gleichen Zeit auch dort sein. Ein Photon kann entweder Teilchen oder Welle sein. Und alles hängt auch noch einmal davon ab, ob wir das Geschehen beobachten oder nicht. Das legt zumindest nahe, dass es verschiedene Realitäten geben muss."

Alain zog eine Augenbraue in die Höhe, während ich weitersprach. „Ich bin ja keine Wissenschaftlerin, ich habe mir das auch nur angelesen. Aber wenn Wissenschaftler selbst mit diesem Denkmodell aufwarten …? Es gibt eine Theorie der ‚vielen Welten'. Darin geht man davon aus, dass an jeder Stelle, an der eine Entscheidung getroffen wird, die Realität sich sozusagen verzweigt."

„Das ist mir wieder einmal viel zu theoretisch. Es gibt keine Beweise."

„Nicht in dieser Realität und nicht zur Zeit. Ich weiß. Aber hast du nicht auch schon einmal Momente erlebt, in denen du an einem Unglück ganz knapp vorbeigeschrammt bist, vor deinem geistigen Auge aber auf einmal eine deutliche Erinnerung an den geschehenen Unfall aufleuchtet? Ich habe das oft, und dann spüre ich, dass ich für den Bruchteil einer Sekunde in einen anderen Ausgang, eine andere mögliche Wirklichkeit schaue."

So richtig glaubhaft schien Alain das nicht zu finden. „Du meinst also, es gibt viele Varianten der Realität, unendliche Möglichkeiten; ganz unterschiedliche Szenarien, die gleichzeitig existieren?"

„Das denke nicht nur ich. Das denken vor allem die Wissenschaftler. Die nennen das, glaube ich, ‚Multiversen'."

„Aber man kann das eben nicht beweisen", bestand Alain auf seiner Skepsis. „Zumindest weiß man, dass unsere Wahrnehmung die Realität nicht in ihrem vollen Umfang erfasst. Denk nur an Platons Gleichnis."

„Du meinst jene Geschichte um eine Gruppe von Menschen, die in einer Höhle angekettet sind und glauben, dass die Schatten, die sie sehen können, die Realität ist."

„Ja, es ist ein Gleichnis, das uns zeigen soll, dass wir den Wahrnehmungen unserer Sinne nicht trauen können und daher mit der Seele in die Welt des Geistigen aufsteigen sollen, um das Unwandelbare, die ewige Wahrheit, zu erfahren."

„Für Elinora hieße das also: Es kann einen Sprung ins Wasser gegeben haben, es kann auch niemals geschehen sein; jedenfalls nicht in der Realität, in der wir uns befinden."

Ich nickte. „Ja. Aber macht es das dann weniger real? Auf jeden Fall war es möglich, und was möglich ist, geschieht auch – unabhängig davon, ob wir es wahrnehmen."

„In einem Paralleluniversum?"

„In einem Paralleluniversum."

Alain machte noch einen Versuch, das zu verstehen. „Jedes dieser Universen müsste ja dann auch mit dieser Person sterben. Warum erinnern wir uns dann?"

Wir waren wieder bei meinem Lieblingsthema. „Ja, die Person mag sterben, aber die unsterbliche Seele nicht."

„Ach so!" Alain lächelte und nahm mich in den Arm. „Und jetzt lass mich raten: Es ist eine Sache des Vertrauens."

„Ja! Woher wusstest du …?"

„Es scheint deine Lebenslektion zu sein."

„Nun, irgendwann werden wir es wissen. Frühestens auf der anderen Seite. Spätestens, wenn die Wissenschaft es belegen kann. Ist es wichtig? Wir haben es doch längst in uns."

Jetzt schaute er mir in die Augen. „Vor allem haben wir uns! Die Universen sind mir egal. Solange wir unseren Himmel haben."

Auch dieser Winter, mein dritter hier, neigte sich. Wir hatten Weihnachten wie immer im Kreise unserer Freunde verbracht. Es war ein leises und gutes Jahr gewesen, ein Höhepunkt in unseren Gefühlen; in der Erkenntnis, uns nicht fremd zu sein, in allem. Alain schien auf der Höhe der Kraft seines Alters zu sein, und mir ging es ebenfalls gut.

Als das neue Jahr begann, kam Alain auf ein Thema, das sich noch als hartnäckig und langlebig erweisen sollte.

„Ariane, wir haben etwas zu besprechen. Ich möchte mit dir in die Stadt fahren."

„Ach bitte, nicht schon wieder zum Einkaufen. Ich habe alles!"

Er lachte verschmitzt, als er sagte: „Nicht ganz! Du hast mich, mein Herz, meine Seele ... aber etwas ganz Wichtiges fehlt."

„Was könnte das schon sein! Gibt es mehr als Glück?"

„Es geht nicht um Glück. Es geht um das hier – um alles!" Er machte eine Geste mit den Armen, die den Raum mit einschloss.

„Wie – das alles? Was meinst du?"

Jetzt schien er ernst zu werden. „Es ist ein Thema, um das ich mich lange gedrückt habe. Bislang hätte ich ja sowieso nicht gewusst, was ich hätte tun sollen. Aber jetzt, wo du in mein Leben getreten bist ... Irgendwann muss ich ja mal ein Testament machen!"

Da war es raus! Erst einmal war ich erleichtert, denn ich hatte bei seinen letzten Worten schon gedacht, er würde mir einen Antrag machen. Die Erleichterung hielt aber nur eine Sekunde lang vor, denn was ich gerade gehört hatte, beruhigte mich keineswegs. „Was meinst du mit einem Testament?"

„Na, mein Erbe! Lange wusste ich ja nicht, was geschehen soll, wenn ich ... naja. Ich habe ja keine Kinder, auch sonst keine lebenden Verwandten mehr. Aber jetzt habe ich dich. Man soll vorsorgen, wenn´s am schönsten ist."

„Falsch zitiert! Es heißt, man soll gehen, wenn´s am schönsten ist! Aber von Gehen kann doch wohl keine Rede sein!"

„Ach Ariane, ich verstehe ja, dass du das Thema nicht bereden willst. Mir geht es doch auch gut, sehr gut sogar. Aber ich möchte meine Dinge regeln. Jetzt, wo du hier bist, ist doch klar, wie alles weitergeht!"

„Ach, ist es das?" Langsam wurde ich etwas ungehalten. „Wie wäre es, wenn du mich erstmal fragen würdest?"

„Gut." Er trat vor mich hin, und für einen Augenblick dachte ich sogar, er würde feierlich niederknien wollen, was er Gott sei Dank nicht tat. „Liebe Ariane, im vollen Besitz meiner geistigen und sämtlicher anderer Fakultäten frage ich dich, willst du bitte all dies hier, das Anwesen und alles, was ich besitze, nach meinem Ableben als Erbe annehmen?"

„Nein!"

„Nein?" Er schien ehrlich geschockt.

„Nein! Ich will nichts. Ich habe alles, was ich brauche. Danke für das Angebot!"

Für eine kurze Weile schien Alain nach Worten zu suchen. Dann fragte er leise: „Habe ich dich irgendwie verletzt?"

„Nein. Ich habe mir nur die Freiheit genommen, auf eine Frage mit einer der beiden möglichen Antworten zu reagieren." Jetzt nahm ich seine Hand und sagte versöhnlicher „Alain, versteh mich bitte und akzeptiere das. Ich bin nicht gut mit allen Formen von Besitz. Am allerwenigsten bin ich gut mit Grundbesitz. Ich fand immer, dass man mit leichtem Gepäck einfacher durchs Leben reist. Man gibt eine Mietwohnung leichter auf als ein Eigentumshaus. Wertgegenstände müssen geschützt werden. Mir ist das alles einfach zu viel." Ich streichelte seine Hand und drückte einen Kuss darauf. „Jeder Besitz fordert etwas von dir. Jeder Grundbesitz bindet: an Gesetze, an Verpflichtungen; im schlimmsten Falle an den Besitz und den Ort selber. Ich möchte mich an so etwas nicht binden."

„Aber ich will dich nicht binden, du kannst doch damit machen, was du willst!"

„Das ist es. Das mache ich, und zwar schon vorab. Ich will nicht entscheiden müssen, was geschieht, wenn du einmal nicht mehr da sein solltest. Ich will, dass du das jetzt schon entscheidest, zu deinen Lebzeiten." Ich schaute ihn zärtlich an, denn in seiner Hilflosigkeit erschien er mir jetzt beinahe wie ein kleiner Junge. „Sieh doch mal, es ist *dein* Leben. Es war immer *dein* Heim. Mit mir hat das alles nichts zu tun, für mich ist es ein Traum und ein schöner, vielleicht der schönste, Teil meines Lebens." Jetzt küsste ich ihn auf die Stirn, bevor ich weitersprach. „Und es stimmt ja nicht, dass ich mich nicht binden möchte. Aber ich will mich an Menschen binden, an dich; nicht an Grundbesitz, Gegenstände und Geld."

„Also stehe ich genau an derselben Stelle wie schon seit vielen Jahren. Was soll ich denn tun?"

„Ich bin mir sicher, du findest einen würdigen Erben, einen gemeinnützigen Zweck, irgendwas. Es gibt so viele Möglichkeiten. Und wenn du dafür sorgst, dass wir immer ein Dach über dem Kopf, immer etwas zu essen und zu trinken und immer einen Cent mehr in der Tasche haben, als wir wirklich brauchen ... und, wenn es geht, dass ich dich noch lange, sehr lange in meinem Leben habe, dann ..."

Weiter konnte ich nicht mehr reden, denn Alains Küsse erstickten jede weitere Diskussion.

Nachdenklich. Ich denke über den Zwiespalt zwischen meinem Sehnen und der Wirklichkeit nach. Ich rede in Gedanken unentwegt mit dir, Geliebter. Wir sind zurück in unserer Welt und spielen wieder das Spiel. Aller Aufmerksamkeit scheint auf uns gerichtet. Es kostet mich viel, so zu tun, als kenne ich dich nicht. Als habe ich dich nicht so erlebt wie ich es tat. Als habe ich dich nicht tief in mir gespürt; nicht nur in meinem Körper, aber mehr noch in meiner Seele. Als spürte ich dich nicht immer noch in meinem tiefsten Innern. Du kannst nichts, gar nichts dagegen unternehmen. Du kannst nicht auf deinem Pferd vorbeireiten und mich zu dir hinaufziehen, um aller Welt zu zeigen: Diese Frau hier gehört zu mir, in meine Arme, in mein Herz. Und ich nehme sie mit in meine Welt. – Uns sind die Hände gefesselt, die Münder verschnürt, die Herzen in Ketten gelegt und die Seelen in Käfige gesperrt.

Nachdenklich. Das werde ich, wenn ich denke, wie verschieden mein Leben verlaufen ist gemessen an dem, was ich geplant oder mir erträumt hatte. Beinahe drei Jahre bin ich jetzt hier, und meine Realität hat sich verwandelt. Das Wichtigste aber ist, dass ich zu diesem Leben endlich ja sagen kann, ohne Wenn und Aber. Bisher hatte ich immer ein wenig gehadert mit meinen Entscheidungen, immer das Gefühl, dass noch etwas anderes kommt und ich es verpassen könnte, die Zeichen zu sehen. Und dann kam der Mann, der alles veränderte: nicht auf einem weißen Pferd, sondern in einem weißen Kleinwagen. Und damit ich die Zeichen nicht verfehle, legte er sich genau vor meinem Auto aufs Dach. Eigentlich müsste ich sogar dem Fahrer im roten Wagen dankbar sein, denn er war ein Teil dieses Plans, den das Universum sich wohl für alle Beteiligten zurechtgelegt hatte.

In diesem Frühjahr hatten wir einen besonders starken Mistral, der die eigentlich schönen blauklaren Tage kalt und äußerst unangenehm begleitete. Dennoch ließen wir es uns nach diesem Winter auch von dem starken Wind nicht nehmen, so viel wie möglich wieder hinauszugehen und die Natur zu genießen.

In der Welt hatte es derweil viele unschöne politische Veränderungen gegeben. Eigentlich wurde das, was man so mitbekam, immer brutaler. Sowohl im Kleinen wie auch in der internationalen Politik herrschten Terror, Verlustängste und daraus resultierende Gewalt. Was eigentlich besser werden sollte, ging in die entgegengesetzte Richtung; Dinge, die schon erreicht worden waren, wurden wieder zurückgenommen. Alles entwickelte sich irgendwie immer weiter weg von der ursprünglichen Idee. Natürlich konnten auch wir nicht so tun, als beträfe oder beeinflusse es uns nicht. Alain und ich waren uns einig darin, dass wir für uns genommen froh waren, unsere Leben weitgehend gelebt zu haben und dass wir uns schwer tun würden, hätten wir persönlich noch die Verantwortung für Kinder und Familie. In unseren Diskussionen versuchten wir, uns selbst die Lage der Welt zu erklären.

An diesem Tag waren wir wieder einmal gemeinsam zu einem längeren Spaziergang aufgebrochen, und angesichts des Wetters kam das Gespräch ganz unweigerlich wieder auf diese Themen.

„Es ist, als spielte die gesamte Natur genauso verrückt wie die menschliche Gesellschaft", sagte ich, als der Wind heftig auffrischte und uns eiskalt ins Gesicht wehte. „Manchmal habe ich das Gefühl, die Umwelt bildet das Chaos, das in uns Menschen ist, einfach ab."

Alain, der vor mir ging, schaute sich zu mir um und blieb stehen. „Vieles ließe sich ja auf den Raubbau an der Natur zurückführen. Aber wenn ich den Mistral sehe, den ich zu dieser Jahreszeit und vor allem hier in der Gegend so noch nie erlebt habe, da kommen mir Zweifel. Oder zum Beispiel, wenn es um Erdbeben geht."

„Nun ja, der Mistral ist ja Teil des Klimas. Auch in Griechenland haben wir schon vor Jahren Änderungen im Wetterverhalten erlebt. Und bei Erdbeben … Wer weiß denn, wie alles zusammenhängt?"

„Weißt du, mir fällt da diese Plakette ein, mit der sie dieses Raumschiff bestückt haben, das sie in die Weiten des Alls geschickt haben. Da sind ein Mann und eine Frau drauf, und es soll symbolisieren, dass es sich bei uns Erdenbewohnern um eine freundliche, friedliche Rasse handelt, die Kultur, Wissenschaft und Forschung pflegt."

Ich lachte. „Ich weiß, wovon du redest. Tja, wenn jemand diese Botschaft finden und ihr folgen sollte, dann würden sie wohl sehr enttäuscht sein, den wohl denkbar kriegerischsten Planeten vorzufinden."

„Häh, eigentlich haben wir es als Menschheit ja hervorragend geschafft, so beinahe alles an die Wand zu fahren. Was ist eigentlich mit den Menschen los?"

Wir waren wieder in Richtung der Weiden gegangen, und nun blieb ich an einem besonders alten und knorrigen Olivenbaum stehen. Ich berührte seinen Stamm und fühlte der rissigen Rinde nach. „Der Mensch bezeichnet sich so gerne als die ‚Krone der Schöpfung'. Jedoch spürt er, dass er es eigentlich nicht ist, nicht sein kann. Das wiederum empfindet er als Kränkung. Das Ego leidet darunter, einfach nur Teil der natürlichen Prozesse zu sein, die für alle Dinge – belebt und unbelebt – gelten. Darum wird auch der Tod als Kränkung empfunden. Diese Dinge, die er nicht versteht, machen Angst. Angst führt zu Aggression und Gewalt. Wo die Angst regiert, werden Sympathie und Empathie als Schwäche ausgelegt."

Alain sah mich nachdenklich an. „Aber ist denn der Mensch nicht so konstruiert worden, damit er sein kann, wie er muss? Ich meine, ist es nicht so, dass die Natur in ihrer undurchschaubaren Weisheit alles genau so eingerichtet hat, wie es auch sein muss?"

„Hm, da ist schon was dran. Wer zynisch sein will, könnte sagen, die Natur helfe sich selber, indem sie dem Menschen jede Gelegenheit gebe, seine eigene Vernichtung einzuleiten. So gesehen wäre doch jede Maßnahme zum Schutz von Natur und Menschen kontraproduktiv. Die Entwicklung wäre bereits unveränderbar vorgezeichnet."

„Ist das so? Ist das nicht zu bequem, so zu denken, weil man sich dann nicht mehr mühen müsste? Sind alle, die sich für das Leben einsetzen, Narren? Sind Sympathie, Empathie und Altruismus nicht genauso fest in uns eingebaut wie ... der Selbsterhaltungstrieb, der Arterhaltungstrieb und auch die daraus resultierende Aggression? Welche Rolle hätte dann das Weibliche noch, das Gebärende, Beschützende?"

„Lieber Alain, genau das sind die Fragen, die mich ein Leben lang umgetrieben haben. Ich habe eine Antwort für mich gefunden, in meinem Innern. Aber eine Antwort für die Außenwelt habe ich nicht erhalten. Ich habe immer dafür gekämpft, dass ein Egoismus – geboren aus Angst, nicht genug zu bekommen – nicht siegen darf und dass der gesunde Menschenverstand unser natürlicher Kompass sein sollte. Jetzt fühle ich mich wie eine alte Närrin, die nur einem Phantom hinterhergejagt ist; einem romantisierenden Idealbild. Das macht mich jetzt, wo ich sehe, wie schnell ein Leben vorbeigeht, sehr nachdenklich."

„Vielleicht ist unsere Endlichkeit ja dann doch ein Trost, und möglicherweise ist es gut zu wissen, dass der Mistral noch wehen wird, wenn wir längst nicht mehr hier sind."

Es war ein ungewöhnlicher Sommer. Der Wind war weiterhin ein Thema; er ließ uns dieses Jahr nicht wirklich los. Die Natur kam nicht zur Ruhe. Und auch wenn es am Tage heiß war, brauchte man nachts oft noch etwas zum Zudecken.

Alain und ich saßen in diesen Tagen auf der geschützten Terrasse. Zum ersten Mal hatte er ein Album mit Fotos hervorgeholt, die er mir nun zeigte. Bisher kannte ich ja nur ein, zwei Jugendbilder von ihm. Nun aber lernte ich seine Mutter, Freunde und Gefährten seiner Kindheit und Jugend, vor allem aber Didier kennen. Wieder einmal wurde mir erschreckend klar, wie klein das Hier und Jetzt ist, jener einzige Punkt in Raum und Zeit, an dem man wirklich lebt.

Die Aufnahmen machten mich sehr nachdenklich. Die Menschen, die mich hier anschauten, waren eingefroren an einem Punkt ihres Daseins, der sehr wirklich für sie war und an dem sie noch so viel Zeit und Leben vor sich hatten. Jedoch, ihre Blicke aus den Fotos trafen sich mit meinem zu einer Zeit, da sie alle nicht mehr existierten. Ja, alle, selbst Alain. Auch der Junge, der da spitzbübisch und voll von Ideen zu hinterhältigen Streichen ins Objektiv schaute, existierte nicht mehr. Er war nicht nur einfach älter geworden, er war genaugenommen physisch ganz verschwunden. Nachweislich konnte keine seiner damaligen Körperzellen heute noch existieren, denn sie alle waren gestorben und hatten neueren, jüngeren Zellen Platz gemacht. Aberwitzigerweise aber war sein Körper durch dieses stetige Reproduzieren und Verjüngen unaufhörlich älter geworden. Das Herz, das in der Brust dieses Jungen schlug, war nicht das, welchem ich jetzt nachts oft lauschte. Mit anderen Worten: Wir lebten in jeder Sekunde unseres Lebens mit dem Tod zusammen in derselben Haut.

Vielleicht kam diese Wahrnehmung, dieses Bewusstwerden, wirklich aus der Tatsache, dass unsere heutigen Medien uns zu jeder Sekunde, wie im Moment gefroren, konservieren konnten. Dass sie uns sogar in Bewegung, in Aktion festhielten; immer wieder abrufbar, wiederholbar. Wir waren die erste Generation, die sozusagen von der Wiege an wie selbstverständlich mit dem Phänomen der bildlichen und akustischen Konservierbarkeit aufwuchs. Für Alains Mutter war es als junge Frau noch ein Ereignis gewesen, eine Aufnahme von sich selber machen zu lassen, und es war sicher nur ein kleines Kästchen, das die wenigen Familienfotos enthalten haben mochte. Heute – ja, heute waren es wieder kleine Kästchen: externe Computerlaufwerke, mit einem oder mehreren Terabyte, die Tausende oder mehr Fotos, Film- und Tonaufnahmen speichern konnten, die uns ein Leben lang begleiteten und uns nun die Vergänglichkeit auf Knopfdruck zigtausendfach vor Augen führten.

Ich schaute lange auf Alain, wie er so in den Seiten des Albums blätterte und ganz in sich gekehrt schien.

Keine noch so umfangreiche Zahl von Bildern und Informationen hatte die Kraft der Erinnerung, die schon ein einziges vergilbendes Foto auslösen kann. Es schien wie ein Beweis zu sein, dass es nur eines Bildes, manchmal nur eines Wortes oder eines Duftes bedarf, um in uns eine Flut von Gefühlen auszulösen.

Glauben. Ich bete. Ich glaube, das hat nichts mit Religion zu tun. Wie sonst sollte es sein, dass die Kirchenmänner oft nicht leben, was sie predigen? Und wüsste nicht jeder, was mein Gatte unter den Augen dieser Kirche und der gesamten Öffentlichkeit treibt? Vielleicht ist es wirklich so, dass jede Religion nur im Rahmen ihrer Dogmen existieren kann. Und diese Dogmen setzen Grenzen. Aber kann etwas, das Grenzen hat, von einem allmächtigen Gott kommen? Dann wäre auch Gott begrenzt? Vielleicht kommt Religion gar nicht von Gott, sondern nur von uns Menschen. Dann wären wir Menschen es, die uns gegenseitig das Allernotwendigste zum Leben verwehren. Denn kein Gott würde uns vorenthalten, was wir so dringend brauchen.

Glauben. Ich glaube, das ist das Grundproblem des Menschen. Denn nach dem, was er glaubt, sieht er seine Umwelt. Und nach dem, was er von sich glaubt, sieht er sich. Wenn er das, was er im Spiegel sieht oder über sich in der Zeitung liest, was er von anderen hört oder schon von Kindesbeinen an eingebläut bekommen hat, mit sich selbst oder der Realität verwechselt, dann ist ihm etwas abhanden gekommen: Instinkt. Nur wenn man in sich hineinhört, kommt man zu einigem Wissen über sich. Das muss man wider besseren Glauben praktizieren und gegen das sich aufblasende Ego verteidigen können. Nur dann wächst Selbst-Bewusstsein und wahre Größe. Größe aber muss man auch tragen können. Wachsendes Selbstbewusstsein erzeugt im günstigsten Falle eine immer größere Bescheidenheit.

Auch in diesem Herbst war wieder Gelegenheit für Treffen mit unseren Freunden. Die Sommerzeit mit ihrer erschöpfenden Hitze bot niemals so viele Chancen. Aber wenn das Jahr sich neigte und kühler wurde, die Abende länger und die Tage kürzer, dann ging man nach innen – nicht nur auf der häuslichen Ebene. Die Sehnsucht nach Licht und etwas Farbe erwachte, und vielleicht auch nach Ablenkung bei guten Gesprächen.

Dieses Mal war ich wieder mit Bertrand und Julie unterwegs. Alain war zuhause geblieben, weil er einen leichten Anflug von Erkältung pflegte. Bertrand schien das auszunutzen und mich ein wenig ausfragen zu wollen.

Wir machten wie immer eine Pause in einem der vielen Cafés.

„Ariane, wie geht es dem Meister wirklich?"

„Du hast ihn doch gerade gestern untersucht und gesagt, es sei nur eine leichte Infektion!" Ich war über die Frage einigermaßen erstaunt.

„Ich meinte auch nicht so sehr das Körperliche. Ich meine, er wird älter, und natürlich stelle ich so das eine oder andere fest. Sein Herz ist nicht das Beste, der Blutdruck etwas zu hoch … und ich denke, er spürt jetzt, dass die Kräfte langsam nachlassen."

„Ich weiß, worauf du hinauswillst. Das sind alles mehr oder weniger normale Alterserscheinungen, nicht wahr?" Ich schaute Bertrand an, der nickte. „Du hingegen machst dir Sorgen, wie es auf seine Psyche wirkt."

„Naja, wir Ärzte wollen ja immer alles Körperliche so gut wie möglich unter Kontrolle halten."

„Und da stört es euch, dass sich die Psyche dieser Kontrolle entzieht", warf seine Frau ein.

Bertrand quittierte das mit einem leichten Lächeln und wandte sich wieder mir zu. „Ich habe in den Jahren, seit du hier bist, einen ganz veränderten Alain erlebt. Nun wirkt er irgendwie müde."

„Bertrand, sei versichert, wir reden über alles. Wir haben auch über das Thema Tod und Sterben geredet. Und über Gott und die Welt."

„Und wie nimmt er das ganze Thema?" wollte Julie jetzt wissen.

„Ich denke, ich kann sagen, wir sind beide dankbar für das, was wir haben. Wir bedauern auch nicht, dass wir nicht mehr davon hatten. Wir glauben beide, dass es weitergeht. Aber das ahnt ihr ja schon, nicht wahr?"

„Zumindest wissen wir, dass ihr wohl durch mehr verbunden seid als nur durch die Gegenwart."

„Ja, wissen …" Ich wurde nachdenklich. „Das ist so ein großes Wort. Was wissen wir wirklich? Wir glauben, hoffen …"

„Was meinst du?" fragte Bertrand.

„Nun, je älter ich werde, je älter ich Alain werden sehe, umso mehr beschleichen mich im Innern Zweifel. Meine Hoffnung ist, dass sich bestätigt, was ich zu wissen glaube: dass das physische Leben nur mittelbar ist und mit dem Tod ein Aufwachen in die Unmittelbarkeit erfolgt. Dass der Tod ein Sinnbild für Formwandlung und Stoffwechsel ist; ein Sinngeber und ein Akt der Schöpfung."

„Das ist eine schöne Hoffnung. Vielleicht ist es ja ein Teil des Reizes des Lebens, dass wir es erst ganz am Ende erfahren werden."

Julie schüttelte den Kopf, als ihr Mann das sagte. „Na ich kann auf diesen Reiz aber gerne verzichten! Ich fühle mich angesichts solcher Überraschungen ganz schön vom Leben überrumpelt."

„Du hast ja doch keine Wahl. Reg dich auf, und es wird nur deinen Blutdruck erhöhen!" Er lächelte seine Frau an.

Aber die war nun in Fahrt. „Wenn ich schon so Sachen höre wie: ‚Erst wer das Sterben versteht, versteht das Leben!' Das ist alles lebensfremder Kram!"

Jetzt schaute Julie zu mir herüber und bemerkte, wie ich über ihre heftige Reaktion lächeln musste. „Was denkst du denn? Worüber lachst du?"

„Ich lache nicht über dich, Julie", erklärte ich. „Du bist eine praktisch denkende Frau mit gesundem Menschenverstand. Mir kam nur angesichts deiner Heftigkeit ein Gedanke."

„Lass hören!"

„Nun, ich habe gerade gedacht, vielleicht hat die Natur in uns auch ganz praktische Mechanismen eingebaut. In letzter Zeit, eigentlich in den letzten Jahren, haben Alain und ich uns immer mehr ins Private zurückgezogen. Das ist es übrigens auch, was du vielleicht als ‚müde' bezeichnest." Bei dem Letztgesagten schaute ich Bertrand an. „Nicht zuletzt taten wir das auch, weil wir beide uns hilflos fühlen gegenüber den Entwicklungen in dieser verrückten Welt, seien es politische, ökonomische oder Umweltprobleme."

„Ich glaube, das geht uns Älteren allen so."

„Ja, Bertrand, aber schon immer haben ältere Generationen die jüngeren Generationen nicht verstanden. Das war schon bei Sokrates so. Nun denke ich: Vielleicht ist dieser Mechanismus etwas von der Natur Eingebautes: Je älter wir werden, umso fremder wird uns die neue Zeit. Wir werden sozusagen langsam zu Fremden in der Zeit. Es ist wie eine Art Verdruss, der uns hilft, das unumgängliche Verlassenmüssen dieses Lebens letztendlich zu akzeptieren."

„Diese Theorie hat was, finde ich!" pflichtete mir Julie bei.

„Naja, soweit ich es sagen kann, zieht sich ein Sterbender, sofern er eines natürlichen Todes stirbt, ja auch irgendwie langsam aus der Welt zurück." Diese Bemerkung kam von dem Arzt in unserer Runde.

„Ja, ich meine, jeder Fortschritt ist ein Schritt fort von unseren Wurzeln, Quellen und Instinkten. Je mehr Natur durch Kultur und Technologie ersetzt wird, umso mehr entfernen wir uns vom Kern unseres Daseins. Der Tod allein wirft uns stets auf diesen Punkt zurück. Er ist nur die andere Seite derselben Medaille."

„Das ist eine gute These." Bertrand erhob seine Kaffeetasse. „Jetzt müssen wir nur noch den Beweis für Arianes Theorie finden. Darauf trinke ich!"

Wir lachten und stießen mit den Kaffeetassen an.

Wenn uns hier jemand zuhörte, so musste er sich wundern, wie drei offenbar gut gelaunte Menschen sich lebhaft über ein Thema unterhielten, das andere als überaus morbid und nicht gerade gesellschaftsfähig einstufen würden.

Ich war froh, dass wir Freunde hatten, die sich um unseren Seelenzustand genauso sorgten wie um unser körperliches Wohl – und vor allem, dass sie uns und unsere Art zu denken und die Welt zu sehen so vorbehaltlos akzeptierten.

Vielleicht beobachtete ich Alain in diesem Winter und vor allem nach den im Herbst mit den Freunden geführten Gesprächen ein wenig intensiver. Eigentlich konnte ich ihn nicht als bedrückt empfinden, zumindest nicht im Privatleben. Jedoch machte er angesichts der politischen Weltlage immer öfter resignierte Bemerkungen. Wann immer wir die Medien anschalteten oder

Zeitung lasen, schüttelten wir die Köpfe über den kollektiven Wahnsinn, der die Menschheit mehr denn je befallen zu haben schien.

„Weißt du, Ariane, es ist ja schon schlimm, dass es so viele schreckliche Naturkatastrophen, dass es Hunger und Wasserknappheit gibt. Obendrauf die ganzen hausgemachten Probleme, das sich verändernde Wetter, die steigende Not und soziale Ungleichheit. Aber dass wir jetzt auch noch eine Form von Krieg in unserer Mitte haben, der von Terroristen ausgeht, in vielen Fällen auch im sogenannten ‚Cyberspace‘ stattfindet, das befremdet mich zutiefst. Ich kann das gar nicht mehr einordnen."

Als Alain das sagte, saßen wir am Küchentisch und knackten Nüsse, um Thérèse die Weihnachtsvorbereitungen ein wenig zu erleichtern.

„Ja, ich versteh's auch nicht. Für uns Kinder war das Jahr Zweitausend immer so eine Schwelle, hinter der wir eine bessere, natürlich auch technologisiertere, aber friedlichere Welt vermuteten. Und als der Kalte Krieg zu Ende ging, da war echte Hoffnung. Das war auch, als ich begann, mich für ein Jahrzehnt aktiv in der Politik zu betätigten. Wir spürten Wind unter den Flügeln."

„Das hat sich ja nun nicht bewahrheitet. Wir werden sterben, und die Welt ist immer noch oder vielleicht sogar mehr denn je ein kriegerischer und sehr brutaler Planet."

„Ja, leider. Es gibt meines Erachtens nicht eine einzige Generation, die je eine absolut friedliche Lebensspanne erlebt hat."

„Dann sag mir, was fühlt ein Mensch, der im Namen eines Gottes oder einer Ideologie wahllos Menschen tötet?"

„Nun, ich denke, er gibt nur, was er hat. Er kann nur mit Hass handeln, weil er sich selber hasst. Man müsste jeden, der einen anderen Menschen verletzt – durch Taten oder auch nur durch Worte – fragen: ‚Was hat dich so verletzt, dass du andere verletzen musst, um dich besser zu fühlen? Was brauchst du so sehr, dass du einen anderen schädigen musst, um es zu bekommen?‘ – In beiden Fällen handelt es sich um verzerrte, entstellte Liebe: die Liebe, die nie erfahren wurde und die als ihr Gegenteil daherkommt, als Angst."

„Also handelt so jemand nicht aus Liebe zu seinem Gott, sondern aus Furcht vor Gott?"

„Das könnte man so sagen. Man könnte auch sagen: Er handelt nach dem, was er glaubt. Vor einigen Wochen sagte Julie mir in einem Gespräch, sie könne solche Zitate nicht mehr hören wie: ‚Wer den Tod nicht fürchtet, fürchtet auch das Leben nicht'. Terroristen aber haben keine Angst vor dem Tod, weil sie sich vor dem Leben fürchten. Weil sie glauben, Grund zur Angst zu haben, bedroht zu sein. Wenn wir aber aufhören, Gott zu fürchten, werden wir auch die Furcht voreinander verlieren."

„Wenn es einen Gott gibt!" warf Alain ein.

„Das steht für mich außer Zweifel. Ich meine Gott in jedweder Form, nicht den weisen alten Mann. Ich meine das alles bedingende, alles bewegende Prinzip im Universum. Ich glaube, wir haben bis heute das gesamte Gott-Konzept gründlich missverstanden und missinterpretiert. Könnte es sein, dass wir etwas über Gott und das Leben nicht verstanden haben, das, wenn wir es verstehen, alles ändern würde? Ich meine, wirklich alles?"

„Das wäre ein Hoffnungsschimmer?"

„Ja. Ich richte mich manchmal an dem Gedanken auf, diese ganze Welt könnte nur eine raffinierte Illusion sein. Etwas, das uns als Spielwiese dienen soll, auf der wir lernen oder uns erinnern können, was die Seele schon lange weiß. Und dass wir mehr als eine Chance haben, diese Spielwiese zu betreten und uns auf ihr auszuprobieren."

„Und wenn es nicht so ist, liebe, immer optimistische Ariane?"

„Dann wäre es sehr schade. Aber immer optimistische Menschen sehen die Chancen fifty-fifty. Das ist doch eine gute Quote für eine Wette, oder?"

Alain lächelte. „Du schaffst es immer wieder, mich positiv zu stimmen."

„Gut! Dann lass uns diese Nüsse zu Ende knacken, denn ich wette, Thérèse zaubert wie immer eine winterliche Köstlichkeit daraus, und dafür lohnt es sich noch immer zu leben."

Kummer – er begleitet mich seit vielen Tagen. Morgens fühle ich mich jetzt regelmäßig so unwohl, dass ich das Bett nicht verlassen kann und dann alleine in den Kissen meinen trüben Gedanken nachhänge. Mein Gemahl erkundigt sich etwas zu oft über meine Schwermut, und so kann ich es nicht einmal wagen, den Liebsten für nur eine Minute zu mir zu bitten. Aber ich würde es sowieso nicht sehr gerne haben, wenn er mich so sähe. Bebée scheint sehr besorgt um mich und ist wie eine Glucke. Und Charles – von ihm höre ich nur, wann und wenn er Dienst tut vor meinen Gemächern. Es sind graue Tage und dunkle Nächte voll von bösen Ahnungen, gegen die ich mich nicht wehren kann.

Kummer. Das erste Mal seit langer Zeit bereitet mir der Wechsel der Jahreszeiten eine beinahe vergessene Traurigkeit. Es ist, als habe ich meine in den letzten Jahren immer stärker gewordene Fassung plötzlich verloren. Ich schlafe viel am Tage, nachts träume ich dunkle Bilder und erwache oft schreckhaft. Ich kenne das bereits von früher, von vor vielen Jahren; da hatte ich eine panische Angst vor dem Wechsel von der sommerlichen Lichtzeit in die Dunkelheit des Winters. Das hatte ich schon lange nicht mehr so gespürt. Ich erinnere mich plötzlich allerdings auch daran, dass das Leben in Sieben-Jahres-Abschnitten abläuft. Und ich nähere mich einem weiteren Übergang in eine neue Phase. Jeder Wechsel macht Angst. Ich muss mir eingestehen, dass auch ich anfällig dafür bin – vielleicht sogar mehr, als ich es mir gestatten möchte.

Wieder hatte ein Frühjahr begonnen, und es war Alains Geburtstag. Es war nicht solch ein leichtes und beschwingtes Ereignis wie noch vor drei Jahren. Ich hatte Alain am Morgen ganz zärtlich geweckt und zum Geburtstag gratuliert, aber er blieb lange schweigsam. Dann drehte er sich abrupt zu mir herum.

„Es neigt sich nun", sagte er.

„Was neigt sich?"

„Das Leben. Es neigt sich. Ich gehe nun wirklich langsam auf die achtzig zu."

„Alain, geht es dir gut?"

Jetzt erst verzog sich seine Miene zu einem leichten Lächeln.

„Ja, meine Liebe, es geht mir gut. Ich bin ein bisschen melancholisch, weiter nichts."

„Wenn du darüber reden willst …"

Er sah mich lange und nachdenklich an. „Nein … Ja … Mein Gott! Wie überbewerten doch die Menschen das Alter einer Person zur Bestimmung ihres Wertes. Altern passiert jedem, es ist ja auch kein Verdienst – höchstens, *wie* man altert. Ob man gut, weise und gerecht altert oder aber verbittert und hässlich. Das kann einem angelastet oder gepriesen werden. Aber nicht, *dass* man altert."

Ich zeichnete mit dem Zeigefinger seine noch immer attraktiven Gesichtszüge nach. „Jemand hat mal gesagt, Altern wäre nichts für Feiglinge. Das stimmt sicher. Aber es ist ein gutes Verdienst, so schön zu altern, wie du es tust."

„Machst du mir Komplimente, um mich aufzuheitern?"

„Das muss ich nicht. Du bist heiter genug. Höre, ich hatte eine Idee. Ich habe für heute Abend Bertrand und Julie eingeladen …"

Alain hob die Hand, wie um das, was ich gerade sagte, abzuwehren, aber ich kam ihm zuvor. „…Lass mich ausreden! Sie kommen nicht hierher, wie sonst. Wir haben uns im Dorfgasthaus verabredet. Ganz so wie vor drei Jahren, als wir beide dort waren."

Alains Gesichtszüge entspannten sich.

„Wie immer kann ich dir nichts abschlagen."

„Aber hier geht es nicht um mich. Es geht um dich. Ich will, dass du dich wohlfühlst. Und vergiss nicht: Potentiell bist du heute dem Tod so nahe wie an jedem beliebigen Tag deines Lebens."

„Ja, aber …"

„Nichts aber: Natürlich bist du es statistisch nicht. Aber theoretisch schon. Leben ist lebensgefährlich – und das in jeder Sekunde."

„Na, du hast eine schöne Art, mich aufzuheitern." Aber er lachte.

„Ja, und ich will dir das erläutern. Ich war ja immer jemand, der Leuten mit Flugangst das Beispiel mit dem Hotel unter die Nase rieb."

„Wovon redest du?"

„Na, von Leuten, die nie in ein Flugzeug steigen, weil Flugzeuge manchmal die Tendenz haben, abzustürzen. Statistisch ist das zwar vernachlässigbar, aber das hilft Leuten mit Flugangst nicht wirklich. Nun, erinnerst du dich des Absturzes nahe Paris? Richtig, das Flugzeug fiel in ein Hotel und es starben auch einige Menschen am Boden. Leicht möglich, dass es da jemanden traf, der aus Prinzip nicht in solche Maschinen stieg."

„Das weißt du aber nicht!"

„Aber es ist möglich! Übrigens: Dieses Überschallflugzeug war ein tolles Gerät. Ich sah es auf einem sehr kurzen Flug zwischen zwei nahegelegenen Airports. Es flog in sehr geringer Höhe – unheimlich laut und unheimlich schön. Es wirkte wie eine Rakete."

„Und wie soll mir das jetzt helfen?" fragte Alain.

„Nun, lass mich dir eine andere Geschichte erzählen. Es war in meinen jungen Jahren. Ich war in einer sehr engen Straße auf dem Fahrrad unterwegs. Der Verkehr war sehr dicht, und ich wurde links von einem mächtigen Tieflader überholt. Ich hielt an, um ihn vorbeifahren zu lassen. Dann, aus einem unerfindlichen Grund, neigte ich mich einen Moment lang nach rechts. In diesem Moment fuhr der hintere Teil des Tiefladers in großer Geschwindigkeit an mir vorbei. Er hatte irgendein riesiges Raupenfahrzeug geladen, dessen Fahrketten seitlich weit über die Tiefladerfläche ragten. Hätte ich mich nicht zur Seite gebeugt, wäre ich zweifelsohne von der Raupenkette erfasst und aller Wahrscheinlichkeit nach getötet worden. Da hatte ich auch wieder diese Parallel-Erinnerung, als ob mir das in einer anderen Realität wirklich passiert war."

„Und die Moral daraus?"

Ich dachte kurz nach. „Leben ist wohl immer lebensgefährlich. Egal in welchem Alter oder in welcher vermeintlichen Sicherheit."

„Ich sehe, was du meinst. Nicht dass deine Geschichte mich wirklich erheitert hat, aber ich bin jetzt doch froh, noch zu leben. Und weißt du was? Ich freue mich auf den Abend."

In dem Sommer, der diesem Geburtstag folgte, gab es einige Probleme. Bertrand hatte es mit einem Blick gesehen, und die Laborwerte bestätigten es. Alain ging es nicht sehr gut. Es war schwer, ihn zu den Tests zu bewegen, aber letztendlich tat er es – vielleicht auch aus Liebe zu mir. Er muss die Angst in meinen Augen gesehen und richtig gedeutet haben.

Wir fuhren nach Carpentras, und Alain ließ sich nach allen Regeln der Kunst untersuchen. Ausgedehnte Blutuntersuchungen wurden gefolgt von Scans und Ultraschallverfahren. Es dauerte beinahe einen ganzen Tag, alles hinter uns zu bringen. Als es vorbei war und wir auf die Befunde warteten, machte Alain eine resignierte Bemerkung. „Ich war heute in so vielen Röhren, es hätte mich nicht gewundert, wenn sie mich auch noch in die Müllschluckerröhre geschoben hätten." Ich schaute ihn an, ein wenig ärgerlich über diese Art von Bemerkung, aber schnell lächelte er, weil er wohl merkte, dass diese Worte wenig positiv klingen mussten.

Dann sagte man uns, dass der Chefarzt heute keine Zeit mehr haben würde und wir einen neuen Termin für morgen bekämen.

Wir fuhren resigniert nach Hause, und ich rief Bertrand an.

„Mach dir keine Sorgen, der Alte wird oft in den OP gerufen. Das ist sogar gut, Ariane, dann kann ich mich für morgen von allen Terminen freischaufeln und mit euch kommen."

So fuhren wir am nächsten Tag zu dritt nach Carpentras; Bertrand hatte uns mit seinem Auto abgeholt. Es war gut, den Freund und Hausarzt bei uns zu haben.

Der Chefarzt schien es nicht sehr zu mögen, dass Bertrand auf unseren Wunsch hin auch bei der Analyse aller Befunde mit dabei war. Ein Platzhirsch lässt sich nicht sehr gerne im eigenen Revier in seine Angelegenheiten hineinreden. Aber das interessierte uns nicht, denn hier ging es ja letztendlich um Alain.

Offenbar gab es, wie immer, eine gute und eine schlechte Nachricht. Die gute war, dass es keine Indizien für irgendeine bösartige Erkrankung gab, die ein jeder so fürchtete. Allerdings waren die Blutwerte nicht gut, das Herz angegriffen und einige Gefäße verengt. Ehrlich gesagt, wir verstanden bei weitem nicht alles, was der Professor uns erklärte und fragten uns, ob er normalverständlicher mit uns geredet hätte, wäre nicht ein Kollege im Raum gewesen. Das Einzige was ich verstand war, dass im Moment kein irgendwie gearteter Eingriff angeraten war, Alain aber alle möglichen Medikamente verschrieben bekam und nun regelmäßig zu Tests erscheinen musste.

Als wir wieder im Wagen saßen, sagte er denn auch: „Womit bewiesen wäre, was ich schon immer sagte: Gehe gesund zum Arzt, und du kommst krank wieder!"

Bertrand schaute zu ihm herüber und sagte: „Wir gehen erstmal in unser kleines Bistro."

Dort angekommen, erläuterte Bertrand, was der Arzt im Krankenhaus erklärt hatte. „Alains Gefäße sind mitgenommen, teilweise leicht verengt. Aber im Moment ist noch keine Alarmstufe. Er will Blutverdünner einsetzen; dazu etwas, das das Herz stärkt. Für Eingriffe ist es nicht fortgeschritten genug, aber ihr müsst auf Zeichen achten. Man versucht heutzutage, nicht immer gleich mit Kanonen auf Spatzen zu schießen; schon gar nicht bei einem Patienten in Alains Alter."

„Na hör mal!" protestierte der, halb im Spaß.

„Ja, es ist so, mein Lieber. Wir gehen alle den gleichen Weg. Wichtiger ist: Einige Blutwerte sind ganz schön aus dem Ruder gelaufen, es ist zum Teil auch nicht erklärbar. Deshalb will er in drei Monaten weitere Tests, um zu sehen, was die Medikamente gebracht haben. Er sprach ja auch von Diät, aber wie ich euch kenne, esst ihr schon sehr gesund. Da lässt sich nicht viel dran herumbiegen."

„Das wäre auch noch schöner, dass ich nun noch auf das gute Essen verzichten müsste, das Thérèse so wundervoll kocht. Und seit Ariane im Haus ist, gibt es vor jedem Gericht auch einen gehörigen Anteil Kaninchenfutter, das ich brav aufesse."

Bei dieser Bemerkung schlug ich gespielt empört, allerdings sehr leicht, mit meiner Hand auf Alains Arm. „Es geschieht alles nur im Interesse deines Wohlergehens!" Wir lachten.

„Na siehst du, so schlimm ist es nicht", beschwichtigte Bertrand. „Für dein Alter bist du noch gut in Form – ausgenommen natürlich deine Gelenke, die Bänder und Sehnen. Der Beruf hat seinen Tribut gefordert. Aber in jeder anderen Hinsicht ... Ihr seht nicht nur ziemlich fit, sondern vor allem glücklich aus, und nur das zählt!"

Ich wusste, dass der Freund dieses Gespräch auf einer hellen Note ausklingen lassen wollte. Dennoch ließ mich spätestens von diesem Nachmittag an ein unterschwellig immer mitschwingendes Gefühl, eine kleine Angst, nicht mehr los.

Wie lange noch? Ich bin wieder so verzagt und vermag mich an nichts zu erfreuen. Wenn ich einen Moment lang glauben kann, dass es einen Weg für mich, für uns, geben kann, so falle ich im nächsten Moment in Hoffnungslosigkeit und neue Verzweiflung zurück. Ich will diese so unsagbar schöne Liebe behalten, und doch weiß mein Verstand, dass es gar nicht sein kann. Ich bin kein Mann, kein alles beherrschender Monarch. Ich kann mir nicht erlauben, was einem anderen ohne weiteres möglich zu sein scheint. Wie lange wird dieser Teil meines Lebens noch andauern; diese schöne Zeit, die es eigentlich gar nicht geben dürfte – und deren Reste ich schon in den Händen zu halten glaube ...? Und wie lange werde ich das Geheimnis noch bewahren können?

Wie lange noch? Der Sommer zieht vorbei. Oft, wenn mich das helle Licht einwiegt in einen leichten Tagesschlaf, erwache ich plötzlich mit einem Schrecken im Herzen. Diese Zeit ist so kostbar und schön, aber sie geht denselben Weg wie alles Lebendige. Vergänglichkeit ist der Preis, den wir für alles zahlen. Das Leben variiert und ändert sich – und es vergeht. Auch die spirituelle Liebe variiert, ändert sich aber nicht. Nur das Göttliche, an das die Seele reicht, variiert nicht und ändert sich nie. Das ist ein Trost. Dennoch hoffe ich, dass wir noch immer viel gemeinsame Lebenszeit in den Händen halten.

Der Herbst kam langsam. Die Tage waren noch sehr warm. Alain und ich gingen in diesen Tagen öfter spazieren. Wieder waren es die Terrassen unterhalb des Anwesens, die zu den Weingärten führten. Wir vermissten das sonst so vertraute Klingeln der Schafsglöckchen. Vielleicht waren sie weiter unten im Tal. Auf den schon beinahe überreifen Trauben lag ein warmes Spätsommerlicht; die Blätter an den Weinreben zeigten noch kaum eine Herbstfärbung oder Trockenheit.

Inmitten der Reben trafen wir auf Auguste, den Weinbauern, den ich zum ersten Mal damals im Dorfausschank getroffen hatte.

„Guten Tag, Monsieur Alain – guten Tag, Madame Ariane. Schön, Sie zu sehen."

„Guten Tag, Auguste", grüßte Alain zurück. „Ist die Lese noch nicht angelaufen?"

„Dieser Tage wird es soweit sein. Die Vorhersage ist gut. Wir nutzen noch die letzten Sonnenstrahlen."

Mir fiel ein, dass ich das nie gefragt hatte, deshalb tat ich es jetzt. „Keltern Sie eigentlich selber, oder haben Sie sich mit anderen Weinerzeugern zusammengetan?"

Der Mann lachte. „Was denken Sie, Madame. So etwas privat zu machen, kann sich heute kaum noch einer leisten. Nein, wir haben schon vor einigen Jahren eine Kooperative gegründet. Dieses Jahr wird es bestimmt ein sehr guter Wein."

„Du hast ihn schon oft getrunken; im Gasthaus, aber auch zu Weihnachten bei uns", sagte Alain.

„Ach, du weißt ja, mit Wein habe ich es nicht so."

„Das ist schade, Madame. Darf ich Ihnen trotzdem ein paar Flaschen vom Vorjahr vorbeischicken?"

„Gerne!" Alain mochte ab und zu ein Glas Wein und sagte deshalb freudig zu. Dann fragte er: „Wir vermissen den alten Elias. Haben Sie ihn gesehen?" Auguste kam jetzt näher heran und schob seine Mütze in den Nacken. „Haben Sie es nicht gehört? Er ist im Krankenhaus. Es geht ihm nicht sehr gut. Geht wohl zu Ende."

„Oh, das ist ja furchtbar!" Alain war genauso erschrocken wie ich. Diese Landschaft ohne Elias war eigentlich undenkbar. Und doch mussten wir akzeptieren, dass die Zeit unaufhörlich voranschritt und uns alle – auf die eine oder andere Art – mitnahm. Und nun war offenbar die Zeit des alten Schäfers gekommen.

„Es tut mir leid, Monsieur, dass ich keine besseren Nachrichten habe ..." Mit diesen Worten wandte sich Auguste wieder seinen Reben zu. Die standen in ihrer prallen Fülle, gebadet in Sonnenlicht und vor dem blauen Himmel, in einem krassen Gegensatz zu dem Gefühl, das sich unserer Gedanken bemächtigte.

Wir gingen an diesem Nachmittag sehr traurig und schweigsam nach Hause.

Die Trauben waren geerntet, die Reben kahl, und der Wein reifte in den Fässern. Der alte Elias war gestorben. Es schien, als habe sich mit der kalten Jahreszeit eine Decke der Stille und Traurigkeit über das Dorf gelegt. Der Schäfer war stets so normal und gegenwärtig gewesen. Nun, da er fehlte, wurde es einem erst richtig bewusst, und in fast jedem Gespräch im Dorf wurde er erwähnt.

Auch zwischen Alain und mir entspann sich auf dieser Basis ein Gespräch, das aber ganz anders verlief, als ich zunächst befürchtete.

„Weißt du, was ich denke, seit Elias tot ist?"

„Nein, Alain, und ich hoffe, es sind keine trüben Gedanken. Ich bin schon traurig genug."

Aber Alain sah nicht sehr deprimiert aus, und das erklärte er mir.

„Ich denke, dass wir – wenn wir jetzt mal nur von diesem einen Leben ausgehen – eigentlich in der interessantesten Zeit gelebt haben, die man sich vorstellen kann."

„Oh, welch unerwartetes Statement! Wie kommst du darauf?"

„Na, davor war das Leben schwierig, und nach uns ... Glaubst du, dass es sich lohnt, noch weiter in dieser immer verrückter werdenden Welt zu verweilen? Das ist wirklich nicht mehr meine Zeit. Wenn ich aber daran denke, was wir so alles gesehen, erlebt und mitgemacht haben ..."

„Dutzende Kriege, den Atombombenabwurf, nukleare Unfälle, Klimawandel ..."

„Nein, das meine ich nicht. Ich rede von Technologien."

„Ach so, also vom Anfang der Television über die Mondlandung hin zum universell einsetzbaren Mikrochip und zum Cyberspace ..."

„Und vergiss nicht die Musik! Mein Gott, wir haben doch wirklich das Beste aus allen Welten gehabt! Da kann die heutige Jugend doch gar nicht mehr mitreden!"

„Du hörst dich jetzt wirklich wie ein knorriger Alter auf der Dorfbank an", neckte ich Alain. „Hat sich nicht immer in der Geschichte die ältere Generation der jungen überlegen gefühlt?"

„Das mag sein. Aber die Spirale scheint sich immer schneller zu drehen. Regiert werden wir nicht mehr von Menschen, sondern von den Märkten – Konstrukten, die nur in den Köpfen von Menschen existieren."

„Ja, es hat sich alles sehr verändert", pflichtete ich Alain bei.

„Vergleiche nur mal die Entwicklung innerhalb von, sagen wir, zwanzig Jahren Ende des neunzehnten Jahrhunderts oder Ende des zwanzigsten Jahrhunderts. Heute dagegen hat man ja bereits in einem Zeitraum von weniger als fünf Jahren ganz neue, vorher nie gekannte Technologien – und entsprechend auch deren negative Auswüchse. Denke doch nur an den Wandel des Telefons."

Ich musste lachen. „Jaja, die berühmte Pfeffermühle, mit der man gleichzeitig telefonieren und ins Internet gehen kann ..."

Jetzt lachten wir beide.

Ehrlich gesagt, ich war sehr froh, dass es Alain offenbar wieder besser ging und ihn die grauen Gedanken nicht mehr so zu plagen schienen. Auch sein gesundheitlicher Zustand hatte sich wesentlich gebessert, nicht zuletzt dank der Medikamente und ständiger Kontrolle.

Und so, trotz kalter und trüber Jahreszeit, trotz einer für mich gesundheitlich schwierigen Phase, waren die zeitweise dagewesenen dunklen Schatten noch einmal gewichen und wir konnten unser Leben und unser Zusammensein immer noch genießen.

Noch einmal. Ich bin aus dem Fluss des Verzagens wieder aufgetaucht; gewiss, an einer anderen Stelle. Aber ich will es noch einmal versuchen. Ich habe wieder das Kleid des Alltags angelegt, das mir allerdings erlaubt, dann und wann ein wenig unalltäglich zu sein. Wer von den unzähligen Menschen würde mir Vertrauen schenken, erzählte ich ihnen, was mir widerfuhr? An Ketten so dünn, dass ich sie zerreißen könnte und die ich dennoch niemals abschütteln werde, wollen sie mich halten an dieser Stelle des Zerrspiegels Welt. Denn sie haben nicht die

Kraft, ihr Schicksal in die Hand zu nehmen, und so muss ich meine Kraft an ihrer Stelle aufbringen, denn ich muss für sie da sein. Und ich muss Kraft haben für den Geliebten und mich, für alles, was geschehen ist und noch geschieht.

Noch einmal. Auftauchen aus den dunklen Ahnungen hin zu wieder farbigeren Traumbildern. Ich gehe einen schattigen Grund hinunter, an dessen Ende sich eine Lichtung auftut. Eine unglaubliche Helligkeit leitet mich und zieht mich zu sich. Als ich in der offenen Landschaft stehe, fällt mein Körper von mir ab wie eine schwere Last und ich werde ganz leicht. Ich bin nur noch Seele; ein Schmetterling, der aus seinem Kokon geschlüpft ist. Ich kann die Quelle des unheimlich reinen, unheimlich warmen Lichts nicht sehen, sie nur ahnen. Aber ich breite meine Flügel aus und fliege ganz einfach los, meinen Weg instinktiv kennend. Ich kann alles überschauen, und ich bin nicht nur von der Reinheit, sondern auch von unendlicher Liebe eingehüllt. So stelle ich mir das Sterben vor. Sterben ... dieser Gedanke dringt sofort nach dem Aufwachen wieder in mein Bewusstsein. Die Schatten über den Gedanken wollen nicht gänzlich weichen. Stärker aber ist das Band, das uns zusammenhält. Die Welt gerät in den Hintergrund, ein Rückzug ist schon erkennbar. Ein immer stärkeres In-sich-Gehen. Aber dort, im Innern, brennt das Feuer füreinander weiter. Und an mir ist es, die Dinge im Äußeren aufrechtzuerhalten. Ich muss die Kraft aufbringen für den Geliebten und für mich. Kraft für den Weg, der vor uns liegt. Immer wieder, immer noch einmal ...

Wieder kam ein Frühjahr; es war das fünfte, seit ich hier lebte. Mit ihm begann mein sechstes Jahr in der Provence und mit Alain. Noch einmal färbte sich die Natur, als wäre kein Unterschied, als sei keine Zeit vergangen. In jedem Jahr bot sich das gleiche Schauspiel: Aus einem hoffnungslos wirkenden Winter entstand wieder Wärme und Leben.

Und doch gab es feine Unterschiede. Die Bäume im Garten waren unmerklich gewachsen. Dort, wo früher die Sonne ungehindert hinscheinen konnte, war nun Schatten, sobald die

Blätter sich entfaltet hatten. Thérèse war sicher nicht jünger geworden, jedoch sah man ihr ein Altern nicht annähernd so an wie es hätte sein müssen. Alain ging nach wie vor in sein Atelier, wenn auch seltener. Und ich arbeitete weiter still an meinen Projekten, vor allem am Schreiben. Dazwischen nahm ich mir viel Zeit für kleine Dinge: meine Gartenarbeit, lange Spaziergänge und neuerdings das Aufziehen eines kleines verwaisten Katzenbabys, das mir von einem Jungen aus dem Dorf gebracht worden war.

Ich hatte in meinem Leben viele Tiere großgezogen, aber meine aktive Arbeit im Tierschutz war vorbei, und auch ganz privat hatte es lange keine wirklich bedürftigen Vierbeiner mehr gegeben. Rosalie war eine gemütliche mittelalte Katze geworden, die keine Kinder mehr produzieren und aufziehen konnte, und so dachte ich, dieses Kapitel sei auch für mich abgeschlossen. Nun aber kam unerwarteterweise noch einmal ein Notfall in mein Leben und in meine Hände.

Wir nannten ihn Paul. Er war nur eine Handvoll, etwa dreihundert Gramm, zum großen Teil bestehend aus Kopf und Ohren. Sein Körperchen war abgemagert und die Beinchen dünn wie die einer Ratte. Aber die Augen glänzten, Nase und Atemwege waren frei und es war ein ungeheurer Lebenswille in dem kleinen Bündel.

Am Anfang war es wie mit einem Menschenbaby: Er musste alle zwei Stunden gefüttert und dann am Bauch massiert werden. Aber er nahm schnell zu und konnte bald auch selbständig fressen. Ich animierte ihn zum Klettern und zum Laufen, um die Muskeln aufzubauen und zu stärken. Und auch wenn er von Rosalie – oder gelegentlich einem ihrer erwachsenen Kinder – ab und zu die eine oder andere Pfote zu spüren bekam, verhielt er sich doch mutig und verteidigte sein Terrain. Innerhalb von vier Wochen war aus ihm ein herumtobendes Katzenkind geworden, das mir ständig um die Füße herumwuselte und auch sonst keinen Streich und keine Klettertour ausließ.

Alain machte es genauso wie mir Spaß, dem Kleinen bei seinen Entdeckungen und seinem Erwachsenwerden zuzuschauen. Immer wieder setzten wir uns zu ihm in den Garten, und er kam sogleich angelaufen. Manchmal suchte Paul Trost; dem war meistens eine

Konfrontation mit einem größeren Artgenossen oder die Begegnung mit noch unbekannten Dingen vorausgegangen. Er liebte es dann, für einen Moment noch einmal, wie als Baby, in meinem Kleider-Ausschnitt verschwinden und sich an meinen Körper pressen zu können, um aus der Wärme und dem Zuspruch neuen Mut zu tanken. So hatte ich ihn in den ersten Tagen und Wochen transportiert und ihm so die mütterliche Zuwendung ersetzt.

Wenn Alain mir dabei zusah, konnte ich manchmal in seinen Augen den Ausdruck eines Gefühls entdecken; etwas wie eine stille Traurigkeit, die vielleicht auch ein Bedauern war.

„Ariane, ich muss etwas mit dir bereden, bitte!"

Ich konnte mir das nachdenkliche, ja beinahe sorgenvolle Gesicht Alains, der aus dem Garten in die Küche kam, gar nicht erklären. „Ist etwas passiert?"

„Nein, nein!" Jetzt lächelte er und wischte sich die schmutzigen Hände an einem Tuch ab. „Ich habe nur ... beim Arbeiten ... mir gehen seit Neuestem wieder diese Gedanken durch den Kopf." Er warf das Tuch auf die Arbeitsplatte neben dem Waschbecken und setzte sich, mich mit einer Handbewegung auffordernd, mich ebenfalls zu ihm an den Küchentisch zu setzen.

„Ariane, ich weiß, du willst nichts davon hören. Aber es lässt sich nicht leugnen: Ich werde jetzt wirklich alt. Ich spüre meine Kräfte nachlassen ... – Nein, bitte lass mich ausreden!" wehrte er meinen Widerspruch ab. „Ich möchte, dass wir demnächst einen Anwalt aufsuchen. Ich will mein Erbe regeln."

Ich hatte bei seinen ersten Worten schon geahnt, wohin das Gespräch gehen würde. Ich wollte nichts davon wissen. Nein, es war nicht das Verleugnen des Unvermeidlichen; ich wollte einfach nichts mit diesen materiellen Dingen zu tun haben. Das hatte ich ihm schon einmal gesagt. Also wiederholte ich mich jetzt. „Ich fahre dich sehr gerne zu jedem Anwalt deiner Wahl. Aber lass mich bitte aus allem, was deine Erbschaft betrifft, heraus."

„Ariane ..."

„Nein, ich meine es. Ich will nichts haben. Das, was du mir geben kannst, gibst du mir bereits zu deinen Lebzeiten. An materiellen Dingen bin ich nicht interessiert, sie hindern nur."

„Du bist stur!"

„Das Kompliment kann ich zurückgeben. Wie oft möchtest du noch das Thema anschneiden? Gib das, was du vererben möchtest, an jemanden, der es braucht. Gib es an den Tierschutz ... oder ein Kinderheim."

„Ich möchte aber, dass du das Haus, das Anwesen, bekommst."

„Alain ..." Ich musterte ihn jetzt genauer. Ja, er war gealtert. Unmerklich hatte sich sein Gesicht verändert. Das ehemals jugendlich Straffe war aus seinen Zügen gewichen und hatte einer Art Zerbrechlichkeit Platz gemacht. Haar und Bart, obwohl immer noch recht voll, waren schütterer geworden. Und der Körper wirkte nun leicht gebeugt, etwas gedrungener und kraftloser. Aber wenn er so unnachahmlich lächelte, wie nur er es konnte, kam der tatkräftige, jung wirkende, zu allem aufgelegte Alain wieder zum Vorschein. Seine Arme wirkten immer noch männlich, und in seinen Augen lag gelegentlich noch Schalk. Die Stimme hatte nichts von ihrem warmen Timbre verloren, auch wenn sie vielleicht ein wenig brüchiger geworden war.

Ich holte mich von diesen Gedanken in die Gegenwart unseres Gesprächs zurück. „Alain, auf die Gefahr hin, mich zu wiederholen: Ich weiß es zu schätzen, dass du mich in deinem Nachlass bedenken willst. Aber ich habe alles. Ich hatte stets Probleme, materielle Geschenke anzunehmen. Und Dinge wie Immobilien ... Du weißt, dass ich daran nicht wirklich glaube. Je mehr man hat, umso mehr bindet es einen. Ich bin mit meinem Leben glücklich. Ich bin mit dir glücklich ... und ich werde hier bleiben, solange auch du da bist. Aber hier zu leben ohne dich – das wäre nicht dasselbe."

Alain schaute mich an, dann schüttelte er den Kopf. Über den Tisch hinweg griff ich nach seinen Händen, zog sie zu mir heran und drückte sie. „Versprich mir, dass du das Thema zwischen uns nie wieder anschneidest."

„Ungerne!"

„Versprich es!"

Resigniert küsste er mir beide Hände, langsam, bedächtig – die eine nach der anderen.

Dann seufzte er nur ...

Flucht. Am liebsten würde ich aus allem fliehen. Wie kann es weitergehen? Mein Geliebter bittet mich, entgegen seinen sonstigen Einwänden, dass wir uns auf der Brücke treffen, wo es keine Augen und keine Ohren gibt. Offenbar sieht er darin die geringere Gefahr. Er sagt, ich solle mein blaues Kleid anziehen. Als es dämmert, bin ich dort, zitternd, voller Angst. Ich will ihn nicht in Gefahr bringen, und er will sicher auch mich nicht verraten. Aber so wie es im Moment ist, können wir nicht weitermachen. Man würde vermuten, was für mich schon beinahe Gewissheit ist, und man würde seine Schlüsse ziehen. Auch mein Gatte würde seine Schlüsse ziehen. Ich muss mit Charles reden. Vielleicht weiß er einen Weg. Ach könnte ich doch gemeinsam mit ihm fliehen und irgendwo untertauchen ...

Flucht. Ich fliehe vor der Wirklichkeit in meine Träume, in die schützende Dunkelheit von Nacht und Schlaf. Diese Stunden geben mir ein wenig Ruhe und unterbrechen den Strom von Gedanken, der mich den ganzen Tag über nicht verlässt. Notwendige Arbeiten lenken mich ebenfalls oft ab, aber schlimm sind die Übergangszeiten, bevor die Aktivitäten des Alltags erwachen oder wenn sich gegen Abend alles beruhigt. Es ist, als spürte mein gesamter Körper den Zug der Zeit, die vergeht und die ich an Alain vergehen sehe. Und ich wünsche mir, dass es einen Ort auf dieser Welt gäbe, wohin ich mit ihm fliehen könnte und wo die Zeit stillsteht.

Es war wieder diese Jahreszeit, vor der ich mich noch vor einigen Jahren am liebsten verkrochen hätte. Aber jetzt sah ich plötzlich noch in dem kleinsten Zeichen etwas, das zu mir gehörte und mich auch in ungeliebte Lebensperioden einzubinden schien.

Das Wetter benahm sich insgesamt schon wechselhaft; aber immer wenn ich begann, damit zu hadern, blaute es auf. Draußen gestaltete sich ein grandioser Hochherbst, wie ich ihn beinahe noch nie gesehen hatte. Nun, beinahe ... denn ich war vorsichtig geworden. Ich erkannte, dass sich die Wahrnehmung mit zunehmendem Alter und in Verbindung mit der Erinnerung rapide und sehr intensiv veränderte. Nur: dieses Mal machte es mir auf einmal Spaß. Denn was hieß es anderes, als dass es auch jetzt noch – wieder – Neues zu entdecken gab.

Und die Zeichen entwickelten sich weiter. Hatte ich es bisher nur nicht bemerkt, oder waren die Eichhörnchen erst jetzt über uns gekommen? Sie schienen, wann immer ich den Garten betrat, stets schon kurz vor mir da zu sein; astüber und astunter durch die hohen Bäume jagend, die hinter dem Haus standen.

In die Melodie der Nächte mischte sich neben dem Käuzchen ein neuer Ton, den ich schwer zuordnen konnte. Kam der die ganze Nacht über hörbare Ruf von einem Säugetier oder einem Vogel?

Auch hörte man wieder das dumpfe Klingeln von Ziegenglocken. Die Tiere von Auguste, deren Herde sich vergrößert hatte, weideten – wann immer möglich – auf den grasbewachsenen Terrassen.

Und zum ersten Mal gewahrte ich auch wirklich den in diesem Jahr mit Früchten übervollen Granatapfelbaum, der nicht weit vom Eingang unseres Grundstücks wuchs. Granatäpfel waren eine Frucht, die ich in Griechenland immer sehr geschätzt hatte. Ihre edelsteinartigen Kerne waren wirklich, wie die poetische Umschreibung sagt, wie ein Geschenk der Götter: süß, saftig und sehr gesund.

Jeden Abend saß ich für Stunden mit Alain im Wohnraum und verbrachte Zeit damit, die Kerne herauszuschälen, um sie dann zu Saft zu verarbeiten oder für den Winter einzufrieren. Es war eine nicht ganz einfache, aber sehr beruhigende, ja beinahe meditative Arbeit. Man konnte gut dabei nachdenken. Am Ende blieb neben den essbaren Kernen ein großer Haufen Schalen zurück; am beeindruckendsten war es aber, dass die Hände durch den ständigen Kontakt mit dem roten Saft der Früchte samtweich geworden waren.

Diese Hände erforschten dann in den Nächten die Haut und den Körper des geliebten Mannes, stundenlang, bis wir gemeinsam einschliefen. Immer noch und immer mehr war Alains großes Bett für uns beide unsere Arche; ein intimer Ort, an dem wir für- und voreinander absolut offen waren. Ein Ort des Schutzes, von dem ich mir wünschte, er möge uns nicht nur vor der Welt, sondern vor allem vor der Zeit beschützen.

„Fluchtpunkte ... lass mich überlegen. Als ich ein Kind war ... – weißt du, ich muss hier etwas einschieben. Manche Menschen sind so furchtbar lebensaufgeräumt. Alles ist an seinem Platz, nicht nur in ihrer Umgebung, sondern auch in ihrem Kopf. So war ich nie. Ich – das heißt, mein Gehirn, mein Geist – war immer in Aktion.

Ich hielt mich oft bei meiner Großmutter auf. Sie hatte ein kleines Häuschen, es gab einen großen Garten und hinter dem Garten eine faszinierende Sumpflandschaft mit hohen Bäumen. Ich glaube, es waren Pappeln, vielleicht auch Erlen – ich kenne mich da nicht so aus. Jedenfalls waren sie sehr hoch, und morgens und abends hing in ihren Kronen das Licht, auch wenn es am Boden noch oder schon wieder schattig war. Und bei jeder leichten Brise raschelten ihre Blätter geheimnisvoll.

Hinter diesen Bäumen verlief ein Fluss, eher ein Flüsslein. Naja, vielleicht war es auch ein Bach – in der Erinnerung sind Dinge aus der Kindheit immer sehr viel größer, als sie es eigentlich waren. Der Wasserlauf war Teil eines ganzen Systems von miteinander verbundenen Seen, die sich über ein riesiges Gebiet erstreckten, das zum größten Teil unwegbar war. Auch wenn der Trampelpfad hinter unserem Garten, der zu dem kleinen Fließ führte, zuweilen recht schlammig war, so bahnte ich mir doch recht oft einen Weg dorthin, um dann da zu sitzen und einfach aus dem Alltag auszusteigen. So konnte ich träumen und phantasieren; man vermutete mich dort nicht. Man dachte, ich sei mit Freunden spielen gegangen.

Da war noch ein anderes Refugium für mich: Ich wuchs in einer waldreichen Gegend auf. Wenn im Hochsommer in den Dörfern und auf den Lichtungen die Hitze stand, konnte man immer noch eintauchen in die traumvergessene Kühle des Waldes. Dort empfing mich Leichtigkeit und Frische, und ich malte mir tausend Geschichten aus. Einige schrieb ich sogar auf. Ich erfand – nein, ich *fand* Wörter für verschiedene Zustände. Begriffe und Namen schafften mir seltsam vertraute Gefühle; wenn nicht von gelebten, so doch von geahnten Leben. So war der wilde Wermut für mich ein Synonym für Leidenschaft, der Ginster Feuer, der Thymian Gefühl und die Weide Frische und Geborgenheit. Die Kiefer stand für Wärme und Vertrautheit. Das waren Zeiten, in denen es bei weitem nicht so gefährlich war, als Kind alleine unterwegs zu sein. Nun ja, gelegentlich passierten schon Dinge, aber es war in keiner Weise so wie heute. Jedenfalls genoss ich die Freiheit. Ich war in diesen Landschaften mehr zuhause als in meinem Heim. Schon als Kind habe ich alle Vorgänge in der Natur besonders intensiv empfunden.

Wenn ich allerdings aus irgendeinem Grund nicht wirklich, körperlich, flüchten konnte, dann blieb mir immer noch die Welt meiner eigenen Phantasie. Ich konnte stets zweispurig fahren: Im Alltag lebte ich gleichzeitig Tagträume aus, von denen niemand etwas wusste. So schützte ich mich gegen die meisten bedrohlichen Dinge, die das Leben mir entgegenschleuderte, mit beinahe traumtänzerischer Sicherheit."

Alain hatte die ganze Zeit mit versonnenem Blick meinen Ausführungen zugehört. „Hört sich paradiesisch an."

„Nun, rein äußerlich war es paradiesisch. Das war aber nur Fassade. Ich hatte es nicht leicht, weder gesundheitlich noch anderweitig. Dennoch haben mich meine selbst entdeckten oder geschaffenen Refugien vor dem Schlimmsten bewahrt. Und vielleicht kam ich ja dadurch auch zum Schreiben und Malen. Das Schreiben und das allgemeine Beschäftigen mit Kunst halfen mir sehr."

„Bei mir war es immer die Arbeit. Darin konnte ich mich regelrecht verlieren. Ich konnte die Zeit so total vergessen, dass ich auch nichts mehr aß – ich dachte ganz einfach nicht daran! Thérèse kam ja erst in späteren Jahren zu mir, und dank ihrer Initiative, mich immer wieder in die Realität zurückzuholen, bin ich nicht von innen her verhungert." Alain lachte. „Auch wenn ich sie manchmal dafür verfluchte. Ich pflegte zu schimpfen, wenn sie mich von der Arbeit fortzwang. Ich sagte ihr, wenn ich eine Frau hätte heiraten wollen, dann hätte ich das auf dem Standesamt getan und nicht mittels der Anstellung einer Haushälterin. Aber sie wischte das einfach weg …"

„Weißt du, was ich denke? Thérèse war gar nicht so sehr wie eine Ehefrau, sie verstand und versteht sich vielmehr als eine Art Mutter für dich."

„Da könntest du recht haben!"

„Glaub mir, das ist weibliche Intuition." Auf unserem großen Bett kuschelte ich mich jetzt bei Alain ein.

Er seinerseits legte seine Arme beschützend um mich. „Ich habe, wenn ich es mir richtig überlege, immer weibliche Intuition um mich gehabt. Und damit ist es mir immer gut gegangen. Allerdings ... so gut wie jetzt ging es mir nie." Dann küsste er mich zärtlich.

Ich freute mich, dass es immer noch diese Vertrautheit, dieses Gefühl zwischen uns gab, das wir von Anfang an füreinander gespürt hatten und das nichts von seiner Kraft verloren hatte.

„Alain?"

„Ja?"

„Ich möchte, dass es immer so bleibt, solange wir leben."

„Ich möchte, dass wir noch lange leben!"

Mit dieser Hoffnung gingen wir in ein neues Jahr – das siebente Jahr für mich hier in der Provence.

Was bleibt? Hoffnung – gegen alle Vernunft. Dabei ist es eigentlich schon zu Ende. Bebée kommt herein mit einem Gesicht, als käme sie vom Totenacker. Mein Gardehauptmann hätte heute mit Bedauern seine Demission eingereicht und werde aus familiären Gründen in seine Heimatprovinz zurückgehen. Er hatte beim Treffen auf der Brücke nichts gesagt und seither nicht mehr mit mir gesprochen. Nun geht er einfach und lässt mich in der größten Verzweiflung meines Lebens zurück. Ich schicke alle meine Damen außer Bebée fort und laufe für Stunden händeringend durch meine Gemächer. Das ist von mir übrig: Eine hohe Frau, zutiefst erniedrigt, hilflos und am Boden zerstört.

Was bleibt? Von einem Leben, so intensiv gelebt? Irgendwo muss die Energie sein, die in und zwischen Menschen erzeugt wurde. Besonders zwischen Menschen, die sich lieben und kreativ sind. Es kann nicht alles in den Kunstwerken stecken; in den Projekten, die verwirklicht wurden. Wohin gehen die Schwingungen, wenn sich alles Physische zurückzieht wie auf einen Punkt im Universum? Gerade als spirituell denkender und fühlender Mensch empfinde ich mich auch diesen Fragen gegenüber letztlich doch hilflos. Und wieder ist da meine Lebensaufgabe: mich gegen jede Ahnung und alle Furcht zu üben in Zuversicht und vor allem in Vertrauen.

In diesem siebten Jahr schien alles in einem noch ruhigeren Rhythmus zu gehen; es gab viele schöne und erfüllte Momente. Für eine ganze Weile machte uns unsere Liebe zeitlos und glücklich.

Andere waren schon gegangen im Dorf, und zu ihnen zählte leider auch der alte Martin. Thérèse kam noch dann und wann vorbei; sie schien auf eine seltsame Art trotz ihres Alters beinahe unvergänglich. Die Kinder und Enkel wollten sie in der Stadt haben, aber sie lehnte es ab. Sie wollte in Lagnières sterben und neben ihrem Mann begraben sein.

Alain und ich hatten in all den Jahren so oft und intensiv miteinander geredet, dass es nun wirklich nicht mehr sehr viel zu sagen gab. Es war einfach nicht mehr notwendig. Wir fühlten uns nur, erspürten uns – jeder für sich selber und miteinander. Im Grunde gab es keine Trennlinie mehr zwischen uns. Wir waren wie ein Organismus.

Nur einmal ergab es sich – sicherlich schon aus einer Ahnung heraus – dass das andere Thema, das immer dort im Raum steht, wo auch die Liebe wohnt, noch einmal angesprochen wurde. Alain hielt einen stummen Monolog in seinem großen Bett, und offenbar ging es ums Sterben. Denn plötzlich fragte er: „Ariane, was bleibt? Liebe?"

„Was?"

„Wir fühlen uns so sicher auf unseren zwei Beinen, und dabei sind wir doch in jedem Moment so unendlich sterblich."

„Wovon redest du?"

„Der Tod … Er nimmt alles, was einmal … dreidimensional war, wieder zurück. Er ist wie ein Glas, hinter dem du nur noch das Bild des geliebten Menschen sehen kannst. Du kannst das Glas nicht durchdringen. Und dann … dann wird es zum Spiegel, in dem du dich selber siehst ... Dahinter liegt die andere Welt, nach der du dich auf einmal so sehr sehnst ... nur um dem Geliebten, der Geliebten, wieder nah zu sein – wie Orpheus seiner Eurydike ... Aber solange du nicht selber dorthin gehörst, darfst du den geliebten Menschen nicht anschauen, bei Strafe ewiger Trennung ...“

Auch wenn er meine Hand dabei drückte: Ich wusste, er dachte jetzt auch und vor allem an Didier.

Ich streichelte ganz sacht sein Gesicht, während ich etwas sagte, von dem ich nicht wusste, ob es ihm irgendwie helfen würde. „Du musst das Geliebte, wenn es gestorben ist, erst loslassen, damit du es wiederfinden kannst. Auch das ist Teil des zwischen uns geschlossenen Seelenvertrages. Für mich sind Leben und Tod nur zwei Seiten derselben Medaille. Und diese Medaille ist von der Seite her, die wir Leben nennen, verspiegelt. Man kann es nicht durchschauen. Die einzige Vorstellung vom Tod, die irgendeinen Sinn machen würde, wäre die, dass man durch ihn eine Barriere übersteigt. Nämlich die, welche uns davon abhält, *alles* zu erfahren. Wenn man den Tod als das Ende von allem sehen würde, dann wäre das, als sähe man den Horizont als das Ende des Ozeans ...“

„Meinst du?“

„Nun ... ja. Vielleicht existiert auf der anderen Seite des Spiegels das wahre Leben, in all seinen Dimensionen, und wartet dort nur auf uns ...“

Ich hatte einmal bei einer berühmten Sterbeforscherin von der Idee gelesen, dass der Tod nur eine Metamorphose sei. Dass wir in diesem Leben wie verpuppte Raupen sind, unsere Seele sich aber im Sterben von dem Kokon befreit und dann, wie in einen Schmetterling verwandelt, weiterlebt. Davon erzählte ich nun Alain. Ich wusste natürlich, dass das in der gegenwärtigen Situation vermutlich wieder einmal viel zu akademisch war, viel zu weit weg von dem, was ihn bewegte. Aber eine andere Antwort wusste ich nicht.

Alain schaute mich an; so unendlich traurig, unendlich müde und doch so voller Liebe. Mir brach es beinahe das Herz zu wissen, dass der gefürchtete Zeitpunkt unaufhaltsam näher kam. Doch immer noch war die Hoffnung in mir, dass unser Zusammensein eine möglichst lange Weile verschont bleiben möge ...

Einmal jedoch kam der Tag. Es war wieder Ende August. In den letzten Wochen hatte Alains Kraft – beinahe mehr als seine Gesundheit – rapide abgenommen. Er aß kaum noch, und wir verbrachten die meiste Zeit nun entweder in seinem Zimmer oder aber auf dem Tagesbett im Garten, das seit Jahren immer wieder ein Platz für stille Gemeinsamkeit gewesen war.

An diesem Abend fühlten wir es wohl beide. So wie man spürt, wenn ein unvermeidlicher Winter über die Natur kommt und den schönen Herbst sowie jede Erinnerung an den Sommer auslöschen wird. Die Sonne stand tief über dem Horizont und warf zwischen den alten Bäumen lange Schals kupfergoldenen Lichts in den Garten. Aus dem Tal klangen vereinzelte Ziegenglocken. Dort würden, das wusste ich, die Weinstöcke noch im vollen Orange der Strahlen stehen und ihre schon schweren heranreifenden Trauben im Licht baden.

Wir lagen unbeweglich auf dem Gartenbett; Alain in meinen Armen etwas aufgerichtet, seinen Kopf an meiner Schulter.

Letzte Schwalben flogen mit spitzen kleinen Schreien vorbei.

Auf einmal war alles, Zeit, Landschaft und Gedanken, wie unter einem Mikroskop: An einem Grashalm wehte ein Stück Federflaum, eine Schnecke schob sich langsam durch das kühler werdende Gras, die Zeit stand nahezu still ...

Plötzlich, wie das Heben eines Schmetterlingsflügels, öffnete Alain seine Augen, sah mich lange an und sagte dann leise aber doch bestimmt: „Jetzt kannst du bald gehen ... Es tut mir leid, ich muss mein gegebenes Versprechen brechen ... Ich werde wohl im Moment nicht kommen können – wieder einmal ...“ Er lächelte unendlich müde. „... Fahr nach Paris, such deine Brücke. Aber bitte, ... spring nicht hinein ...“

Noch einmal schaute er mir ins Gesicht.

Instinktiv wusste ich, dass dies das letzte Mal war, dass seine Augen das Licht sahen ... zumindest dieses irdische Licht, zumindest in diesem Leben; zumindest diese wundervollen, immer hell und wach gewesenen Augen.

Heute würde der große Bildhauer, mein Geliebter, mein Freund und Partner Alain, sterben; das hatte er sich wohl vorgenommen. Ohne Zweifel wusste er es, und ich wusste es auch.

Die letzten Strahlen der Abendsonne streichelten die oberen Wipfel der Bäume, und unten zog ein leiser Wind Kühle durch den Garten. Die Dunkelheit kam rasch und mit ihr die Sterne. Ich weiß nicht, wie lange wir dort noch so saßen, aber einmal war es vorbei. Ich hoffte, dass es sich bewahrheitet hatte: dass es eine weitere Metamorphose für den Mann in meinen Armen gegeben hatte; dass er sich im Augenblick des Übergangs aus seinem Kokon befreit hatte und nun wirklich frei war, irgendwo, und dass auch ich eines Tages dorthin gelangen würde. Die lange bewegungslos in sich ruhende Puppe war aufgebrochen und nun nur mehr eine leere Hülle. Der Schmetterling hatte seine Flügel ausgebreitet und war in andere Welten unterwegs.

Warum nur trauerte ich trotzdem, warum konnte ich nicht froh sein für ihn? Waren, so schoss es mir durch den Kopf, alle unsere Gespräche, unsere hohen Weisheiten, die wir getauscht hatten, nur eitles Gehabe gewesen? Warum stand ich nun, nach so vielen Jahren des Fragens und Antwortsuchens, wieder mit nichts da – nur mit der elenden Unsicherheit, die mich seit jeher umtrieb?

Aber jetzt war nicht der Zeitpunkt dafür, zornig zu werden. Ich war erschöpft und leer; meine Traurigkeit ließ mich schnell in einen flachen, grauen Schlaf gleiten. Erst als der frühe Morgen kam, weckte mich die Kühle. Alain lag immer noch an meiner Schulter, aber sein Körper wärmte nicht mehr. Als könne ich daran etwas ändern, angelte ich vom Fußende eine Decke und zog sie über ihn und mich.

So warteten wir, bis mir bei aufgehender Sonne und einsetzendem Zikadenrasseln die alte Thérèse ihre faltige Hand auf die Stirn legte, während sie sich mit der anderen eine Träne aus dem Gesicht wischte.

... une peau de deuil m'entoure ...

... eine Haut aus Trauer umgibt mich ...

Zwei Wochen waren vergangen. Ich fühlte mich entwurzelt und traurig. Alains Beerdigung hatte stattgefunden, und ich ging in den ersten Tagen danach täglich auf den Friedhof, um mit ihm allein zu sein.

Da lag er nun, einsam und tot; eine Hülle, ein leeres Haus, aus dem die Seele ausgezogen war. Ich fühlte Sehnsucht, fühlte mich betrogen und hilflos.

Dann setzte ich mich ins Atelier. Ich berührte all die kleinen und größeren Plastiken, die Alain in den letzten Jahren noch geschaffen hatte, und las meine eigenen Aufzeichnungen; alles, was ich seit meinem ersten Besuch auf dem Anwesen niedergeschrieben hatte.

Jemand hatte einmal gesagt, dass man in schweren Zeiten immer daran denken sollte, dass Traurigkeit nichts mit Unglücklichsein zu tun hat. Trauer würde das Herz reinigen und sei nichts anderes als eine Äußerungsform von Liebe. Und mit meiner Liebe zu Alain war es wie mit jeder anderen ernstgemeinten Bindung: In dem Moment, in dem ich sie einging, galt sie bis zu einem wie auch immer gearteten Ende ... und wie ich jetzt wusste, auch darüber hinaus. Die Trauer war der Preis der Liebe.

Plötzlich wurde mir klar, dass mein Aufenthalt hier beendet war, dass ich weiterfahren musste. Ich war immer noch auf meiner Reise nach Paris und hatte diese Fahrt einfach nur unterbrochen. Nichtsdestotrotz wartete das eigentliche Ziel, welches ich in den vergangenen Jahren beinahe aus den Augen verloren hatte, ja noch auf mich.

Jetzt musste ich sogar lächeln, denn Inspektor Lagarde kam mir in den Sinn. In Gedanken hörte ich seine Stimme: ‚Nun können Sie endlich Ihre Reise fortsetzen. Sie werden Paris mögen! Es war schön, dass wir Sie hier als Gast hatten, und ich hoffe, es hat Ihnen gefallen‘. Damals, nachdem der Unfallfahrer gefunden war, hatte er mich fortschicken wollen. Aber auf Bitten von Alain hin war ich geblieben. Aus der geplanten kurzen Unterbrechung waren mehr als sechs Jahre geworden.

Nun war wirklich nichts mehr hier zu tun, nun war der Weg frei.

Ich weiß nicht, wieso, aber dieser Gedanke munterte mich tatsächlich auf und gab mir eine neue Perspektive. Denn noch war ja das letzte Kapitel der Geschichte zwischen Alain und mir, zwischen

Elinora und ihrem Geliebten, zwischen der Brücke und der Katze und den vielen Zeichen, die wir empfangen hatten, nicht geschrieben.

Also machte ich mich ans Packen. Viel war es nicht; ich hatte ja damals auch nur das Nötigste mitgenommen. Nun waren in den Jahren ein paar Bilder, Tagebuchaufzeichnungen und ein Laptop hinzugekommen. Das meiste wollte ich erst einmal hier in der Provence lassen. Bertrand und Julie wollten darauf aufpassen und sich auch um das Anwesen kümmern, bis uns eine Idee gekommen war, was zu tun sei. Mitnehmen wollte ich auf meine Reise nur das Bild von der Frau auf der Brücke sowie die Katzenplastik ‚Le coup de cœur'.

Mitten in meine Aufbruchsvorbereitungen hinein klingelte das Telefon. Ein Anwalt wollte mich sprechen, dessen Namen ich noch niemals gehört hatte. Es ginge um Alains Nachlass, und er wollte mich am nächsten Morgen gegen zehn Uhr in seiner Kanzlei in Carpentras sehen. Ich rief Bertrand an und bat ihn, mit mir zu kommen. Er sagte zu.

Am nächsten Morgen waren wir wie verabredet in der Stadt.

Wir fanden die Anwaltskanzlei und saßen wenig später im Büro eines Monsieur Patrick Dubray. Ich hatte Bertrand im Auto gefragt, aber er hatte noch niemals von dem Mann gehört. Offenbar hatte auch Alain ihm gegenüber niemals diesen Namen erwähnt.

So lagen unsere gespannten Blicke nun auf dem Anwalt hinter dem Schreibtisch, der seinerseits einen Ordner öffnete.

„Nun, ich denke, es ist klar, dass ich im Namen und Auftrag meines Mandanten, Monsieur Jean-Alain Marville, handle." Dabei schaute er mir ins Gesicht. „Sie sind Madame Ariane Mullen …?"

„Ja, die bin ich, aber …"

Er ließ mich nicht ausreden. „Monsieur Alain hatte seinerzeit – vor etwa zwei Jahren – mehrere Gespräche mit mir geführt, bis er dann im vergangenen Herbst mit meiner Hilfe sein Testament verfasste."

Ich war nicht wirklich erstaunt. Ich wusste ja, dass ihm das Thema auf der Seele gebrannt hatte. Nur war es Alain offenbar gelungen, diese Dinge zu regeln, ohne dass jemand von uns es mitbekommen hatte.

Der Anwalt zeigte ein leicht süffisantes Lächeln, als er weitersprach. „Dabei deutete er an, dass Sie in jedem Falle widerspenstig sein würden!"

„Erlauben Sie, Monsieur ..."

„Nun, Sie sind es doch, oder? Also. Monsieur Alain hat mir erlaubt, die Dinge direkt anzusprechen und gleich auf den Punkt zu kommen ... – äh, wer sind Sie, Monsieur?" Dabei schaute er nun auf Bertrand.

„Ich bin Bertrand Arneaud ...", erwiderte dieser.

„Er ist ein guter ... ich meine, der beste Freund von Monsieur Marville – gewesen", setzte ich hinzu.

„Sehr wohl. Also: Es geht um das Erbe von Monsieur Marville, das Anwesen und die Vermögenswerte ..."

Weiter kam er nicht, denn ich ging dazwischen. „Das ist alles ohne Bedeutung. Ich wollte niemals irgendetwas davon haben. Monsieur Marville wusste das."

„Nun, Madame, Monsieur wusste ebenfalls, wie Sie reagieren würden. Deshalb hat er – da keine Blutsverwandten vorhanden sind – bereits zu Lebzeiten Verfügungen getroffen, die alle Vorbehalte hinsichtlich seines Erbes abdecken. So ist insbesondere die Erbschaftssteuerpflicht beglichen, da die Immobilie schon zu Lebzeiten in treuhänderische Verwaltung gegangen ist und nun an Sie als einzige nicht verwandte Hinterbliebene rückübertragen wird. Alle anfallenden Verbindlichkeiten gegenüber dem Staat sind bereits im Voraus abgegolten worden. Um ehrlich zu sein ... bei solchen Sonderfällen bekommt der Finanzminister sogar ein klein wenig mehr in sein Säckel, als bei einer normalen Erbschaftssteuer – man kann alles regeln, wenn man nur die Wege kennt. Die Details sind jetzt zu kompliziert, um sie hier auf die Schnelle darzulegen ..." Jetzt wurde er beinahe feierlich. „Glückwunsch, Madame! Sie sind jetzt Eigentümerin des Anwesens von Monsieur Marville in Lagnières."

Mir schwirrte der Kopf. Alain hatte also, ohne mir oder aber seinem besten Freund auch nur irgendetwas zu sagen, die Erbschaftsfrage entgegen meinem erklärten Willen geregelt.

„Was kann ich dagegen tun?" fragte ich.

„Nichts! Alles ist geklärt!"

„Verdammt!" rutschte es mir heraus. Nach wie vor wollte ich mich nicht durch die Immobilie anbinden lassen, die mir ja meinen Verlust nur noch mehr vor Augen führen würde. Ohne Alain würde ich hier niemals glücklich sein können, zu sehr fehlte er mir.

Ich schaute Bertrand an. Auch er sah ratlos aus.

Plötzlich kam mir eine Idee. „Was, wenn wir ... also, wenn ich ... es ist doch nun meins, nicht wahr? Ich kann alles damit machen, was ich will, ja?"

„Absolut, Madame!"

„Dann ...", ich schaute wieder zu Bertrand, „dann gebe ich es ... Bertrand und Julie Arneaud. Sie sollen dort ihren Traum verwirklichen und eine Kunstschule für Kinder und Jugendliche einrichten!" Ich strahlte.

Bertrand strahlte nicht. „Aber Ariane! Wir haben ja niemals das Geld, um diese Immobilie und das gesamte Projekt finanziell zu tragen!"

„Also ... sagten Sie nicht, Monsieur, dass es neben dem Grundstück auch Vermögenswerte gibt?"

„Ja, Madame, und es ist nach Abzug aller Verbindlichkeiten noch genug da ..."

„Nun, dann geben wir die Vermögenswerte in eine Stiftung – die Marville-Stiftung. Bertrand und Julie werden eine gemeinnützige Körperschaft gründen. Das sollte die steuerliche Frage wesentlich vereinfachen. Das Grundstück geht auf dieses wie auch immer geartete gemeinnützige Konstrukt über, und das Ehepaar Arneaud ist Sachwalter und Direktor der ganzen Sache."

Jetzt sahen mich beide Männer erstaunt an. Der eine konnte nicht fassen, dass ich das Erbe nicht haben wollte, und der andere konnte nicht glauben, dass der Lebenstraum seiner Frau plötzlich und unerwartet in den Bereich des Greifbaren geraten war.

Ich jedoch war jetzt in meinem Fahrwasser. „Sie wissen doch sicherlich alles über solche Arrangements, und wenn nicht, kennen Sie einen Spezialisten, der es für uns machen kann. Ich beauftrage Sie hiermit offiziell damit, die Sache in die Wege zu leiten. Wenn

Alain Ihnen vertraute, dann vertraue auch ich Ihnen. Bis zur Klärung aller Rechtsfragen setze ich Bertrand und Julie Arneaud offiziell als Verwalter des Anwesens ein und gebe ihnen alle Vollmachten."

Jetzt hatte Bertrand meine Hand genommen und drückte sie. „Wenn ich dich nicht so gut kennen würde, Ariane, würde ich der Sache nicht trauen. Aber ich weiß, dass du es meinst … Egal was wird, du wirst immer die Hausherrin in Lagnières sein … immer die Stellvertreterin von Alain."

„Ist schon gut. So machen wir´s. Und jetzt rufen wir Julie an und gehen irgendwo gut essen."

Nachdem wir die an diesem Tag zu erledigenden Formalitäten hinter uns gebracht hatten, begleitete Monsieur Dubray uns hinaus. An der Tür seiner Kanzlei wandte er sich noch einmal direkt an mich.

„Eine solche Erbin habe ich noch niemals erlebt!"

„Was ich von Monsieur Marville zu Lebzeiten bekommen habe, übersteigt jeden Geld- oder Immobilienwert."

„Wissen Sie eigentlich, Madame, wie viele an Ihrer Stelle glücklich gewesen wären, solch eine Liegenschaft vererbt zu bekommen?"

„Ich habe eine Ahnung", sagte ich.

„Nun", dabei schüttelte er den Kopf, „ich verstehe Sie wirklich nicht. Wie können Sie so etwas ablehnen?"

„Ich kann es!"

„Sie sind wirklich stur!"

„Nein, ich bin frei!"

Die Brücke. Noch einmal hast du mir eine Nachricht zukommen lassen, mein Geliebter. Bebée hat sie mir gebracht. Du willst dich noch einmal mit mir treffen. Was werden wir uns sagen? Oft habe ich nachgedacht über dich – oft den Wunsch ausgesprochen, den ich nie sprach, wenn du wirklich da warst. – Wirklich? Was heißt das schon. In tausend Momenten warst du mir näher als in den Augenblicken, wenn nur die Haut der Furcht uns trennte. Ich wollte nur eine Berührung – nicht mit dem Traum, sondern mit dem Leben. Wie schade um uns! Das

Fest der Gaukler ist vorbei. Keine Worte, keine Tränen. Alles kommt, wie es kommen muss ...

Die Brücke. Man kann sie als Sinnbild des Lebens sehen; mit schwankendem Boden und unheimlichen Tiefen, aber eben auch schier unermesslichen Möglichkeiten. Auf der anderen Seite liegt das – wie und womit auch immer – Verlockende, Rufende. Sie ist eine Metapher dafür, dass es in Wirklichkeit keine Sicherheit selbst im Bekannten gibt, dass wir letztlich in all unseren Entscheidungen immer auf uns selbst zurückfallen und dass uns das Unbekannte treibt. Die Brücke ist der Entscheidungspunkt, das einzig Wahre: Nicht Vergangenheit, nicht Zukunft, sondern das Hier und Jetzt. Das – und unser Sein – ist alles, was wir wirklich ,haben'.

Ja, ich war frei! Wir hatten alles in meinem Sinne geregelt, und Anwalt Dubray hatte seinerseits die erforderlichen Schritte eingeleitet sowie alle notwendigen Anträge in den Verwaltungsorbit geschossen. Nun hieß es Geduld haben. Mit allen Vollmachten von mir ausgestattet, nahmen sich Julie und der gerade frisch pensionierte Bertrand ihres großen neuen Lebensprojektes an.

Nur eine Woche später war ich – endlich! – in Paris.
Ich fand meinen Weg in die Nähe der Seine. Ich fand sogar einen Parkplatz. Unabhängig von vorhandenen beziehungsweise nicht vorhandenen hiesigen Parkmöglichkeiten: Ich nahm mir vor, den Rest des Weges zu Fuß zu gehen.
Ich wollte gerade den Motor abstellen, das Radio lief noch, da begann ein Lied zu spielen, das ich sofort mit einem Stich im Herzen erkannte. Es war wieder die letzte Aufnahme der weltbekannten Sängerin, bevor sie – jung, begabt und mit einer wundervollen Stimme gesegnet – nur wenige Tage später starb. Wieder ging es um das „Now", das Jetzt – und Hier:
Now, now when it rains I don't feel cold; now that I have your hand to hold ...
Ich ließ das Radio laufen, fiel zurück in meinen Sitz. Ich dachte an Alain. An alles, was er mir gegeben, was ich ihm gegeben, was wir

346

geteilt hatten und erfahren durften. Ich sah sein Gesicht vor mir, spürte seine Berührung.

You gave me the courage I need to win, to open my heart and to let you in.

Ich war ein anderer Mensch geworden. Ich war noch einmal gewachsen, an einem anderen Menschen.

You light up my world like the morning sun. You're so deep within me, we're almost one.

Wir waren eine Symbiose eingegangen. Und nun, in der Rückschau, war klar, dass wir uns immer schon gekannt hatten. Es war, als wären wir auf diese Partnerschaft zumarschiert von unserer Geburt an und bis hin zu einem Ende lange nach unser beider Tod. Mit einem Wissen, das wir beide zu diesem Tod brauchten.

I never really knew how, – until now.

Die schöne Stimme war verklungen. Ich stellte das Radio aus und machte mich auf den unbekannten, dennoch vertrauten Weg ... hinunter zum Fluss und, in Ermangelung der Originalbrücke, hinauf auf den Pont Neuf.

Jetzt. Da stehe ich nun auf der Brücke und warte – wider bessere Ahnung. Natürlich kommt er nicht. Wieder trage ich das blaue Gewand. Blau ... Es ist so seltsam. Ich habe noch niemals einen so klaren Abendhimmel über Paris gesehen ... Extra für ihn habe ich dieses Kleid angezogen – nun ist es mein Kleid für die Hochzeit mit der Einsamkeit ... Der Weg, den ich gehen muss, steht mir jetzt klar vor Augen. Es ist dermaßen falsch zu denken, dass man auch nur irgendeinen Gedanken an sich zurücklässt, wenn man geht ... Unter mir fließt die Seine ... wohin wohl? Könnte ich ihr wohl folgen? ... Ich glaube, ich müsste durch den Spiegel des Flusses springen, um zu dir zu gelangen. Ich denke, es würde möglich sein. Denn ich weiß nicht, wo du bist. Ich weiß schon lange nicht mehr, wer ich bin ... Ich weiß nur, dass ich für immer mit dir verbunden sein will. Und wenn es im Leben nicht geht, dann vielleicht im Tod.

Nur noch die Kälte nimmt mich in ihre Arme, und vom Fluss her legt sich ein Schleier aus Nebel, weiß, über meine Erinnerung ...

Da stand ich nun. „Bitte, spring nicht!" hatte Alain als Allerletztes zu mir gesagt. Auch dieses Mal hatte er, wie schon einmal vor lange vergangenen Zeiten, nicht kommen können.

Unweigerlich wurden meine Augen nass. Wer jetzt an mir vorbeiging und meine Tränen sah, hätte mich leicht für eine melancholische Selbstmörderin halten können.

Alles wiederholte sich ...

Nein! Dieses Mal nicht!

Ich hatte die weißen Stellen in der Erinnerung meiner Seele füllen, die Fäden der verschiedenen Leben zusammenführen können.

Ich hatte die Geschichte – unsere gemeinsame Geschichte – hinter unseren individuellen Leben sichtbar machen können ...

Look who I found ... Schau, wen ich gefunden habe. Du gabst mir den Mut, den ich brauchte, mein Herz zu öffnen für dich. Jetzt bist du so tief in mir, dass wir beinahe Eins sind. Alle Furcht, die ich jemals hatte, ist verschwunden ...

Langsam knotete ich das Lederband in meinem Nacken auf, an dem der Fluss-Stein hing, den Alain mir einmal geschenkt hatte. Der Stein des offenen Herzens. Er sollte mich an jenen Tag erinnern – nun brauchte ich ihn nicht mehr. Die Erinnerung war schon in mir, war ein Teil von mir; lebte fort in den vielen Bildern, Düften, Tönen und Gefühlen, wie eingebrannt in meine Seele durch die alles beherrschende südliche Sonne. In Wirklichkeit war es die Sonne unserer tiefen emotionalen Beziehung gewesen. Das Loch an der Stelle des Herzens war nun gefüllt mit einem großen Verständnis, gepaart mit grenzenlosem Vertrauen – und mit unendlicher Liebe.

Ich ließ den Stein ins Wasser gleiten, sanft, wie ein Abschied. Er würde für immer in diesem Fluss bleiben und es war egal, unter welcher der vielen Brücken er von nun an liegen würde. Ich musste nicht mehr suchen. Ich hatte gefunden.

... und ich wusste niemals wirklich, wie ich es anstellen sollte ... bis jetzt ...

Ich war nicht mehr allein ...

Und: Es würde immer weitergehen.

Jetzt!